中国戏曲学院晚霞工程丛书
NATIONAL ACADEMY OF CHINESE THEATRE ARTS
AFTERGLOW PROJECT COLLECTION

编剧理论与技巧探幽

胡世均 著

文化藝術出版社
Culture and Art Publishing House

图书在版编目（CIP）数据

编剧理论与技巧探幽 / 胡世均著. — 北京：文化艺术出版社，2017.7
ISBN 978-7-5039-6367-4
Ⅰ.①编… Ⅱ.①胡… Ⅲ.①编剧－研究 Ⅳ.①I053

中国版本图书馆CIP数据核字(2017)第160861号

编剧理论与技巧探幽

著　　者	胡世均
责任编辑	张月峰
书籍设计	姚雪媛　丁智睿
出版发行	文化藝術出版社
地　　址	北京市东城区东四八条52号　（100700）
网　　址	www.caaph.com
电子邮箱	s@caaph.com
电　　话	（010）84057666（总编室）84057667（办公室） （010）84057691—84057699（发行部）
传　　真	（010）84057660（总编室）84057670（办公室） （010）84057690（发行部）
经　　销	新华书店
印　　刷	国英印务有限公司
版　　次	2017年12月第1版
印　　次	2017年12月第1次印刷
开　　本	710毫米×1000毫米　1/16
印　　张	21.5
字　　数	200千字
书　　号	978-7-5039-6367-4
定　　价	48.00元

版权所有，侵权必究。如有印装错误，随时调换。

中国戏曲学院晚霞工程丛书
NATIONAL ACADEMY OF CHINESE THEATRE ARTS
AFTERGLOW PROJECT COLLECTION

晚霞工程编委会

主 任 巴 图

委 员 冉常建 赵伟明 李 威 李 钢 辛 虹

序 言

为了推进我院师资队伍的建设和科研水平的提高，充分调动和发挥离退休专家的作用，我院于2012年启动"离退休教师晚霞工程"，内容包括：建立学院领导与离退休专家联系制度；优先聘请本院离退休专家参与学院教学活动；聘请部分在相关领域造诣深厚的离退休专家担任我院硕士研究生导师；邀请离退休教师参与相关项目和课题申报，支持他们参与院内外相关教学、科研、创作项目建设；聘请离退休教师担任青年教师导师，充分发挥老教师"传、帮、带"的作用；以学院委托项目形式支持离退休专家为学院重大决策开展相关调研；设立离退休专家出版基金，支持和资助离退休专家出版学术著作等等。出版"晚霞工程丛书"是这一工程的重要内容，由人事处牵头，离退休工作办公室、教务处、科研与研究生工作处协办。

中国戏曲学院的师资力量雄厚，仅离退休的教授、专家就有数十人。他们在中国戏曲学校和戏曲学院工作多年，从青春年华到白发苍苍，始终坚守在戏曲教育的岗位上。他们教学经验丰富，艺术造诣深厚，赢得广大师生由衷的尊敬。不少人退休之后仍然关心学院事业发展，对戏曲的热爱之情未曾消减，体现出老当益壮、老有所乐、老有所为的精神风貌，令人钦佩。对于以传承中国戏曲艺术为己任的中国戏曲学院来说，这是非常宝贵的财富和战略资源，在"政治上多关心、思想上多沟通、生活上多照顾、精神上多关怀"，应是国戏文化的重要组成部分。这笔财富学院不仅要加倍珍惜，更要积极呵护，使之成为学院师资力量的重要组成部分。

学院启动"晚霞工程"给了离退休老师们很大的鼓舞，他们怀着对母校的感恩之心和对戏曲的眷恋之情，纷纷提出申请，将自己多年积累的经验和研究的成果汇集、整理，写成书稿交到学院。这些书稿有对学院发展历史进行回顾与总结，有对自己长期的舞台艺术实践感悟进行梳理和阐述，其选题涉及到戏曲的方方面面，尤其是有关戏曲教育的内容，更显优势和特色，具有较高的史料价值和教学参考价值，值得学院珍藏，也值得广大师生学习和借鉴。

学院领导非常重视"晚霞工程丛书"的出版，成立了包括院系领导和有关专家组成的评审组，通过评审的书稿列入年度出版计划，交由出版社正式出版。学院将按年度逐步推出学术专著和作品，使离退休老师们的教学、科研和创作成果能得以面世，与更多的读者分享。我们相信，随着"晚霞工程丛书"的陆续面世，必将积累一笔宝贵的文化财富，并在社会上产生一定影响。这也是中国戏曲学院为弘扬和传播民族文化所尽的义务和贡献。

中国戏曲学院"晚霞工程丛书"编委会

目录

第一辑　教材节选

戏曲剧本意境的创造 / 3

戏曲剧本的结构与节奏 / 16

戏剧冲突 / 24

戏曲剧本的情节与结构 / 67

小戏写作 / 117

《评雪辨踪》赏析 / 136

第二辑　作家、作品

《白蛇传》的前世今生 / 155

翁偶虹及其作品 / 163

范钧宏留给我们的…… / 171

戏曲编剧理论讲坛上的烛光 / 179

论李明璋的剧作 / 186

论魏明伦的剧作 / 209

花有几样红
　　——评川剧《四姑娘》 / 230

发挥特长　以情动人

　　——看现代川剧《四姑娘》/ 242

关汉卿及其创作 / 244

王实甫和《西厢记》/ 250

马致远和《汉宫秋》/ 253

白朴和《墙头马上》/ 255

汤显祖和《牡丹亭》/ 257

洪昇与《长生殿》/ 260

孔尚任与《桃花扇》/ 263

李玉与《清忠谱》/ 265

李渔的戏剧理论 / 268

京剧剧目撷英 / 273

第三辑　随笔、杂谈

学习传统喜剧笔记三则 / 305

小议艺术的真和美

　　——从电影《白蛇传》谈起 / 313

看川剧《四川好人》/ 314

难能可贵

　　——看《向老三招婿》/ 316

内心活动的视像化 / 318

影视编剧琐谈 / 320

后　记 / 335

第一辑

教材节选

戏曲剧本意境的创造

中国传统戏曲是非常注重意境营造的。这不仅表现在表、导演上，而且渗透在戏曲剧本的创作中。时下，观众总感到我们有些新编剧目，写得有些太实、太满，不够鲜活、优美，缺乏戏曲艺术独具魅力的"意境"感。针对于此，我们发表胡世均同志的这篇文章，以期引起有识者对这一问题的兴趣。欢迎就此进行探讨！

意境是我国抒情文学、绘画创作传统中锤炼出来的审美范畴。王国维在《人间词乙稿·序》中说："文学之事，其内足以摅己，而外足以感人者，意与境二者而已。上焉者意与境浑，其次或以境胜，或以意胜。苟缺其一，不足以言文学。"宗白华先生也谈道："艺术家以心灵映射万象，代山川而立言，他所表现的是主观的生命情调与客观的自然景象交融互渗，成就一个鸢飞鱼跃、活泼玲珑、渊然而深的灵境；这灵境就是构成艺术之所以为艺术的'意境'。"[1]这都说明了意境在情感的主导下，主观的情（意）与客观的象（境）互相渗透、制约，形成和谐广阔的自然和生活图景，引发读者想象和思索的艺术境界。

戏曲称为"剧诗"，张庚先生在《中国戏曲的美学特点》一文中谈道："中国文学家，向来把戏剧看成一种诗，称之为戏曲，曲就是诗的一种。戏曲也就是剧诗，是一种新体诗，也带有浓厚的抒情色彩。"作为剧诗的戏曲，在发展中从诗歌、绘画中吸取了营养，艺术家们非常重视意境的创造。

汤显祖强调"凡文以意趣神色为主"；孔尚任认为"排场有起伏转折，俱独辟境界"；李渔主张"物理易尽，人情难尽"；王骥德曾说："剧戏之道，出之贵实，而用之贵虚"。可见他们都在追求"韵外之致""味外之旨""象外之象"的

---

[1] 宗白华：《美学与意境》，人民文学出版社1987年版，第210页。

美学特征。在我国戏曲文学史上，优秀的作品不是仅仅满足于对个别形象的描写，而是通过对具体形象的描绘来创造一个若隐若现、欲露不露，使人驰骋想象，令人感到含蓄不尽的境界。王国维曾这样评价古典戏曲中的佳作："然元剧最佳之处，不在其思想结构，而在其文章。其文章之妙，亦一言以蔽之，曰：有意境而已矣。何以谓之有意境？曰：写情则沁人心脾，写景则在人耳目，述事则如其口出是也。"[1]

塑造栩栩如生的人物形象，开掘人物的精神世界，这是戏曲作者创造意境的主要途径，而意境则是塑造人物形象的重要手段。人物形象与意境互相渗透、交融，人物形象化入了意境，意境化入了人物形象。

上　篇

受哲学宇宙观的影响，中国古典美学要求以虚带实，以实带虚，实中有虚和虚实相生。这种对虚和实关系的辩证理解，大大丰富了艺术的表现力，虚实结合是创造意境的基本方法。这里的"实"是指具体的物象以及由物象构成的艺术整体的境；其"虚"指由作者直接描绘出来的实境而启发、引导人们想象的境界，感悟到的特定情思。宋人范晞文《对床夜语》说："不以虚为虚，而以实为虚，化景物为情思，从首至尾，自然如行云流水，此其难也。"[2] 戏曲艺术虚拟、程式化的表演，就是采用了虚实结合的方法，达到了以少胜多、以一当十的艺术效果。

运用虚实结合构成生动的意境，必须对实的部分进行逼真的描绘，方能做到由实出虚。清代笪重光在《画筌》中说："实景清而空景现。""真境逼而神境生。""虚实相生，无画处皆成妙境。"[3] 京剧《杨门女将》，杨宗保与杨文广父子正是一虚一实。当天波府张灯结彩为镇守边关的杨宗保庆贺五十大寿时，不

---

[1] 秦学人、侯作卿编著：《中国古典编剧理论资料汇辑》，中国戏剧出版社1984年4月版，第402页。
[2][3] 宗白华：《美学散步》，上海人民出版社1981年版，第34页。

幸杨宗保在抗击西夏进犯时中箭身亡。杨门女将慷慨请缨出征，杨文广坚决要求为父报仇，他随太祖母、母亲等人奔赴边关。初战告捷后，西夏王又施诡计，欲引诱杨文广入伏兵，佘太君将计就计，杨文广骑上父亲当年的白龙马，随母亲穆桂英去闯龙潭虎穴。杨宗保生前正是骑上白龙马到绝谷寻到栈道后，打算飞越天险，直捣敌营，不料在归途中遇难身亡。如今杨文广母子重来葫芦谷探险，由于杨宗保骑过的白龙马识旧途，以及杨宗保的马僮、热心的采药老人相助，他们登上栈道，直捣了敌营，终于完成了杨宗保的遗愿。正是这一"实"一"虚"，表现了杨门忠烈前赴后继，英勇卫国、壮志凌云的意境。由于虚实结合，使得杨宗保与杨文广两人的形象互相衬托、交相辉映，老子英雄儿好汉的父子形象光辉耀眼，令人钦佩。

京剧《夏王悲歌》反映了封建帝王家族的悲剧。最后一场戏，已成疯魔的宁令哥是实写；童年纯洁、天真无邪的宁令哥为虚写。当凶暴、残忍的宁令哥举刀杀死自己的父亲西夏王元昊时，濒临死亡的西夏王挣扎着哼起了儿歌"小儿郎……"伴随着苍老、凝重的声音，响起了童声的画外音：

小儿郎，麒麟童，

新扎的小辫儿像条龙；

骑大马，一阵风，

小黑脸儿——大、红、灯。

这天真烂漫的儿歌正是聪明伶俐的童年宁令哥的象征。这一实一虚构成的意境，引起人们的联想和想象。人们思索着天真无邪的宁令哥是怎样衍变为杀父的凶手，思索着人性的扭曲，皇权的罪恶；想象着走完人生历程的西夏王也许是悔恨、也许是失落、也许是欣慰，总之令人回味，促人思考。

再如川剧《史外英烈》，表现秦桧的曾孙子秦钜积极抗金，却因为家庭出身遭到了朝廷中投降派的诬陷和打击。秦钜的儿子虽然抗金有功，却被陷害为违反军令，处以死刑。秦钜和女儿已经英勇战死沙场，听信谗言的宁宗皇帝还下令捉拿他们回朝治罪。剧本通过秦钜父子蒙冤含恨去世，批判了传统习惯势力的偏见和反动的"血统论"。第三场"祭岳联姻"中，由于奸臣从中作祟，皇帝拒不纳贤将，还要把秦钜父子赶出临安。夜深人静时，秦钜踏月来到西湖岳飞坟前，猛见曾祖父、曾祖母的铁铸像跪在那里，他震惊、羞愧、心疼、心酸，他以袖拭去铁像上的污物，百感交集，唱道：

  唉，祖先啊，
  秦钜今日见先君，
  相逢无物表孝忱。
  陪先祖，跪岳坟，
  祖孙们叙一叙衷情。
  （夹白）二老啊，
  世人祖宗积德荫子孙，
  叹秦氏，留给儿孙是骂名。
  世人谁不夸家谱，
  我至坟前愧姓秦。
  你生前恣意弄权柄，
  可曾料到今日跪坟茔。
  千人骂，万人恨，
  子孙见人矮三分。
  铁像沉沉千钧重，
  压碎我报国一片心……

  这种历史与现实、卖国与爱国、铁像与真人的虚实结合，构成了广阔的情感心理、社会境象，触发了人们的思绪。使人联想到在百味人生中，遭受到不公平的待遇和打击，却又是非颠倒，黑白不分，有理无处辩，有冤无处申时，内心的压抑、苦闷、愤怒等，给人们的情感活动提供了一个鸢飞鱼跃的空间。

在优秀的戏曲剧本中，托物寄情也是虚实结合，通过物的象征、比喻、暗示，展现人物的精神世界，构成了意境。比如元杂剧《汉宫秋》第四折，汉元帝忍痛割爱，王昭君泣泪和番，分离后汉元帝十分思念。一个萧索的夜晚，汉元帝挂起美人图解闷，梦中会见王昭君，醒来听见孤雁鸣叫声，汉元帝烦恼、伤心、倍感凄凉。雁叫声与汉元帝的思念、悲哀之情交融在一起，构成独特意境，抒发了人物的心情。

豫剧《红果，红了》，表现中原农民走集体致富的道路上一段艰辛的路程，反映在改革大潮的冲击下，农民的人生价值观念、爱情观念发生了深刻的变化。剧中云鹏的女友珍珍贪恋舒适，丢下他另攀高枝进了城。当路云鹏身心受到打击、创办果茶厂资金短缺时，纯真、朴实的小菊在物质和精神上都给予云鹏有力的支持。后来春花、云鹏创建的果茶厂欣欣向荣，小菊和云鹏也在走集体致富的道路上产生了爱情。珍珍却在城里上当受骗，颓丧地回到村里，她又想和云鹏重续旧情。一日，小菊在红果山的坡上为云鹏采野红果，珍珍赶到那里，以红果作比喻，暗示小菊割断和云鹏的爱情。小菊却机智地捍卫自己的爱情，请看两个少女心灵的交锋：

珍珍　（唱）红果甜来青果酸，
　　　　　　为啥它滋味不一般。
　　　　　　红果经过三冬暖，
　　　　　　青果未经艳阳天。
小菊　（唱）虫咬红果地上掉，
　　　　　　青果还在树上边。
　　　　　　好果不分先与后，
　　　　　　不离枝头自然甜。

红果、青果分别象征珍珍、小菊的爱情经历、爱情观念，与两位少女"斗智"的心情相结合，情与境融为一体，构成含蓄的意境，颇耐人寻味。

戏曲很重视小道具的运用，有许多剧目都是以小道具命名的，如《桃花扇》《玉簪记》《荆钗记》《红灯记》等。这些道具在剧中对于塑造人物、表现主题思想、结构剧情、创造意境都起了不可忽视的作用。《桃花扇》中一柄小小的桃花扇记载着李香君和侯朝宗的悲欢离合，牵连着南明王朝纷繁复杂的人事纠葛。《红楼二尤》中的鸳鸯剑，象征了尤三姐和柳湘莲真挚、纯洁的爱情。《红灯记》中每到关键时刻屡屡出现的红灯，象征着革命事业前赴后继，代代相传，光芒万丈。

以上的例子中，无论是从人我关系或从物我关系创造意境，都是采用了虚实结合的方法。意境的虚实结合，有两条途径：一是寓虚境于实境；二是化情思为景物。下面我们侧重从戏曲剧本环境的设置上来谈这个问题。

（一）寓虚境于实境

由实出虚，寓虚于实，依靠实的物象比喻、暗示、象征，产生虚的境界，构成和谐广阔的艺术空间，这是各类艺术都需要的表现方法。方薰在《山静居画论》中曾经这样评论石涛作品的妙处："石翁风雨归舟图，笔法荒率，作迎风堤柳数条，远沙一抹。孤舟蓑笠，宛在中流。或指曰：雨在何处？仆曰：雨在有画处，又在无画处。"[①] 戏曲剧本中，也常常以客观景物（有）作主观情思（无）的象征。元杂剧《西厢记》中，雄伟壮丽的黄河，象征了张生开阔的胸襟，脱俗的品格。《单刀会》的第四折，汹涌的大江，层峦叠嶂的云岩，火光映天，樯橹灰飞烟灭的历史画卷，与关羽赴会的心情交融在一起，构成了雄伟峥嵘的意境，气势磅礴，格调悲壮，有力地表现了关羽的英雄气概、豪迈情怀。

又如京剧《智取威虎山》中的"打虎上山"，杨子荣乔装改扮，深入虎穴。那莽莽林海、皑皑雪原以及打虎的英雄行动，与杨子荣的豪情壮志交融在一起，构成了雄浑、壮阔的境界，突出了杨子荣崇高的理想以及英勇无畏的精神。

寓虚境于实境，其实境重在传神，形貌中的神韵烘托了剧中的精神和气氛。如川剧《春花走雪》，表现春花被困，幸得乳娘帮助逃出虎口，投奔亲人。她们

[①] 童庆炳主编：《文学概论》，武汉大学出版社1989年版，第327、328页。

冒着漫天风雪、凛冽寒风行走在崎岖山路上。一个是闺中千金，弱不禁风，一个是白发老妪，举步蹒跚，她们每走一步都要付出沉重的代价。正是这白茫茫群山上仓皇而凄凉地行走着这一老一小的实景，给人们以暗示，使人联想到环境的恶劣、强者对弱者的迫害、邪恶对善良的摧残等，刻画了人物形象，增强了艺术感染力。

不仅悲剧追求神貌中的神韵，喜剧也如此。仍以豫剧《红果，红了》为例。为了表现春潮滚滚的中原大地，剧中选择的场景大都安排在鲜艳欲滴的红果林中，那万山红遍的图景，红得像二月春花，红得像燃烧的火焰，红得像沸腾的热血，红得像满天朝霞，再配上那屡屡出现的主题歌：

红果红，
红果鲜，
长在山沟沟红艳艳。
莫道红果味儿酸，
酸酸的味儿里面，
比蜜甜。

这些实境中的虚境，体现了以春花、驼叔、云鹏、小菊为代表的中原农民坚韧不拔、乐观豁达、热爱生活、憧憬幸福的精神。

（二）化情思为景物

善于抒情的戏曲艺术，景物常常成为情思的寄托。剧中人物移情入景，化情思为景物，创造了"一切景语皆情语"的隽永意境，如元杂剧《西厢记》，崔莺莺为张生送别时唱道：

碧云天，
黄花地，

> 西风紧，
>
> 北雁南飞，
>
> 晓来谁染霜林醉，总是离人泪。

大自然的景物都染上了莺莺的离愁别恨，一片衰落荒凉的情景，别人眼里看来是"霜叶红于二月花"，莺莺的眼里却是离人的血泪染红了枫叶。

川剧《夫妻桥》，反映清代嘉庆年间，秀才塾师何先德及妻子何娘子，目睹洪水为患和地痞横行，决心修建索桥，同贪官污吏、土豪劣绅、地痞流氓进行了悲壮的斗争。"春祭"一场，在何先德蒙冤被斩以后，清明时节，何娘子浑身缟素，携麦饭长幡到坟前祭奠丈夫：

> 年年当此日，
>
> 无穷泪尽时。
>
> 新坟迭旧冢，
>
> 旧冢年年低。
>
> 坟头一片白，
>
> 非雪非霜凝。
>
> 天地同哀悼，
>
> 先德夫，杨花作孝衣。

分明是春光明媚、山花烂漫、绿柳摇曳，何娘子却赋予了缅怀丈夫的情感，变成了飞雪凝霜的严冬；分明是杨花飞舞、春意盎然、生机勃勃，何娘子的眼里却是天地为丈夫着了孝衣。

除了通过景物的色调来寄托情思，把情思融入景物以外，还通过拟人的方式来表现人物的情感。比如豫剧《朝阳沟》，银环在扎根农村的道路上产生了畏难情绪，欲返回城里，却又难舍朝阳沟的父老乡亲及山山水水，山坡上的野花顿时变成了栓保家人及众乡邻：

走一道岭来又一道沟,

山水依旧气爽风柔。

东山头牛羊哞哞乱叫,

挪一步我心里头添一层愁。

刚下乡野花迎面对我笑,

至如今见了我皱眉摇头……

"以虚为虚,就是完全的虚无;以实为实,景物就是死的,不能动人;唯有以实为虚,化实为虚,就有无穷的意味,幽远的境界。"[1] 无数优秀的戏曲剧本说明了虚实结合是创造意境的基本方法!

下 篇

运用虚实结合的方法创造意境,为了使具体描绘的"实"的事物获得意味丰富的"虚"的境界,成为人们欣赏时联想、想象、思索的一个丰富多变的艺术空间,首先要重视意象与意象之间的特殊结构。

谢榛《四溟诗话》中曾举了一个非常生动的例子,有三个诗人就同一题旨写了三个诗句。一是"窗里人将老,门前树已秋";一是"树初黄叶日,人欲白头时";一是"雨中黄叶树,灯下白头人"。谢榛评曰:"三诗同一机杼,司空(第三首诗句的作者)为优。"[2] 因为这首诗分开看,两句都是很通俗、极平易的,但合起来便产生了蕴含丰富的意境,在"已秋""将老"这两个概念以外,还蕴含着一个若有若无、亦有亦无的境界,充盈着人生况味,供人们联想和咀嚼。

蒙太奇美学理论的奠基人爱森斯坦,在他的重要文献《蒙太奇在1938》一

---

[1] 宗白华:《美学散步》,上海人民出版社1981年版,第34页。
[2] 童庆炳主编:《文学概论》,武汉大学出版社1989年版,第323、324页。

文中说："两个蒙太奇镜头的对列不是二数之和，而更像二数之积……"戏曲剧本在外层情节和物象的排列组合上，也会产生超越自身的东西，产生内含丰富的新意蕴。

越剧《红楼梦》的第七场，大观园中，王熙凤和薛宝钗搀扶着贾母、薛姨娘、王夫人等人同游大观园，众人争相奉承讨好贾母。在他们说说笑笑，开心玩乐时，幕后合唱：

看不尽满眼春色富贵花，
说不完满嘴献媚奉承话。
谁知园中另有人，
偷洒珠泪葬落花。

〔远处传来清幽的笛声，在笛声里，林黛玉肩担花锄，锄上挂着纱囊，缓步走来。

林黛玉　（唱）绕绿堤，拂柳丝，穿过花径。
　　　　　　　听何处，哀怨笛，风送声声？
　　　　　　　人说道，大观园，四季如春，
　　　　　　　我眼中，却只是，一座愁城。
　　　　　　　风吹过，落红成阵，
　　　　　　　牡丹谢，芍药怕，海棠惊。
　　　　　　　杨柳带愁，桃花含恨，
　　　　　　　这花儿与人一般受逼凌……

以上两个场面的组合，构成了一种特殊的艺术空间，可供人们展开想象和情感自由活动。人们联想到具有叛逆性格，孤傲清高的林黛玉与环境、社会的冲突；想到寄人篱下，多愁善感的林黛玉解不开的隐痛；想到封建社会中林黛玉及妇女们的命运如同落花，甚至还思索着自己在处世为人中也要保持洁身自好等。两个对比鲜明、反差极大的场面组合，令人回味无穷。

再如京剧《夏王悲歌》中，当宁令哥与辽兵作战，被辽将萧朝睹俘虏，元昊冒着血雨腥风，闯入辽兵阵营救儿子。萧朝睹以宁令哥做人质，让元昊下马跪在阵前，方可将宁令哥完璧奉还。只身入虎穴的元昊，为救儿子，在萧朝睹及众辽兵得意的狂笑声中，下马跪在了阵前。此时，幕后女声唱道：

二月里大雪满天飘，
小哥哥骑马过石桥，
走的哟，走的哟远了走远了，
红梅花儿呀——你咋开了又谢了，谢了又开了？

哀婉、怅惘的歌声与"英雄"末路悲哀的心情交融在一起，幕后声音与场面的组合构成了若隐若现、只可意会不可言传的意境，供人们自由联想，细细咀嚼。

此外，为了使"实"境获得丰富的"虚"境，切不可忽视创造"空白"。写戏忌"满"，不要事无巨细都排列组合在一起，或来去匆匆的事件重重叠叠，要留下空缺诱使欣赏者自己去填补。正是情节、场面之间联系的空白中容纳着活跃的想象。宋代郭若虚《图画见闻志》记载宋代著名山水画家郭忠恕，有一天趁醉在一大幅素绢上的一角画了"远山数峰"，别处都是空白，但却能使人感到这空白之处有一派山峦起伏的浩瀚气势。苏东坡有诗曰："欲令诗语妙，无厌空且静。静故了群动，空故纳万境。"①

戏曲情节结构的特点具有创造"空白"的优势，戏曲作者不应舍长取短。著名戏曲作家范钧宏对京剧《徐九经升官记》的评价，值得我们学习和借鉴。他说："'上任'作为这场戏的基本情节，至少有三种不同的表现方式：一种是圣旨降到玉田，徐九经接旨赴任；再一种是徐九经到达京都，接印视事；另一种是上任途中。不过，前两种对于初次登场的徐九经来讲，却有很大的束缚力。"范老称赞写徐九经上任途中，就可以海阔天空，驰骋想象，不受固定环境的限制，为

---

① 童庆炳主编：《文学概论》，武汉大学出版社1989年版，第330页。

刻画人物创造了极好的条件。他说:"这场戏写得那么有声有色,妙趣横生,我以为关键之一,在于作者选择了一个最恰当的环境:玉田郊外,歪脖树前。9年前,官场失意的徐九经来到玉田上任,路过歪脖树;9年后,意外升迁的徐九经去往京都接印,又路过歪脖树。前后对照,自然有情可抒,有志可言,有牢骚可发,有戏可做,因而嬉笑怒骂,皆成文章,以物喻人见哲理。所有这些,追根寻源,我看不能不归功于那个神来之笔——歪脖树。"为什么写上任途中比接旨赴任、接印视事好？因为他写得简洁、空灵,留下了空白,构成了无限广阔的意境,诱发人们展开想象的翅膀。

运用重复的手法,也是戏曲剧本创造"空白"的方法。京剧《曹操与杨修》是表现中国知识分子和封建权势人物性格对峙、冲撞的大悲剧。剧中招贤者从第一场开始至末一场结尾,在不同的情境中反复出现。高声喊叫:"汉相曹操,求贤若渴……"他的叫喊声与曹操爱才、惜才、嫉才、害才的行动结合在一起。曹操从赤壁兵败,深感人才匮乏,与杨修在郭嘉坟前相遇,便重用杨修为仓曹主簿。后来因为曹操死要面子,又容不下才智高他一等之人,便杀害了杨修,致使斜谷兵败。历史又循环到全剧开场时的起点,招贤者也从青春年少喊叫到了老态龙钟,他步履蹒跚,苍老、疲惫地喊叫:"魏王有令,招贤纳士,共图大业……"招贤者的重复、历史的循环、时空的跳跃,创造了"空白"。诱人深思中国知识分子与封建权势人物的性格冲突,深思中华民族的悲剧……历史的卷轴抖开了长长的画卷,广阔的艺术空间也扩大了剧本的容量。

重复的另一个例子是昆曲《钗头凤》,陆游与表妹唐琬结合,夫妻感情很好,迫于母命,二人离异,各自嫁娶。几年后的春天,两人在沈园不期而遇,唐琬设酒肴殷勤款待陆游,这一对被迫拆散的夫妻都痛苦不堪。陆游在沈园的一堵粉墙上写下了令人心痛神伤的《钗头凤》。这次见面以后不久,唐琬伤心而死。数十年后,80多岁的陆游重游沈园,流光似水,景物依旧,一草一木激起了他对真挚爱情的追怀,对封建礼教发出了严厉的声讨。时空的跳跃,场景的重复,其间创造了"空白",让人感到此恨绵绵,对其爱情悲剧寄予了深切的同情,对窒息爱情的封建礼教无比憎恶,对永恒、纯真的爱情由衷地向往和追求,从中获得美的享受。

剧作家们在精心结构时，也常常在结局创造"空白"，留给人们想象和思考。京剧《谢瑶环》的末尾，袁行健从太湖招抚义军归来，夜宿荒郊，梦见了爱妻谢瑶环被武三思、来俊臣用毒刑致死。梦中惊醒过来，果然发现了爱妻的坟台，袁行健悲痛不已，谢绝了武则天的封赏，拜别亡妻，继续浪迹江湖去了。这种摒弃了大团圆的结局，创造了空白，大大增强了悲剧的艺术感染力，余音袅袅，留给人们意味丰富的联想、思考，想到酿成谢瑶环悲剧命运的社会痼疾，想到"载舟之水也覆舟"的封建社会统治者与人民群众的关系等。

意境是我国古典文艺理论宝库中一颗明珠，是个十分复杂的问题。笔者所谈仅是管窥之见，其目的是希望剧作者们继承和发扬戏曲艺术的优良传统，遵循着"剧诗"的艺术规律，创造出情思蕴藉、气象万千、意境深远的作品；使观众不囿于几十平方米的舞台画面，诱发他们展开丰富的想象和思索，从中悟出人生的新境，获得美的享受。

（原载《剧本》1996年第7期）

戏曲剧本的结构与节奏

浩瀚无垠的宇宙充满了节奏，大自然岁岁年年的重复、春花秋月的交替、日月星辰的出没、大海潮汐的涨落、人体心脏的跳跃、脉搏的起伏、时钟的摆动、汽笛的嘶鸣……可见节奏是事物运动中某些特征重复出现的规律。《礼记·乐记》疏："节奏，谓：或作或止，作则奏之，止则节之。"

艺术源于生活，艺术中的节奏是生活节奏的艺术化。生活节奏丰富多彩，各门艺术表现生活的手段不同，其节奏的表现形态也不同，如音乐的长短、疾徐、高低、强弱；美术的构图、线条、色彩的变化；被称为"冻结的或凝固的音乐"的建筑，其前后、上下、左右、内外的对称与对比等。戏曲艺术特殊的艺术魅力，来自它鲜明、强烈的节奏；来自它把曲词、音乐、美术、表演的美熔铸为一，用节奏统御在一个戏里，达到了和谐的统一。因此，如何把握和处理好节奏，对戏剧艺术至关重要，对此，中外戏剧家们均有过精辟的论述。

王骥德谈道："勿太蔓，蔓则局懈，而优人多删削；勿太促，促则气迫，而节奏不畅达。"[1]

李渔在谈到酝酿结构时说："倘先无成局，而由顶及踵，逐段滋生，则人之一身，当有无数断续之痕，而血气为之中阻矣。"[2]"断续之痕""血气中阻"都是节奏不畅达。

焦菊隐也谈道："虚拟动作，程式化动作，都在一定的节奏里头才显得活跃，才显得真实。"[3]

戏曲剧作的结构与节奏有着内在的有机联系，剧作者在安排戏剧冲突的发展、组织情节的变化时，应对全剧的节奏有着整体的把握，使之具有节奏美。

---

[1][2] 秦学人、侯作卿编著：《中国古典编剧理论资料汇辑》，中国戏剧出版社1984年版，第156、244页。
[3] 焦菊隐：《焦菊隐戏剧论文集》，上海文艺出版社1979年版，第226页。

否则呆滞、松懈、沉闷、冗长、杂乱节奏的剧本，再高明的导演、演员也不可能创造出节奏畅达的作品来。

要使剧作具有节奏美，首先要真实、准确地表现人物在规定情境中具有的心理状态。朱光潜先生认为："节奏是主观和客观的统一，也是心理和生理的统一，它是内心生活（思想和情趣）的传达媒介。"[①] 剧作者只有准确地处理人物的外部节奏和内心节奏，才能揭示人物的思想感情，塑造出血肉丰满、栩栩如生的人物形象；而当剧中人物的思想感情与观众的思想感情互相交流、感应时，就会引起观众的共鸣，产生良好的剧场效果。有人曾对戏剧性做过这样的解释："使人笑弯了腰，哭湿了五条手绢，提心吊胆，好奇寻索，义愤填胸，情怀激烈，沉思默想。"这说明了不管是哪种戏剧性，都是让观众用情感和思想参加创作，戏剧才能产生艺术的感染力。正如戏剧理论家余秋雨所说："情感，是戏剧生命的所在，是戏剧家与观众最深刻的交往渠道。"[②] 著名评剧演员小白玉霜的艺术生涯里曾记载着这样一件事：新中国成立初期她在华北戏院演出新编现代戏《九尾狐》，她成功地塑造了九尾狐这个刁钻狠毒的地主婆形象，激起了观众的愤恨。有一次演到九尾狐折磨青年农民栓子时，一位农村观众竟抢起茶壶扔到台上，正打在小白玉霜的太阳穴上，当时就出了血。小白玉霜强忍疼痛，咬住牙把这场戏演了下来。这里，正是剧中人物的情感与观众产生了共鸣，那位农村观众才感同身受地采取了如此激烈的行动。

剧作者要让观众与剧中人物产生情感共鸣，就要使自己弹拨的艺术琴弦与观众的心弦以同样频率震动。生活中人们不同的情绪会产生不同的节奏，欢乐时，节奏轻快；悲哀时，节奏滞重；平静时，节奏徐缓；紧张时，节奏急促。戏曲舞台上，当艺术家们将所表现的思想情感，通过情节发展和演员的唱做念打体现在舞台上时，节奏作用于观众的感受，向大脑传递信息，产生反应。如果舞台演出中所产生的客观节奏和观众的心理节奏处于统一运动状态，便会产生共鸣，激发出观众浓烈的感情。因此，剧作者在结构剧本时，就要胸中有舞

---

① 朱光潜：《谈美书简》，上海文艺出版社1980年版，第79页。
② 余秋雨：《戏剧审美心理学》，四川人民出版社1985年版，第227页。

台，笔下写人物，部署好全剧的节奏总谱，为表、导演的再创造提供良好的基础。比如川剧《夫妻桥》，这是发生在清代川西都江堰的故事，青年塾师何先德与何娘子目睹洪水为患、地痞横行，立志修桥，以利行人，他们同贪官污吏及地方上的邪恶势力进行了一场可歌可泣的斗争，终于修成了一座横跨岷江的索桥。"抗官"一场是表现何先德蒙冤被斩以后，何娘子在乡里的支持下，决心继承丈夫的遗志，重修索桥。她大胆闯入公堂，同贪官周继常展开了面对面的斗争。周继常恼羞成怒，百般刁难；何娘子与吴泽江据理力争，步步紧逼。请看这段川剧艺人称作"牛掉尾"的结构句式，双方唇枪舌剑的交锋：

周继常　（唱）诸事皆妥善，
　　　　　　　　何必来求官？
何娘子　（唱）地区属灌县，
吴泽江　（唱）岂与你无干？
周继常　（唱）空话已听厌，
　　　　　　　　反复来纠缠。
何娘子　（唱）事大应呈案，
吴泽江　（唱）何言是纠缠！
周继常　（唱）巧言狡辩，
吴泽江　（唱）据理报官。
周继常　（唱）何必犯险，
何娘子　（唱）为夫雪冤。
周继常　（唱）想翻案，
何娘子　（唱）却不敢。
周继常　（唱）为的啥？
吴泽江　（唱）万民安。
周继常　（唱）要修？
何娘子　（唱）要修。

周继常　（唱）要建？

吴泽江　（唱）要建。

周继常　（唱）要人？

何娘子　（唱）有人。

周继常　（唱）要钱？

吴泽江　（唱）有钱。

周继常　（唱）要……

何娘子
　　　　（唱）啥？
吴泽江

周继常　（唱）这……

吴泽江　（唱）唉？

差役等　（吼堂）呼呵……

这里，争议双方的句式越来越短，字数越来越少，节奏越来越急促，最后竟发展到一字之争了。这时，舞台上呈现的"客观节奏"，同时与观众的"心理节奏"和谐同步，进而引起了观众的共鸣，产生了强烈的艺术感染力。

如果"客观节奏"和观众的"心理节奏"不协调，共鸣也就很难甚至无法产生，因而也就大大削弱了戏剧的感染力。比如有的剧本在结构情节时，该紧张时，却将情节发展搁置在一旁，突然出现大段抒情；该抒情时，匆匆来去的事件又把人物牵着朝前跑。戏剧情节发展的节奏打乱了观众的"心理节奏"便无法达到统一和共鸣，反使人感到"拗"和"隔"，尽管演员也很卖力，在二度创作上也有某些可取之处，但终因剧本的先天不足，而达不到预期的效果。

剧本的节奏美还表现在全剧既要有统一的节奏，又要富于对比变化。剧本的题材、人物、情节以及剧作者的审美观念，决定着作品的风格，使全剧形成了基本的节奏型，比如悲剧以深沉、哀怨、徐缓的节奏为主；喜剧的主旋律则是轻快、明朗、活泼。因而，剧作者在结构剧本时，心中的"节奏总谱"不能忘了突出主旋律。

剧本的节奏之所以要富于对比变化，是因为戏剧艺术是剧场艺术，它要在两小时的演出过程中自始至终引起观众的兴趣，保持观众的注意力，使观众兴奋、紧张，就要格外重视舞台节奏的对比变化。顾仲彝先生在《编剧理论与技巧》一书中强调了戏剧结构的节奏问题，他谈了三个问题：第一，戏剧结构各部分的匀称问题；第二，人物和情节的恰当处理问题；第三，观众的兴趣问题。

生活之中，单调、呆板的事物只会引起人们的倦怠。鲁迅先生说过："我本来不大喜欢下地狱，因为不但是满眼只有刀山剑树，看得太单调，苦痛也怕很难当。现在可又有些怕上天堂了。四时皆春，一年到头请你看桃花，你想够多乏味，即使那桃花有车轮般大，也只能在初上去的时候，暂时吃惊，绝不会每天做一首'桃之夭夭'的。"[1] 可见再美的桃花，单调也会使人乏味。老一套、"一道汤"的节奏就更不用说了。时钟嘀嘀嗒嗒的走动声、寺庙里念经时的木鱼声，很容易使人昏昏入睡，难怪失眠患者常常在深夜默念数字来抑制神经的兴奋。浓雾、黑夜之中，江河上忽明忽暗的航标灯、十万火急时警车时高时低的嘶叫声，都是为了改变单调的节奏而引起人们的注意。看戏也一样，平板、单一的节奏，令观众看得又吃力又疲倦，会使观众心理厌倦，心理厌倦必然导致注意力的分散。

要使节奏对比变化，结构剧本时剧作者要使情节的发展起承转合、波澜起伏、峰回路转，切忌平铺直叙、一泻无余。场次安排上要注意重场戏与一般场次、明场戏与暗场戏、主线与副线、繁与简等主次有序、轻重得当。许多优秀的剧本给我们提供了成功的经验，如戏曲中有好些"三"字为首的剧目：《三打祝家庄》《三请樊梨花》《三顾茅庐》《三看御妹》《三女抢板》《三脱状元袍》《三上桥》《三盖衣》《三难新郎》等，几乎都是围绕一件事反复折腾，在看似重复的情节上富于变化，在近乎雷同的节奏上做了调节。比如《三难新郎》，表现聪明而调皮的苏小妹给新郎丈夫秦少游连出三道题，要考试合格才能入洞房。三道题的难度若是一道更比一道难，这样也未尝不可，但观众与秦少游的心理都一直处于紧张状态，缺少节奏的更换，难免单调。现在的剧本和演出中，则将

---

[1] 鲁迅：《华盖集续编》，人民文学出版社1973年版，第157页。

第一题出得较难,第二题比较容易,秦少游顺利地回答了第二道题,他得意扬扬,似乎重负已释,观众也为他长长地舒了口气,殊不知第三道题出来,一下将秦少游考住了,面对"闭门推开窗前月"这一上联,他心绪烦躁、文思枯竭,左思右想难以回答。他来到幽静的花园寻求灵感,多亏苏东坡以石击水的行动,才使他豁然开朗,悟出了"投石击破水中天"的妙句。这样一来,舞台节奏和观众的心理节奏都呈现一种紧—松—再紧的状态,使这出妙趣横生的喜剧摇曳多姿,令人喜看而又耐看。

为了避免节奏单调、呆板,优秀的剧本在节奏处理上还常用穿插、对比等手法。李渔在《李笠翁曲话》中谈道:"作传奇者,全要善驱睡魔……若是则科诨非科诨,乃看戏之人参汤也,养精益神,使人不倦,全在于此,可作小道观乎?"[①] 清初文学家、戏曲作家丁耀亢在《啸台偶著词例》中提出了"六反",即:"清者以浊反,喜者以悲反,福者以祸反,君子以小人反,合者以离反,繁华者以凄凉反。"[②]

鉴于此,戏曲剧本在情节、场面的安排、搭配、穿插上,常常是冷热相济、正反相生、悲喜相衬、有张有弛、有起有伏、亦文亦武、亦庄亦谐……《琵琶记》是两条线索交错发展:一条是锦衣玉食、荣华富贵;一条是灾荒饥饿、贫病交迫。苦与乐、贫与富搭配鲜明,相互映衬。全剧是冷一场、热一场、欢一场、悲一场,有力地揭示了思想意蕴,增强了艺术感染力。京剧《杨门女将》"灵堂请缨"一场,一门孤寡,满堂肃穆,宋王前来祭奠杨宗保,杨门女将满怀悲愤请缨,这是一场唱念俱佳的文场戏。而后面的"校场比武",却是旌旗招展,战鼓震天,英姿勃勃的女将们在出征前进行了武艺较量。这种文场戏与武场戏相搭配的结构方法,在戏曲剧目中是屡见不鲜的。川剧折子戏《乔子口》(又叫《数桩》)是一出表现有情人生死离别的悲剧。全剧由千金小姐王春艾主唱,通过歌唱,叙述了未婚夫林昭德蒙冤被判斩的经过,交代了她如何不顾父亲的阻拦奔赴法场祭奠未婚夫。因为刑场上斩犯甚多,每桩绑了一个犯人,王春艾在众多斩犯中寻觅林昭德。她惊骇、急切、眼泪模糊,总是数错桩,"数桩"这段从一

---

①② 秦学人、侯作卿编著:《中国古典编剧理论资料汇辑》,中国戏剧出版社1984年版,第261、212页。

数到七,又从七数到一的既长且美的歌唱,细致地刻画了闺阁千金闯入刑场时忧心如焚、惶恐不安、急切寻人的复杂心态,又给观众以优美的享受。艺术家们为避免沉闷、单调的气氛,在剧中安排了一个丑角扮演的江洋大盗刘子堂,他那滑稽可笑的扮相、幽默俏皮的语言、别具特色的插科打诨、辛辣滚烫的冷嘲热讽,极富有民间喜剧色彩,平添了令人捧腹的奇趣。这种在悲剧中穿插的喜剧因素,既丰富了该剧的思想内容,又调节了全剧的节奏,保持住了观众兴趣。中国戏曲很少有一悲到底的剧目,通常是悲中见喜、喜中含悲、悲喜交错、悲喜交集,这除了反映一种民族审美心理外,在调节节奏、增加感情色彩的变化上也有其独特之功。

席勒在《论悲剧艺术》中谈到要使观众的心灵持续在某种感受上时指出:"必须把这种感受非常聪明地隔一时打断一下,甚至于用截然相反的感受来代替,使这种感受再回来的时候威力更大,并且不断恢复最初印象的活泼性。感觉转换是克服疲劳、抵抗习惯影响的最有力的手段。"[①] 以上所举的优秀作品都说明了席勒这一论述的正确性。

在谈到节奏在戏曲艺术中的重要性时,我们不得不提到剧本中的唱念安排。戏曲是综合性很强的艺术,表演手段丰富,但各种艺术手段不能各自为政,而是通过节奏,将各种艺术因素和谐地统一在一起,形成有机的整体。戏曲的唱词是押韵的诗句,配上相应的曲谱,音乐性、节奏性很强。戏曲的念白有韵律、有节奏,也富有音乐性,正如李渔所说:"宾白之学,首务铿锵。一句聱牙,俾听者耳中生棘;数言清亮,使观者倦处生神。"[②] 因为戏曲的唱念都是音乐化、节奏化了的,所以安排全剧的唱和念是关系全剧节奏的重要因素,不要以为是细枝末节而等闲视之。要说清楚这个问题,京剧《红灯记》和京剧《自有后来人》中"说家史"的唱念安排是最好的例证。《自有后来人》安排了十八句唱词,从头到尾让李奶奶一人唱出革命家史。而《红灯记》中唱念安排交叉进行,极富变化,又和谐统一。李奶奶在唱完"十七年风雨狂怕谈以往……"一段后,便气

---

① 余秋雨:《戏剧审美心理学》,四川人民出版社1985年版,第212页。
② 秦学人、侯作卿编著:《中国古典编剧理论资料汇辑》,中国戏剧出版社1984年版,第256页。

势磅礴、字字千钧地向铁梅讲述了京汉铁路大罢工的情景，抑扬顿挫、铿锵有力，特别是祖孙二人的对答，更是扣人心弦。末尾李奶奶的歌唱，又如长江大河奔泻千里，尽情地抒发了人物的感情。前者采用一人净唱的形式来讲完家史，虽然也说得过去，但比起《红灯记》苍劲、雄浑、朗朗上口的唱念安排，其艺术感染力就大大削弱了。故而我们说要处理好全剧的节奏，务必要重视唱念问题。关于这个问题，著名戏曲作家范钧宏先生在他的《戏曲编剧论集》一书中曾有过精辟的论述，值得我们学习、借鉴，这里不再赘述。

节奏问题是个复杂问题，过去一谈节奏，多从表、导演角度谈得多，从剧本创作角度谈得少，笔者有感于此，故提出了几点粗浅的看法，以求教于方家。

（原载《剧本》1996年第2期）

戏剧冲突

第一节　戏剧冲突在戏剧创作中的重要性

戏剧冲突在编剧理论中占有十分重要的地位，戏剧的特性、题材、主题、情节结构、人物塑造，以及语言等都和戏剧冲突有着密切的关系，构思和处理戏剧冲突是剧作者十分重要的课题。

戏剧冲突在戏剧创作中的重要性，是由艺术与生活的关系以及戏剧艺术本身的特性所决定的。首先，社会生活中充满了各种各样的矛盾和冲突，人与人之间存在着复杂的矛盾。有的明显、尖锐、突出，有的隐蔽、含蓄、细微，这些形形色色的矛盾斗争以及人物自身的心理矛盾和斗争，构成了丰富复杂的社会生活。那种无冲突、无矛盾的世外桃花源式的理想王国是不存在的。戏剧作为一门艺术，要真实地反映社会生活的本质及其发展规律，就要反映生活里的矛盾和斗争。

再从戏剧艺术的特性来讲，戏剧冲突在戏剧创作中的重要性就更明显了。戏剧反映生活，要受严格的时间和空间的限制，它反映生活里的矛盾斗争，不可能像小说一样潜伏地缓慢进展，而必须反映生活中变化最显著、斗争最激烈的事件，也就是需要一个迅速爆发、迅速发展、迅速解决的冲突过程。只有将人物置于充满矛盾冲突的环境之中，迫使人物以独特的方式去应对和解决这个冲突，人物才有可能给观众留下深刻、鲜明的印象。离开了戏剧冲突，就不可能在很短的舞台时间和有限的空间里塑造出有血有肉的人物形象，构成引人入胜的戏剧情节。

戏剧冲突的理论与我国戏曲的创作实践基本上是吻合的。从我国流传下来的优秀剧目来看，大多有矛盾爆发、发展到解决的较完整过程。我国古典戏曲理论中虽然没有戏剧冲突这一词汇，却有许多近似的论述，如清代的谢阿蛮、黄旛绰就这样认为："戏者，以虚中生戈。"[①]《国语·晋语注》"戏，角力也"[②]，他们通过对"戏"的字面解释，指出了戏曲在舞台上反映生活矛盾这一重要特征。

戏剧家们从丰富的创作实践中，总结和提炼出戏剧冲突的理论，尽管构思、处理戏剧冲突的方式各种各样，戏剧创作却不能没有戏剧冲突。当然，随着时代的发展，人们的审美观念和审美情趣正在发生变化，戏剧冲突的内涵和表现形式也随之变化，戏剧家们在更广泛地概括生活，更深刻地阐发哲理上进行了丰富的实践，提供了许多新的经验，有待我们去总结、研究。

第二节　生活矛盾与戏剧冲突

戏剧冲突是生活中的矛盾和斗争在戏剧舞台上的反映，虽然生活是文艺的源泉，文艺是生活的反映，但戏剧冲突并不等于生活矛盾，两者有着明显的区别。戏剧冲突是剧作者对大量的生活素材和矛盾现象进行分析、研究、选择、提炼，进行高度概括和集中，通过不同人物之间的矛盾斗争在舞台上体现出来，从而形象地表现出社会生活的本质。比如元杂剧《西厢记》，通过个性鲜明的崔莺莺、张生、红娘与崔夫人之间的矛盾斗争，以及崔莺莺、张生、红娘之间的矛盾纠葛，反映了封建社会中青年男女追求婚姻自主与冷酷无情的封建礼教和门第观念的矛盾斗争。昆曲《十五贯》通过坚持实事求是、敢于为民请命的况钟与沽名钓誉、凭主观断案的过于执及明哲保身、草菅人命的周忱之间的矛盾冲突，揭露了封建吏治的腐朽以及主观主义、官僚主义的危害性，肯定和赞扬坚持实事求是、调查研究的作风，具有长久的认识价值和普遍的社会意义。

但在有的戏剧作品中，不是从人物性格出发去构思和处理戏剧冲突，却将生活矛盾进行简单化的归纳和图解，围绕一项设计、一项工程、一项方案展开

[①] 中国戏曲研究院编：《中国古典戏曲论著集成》（九），中国戏剧出版社1980年版，第10页。
[②] 张庚、郭汉城主编，何为副主编：《中国戏曲通论》，上海文艺出版社1989年版，第275页。

矛盾斗争，表面看来争论激烈，但却没有戏。人物成了不同方案、不同观念的载体，现实生活中丰富生动的斗争变成了简单的公式，导致了雷同化的结构路子。"四人帮"横行的时候，此种创作方法泛滥成灾，东西南北创作的路子都是千人一面，雷同撞车。前车之覆，后车之鉴，切不要陷入将生活矛盾和戏剧冲突等同起来的创作误区。

第三节　戏剧冲突与戏剧动作

古希腊理论家亚里士多德在《诗学》第三章总结戏剧的特征时指出，"悲剧是对于一个严肃、完整、有一定长度的行动的摹仿"，"摹仿方式是借人物的动作来表达，而不是采用叙述法"。戏剧是动作的艺术，它是通过演员的表演，用性格化的动作和语言来塑造人物。戏曲艺术的动作都是歌舞化的，它是演员通过表演，用性格化的歌舞动作和语言来塑造人物，王国维谓"戏曲以歌舞演故事"，其中歌、舞、表演均离不开动作。戏曲艺术起源于原始的歌舞表演，就是模仿劳动的动作。在戏曲艺术形成和发展的过程中，无论是角抵戏、参军戏、杂剧、传奇、地方戏——无一不是通过人物的动作来塑造人物形象，揭示主题思想。搞清楚了戏剧艺术的这一特征，对剧作者进行创作实践是具有意义的。

一、动作

戏剧塑造人物形象所运用的手段，主要是外部动作（形体）、语言动作（对话、对唱、独白、独唱、旁白、旁唱等）、内心动作、静止动作、音响动作。下面我们就择其几个动作进行剖析。

（一）外部动作

外部动作也叫做"形体动作"，日常生活中人们走路、跑步、上楼、开门、跳舞、打斗等都属于人物形体的活动。剧本创作和演出中的动作源于生活，却又高于生活，是戏剧表现生活的一种手段。中国戏曲虚拟的、程式化的外部动作，即"唱、念、做、打"中的"做、打"两部分，在剧本创作和演出中都占有十分重要的地位，如起霸、卧鱼、抖水袖、云手、整冠、甩水发、耍纱帽翅等，都具有表现生活和塑造人物的性能，而且具有高度的形式美。

外部动作要有充实的心理内涵作为依据，只有情动于中而形于外，演员在舞台表演时，观众才能通过人物的外部动作，窥测到人物的内心世界，否则，就是徒有形式的外壳。著名川剧表演艺术家彭海清十几岁学戏时，在《豫让桥》中扮演豫让，80岁的老师看了不满意，彭海清还以为是自己哪些武功没有用上，殊不知老师问："你用什么杀人？"彭海清回答："用刀杀人。"老师摇了摇头，指着他的胸："要用'心'杀人。"正是这个"心"字，使彭海清受益终身，他也为这个"心"字花费了毕生心血。这里说的"用刀"与"用心"虽然只有一字之差，却会带来不同的效果，用刀杀人，往往只会模仿老师的外部动作，依样画葫芦；而用心杀人，则要求演员必须寻找和挖掘角色的内心依据，才能使外部动作有所附丽，打动人心。著名电影表演艺术家赵丹也说过："戏还是要以情动人。现在的通病是演戏用体力，用嗓子，就是不用心。演戏需要动心，不能靠喊，喊感情是不行的，越喊越空，越不能感染观众。"我们还可以举出许多实例说明外部动作应该源于内心，是人物思想、感情、性格的外部表现，这样的动作才具有生命力，才能感染观众。

（二）语言动作

人物的语言动作在戏曲中主要指对话、对唱、独白、独唱、旁白、旁唱等，即"唱、念、做、打"中的"唱、念"两部分。戏曲语言除了应具有性格化、口语化、音乐性等外，最基本要求是具有动作性。李渔说："言者，心之声也""务使心曲隐微，随口唾出"[①]。戏曲语言除了揭示人物的内心活动外，还要在对话（对唱）中发挥多种作用，或者彼此舌战，互相刺激；或者口蜜腹剑，暗中较量；或

---

① 中国戏曲研究院编：《中国古典戏曲论著集成》（七），中国戏剧出版社1980年版，第54页。

者能言善辩，智激对方；或者热情诚挚，谆谆诱导；或者窃窃私语，沟通心灵。总之要给予对方或强或弱的"冲击力"，从而引起冲突，引起行动，发展行动。正如别林斯基所说："如果两个人争吵一件什么事情，这里不但没有戏剧，也没有戏剧因素；可是，如果争论双方彼此都想占上风，努力刺痛对方性格的某一方面，或者触伤对方脆弱的心弦，如果通过这个，在争论中暴露了他们的性格，争论的结果又使他们产生新的关系，这就已经是一种戏了。"[①] 别林斯基这里所谈的这"一种戏"主要是指语言动作，富有动作性的语言，是全剧戏剧动作的主要因素，这是剧作者不能忽略的。

戏剧动作除了外部动作、语言动作外，还有内心动作、静止动作、音响动作等。

二、叙述与动作

小说反映生活里的矛盾斗争，可以通过叙述、描写，作者还可以随时进行分析，发表议论，篇幅可长可短，不受时间、空间的局限。戏剧反映生活里的矛盾斗争，虽没有小说在时空处理上的某些优势，不能够充分表现各种矛盾斗争酝酿、爆发、发展的全过程，仅仅展现矛盾斗争发展中的某些场景，但这些场景却通过人物的动作，将矛盾冲突发展的进程直观地、形象地、充满情感地体现在舞台上，使观众仿佛亲临其境。剧中人物的不幸遭遇、反抗斗争或卑劣伎俩、可恶可恨的面目等都栩栩如生地呈现在观众面前，产生了独特感人的艺术魅力。清代戏曲家黄周星认为："论曲之妙无它，不过三字尽之，曰：'能感人'而已。感人者，喜则欲歌、欲舞，悲则欲泣、欲诉，怒则欲杀、欲割。"[②]

过去解放区演出《白毛女》，多次发生观众向剧中的黄世仁吐唾沫、扔砖头的事件，说明观众确实对这个坏蛋产生了"欲杀、欲割"的真情实感。又如新中国成立初期著名评剧演员小白玉霜演出《九尾狐》，她以精湛的演技将剧中地主

---

① ［俄］别林斯基：《别林斯基选集》（第3卷），上海译文出版社1980年版，第84页。
② 中国戏曲研究院编：《中国古典戏曲论著集成》（七），中国戏剧出版社1980年版，第120页。

婆演得刁钻毒狠，活灵活现。那时的戏院观众席中还在卖茶。有次演出，一位农村观众一时忘了在演戏，竟拎起茶壶朝台上砸去，正好打在小白玉霜的太阳穴上，一时疼痛难忍，但小白玉霜咬住牙坚持演完了戏。当然，为了保护演员的生命和健康，我们不希望类似的事件发生，但却说明了戏剧艺术可以使观众感同身受，产生强烈的艺术效果。

如果我们以根据长篇小说《许茂和他的女儿们》改编的川剧《四姑娘》与原著作一比较，则叙述艺术和动作艺术的区别就显而易见了。小说中，有关郑百如与四姑娘离婚一段是这样描写的：

"在郑百如瓦房里，经常设酒摆宴，他们那一群家伙，怎样地咒骂共产党，怎样挖空心思诬陷四姑娘的大姐夫金东水——当时的大队支部书记，又怎样地暗地里偷盗队里的粮食，筹划投机倒卖——而郑百如在干了这一切罪行之后，又是怎样地威胁她，将她绑起来，举着明晃晃的刀在她眼前晃来晃去——后来，郑百如掌了葫芦坝的大权，要换老婆，正式地换一个。他们离婚了。"

这里，时间和空间的跨度比较大，而且是以文字作媒介，通过叙述描写，在观众的想象中展现一幅幅生活图景和人物形象。而川剧《四姑娘》的作者魏明伦不但将时空进行了高度集中，而且把叙述的形象变成了可视、可闻的直观形象，变成了在舞台上活动着的人。从第一场开始，观众就看到郑百如在区革委干部齐明江面前弄虚作假、吹牛拍马；而四姑娘却冷眼旁观，绝不同流合污。这一组对比强烈的戏剧动作，初步揭示出人物基本性格特征及其矛盾。接着又通过郑百如对四姑娘拳打脚踢，甚至用打火机烧灼她，进一步刻画出郑百如的凶残嘴脸以及四姑娘的悲惨处境。在第三场中，郑百如和堂姐郑百香经过合谋，一唱一和，逼迫四姑娘离婚。阴险狡猾的郑百如还假惺惺对四姑娘表示怜悯，这更激起了四姑娘的愤怒，她对郑百如进行了血泪控诉，毅然决定离婚，并脱下棉衣向郑百如掷去。这一强烈的动作，表现了四姑娘与郑百如彻底决裂的勇气和决心。魏明伦介绍说："'掷棉衣'是借鉴戏曲《三击掌》中王宝钏和她父亲王允决裂时掷还宝衣的动作。"经过巧妙的融化，这一节奏鲜明、夸张、凝练的程式化动作，将四姑娘"清白而来清白去"的品格予以直观外化。

我们从上面同一题材两种不同文艺形式的片段比较中，不难发现叙述艺术与动作艺术的区别。剧作者要熟悉和掌握生活素材转化为动作的诀窍，才能创作出适合在舞台上搬演的剧本。

三、冲突与动作

戏剧冲突与戏剧动作的关系十分紧密。戏剧动作是刻画人物性格的基本手段，演员通过动作展示人物思想、感情，观众通过动作窥测到人物的内心世界，"动作是激起观众感情的最迅速的手段"[①]。因此在戏剧中，戏剧冲突只有通过戏剧动作变成直观的舞台形象，才能形成真正的戏剧冲突。如昆曲《十五贯》中"访鼠"一场，况钟为了查清案情，扮作测字先生追踪娄阿鼠来到东岳庙借测字的机会，旁敲侧击、语意双关、机智巧妙地探索娄阿鼠的底细；娄阿鼠做贼心虚，鬼鬼祟祟，却又装着光明正大，企图侥幸逃脱。当娄阿鼠假装称是替别人代测字时，况钟一针见血地刺了他一下：

况　钟　依字看来，只怕不是代测！（娄阿鼠吃惊）

况　钟　（故作吃惊状）啊！鼠是为祸之首呢！

娄阿鼠　什么叫"淮河之水"？

况　钟　"淮河之水"乃是罪魁祸首！（娄阿鼠大惊）

况　钟　鼠乃十二生肖之首，岂不是个造祸之端么？依字理而断，一定是偷了人家的东西，造成这桩祸事来的，老兄可是么？

娄阿鼠　先生，你码头跑跑，我赌场混混，自家人，这一套江湖诀不要用啊！人家偷东西，你怎能测得出呢？

况　钟　鼠，善于偷窃，所以才有这样断法。还有一说，那家人家可是姓尤？（娄阿鼠惊，跌倒在地）

况　钟　啊唷！请当心！

[①] [美]乔治·贝克：《戏剧技巧》，中国戏剧出版社1985年版，第25页。

这里，况钟如猫逮老鼠，一抓一放，他几次暗刺娄阿鼠的要害，细看娄阿鼠的反应；娄阿鼠震惊、紧张，却又极力抑制，强作镇静。此处有语言动作、外部动作、内心动作。当况钟说一定是偷了人家东西，那家人家姓尤时，娄阿鼠大惊失色，从长凳上猛地向后翻跌，又很快从凳子下钻出来四面张望，表现了娄阿鼠无法控制和掩盖的惊恐心情。这些有力的戏剧动作，展现了况钟、娄阿鼠两人的意向、愿望和隐蔽的心理活动，体现了两人之间互相试探、撞击和较量。正是这些丰富有力的戏剧动作，把况钟、娄阿鼠之间的冲突用可视、可闻的逼真形象，鲜明、生动地体现在舞台上，具有很高的审美价值。

戏剧冲突和戏剧动作之间存在着辩证的关系，一方面，戏剧动作使戏剧冲突直观地体现在舞台上；另一方面，生活中的动作是杂乱无章的，只有当冲突确立以后，动作才可能明确、集中。其中，戏剧冲突犹如是发条和动力，将动作紧紧吸引并推动其发展，通过动作与反动作相互作用，使戏剧动作沿着因果相承的逻辑发展，直至矛盾冲突解决。

剧作者认识了戏剧艺术这一特性，在进行剧本创作时，就会精心考虑到剧中人物的动作性。剧本中，连篇累牍地发表议论，过多地说明与叙述，都会使戏沉闷、阻滞。著名戏曲作家范钧宏在回答什么是戏曲剧本时说："戏曲剧本是根据戏曲情节结构，使用戏曲文学语言，运用戏曲艺术程式写出来的剧本。"[①]他之所以特别将戏曲艺术程式与戏曲的情节结构和文学语言并列，是因为戏曲是一种程式化的艺术。戏曲中的艺术程式包括表演身段、脚色行当、音乐唱腔、化妆服装等，其中的表演程式就是优美的外部动作。戏曲舞台上，优秀的演员常常是灵活地运用表演程式，用准确的舞台动作，表达出人物的内心感情。老剧作家通过几十年的创作实践，熟谙戏曲艺术的特性，从而在戏曲剧本中强调了艺术程式的重要性。戏曲界的艺人们在评价一个剧本的优劣，能否搬上舞台时，常用简短的语言道出了问题的实质："这个戏动得起来，行！""这个戏动不起来，难办！"剧作者必须熟悉、掌握动作艺术的特性，让剧中人物都用自己

---

① 范钧宏：《戏曲编剧论集》，上海文艺出版社1982年版，第1页。

的语言，动作表现自己的性格，同时推进戏剧冲突的发展。

第四节 戏剧冲突的表现形式

一、性格与性格的冲突

性格与性格的冲突，是指不同人物之间的抵触、矛盾和斗争。对此，狄德罗在谈及戏剧情境时曾有所涉及："人物的处境要有力地激动人心并使之与人物的性格成为对比，同时使人物的利益互相对立。应该使一个人不破坏别人的计划就不能达到自己的目的；或者使大家关心同一件事，然而每个人希望这件事按照他的想法发展。"[①]

黑格尔在《美学》中，关于性格冲突曾有这样的论述："戏剧体诗则以目的和人物性格的冲突以及这些斗争的必然解决为中心。"[②]

要写好戏剧冲突，必须要写好人物。因为观众看戏，首先关心的是剧中人物的命运，对处于冲突中的人物自然就感兴趣。如果对剧中人物印象淡漠，没有感情，那观众对冲突也不会产生兴趣。所以，写戏首先要写出生动、鲜明、内心世界丰富的人物，由各种独特性格的人物及其关系构成冲突，这种性格与性格的冲突才有扎实的基础，才具有戏剧性。写好性格与性格的冲突要注意下列问题。

（一）性格冲突与心理内涵

上一节我们讲了戏剧是动作的艺术，它通过直观化的戏剧动作展示人物性格。可是有的戏里，剧作者为人物安排了一个又一个动作，但人物形象仍然缺少生命活力；有的戏里，人物慷慨激昂，争论十分激烈，却难以打动观众的心；

---

① 伍蠡甫主编：《西方文论选》(上卷)，上海译文出版社1979年版，第363页。
② [德]黑格尔著，朱光潜译：《美学》(第3卷下册)，商务印书馆1981年版，第283页。

有的戏里,情节异常紧张,冲突尖锐复杂,却仍然没有戏。究其原因,是作者只写了人物的表层行为,忽略了促使人物行动的心理内涵,忽略了人物的心理活动是戏剧冲突的根本动力。

人物的行动是受具体的思想、感情、意志、心理特征等因素推动的,促使人物行动的这些内在因素,就是动机。它常常是一个人丰富内心世界的集中体现。性格与动机的密切关系,正如著名评论家侯金镜所说:"一个人的心理活动是一个人的行为动力的基础,从一定意义上来说,把握人和描写人的心理活动,是作家带有根本性质的任务,显示了人物的心理活动,才能表现人物性格。"剧作者只有深刻揭示了人物行动的动机,才能塑造出独特、生动的人物形象。如果人物动机揭示得不清楚、表面化,则人物行动的意义就显得模糊或一般化。对人物表层的现实行为,人们能见能闻,易于发现;而对于人物行动的动机,因其更多表现为人物深层的心理特征,就需要人们去观察、分析。正是这行动背后真实的原动力,才深刻显示人物性格特征。有时生活中不同的人物采取同样一个行动,却各自有不同的动机,其性格特征也各异。剧作者只有写出了这同中之异,才能塑造出独特的个性,而不是千人一面、千部一腔。许多优秀剧目中,都是因为剧作者对于人物性格有了自己独特的发现和见解,才在旧矿里开出了新矿,在同一题材里标新立异。

莆仙戏《团圆之后》是根据传统剧目《施天文》重新进行创作的,《施》剧中,当柳氏为保全婆婆的名节和丈夫的家风,被判处死刑时,闽侯知县杜国忠冒风险阻刑,复审清楚,奸夫郑司成正法,孝妇受封。这里,杜国忠阻刑的动机是为怕"冤枉无辜",是一个被歌颂的清官。著名剧作家陈仁鉴在改编此剧时,将杜国忠阻刑的动机改为他忠于职守,要惩处"奸夫",追究状元的"欺君"之罪,以挽救世道的颓危,不使皇家"旌表"被人窃取,一心维护礼教和封建法律。这样一来,杜国忠就成了残酷的封建礼教的卫道者,成了杀人不见血的凶手。这不仅从根本上改造了这个形象,而且深刻挖掘了悲剧根源,大大丰富了主题的内涵和意蕴。又如明传奇《破窑记》和根据此本改编的川剧《彩楼记》中,都有刘懋将女儿刘氏和女婿吕蒙正赶出府门的行动。但在《破窑记》中,刘懋逐婿的动机是"望吕蒙正成龙"所用的激将法；而在川剧《彩楼记》中，刘懋逐婿的动机纯属嫌贫爱富。同样行动由于动机不同，人物的性格就截然相反，传奇《破窑记》中塑造的刘懋，是一个目光远大、行为磊落、爱才重贤的仁慈长者；而川剧《彩楼记》塑造的刘懋，却是一个目光势利、出尔反尔、嫌贫爱富的封建家长。

以上实例说明了人物行动的动机最能深刻地显示人物的性格特征。可是在有的剧本里，却将人物行动的动机揭示得简单、肤浅，甚至按照某种模式去推测，如在有些传统戏中，凡是奸臣就要陷害忠良，凡是小丑就要强占美女，凡是丫鬟就要为小姐传递情书等。而在一些现代戏中，人物分成了两大阵营，正面人物形象的动机几乎是一样，反面人物的动机也相差无几。这种以主观臆测代替深入细致的心理分析，以简单的模式代替人物丰富复杂的行动动机，必然导致人物性格的概念化、雷同化。

以上对人物行动与心理动机进行了分析，这将有助我们认识冲突与心理内涵的关系，在构思和组织戏剧冲突时，"应该是既包含着人物之间外部行动对立的过程，也包含着矛盾双方心理动机对立的过程。前者是冲突的外壳，后者是冲突的灵魂"[1]。有时候，艺术感染力不仅仅取决于外部行动的尖锐、激烈，而更重要的是取决于潜在动机的对立。剧作者如果只了解人物的外部行动，不深入研究行动内在的动力；只看到人物之间外部行动的对抗，不洞察人物所包藏的心理依据；只着意表现矛盾双方的外部斗争，忽视潜在的心理较量，这样构成的冲突，很可能是直来直去，冲突一触即发，一触即溃。人物形象容易概念化、简单化，缺乏艺术感染力。优秀剧作中的冲突，都包含着两个相互交织的层次，既有人物之间外部行动对立的过程，也包含矛盾双方心理动机对立的过程。

评剧《秦香莲》中的"琵琶词"一场戏，在构思和组织性格与性格的冲突上就值得我们借鉴和学习。这场戏是继秦香莲闯宫遭受挫折后，富有正义感的三朝元老王延龄，同情香莲母子的遭遇，让香莲在陈世美的寿诞之日，到寿堂卖唱。席间，秦香莲的血泪控诉，字字如利刃扎在陈世美的伤疤上，王延龄在一旁揶揄奚落，陈世美暗中叫苦，如坐针毡，他多次阻止秦香莲演唱，要将秦香

---

[1] 谭霈生、路海波:《话剧艺术概论》，中国戏剧出版社1986年版，第164页。

莲轰出府门，而王延龄却倚老卖老，谁也不敢顶撞他。陈世美要秦香莲廊下去唱，要秦香莲掐头去尾唱，王延龄就生气发火，吩咐打轿回府，逼得陈世美只好硬着头皮听下去。这里，陈世美与王延龄外部行动的对抗是"听"与"不愿听"演唱"琵琶词"，而潜在的心理动机却是王延龄想通过秦香莲诉说苦情，以打动陈世美，加上自己从旁劝解，满以为陈世美会回心转意，认下香莲母子。可陈世美却绝情无义、死心塌地、敷衍塞责、欲盖弥彰。这场戏在表面"听"与"不愿听"外部行动对立过程中，还包含着王延龄、秦香莲、陈世美之间潜在心理动机的对立过程。因而戏剧冲突蜿蜒曲折，丰富有力，人物形象生动。如果我们只写了陈世美、王延龄愿不愿意听琵琶词这一外部行动的对抗，而忽略了人物之间思想、感情等心理因素的矛盾冲突，创作就会停留在生活的表层，作品也就缺乏艺术感染力。

（二）性格——冲突的基础

人物的性格是由其家庭教育、职业、经济地位、生活遭遇、社会阅历、社会教养、心理素质等因素所形成的。每个人都有自己独特的行为现实，有自己独特的思维方式及感情、行为的特殊表现方式，这就为构成独具特色的戏剧冲突提供了基础。剧作者在构思和组织戏剧冲突时，要使戏剧冲突不概念、不雷同，就要塑造独具特色的人物形象。高尔基认为，剧本是从性格开始的，也只有从性格开始。1912年，他在写给斯坦尼斯拉夫斯基的信中说："只要有了十分鲜明的性格，他们之间的冲突就不可避免。"[1] 的确，如果人物性格是生动的，他们之间潜伏着矛盾，一旦发生事情，他们就会行动起来，发生冲突。当然，事件作为冲突爆发、发展的外在因素，是必要的条件；但是冲突展开的内在基础和动力，却是特殊的人物性格。剧作者不要让人物成为自己手中的提线木偶，让人物仅仅在剧作者为他设置的戏剧情势下被迫行动，而是要让人物为自己所处的身心状态所驱使，不得不行动起来，与他人发生冲撞。

有的剧本中，人物干瘪概念，缺乏鲜明生动的个性，剧作者构思和组织冲

---

[1] 高尔基著，曹葆华、渠建明译：《文学书简》，《高尔基文学书简》，人民文学出版社1962年版。

突，由于缺乏内在的基础和动力，就仅仅依靠外在的事件来"引爆"和推进戏剧冲突的发展。比如两种方案、两种观点论争的剧本中，矛盾双方你来我往，唇枪舌剑，戏再往下发展，冲突需要激化，只有乞求于事件来推进，或是实验失败，或是大坝决堤等。一个个事件维持不了冲突的发展，又再发生一个事故——这样的剧本堆砌了很多事件，戏剧冲突却"单、直、露、浅"。在一些优秀剧作中，事件非常简单，可由于人物性格鲜明、生动，戏剧冲突却非常丰富。比如川剧《评雪辨踪》，吕蒙正乞斋归来，在雪地上发现了男人足迹，怀疑妻子刘翠屏与人有染，于是平静的家庭掀起了风波。吕蒙正主观、多疑、迂阔，刘翠屏乐观、风趣、豁达，这两个具有独特性格的人物发生冲撞，煞是好看。吕蒙正冒雪归来，刘翠屏怕他挨冻，脱下罗裙与他盖在身上，他却认为是有辱斯文。刘翠屏见他又冷又饿，忙为他端来稀粥，不料敏感而多疑的吕秀才一见稀粥，立即和窑外的足迹联系在一起，他急于追查出这碗稀粥背后的文章，便要刘翠屏到窑外观景致，并对妻子冷嘲热讽，旁敲侧击，绕山绕水，最后才绕到足迹这一问题上，足见吕秀才太不爽快了。如果刘翠屏只是恪守封建礼教的妇女，只是一个符合封建道德标准的贤妻，就会赶快将梅香、院子送银米来的事告诉丈夫，误会立即消除，生活也会恢复平静。可是刘翠屏就是刘翠屏，她敢于触犯"三从四德"的礼教，违抗父命，嘲弄丈夫。她故意不把足迹之事与丈夫言明，有意调侃这个迂阔的秀才。他们时而辩论人生在世要成全三件大事，时而演习吕蒙正高中归来发生争议，甚至发展到双方动手打架。戏剧冲突的发展是一波未平一波又起，曲径通幽，峰回路转。即使刘翠屏将真相说明以后，戏剧冲突还余波三叠，欲平不平。全剧演出将近一个小时，台上只有吕蒙正、刘翠屏两个人，"足迹"一事贯穿全剧，但由于男女主人公性格独特、鲜明，所以一旦碰撞，便生发出丰富、生动、真实、自然的戏剧冲突，从而使该剧成为川剧舞台上的保留剧目。可见具有独特性格的人物，是戏剧冲突的基础和动力，要构思和组织好性格冲突，首先要塑造出血肉丰满富有个性的人物。仅仅依靠外部事件或编剧技巧，就会步入创作的误区，导致戏剧冲突的简单、概念，全剧也就缺乏戏剧性了。

二、内心冲突

内心冲突是发生在人物内心世界里的矛盾和斗争,是人与环境、人与人之间的矛盾冲突所激起的人物自身的动荡和搏斗,也可以说是外部世界的矛盾、斗争在人物心灵深处的折射和投影。随着时代的前进、戏剧创作实践的发展和人们审美心理的变化,内心冲突越来越引起人们的关注和重视。当代人们的审美趋势,正从外向转为内向。人们越来越不满足于对生活表层现象的描述,不满足于对人物形象简单化的塑造,人们需要探究人物的内宇宙,需要看到比海洋还要广阔深邃而又变幻莫测的内心世界。因此,认识、掌握和运用内心冲突,对于塑造具有深度和立体感的人物形象是至关重要的。下面,我们就有关内心冲突的几个问题进行一些探讨。

(一)内心冲突与人物塑造

高尔基说文学是"人学",作为文学的一个分支,戏曲文学的首要任务就是塑造人物形象。人物既有外部世界也有内部世界,剧作者在写人的时候,如果只描写人物的行为表现而不刻画心理内容,则人物形象往往流于概念、雷同。要塑造出具有审美价值和认识价值的人物,不仅要写人物的表层,而且要写人物的内心,正如剧作家曹禺在谈戏剧创作时所讲的,必须善于"把人物心灵深处的东西挖出来"。清代戏曲理论家李渔指出:"言者,心之声也,欲代此一人立言,先宜代此一人立心。"[①]所以打开人物的心扉,深入开掘人物的内心世界,是戏曲创作中一个十分重要的课题。

人的心灵是个丰富复杂的世界,其中往往充满着真与假、善与恶、美与丑的冲突,许多学者和理论家对于人物内心相反两极的对立统一都有精辟的论述。弗洛伊德的心理分析对我们也有参考价值,他认为人的心理是由本我、自我和超我这三个层次结构而成的,本我受自我和超我的"压抑","宣泄"和"反宣

[①] 中国戏曲研究院编:《中国古典戏曲论著集成》(七),中国戏剧出版社1980年版,第54页。

泄"的对抗，就构成了冲突。但在有些戏剧作品中，往往把人物"提纯"了，不是"高、大、全"的英雄，就是坏透顶的恶棍。"样板戏"中的英雄人物，一个个都是不食人间烟火的超人。那时，谁要写人物的内心冲突，写人物自身的彷徨、犹豫、矛盾、斗争，很可能被扣上宣扬"人性论"，丑化英雄、美化反面人物的帽子。随着诸如此类的理论升级，终于使戏剧创作步入越来越窄的死胡同。

新时期以来，戏剧创作的可喜成就之一，正在于突破了不敢写人物内心冲突的禁区，而把笔触深入到人物的心灵深处，从而塑造出一个个血肉丰满、真实可信的艺术形象。仅以戏曲而论，像莆仙戏《秋风辞》中的汉武帝、李寿，湖南花鼓戏《喜脉案》中的李琪，川剧《潘金莲》中的潘金莲，京剧《曹操与杨修》中的曹操、杨修，这些性格复杂、多重色彩的立体形象，给人留下了深刻的印象。其成功的奥秘之一，就是作者深入细致地展现了人物复杂的内心世界，揭示了人物灵魂的冲动和碰撞。传统戏曲里的曹操大多是阴险、狠毒、多疑，性格固定、色彩单一的形象；而《曹操与杨修》中曹操的形象，却是一个感情丰富、性格复杂、具有立体感的人物。作者深入描绘了曹操那充满矛盾斗争极不安宁的内心世界，他三次欲杀杨修，却又三次否定自己，最后下决心将杨修绑上了斩头台，又遇风云突变，杨修以他惊人的才智扭转战局，转危为安。面对眼前发生的事，曹操又犹豫了、动摇了，他赞叹杨修的智谋，欲留下这一奇才，然而又碍于封建专制主义者的尊严，死不承认自己的错误，最后终于杀了杨修。作者细腻地描写了曹操内心不同思想、不同意念的多次纠葛，两种抉择反复斗争的几个回合，从而塑造了一个爱才、惜才，却又忌才、害才的政治家兼阴谋家的形象，使他有别于传统戏曲中曹操的形象。在"这一个"曹操的形象里，蕴藏着独特的思想价值和审美价值。由此可见，深入开掘人物的心灵世界，真实表现人物的内心冲突，是塑造真实可信人物形象的有力手段和必经途径。

（二）内心冲突与抒情性

著名戏曲理论家张庚称戏曲为剧诗，他认为"中国的戏曲是诗人写出来的诗"，具有浓郁的抒情性。古代杰出的剧作家汤显祖把"情"作为戏曲创作最重要的特征提出来，对"诗言志"，汤显祖理解为"志也者，情也"。他的代表作《牡丹亭》就堪称剧诗的典范。翻开戏曲史，关汉卿、王实甫、洪昇、孔尚任等杰出的戏曲作家，无一不是抒情大师，为我们留下了一部部情透纸背的不朽之作。

戏曲艺术长于抒情的特点，使它在表现内心冲突时，有其方便和优越之处。在浩如烟海的戏曲剧目中，除了那些表现两军对垒、唇枪舌剑，具有强烈外部冲突的剧目以外，有的剧目还以人物的内心冲突发展线索作为戏剧情节的主要内容。如马致远的《汉宫秋》，当毛延寿逃到匈奴并献上昭君的画像以后，匈奴单于以武力强索王昭君，而汉朝文武大臣无计可施。处于两难境遇中的汉元帝，谴责文臣武将的无能，哀叹自己的遭遇，他难以割舍王昭君的恩爱，又慑于匈奴南侵的威胁，迫于无奈，只得忍痛忍辱让王昭君出塞和番。马致远以大段大段文采斐然、诗意浓郁的唱词，真切地描写了汉元帝内心的情感搏斗，细致抒发了他思念、悔恨、自责、悲愤的种种感情，具有强烈的艺术感染力。戏曲舞台上，我们还可以看到一些独角戏，一个人在台上载歌载舞几十分钟，尽情抒发内心的感情波澜。如川剧《刁窗》中的钱玉莲在投江自尽之前的犹豫、徘徊，昆曲《思凡》中的小尼姑冲破束缚下山时的烦闷斗争，都通过演员的唱念做打等长于抒情的表现手段，绘声绘色地表现了人物激烈的内心冲突，成为久演不衰的保留剧目。

在探索内心冲突抒情性的问题时，应当特别提到悲剧。一般说，悲剧具有抒情性，构成悲剧抒情性的因素很多，其中之一，就是悲剧的抒情性与人物的内心冲突有密切的联系。别林斯基曾说："与悲剧的观念结合着的是阴森可怕的事件和不幸结局的观念。……如果说血泊和尸体、利剑和毒药不是它的无时或缺的特征，然而它的结局则永远是人心中最珍贵希望的破灭、毕生幸福的丧失。"[①] 鲁迅也说过，悲剧是将有价值的东西毁灭给人看。在悲剧中，无论是人物之间、人与环境，还是人物自身，其矛盾冲突尖锐而残酷，在正义与邪恶、真诚与虚伪、坚强与懦弱、善良与奸诈、良知与阴谋的拼搏中，悲剧人物面临人生十字路口上的严峻抉择或生死存亡的关键时刻，这必然会激起人物内心剧

---

① 汪流等编：《艺术特征论》，上海文艺出版社1984年版，第436页。

烈的震荡。犹如地震的中心，必然喷射巨大的能量一样，悲剧人物内心的强烈感情，必然要释放。如莎士比亚剧作中的悲剧形象，其内心冲突都是很尖锐的，哈姆雷特的"是生存还是毁灭——"的选择，奥赛罗在杀死苔丝德蒙娜前后的内心搏斗，麦克白斯弑君前的灵魂激荡等，都从人物的一段段感情浓郁、音韵铿锵的台词中曲曲传出。在这些段落中，尖锐的内心冲突与强烈的抒情色彩水乳交融，浑然一体，产生了震撼人心的魅力。著名戏曲作家范钧宏在谈到戏曲剧目的体裁时说："人物的行动、遭遇、性格特征，往往成为确定体裁的重要因素。一般说来，行动性不强的，悲剧命运的人物（如《李陵碑》中的杨继业、《祭塔》中的白素贞）大都适合唱工戏体裁。"[①]为什么悲剧适合唱？因为戏曲中歌唱是抒发人物感情的主要形式，悲剧中人物通过成段成套如泣如诉或苍凉悲壮的歌唱，可以淋漓尽致地抒发内心情感和尖锐激烈的内心冲突，从而使人感叹唏嘘，回肠荡气。比如在京剧《赵氏孤儿》中，程婴背着卖友告密的罪名，忍辱负重，强装笑脸侍候屠岸贾，举棍拷打自己的好友公孙杵臼，眼睁睁看见自己的亲生儿子被屠岸贾砍死，其内心冲突是何等激烈。通过程婴那大段的歌唱，抒发了人物万箭穿心、忧心如焚的情感，令人惊心动魄。

当然，内心冲突并不为悲剧独有，正剧、喜剧的内心冲突也常常给全局增添抒情色彩。我们可以这么说，被称为剧诗的戏曲艺术特有的抒情性擅长表现人物的内心冲突，而人物内心冲突的揭示，又强化了戏曲艺术的抒情性。

（三）内心冲突与戏剧性

戏剧性有外在的戏剧性和内在的戏剧性。外在的戏剧性偏重于人物外部行动所产生的艺术效果，内在的戏剧性则侧重于对人物心理世界的揭示所产生的艺术效果。比利时著名剧作家梅特林克曾把内心生活称为"静态的生活"，并提出必须要创造一种"静态戏剧"来加以表现，由于他极端化地排斥人物的外部行动，因而"静剧"的试验未获成功，但对后来的戏剧发展影响很大。契诃夫协调了内心活动与外部行动的关系，他强调："一个人的全部意义和戏都在内心，不

---

① 范钧宏：《戏曲编剧论集》，上海文艺出版社1982年版，第142页。

在一些外部的表现。"① 他的剧作中,以人物的内心活动为主,却又没有排斥人物的外部行动,创造了"内在戏剧性"的新型戏剧。

戏曲艺术长于抒情,擅长表现人物的内心冲突,为产生内在戏剧性提供了用武之地。在有的戏曲剧目中,没有直接的、直观的矛盾冲突,也没有曲折紧张的情节,却侧重于揭示人物的内心世界。比如《牡丹亭》的"游园""惊梦""寻梦"等场次,就侧重于表现冷酷、残忍的宋明理学形成的环境对青春少女的窒息、摧残、压迫,杜丽娘寂寞、苦闷,她追求、向往自由幸福的爱情,她那充满激情的歌唱,是对封建礼教的反抗。类似这种人与环境的冲突在人物心中激起涟漪、波涛的戏,如元杂剧《梧桐雨》、昆曲《林冲夜奔》、川剧《打神》《三祭江》、越剧《黛玉葬花》等,由于揭示了人物内心的奥秘,因而具有内在戏剧性。

德国著名剧作家和理论家弗莱塔克在解释和阐发戏剧性时,把戏剧动作从内到外、从外到内不断运动分为两个过程:第一种是"一个人从萌生一种感觉到发生激烈的欲望和行动所经历的内心过程";第二种过程是"由于自己的或别人的行动在心灵中所引起的影响"。弗莱塔克指出:"最大的魔力始终来自第一个过程,人们进行内心斗争直到采取行动的过程"。② 内心斗争之所以具有魔力,是因为在一出戏里,人物性格随着戏剧情节的发展逐步呈现出来,人物心灵的隐秘也随着矛盾冲突的展开而显露。但当人物处在自我内心斗争时,其思绪犹如涨潮与退潮,时而自我肯定,时而自我否定,时而在私利面前屈服,时而为伸张正义抗争——其性格的各个侧面,其内心深层的思想感情,包括潜意识,一下子全部揭示出来,具有强大的冲击力、穿透力,打动观众的心灵,引起观众强烈的共鸣。比如秦腔、京剧、川剧等都有的折子戏《周仁回府》,周仁从严府回家的途中,内心掀起了狂涛巨澜,他痛恨严年逼他献嫂,又为自己不得不接受严年所赐的官衣和乌纱帽感到羞愧和愤怒。献嫂与不献嫂在他内心进行着痛苦的选择、惊人的搏斗。若献嫂,对不起与自己有结义之情的杜文学;若不献嫂,则自己和杜文学两家皆难保全。最后他想到用自己的妻子代替嫂子献到严

---

① [俄]安东·契诃夫著,满涛、王金陵译:《契诃夫戏剧集》,人民文学出版社1960年版,第528页。
② [德]古斯塔夫·弗莱塔克:《论戏剧情节》,上海译文出版社1981年版,第10页。

府，但又难以割舍夫妻之情——周仁在一次次思考对策，又一次次自我否定的过程中，将内心激烈的冲突剖析得纤毫毕露。这种内在戏剧性最能打动人，具有"最大的魔力"。

内心冲突具有戏剧性还体现在它与悬念的关系上。悬念是产生戏剧性的主要技巧。悬念的产生往往是从人物面临困境开始的，而内心冲突又往往是人物面临两难处境，需要作出抉择时人物的内心活动，这一抉择又往往关系着人物自身和他人的命运。作家高晓声说："一个人总是沿着自己的轨道向前走，也总要走到岔道口。一到这个岔道口，人物性格的二重性就会出现，表现出两种不同思想的斗争，表现出一种特殊的精神状态，这是他决定走哪条路，将会有怎样命运的关键时刻。"[①] 这种特殊的精神状态里就蕴藏着悬念。

内心冲突不仅提出了悬念，而且在冲突展开、解决的过程中，使悬念的提出和缓解，拉开了距离。如果悬念一经提出，便立即解决，则会使人索然无味。有的剧目中，人物的外部动作层出不穷，但却缺少内心活动，只见人物做什么，却不知道他们为什么这样做或那样做，这是难以维系观众兴趣的。相反，在有些优秀剧目中，由于深刻揭示了人物的内心冲突和感情流程，使悬念悬而不决，最后才将谜底揭晓，紧张的观众才能舒口气。如莆仙戏《秋风辞》描写汉武帝晚年，由于居功自傲而刚愎自用，由于幻想长生不老而昏庸迷信，由于猜忌狐疑而滥杀无辜，当江充拿出木头人，诬陷太子造反时，汉武帝盛怒之下将信将疑，若明若暗，犹豫徘徊，难以决断。为了查明实情，他派赵婕妤前往探听虚实，赵婕妤很快查明了真相，眼看太子冤屈即将昭雪，不料江充又以"三祸"威胁、要挟、引诱赵婕妤，使得赵婕妤在真报还是假报之间犹豫、动摇，进行心灵的搏斗。汉武帝、赵婕妤在剧中一次又一次面临抉择的内心冲突，拉长了悬念的线，让观众为太子的命运担忧、焦灼，引颈而望。真是峰回路转，险象环生，绷紧了观众的心弦，这是内心冲突造成和延长悬念的成功例证。

最后需要强调，内心冲突要具有戏剧性，必须要转化为推动戏剧情节发展的具体行动。黑格尔曾说："戏剧应该是史诗的原则和抒情诗的原则经过调解

[①] 高晓声：《创作谈》，花城出版社1981年版，第77页。

（互相转化）的统一。"[1]抒情诗原则和史诗原则的互相转化，就是内心活动和外部行动的互相转化。戏剧是动作的艺术，它不像小说可以作大量的静止的心理描写，内心冲突也不宜孤立地、封闭式地表现，否则，戏剧节奏拖沓、冗长，令人感到沉闷、厌烦。内心冲突要外化为人物的行动，以此来推动戏剧情节的发展。仍以莆仙戏《秋风辞》为例，江充诬陷太子的行动，引起了汉武帝和赵婕妤的内心冲突，而赵婕妤经过内心冲突做出抉择，谎报太子谋反，汉武帝才下决心追捕太子，促使冲突进一步激化。赵婕妤、汉武帝的内心冲突外化为人物的行动以后，有力推进了戏剧情节的发展。由此可见，正是人物的内心活动和外部行动互相转化，使得剧目富有戏剧性。

以上，我们分析了内心冲突与人物塑造、内心冲突与抒情性、内心冲突与戏剧性等几个问题，目的在于如何运用内心冲突这一手段，更好塑造人物，展现人物深邃的灵魂。鲁迅先生在《且介亭杂文二集·陀思妥耶夫斯基的事》一文中曾指出："他把小说中的男男女女，放在万难忍受的境遇里，来试炼它们，不但剥去了表面的洁白，拷问出藏在底下的罪恶，而且要拷问出藏在那罪恶之下的真正的洁白来。"[2]内心冲突剥去人物表层的东西，将人物反复"拷问"，因而在开掘人物深邃的灵魂上有着特殊的作用。而戏曲艺术的抒情性使它在展现人物的内心冲突有一定优势，我们应当珍惜和利用这一优势，塑造出更多、更好，具有深邃的灵魂和复杂性格的人物形象，以满足当代观众不断提高的审美需求。

三、人物与环境的冲突

人物总是处于一定的环境当中，这里所说的环境，是从大的方面而言，既指社会环境，也指自然环境，如战争、动乱、灾害、旧的习惯势力、险恶的大自然等。所谓人与环境的冲突，是指不是在某种特定的社会环境或自然环境下，人物就不会有如此遭遇或者命运不会发生如此转折。

---

[1] ［德］黑格尔著，朱光潜译：《美学》（第3卷下册），商务印书馆1981年版，第242页。
[2] 温祖荫编：《鲁迅论中外小说》，湖南人民出版社1982年版，第254页。

《武松打虎》是表现武松与自然环境的冲突，武松不畏虎的凶猛，勇敢顽强与老虎拼搏，从他与自然强暴的斗争中，显示了英雄胆、豪爽气。

南戏《拜月亭记》虽然描写了王瑞兰追求爱情自由与其父王镇顽固维护门第观念的矛盾冲突，但全剧的大部分内容，都是描写在金代民族战争动乱的时代背景下，在兵荒马乱、颠沛流离的环境里，众多的人被迫离开故土家园，造成了母女失散、兄妹分离。兵部尚书的千金小姐王瑞兰，被孤零零地抛到了荒郊野外，与平民秀才蒋世隆邂逅，两人结伴逃难，在患难中产生了爱情。《拜月亭记》一剧没有着意将人物分成两大阵营，针锋相对地展开斗争，而是侧重描写了在颠沛流离的环境里，王瑞兰、蒋世隆等人在这种特定的条件下，他们特殊的遭遇和命运的转折。

在有的剧目中，人与环境的冲突不倚重众多复杂的戏剧纠葛或爆发式的冲突，而是用藏而不露、引而不发的抵触形式来揭示社会环境给予人物的压抑和压迫。《牡丹亭》中，杜丽娘的父母、腐儒陈最良并不是作为杜丽娘直接、直观的对立面人物出现的。杜丽娘与柳梦梅的爱情也没有破坏者与之对抗，但汤显祖却非常出色地展现了杜丽娘生活的环境。杜丽娘的父亲按照封建礼教一套规范对她严格管教，迂腐顽固的塾师陈最良以封建诗书教条来铸造杜丽娘的灵魂，杜丽娘的母亲遵照封建伦理道德对女儿严加管束和仔细防范——他们的影响渗透到杜丽娘的日常生活之中，渗透于她的内心世界，真是无所不在，形成了窒人的气压，摧残、扼杀少女的青春与心灵。杜丽娘生活在这种冷酷、残忍、令人窒息的环境中，生活在这种"存天理，灭人欲"时代，她那追求爱情自由的要求，必然与之极不和谐而产生矛盾冲突，这种冲突虽然没有剑拔弩张的场面，但却深刻揭示了人物内心的苦闷和压抑，以及杜丽娘冲破这种牢笼的艰巨性和复杂性，所以人物与环境冲突，是一种内在的冲突，越来越引起戏剧家们的重视。

以上我们分别研究了戏剧冲突的三种形式，实际上三种冲突形式在剧目中并不是单一存在的，而是千丝万缕地联系在一起，千变万化地纠葛在一起，如何将它们融合，使之成为有机的整体，就必须从人物性格出发、从剧情发展出发，而不是采用简单的创作模式所能奏效的。

第五节　戏剧冲突与戏剧情境

戏剧情境在戏剧创作中是十分重要的，它是引发戏剧冲突，推动戏剧动作的外在条件，是展示人物性格的"磁场"，需要加以特别的关注和研究。

在剧本创作中有这样的现象，有的剧本为了造成尖锐的戏剧冲突，为人物安排了血与火的考验，但却引不起观众的兴趣；有的剧目只反映了日常生活中的一件小事，却包含着潜在的戏剧性，使观众聚精会神地注视着戏剧冲突的发展。有的剧目冲突双方争论得异常激烈，但人物始终动不起来；有的剧目将大段的叙述作为全剧的主要内容，却具有引人入胜的魅力。有的场面作者花费了很大的力气去写戏，就是写不出戏来；可有时，作者一旦将人物置于特定的环境中去，人物按照性格逻辑行动，一动就是戏。许许多多耐人寻味的现象，都关系着戏剧情境设置问题，难怪有的外国戏剧家将理想的戏剧情境比喻为"戏的金银宝库"。

戏剧理论很早就注意到"情境"（或叫做"处境"）对刻画人物性格和推动戏剧冲突的重要性。18世纪法国著名的戏剧理论家狄德罗在《论戏剧艺术》一书中，反复强调"情境"的重要性：

"人物的处境要有力地激动人心，并使之与人物的性格成为对比，同时，使人物的利益互相对立。"

"真正的对比乃是性格和处境间的对比，不同人物的利益间的对比。"[1]

黑格尔在《美学》中也说道："充满冲突的情境特别适宜于用作剧艺的对象。"[2]

不仅理论家们重视戏剧情境的设置，许多剧作家的创作实践也证实了戏剧

---

[1]　伍蠡甫主编：《西方文论选》（上卷），上海译文出版社1979年版，第363页。
[2]　伍蠡甫主编：《西方文论选》（下卷），上海译文出版社1979年版，第292页。

情境的普遍意义。剧作家胡可曾说道："后来，写了几个剧本，我逐渐察觉，对于形成一个戏剧情节更为有用的，常常倒是另一类材料，这就是那些使自己受到感动的有意义的并且具有某些特色的人物关系，和那些足以考验人的品质的严重的或者有趣的境遇。"① 著名戏曲作家范钧宏在《"杨门女将"写作札记》一文中有这样一段话："谈到情节，就要注意境遇的选择，因为人物总是在千差万别的境遇中，经历着独特的遭遇而显示自己的个性。因此构思时，不能不首先考虑这个问题，特别是足以突出主人公性格的不平凡的境遇。""足以激起人物性格冲突的不一般的境地和遭遇。"② 著名戏曲作家陈仁鉴在谈创作经验时说道："我是主张每个戏都应该以'局式'取胜的，使情节安排都能入'局'，使之出人意料之外，而又入情入理有情致。""所谓'局式'，或'局'，用今天的话来说，就是有'新颖的艺术构思'，也就是'把戏的故事安排得有情趣或巧妙'。""所以性格是'局式'的基础，'局式'是性格的升华。"③ 老作家将"新颖的艺术构思"叫做"局式"，故而这里所说的"局式"近似于戏剧情境的设置。

　　戏剧情境如此受到戏剧家们的重视不是偶然的，我们研究许多优秀剧本的成功经验，会发现设置好的戏剧情境，能充分展示人物性格，戏剧情节也就生动、丰富。反之，一些不太成功的剧本中，人物塑造、冲突情节都有着缺陷，而这些缺陷又与戏剧情境的设置有一定的关系，所以我们说戏剧情境在戏剧创作中是十分重要的。

　　谭霈生教授说道："戏剧情境的内涵，一般包括：其一，人物活动的具体环境，如剧中人物动作展开的时间、场所等，这种因素对人物的活动当然具有一定的影响力；其二，事件，是构成戏剧情境的一个重要因素；其三，特定的人物关系，是构成戏剧情境的最重要的因素，也是最有活力的因素。"④

　　戏剧冲突与戏剧情境有着密切的关系，戏剧情境是戏剧冲突爆发和发展的基础和条件。我们曾经讲过，戏剧冲突不同于生活矛盾，生活中的矛盾一般是

---

① 人民文学出版社编辑部编：《论剧作》，人民文学出版社1979年版，第168页。
② 范钧宏：《戏曲编剧论集》，上海文艺出版社1982年版，第220页。
③ 李国庭：《陈仁鉴评传》，中国戏剧出版社1988年版，第477页。
④ 大连市艺术研究所剧作理论研究组编：《剧作艺术论》，文化艺术出版社1990年版，第174页。

散漫的、形形色色的、断断续续的，进展是缓慢的，有的矛盾还没有激化成冲突就消失了。而一个剧本，要在有限的时间、空间内深刻地展现某种生活矛盾酝酿、爆发、发展、解决的过程，在构思和组织戏剧冲突时，就需要为冲突的迅速爆发、发展提供必要的条件，这就涉及戏剧情境。下面我们就分别论述构成戏剧情境的要素以及它们和冲突的关系。

一、事件

事件是冲突的动力，也是戏剧情节的基本单位。事件有一个简单的解释就是生活中、剧本里发生的事情。

事件是构成戏剧情境的要素之一，因为人物性格的抵触和对立，仅仅是处于一种相对静止和矛盾状态。只有在特定的情况下发生具体的事件，人物按照自己的性格、意志、目的来处理这一事件，不同人物所采取的利益相悖的行动就发生抵触冲撞，他们相对静止的矛盾状态才能转化为戏剧冲突，对立的性格才流动起来。冲突酿成事件，事件又促使人物再次行动，于是又引起新的冲突和事件——我国戏曲剧本中大多数结构形式，都在这辩证的连锁反应的方式之中，完成了情节的发展，完成了人物形象的塑造。因此，剧作者精心选择的事件，不仅是全剧的情节骨架，而且是引起冲突爆发、推动人物行动的导火线和动力。比如川剧《拉郎配》，就是主要由皇帝选美这个事件构成了尖锐的戏剧情境，挑起了矛盾，调动了各种人物。剧中人物丰富有力的戏剧动作都与这一事件有密切的关系。挑选800名美女陪王伴驾的圣旨一下，这一事件使钱塘县全城闹得鸡飞狗跳，一片混乱，上自官绅人家，下至平民百姓，有女的人家，纷纷上街拉郎，强招女婿，青年男子吓得不敢出门。秀才李玉从三桂州读书回来看望母亲，被王员外强拉到家中与女儿拜堂成亲。李玉深夜翻墙逃跑，不料跌入卖艺人张彩凤家中，这一对青年男女患难相交，萌发了爱情，两人拜堂成亲，结为百年之好。李玉连夜回家欲向母亲禀明婚姻大事，谁知途中又被县官夫人抢去与女儿成亲。于是三家为争一个女婿闹家、闹街，最后闹到县衙的公堂上，结果是李玉、张彩凤喜结良缘。在这个戏中，钱塘县生活节奏的改变，人物冲突的发生、发展，都是由挑选800名美女陪王伴驾的圣旨一下这个事件引起的。由此可见，事件在剧本构思中是极为重要的因素之一。

我们讲了事件在剧本创作中的重要性，但并不是生活中随便什么事件都可以照搬到剧本里构成戏剧情境。剧本中的事件是剧作者精心选择，并经过剪裁、改造、加工而成的。优秀剧本中的事件，无论是政治、军事、历史、社会等重大事件，或是寻常百姓家的凡人小事，它们之所以构成戏剧情境，一般都具有两方面的特征：第一，人物在处理这件事的过程中，能显示其思想感情、意志、素养等性格特征；第二，能够迅速改变人物关系。这两点可以说是选择戏剧事件的基本要求。

湖南花鼓戏《喜脉案》选择的事件堪称一绝，李琪等太医一出场，就被推入尖锐的戏剧情境之中，他和众太医被召来为私孕的公主"诊病"，面对着至高无上的封建统治者，众太医张皇失措，进退维谷，说真话是揭穿皇家的隐私，有损皇家的尊严，会招来杀身之祸；说假话违反医德，良心受到谴责。剧本选择的这一事件，犹如一块试金石，李琪、状元、胡植等人面对这一严峻考验，其性格特征得以充分显示。状元仗义执言说了真话，被打入死牢；胡植为救状元说了真话，被赐予吞金自尽；倒是李琪用谎言维护了自身，也解救了同行。这一事件不仅检验出了李琪等人的思想、品格，而且揭露了封建统治者的专横、暴虐和虚伪。《喜脉案》一剧事件的选择，确是非常高明。

莆仙戏《秋风辞》一剧对事件的选择也很成功。汉武帝晚年刚愎自用，唯我独尊，江充、苏文等人栽赃陷害太子，从太子寝宫内搜出木头人。与太子有过前情的赵婕妤在江充的诱惑下，为了自身的利益和亲生儿子能够继承皇位，又谎报太子造反，致使父子结仇怨，骨肉相残杀。就连感谢太子恩德，发誓要效犬马相报的李寿，在仓猝而至的突发事件面前，为了功名私欲，也杀死太子，并取其头颅领功受赏。正是江充栽赃诬陷太子，从太子寝宫内搜出木头人的事件，点燃了冲突的导火线，推进了人物的动作，并迅速促使人物关系发生变化。以上的例子说明，选择得当的事件是增强戏剧情境艺术魅力的重要保证。精心选择、剪裁、改造、加工事件，是剧作者重要的基本功之一。

二、人物关系

人物关系不仅是指社会关系、家庭关系。虽然离开了这些关系就无法表明人物的身份，但它们毕竟局限于人物的表层关系。

人物关系也不仅仅归之为围绕某种方案，某个问题人物所持的不同态度而构成的"是非关系"。

我们所指的人物关系是具体生动的性格关系，是那些对立、抵触的性格关系。在社会生活中人与人之间总是互相联系的，他们或者互相矛盾、相互抵触，或者相互同情、相互依存。剧作者的任务就是要将人物之间的关系非常周密地组织起来，使他们处于相互制约、相互影响的状态，这些人物的纠葛就会使戏剧冲突变得错综复杂，尖锐激烈，生动丰富。因此，精心组织人物关系，这又是剧作者构思戏剧情境的重要课题。

从优秀剧本的创作经验来看，剧作者在构思戏剧情境，组织人物关系时一般是运用以下两种方法：第一种是利用复杂的人物关系纠葛设置戏剧情境。在这种情境里，人物除了对立、抵触的性格关系外，还有亲友关系、恩怨关系、职业关系等，几个人物或几组人物的各种关系都结合在一起，相互交织、相互渗透、相互牵制、相互影响，从而使戏剧冲突深刻化、尖锐化、复杂化。

著名戏曲作家陈仁鉴谈《团圆之后》的创作经验时说："当我看完了这个剧本（指莆仙戏传统剧目《施天文》），第一印象是：施天文是这个戏的团圆主角，但却没有渗入全案的矛盾之中，而是逍遥事外。我设想如果把郑司成和叶氏的私通，写成是由于礼教的阻扰而不能结合的爱情，他们的私通是正常的，可同情的；把施天文（后改名为施佾生）写成是郑、叶的私生子，又高中了状元，为母亲请旨旌表，赐建贞节坊。这样，柳氏触见隐私，叶氏自杀之后，问题就会像炸药爆炸似的，集中在施佾生身上，施佾生与周围环境的矛盾，就会非常尖锐起来，问题在于施佾生是私生子，其本身便是封建社会的对立面；但悲剧的构成却在丁施佾生的社会地位，传统教育，都使他成为封建礼教热情的拥护者。由于他本身与旧社会存在的严重矛盾，于是他越拥护旧礼教，就越会与旧礼教产生正面冲突，越使他走向暴露自己，走向为他毁灭而设置的陷阱，走向犯罪与灭亡。"①

《徐九经升官记》的作者介绍该剧的创作经验时说："剧本试排以后，虽然有一定的基础，但问题也暴露出来了，突出的问题是主线还不清晰，人物还比较散，矛盾的发展还有些拖沓，处理手法还有些落套。"接着作了几次修改，仍然没有很大的突破，达不到预期的效果，作者为此陷入了苦恼之中。经过苦苦思索和大家的启发帮助，终于明确了问题的症结所在。原来所设计的徐九经怀才不遇，是因为皇帝以貌取人，将其黜贬，所以他抱怨皇帝；九年以后王爷举其高升，因而他感恩于王爷。这样的处理，不仅徐的恩怨都集中在作者所鞭挞的恶势力一方，无法激化矛盾，而且，徐的所谓"怨"与抢亲案这一中心事件完全没有联系。毛病找准了，药方也就对症。作者把当年以貌取人，扼杀人才，黜贬徐九经的直接责任移到安国侯的身上。这个情节的移易，使剧本发生了飞跃，它不仅使主人公徐九经的恩怨交织在相互对立的两大权势之中，与抢亲这一中心事件发生了有机联系，而且人物关系的复杂化就使徐九经在断案过程中遇到了棘手的官司，王爷举其高升，对其有恩，却在抢亲案中无理；侯爷九年前将其黜贬，对徐有怨，却在抢亲案中有理。徐在恩与怨、情与理、权与法、公与私之间展开了激烈内心斗争，不仅丰富激化了全剧的戏剧冲突，同时也升华了剧本的主题。

第二种方法是不以人物关系的复杂纠葛取胜，而是矛盾双方人物在主观和客观方面有其特殊的条件，从而形成特殊的人物关系，以此来构筑戏剧情境、强化戏剧冲突。在戏曲小戏（含折子戏）中，有许多两人为主的"对子戏"，大都是以这种方法来设计人物关系，构建引人入胜的戏剧情境。如川剧传统喜剧《乔老爷奇遇》第三场"闯马"，书生乔溪被天官之子蓝木斯撞倒在地，由于两人独特的性格，发生了冲突。蓝木斯骄横跋扈气焰熏天，一见有人撞马，就吆喝

---

① 福建省戏剧研究所：《陈仁鉴戏曲选》，中国戏剧出版社1981年版，第61、62页。

家奴打人。如果乔溪胆小怕事，必然是蓝木斯行凶以后扬长而去，冲突就很简单。但乔溪却是个耿直、迂阔的书生，他不畏权势，执拗得可爱，面对权势显赫的天官公子，他仍然按照自己的性格逻辑行事，非要评个谁是谁非。当蓝木斯因急于追赶美女想脱身时，乔溪仍然拉住他上公堂去评理，这两个独特的人物碰在一起，就引起了一场富有情趣的喜剧冲突。

吉剧《包公赶驴》（取元杂剧《陈州粜米》中的一个片段），描写包公为了解除百姓的灾难，微服私访。在去陈州的路上，巧遇卖唱女王粉莲，王粉莲让庄稼佬模样的包公为她赶驴，包公为了查访贪官的罪行，不顾年迈体弱，天热路远，竟为王粉莲赶驴。一路上，了解到贪官小衙内、杨金吾的许多罪行。正是由于这种主观和客观条件，构成了开封府尹包大人为卖唱女赶驴的特殊人物关系，甚至发展到杨金吾、小衙内将扮作赶驴老汉的包公捆绑起来欲拷打的尖锐冲突。

无论通过哪种途径来组织人物关系，都必须包藏着、潜伏着矛盾的因素，具有内在的冲突基础。只有人物关系不协调、不稳定，一旦有一个事件触发，就会爆发冲突。莆仙戏《团圆之后》中，郑司成、施佾生、叶氏之间的关系既彼此牵制又不平衡。当柳氏三朝拜见婆母，无意中发现从婆母房中出来的郑司成时，这一事件的出现就使几个人物之间不稳定的关系立即转化为尖锐冲突。具有生气、活力的人物性格冲突必然是深刻、丰富、生动的。反之，如果我们组织人物关系是从抽象化、概念化出发，将人物关系仅仅理解为社会关系、家庭关系，或者围绕某种方案、某一问题，人物所持的不同态度构成的是非关系，这种人物关系所构筑的戏剧情境，冲突的发展就会"直""露""浅""白"。此外，我们也要认识到组织复杂的人物纠葛，目的是有利塑造人物。切不可将手段当目的，设计出"迷宫"似的人物关系，剧中人物关系密密麻麻，搅成一团，让观众如坠云里雾中，全剧的基本内容就是向观众交代人物关系的真相，结果笔力分散，削弱人物形象塑造。这两种设计人物关系的方法都是创作误区，剧作者切勿陷入。

三、环境

环境是构成戏剧情境的因素之一，它包括地点、场合、时间等。前面我们讲了事件，人物关系引发和强化冲突的作用，如果在情境中加上环境的因素，则事件和人物关系的作用将得到大大发挥，冲突的力度也会加强。我们试以两个例子来说明。

京剧《杨门女将》"请缨"一场，按一般的处理，会安排在金殿，这种环境里，必然是宋王高踞于上，佘太君孤军奋战，而且碍于君臣之礼，佘太君说话又要掌握分寸，矛盾难以激化，戏不是流于"直"，就是流于"瘟"。而范钧宏和吕瑞明却匠心独运，将请缨的地点安排在杨宗保的灵堂。这一环境的改变，顿使戏剧情境富于艺术魅力。当意欲求和的宋王别有用意来到天波府祭奠时，一门孤寡，满堂肃穆的悲壮气氛和环境，与宋王怯懦苟安的心理形成尖锐的对照，简直就是绝妙的讽刺和嘲笑，宋王被投进这样的戏剧情境之中，其内心又是何等尴尬；白发老人在爱孙灵柩前挺身请缨，又是多么悲壮、激昂；杨门女将也只有在这种环境里才能参与请缨的冲突，她们对主和派王辉进行冷嘲热讽和有力驳斥；寇准维护杨家，在其间推波助澜——这几组人物的行动和交锋，使这场"冷"的戏变得"热"起来。杨门女将的堂堂正气充溢着舞台，窘态百出的王辉难以招架，异常尴尬的宋王不得不颁旨出征。同样是"请缨"一场戏，安排在灵堂就比安排在金殿要强烈、有力，富于变化和机趣。可见环境在戏剧情境中也是十分重要的因素，它对强化戏剧冲突，增加戏剧情境的艺术魅力有着不可忽视的作用。

环境包括地点、场合，也包括时间及其他客观条件的限制。在一些剧目中，剧情的紧张就与时间的紧迫感密切相关。京剧《莫成替死》(《一捧雪》中一场戏)，就是以时间的紧迫感来加强剧情的紧张性。莫怀古为了避免灾祸，携眷潜逃，在蓟州境地的柳林被严世蕃的校尉拿获，行文说明，解交蓟州堂就地正法，五鼓天明，就要行刑。当夜，蓟州总镇戚继光将莫怀古提到二堂，商量营救的办法。众人束手无策，陷入困境，莫成决定牺牲自己，为主替死。四更鼓响，五鼓天明将至，众人慌作一团，戚继光将莫怀古放走，并叮嘱莫成："莫成，五鼓天明，法场之上，不要胡言，不要乱语，你老爷的性命，本镇的前程，就在你身上了。"戚继光这字字如千钧的叮嘱，不仅使莫成感到重如泰山，而且预示着更大的危机即将来临。"莫成替死"这一片段中，正是通过对时间的强调加剧了戏剧冲突的危机感，推进了戏剧情势的紧迫感。这里，如果删去了时间的因素，戏剧情境的艺术感染力就会大大削弱。

以上，我们粗略讨论了戏剧冲突与戏剧情境的关系，为了方便起见，我们将人物关系、事件、环境分别进行了论述。但如果我们翻开优秀作品，在一些场次和场面中，其戏剧情境的构成往往是这三者综合运用。因为当人物关系、事件、环境在戏剧情境中同时运用时，这三种因素就会相辅相成，更有效地发挥作用，取得最佳效果。比如京剧《杨门女将》中"寿堂惊变"一场，天波府张灯结彩，喜气洋洋，为杨宗保祝贺五十大寿。焦、孟二将前来报丧，杨宗保中箭身亡。这突然的打击使穆桂英、柴郡主悲痛不已，因担心百岁高龄的佘太君难以承受这突然的打击，决定暂时隐瞒噩耗，照常开宴。穆桂英、柴郡主强忍悲痛，假作欢颜，和着心酸的泪水喝下了苦酒。焦、孟二将竭力掩饰，仍被老练的佘太君看出破绽，迫使焦、孟二将道出真情。百岁老人痛失爱孙却屹立不倒，含泪举杯仰天遥祭。这里，焦、孟二将报丧是促使冲突爆发的事件，穆桂英、柴郡主、焦孟二将隐瞒噩耗和不知情的佘太君构成的人物关系，使戏剧冲突的发展起伏跌宕，尖锐复杂。寿堂的具体环境又大大强化了戏剧冲突的艺术感染力，产生了震撼人心的力量。这场戏中，事件、人物关系、环境相互影响，相互作用，共同创造了一个理想的戏剧情境。假如我们删去其中任何一个因素，都将影响这场戏的艺术感染力。由此可见，要设置引人入胜的戏剧情境，剧作者必须全面掌握运用构成戏剧情境的因素。

必须指出，如同其他写作技巧一样，戏剧情境的设置也要从生活出发，从人物出发。脱离人物设置戏剧情境，犹如是玩弄"七巧板"游戏，必然会导致人物与冲突的虚假和缺乏生命力。

第六节　组织戏剧冲突的几种方式

生活是一个纷纭复杂的大千世界，反映生活矛盾的戏剧冲突也是丰富多彩的，组织戏剧冲突的方式没有固定不变的规则，它是由独特的人物性格、独特的人物关系、人物所处的环境、所面临的情况等因素决定的，是受到剧作者创作个性制约的。下面我们就介绍戏曲中组织冲突的几种方式。别人的经验可以借鉴，但绝不能套用，套用现成的经验，往往是削足适履，画虎类犬。

一、虽然是展现人与人之间的冲突，但冲突的一方根本不出场

滇剧《牛皋扯旨》，描写岳飞冤死后，牛皋在宋朝和金兵的夹攻中占山为王。金兵入侵，宋王命牛皋的结拜兄弟陆文亮转呈圣旨，要牛皋下山抗金。牛皋一见圣旨，愤怒中将圣旨扯得粉碎。但对岳夫人的来信，却立即摆设香案，先是恭敬叩拜，后再读信，读完信后，决意听从岳夫人的劝告，以大局为重，出山抗金。剧中，表现性格耿直、疾恶如仇的牛皋和软弱无能、宠信奸佞、偏听谗言、陷害忠良的宋王之间的冲突，但宋王并没有出场，而是通过使者陆文亮转呈宋王的圣旨，牛皋思想感情的起伏变化，表现了他与宋王尖锐的冲突。

这种方式是，冲突的一方虽然没有出场，但通过场上人物的活动，展现了冲突的发展和解决。

二、冲突的一方和几个对手轮番交锋

莆仙戏《春草闯堂》中，春草为救薛玫庭闯入公堂，与胡知府、诰命夫人发生冲突，冒认姑爷后，春草又与小姐在"证婿"这件事上发生冲突，当小姐李半月冲破封建礼教的束缚，勇敢站出来认婿后，春草、小姐又与李阁老发生冲突。

京剧《赵氏孤儿》中的屠岸贾，也是和忠臣赵朔、程婴、公孙杵臼、韩厥、赵武等人轮番交锋。

三、冲突的一方节节进逼，另一方步步退让，待冲突积累到一定程度的时候，采用爆发式一举结束冲突

京剧《乌龙院》"杀惜"一场中，阎惜娇拾得梁山弟兄给宋江的信后，以此来要挟宋江，一要写休书，二要改嫁张文远，三要打手模脚印。阎惜娇步步紧逼，得寸进尺。宋江强忍心中的痛苦和愤怒，一一照办。阎惜娇收下休书以后，又自食其言，要拉宋江到郓城县堂。宋江一忍再忍，再三央求阎惜娇归还书信，阎惜娇不但不还书信，还动手打了宋江，破口大骂宋江私通梁山。宋江在忍无可忍的情况下，积压的怒火猛然爆发，拔刀杀死阎惜娇，冲突解决。

四、冲突的双方，冲突的基本内容不变，但通过一次次交锋，冲突逐步激化和深化，最后发展到高潮，冲突解决。这是常见的一种形式，我们就以京剧《宋士杰》的三次公堂为例

第一次上公堂，顾读一见宋士杰，不怀好意问了一句："宋士杰，你还不曾死吗？"这句话问得刁钻，很难回答。精通人情世故和富于幽默感的宋士杰竟巧妙回答："阎王不要命，小鬼不来传，你叫我怎样地死啊！"这个回答不软不硬，让对方抓不住把柄。顾读只好另外找碴，责问宋士杰为何要包揽词讼，宋士杰临时编了一套瞎话，说明他与杨素贞是义父义女的关系，并非包揽词讼。"办事傲上"是宋士杰性格中最突出的一面，第一次上公堂，虽也表现了"傲"，但语气神态之中却还掌握着分寸。说明宋士杰还不知道顾读这个人物是好是坏，他寄希望于顾读，因此留有余地。

"二公堂"情况就不一样了，顾读徇私枉法使蒙冤的杨素贞身陷罗网，宋士杰激于义愤，堂口喊冤，上堂之后，与顾读唇枪舌剑，摆开战场，连珠炮似的

八个问句，问得顾读胆战心惊，理屈词穷，最后竟自露马脚，不打自招地问："宋士杰，你口口声声庇护杨素贞，莫非受了贿？"宋士杰立刻抓住话柄："不错，受贿不多。"顾读急问："多少？"宋士杰厉声回答："三百两！"这就击中了顾读的要害，顾读恼羞成怒，只得以欺官傲上的罪名，将宋士杰责打四十大板。宋士杰强压怒火，伺机反击。

"三公堂"情况就有所不同，按院大人毛朋已准了状子，宋士杰又带了证物，打官司有了把握，这时，宋士杰与顾读的冲突激化为高潮，白刃相见了。

当毛朋传上宋士杰时，做贼心虚的顾读主动迎上前拉拢宋士杰，很和气问道："你来了？"宋士杰的答话是软中带硬："按院大人传我，不敢不来。"顾读带有威胁地说："此番去见大人，当讲则讲，不当讲不要胡言乱语！"宋士杰这时哪怕他这一套，顶撞道："当讲自然要讲，不当讲，嘿嘿！（语气加重）也要讲他几句。""我看你讲些什么？"

宋士杰哪肯示弱："我自然有讲的！"顾读只好气呼呼地说："进来！"

宋士杰以衣襟为证，面向毛朋揭露了顾读、田伦相互勾结、徇私枉法的罪行以后，毛朋叫宋士杰下堂去，他的官司肯定是打赢了，顾读又尾随前来："宋士杰，你好厉害的衣襟呀！"宋士杰立即回敬："大人，你好厉害的板子呀！"顾读咬牙切齿："哼！回得衙去，我定要你的老命！"宋士杰："怎么，你还想回去吗？嘿嘿！只怕你回不去了！"

《宋士杰》一剧中，正是通过三次公堂，将宋士杰在替干女儿打官司的过程中，从对顾读抱有希望，到希望破灭，宋士杰挺身而出，与顾读针锋相对，揭穿了顾读贪赃枉法的罪行，两人间的冲突一步步激化和深化，最后以宋士杰打赢官司结束。

五、冲突双方在正面交锋中，有不同的处理，有时，冲突双方在交锋中都处于进攻；有时一方进攻，一方防守防御，进攻的一方先设下圈套，而后引对方上钩

元杂剧《救风尘》是以妓女生活为题材的作品，宋引章是一个天真幼稚毫无

生活经验的女子，她忍受不了妓女生活的痛苦，急于要嫁人，可又分不出男人中谁好谁坏。她又爱虚荣、贪舒适、讲享受，背弃了洛阳秀才安秀实对她的爱，也拒绝了赵盼儿对她的忠告，终于落入周舍的圈套。宋引章一进门，就被周舍打了个"五十杀威棒"，后来她忍受不了周舍的虐待，只得写信向赵盼儿求救。

赵盼儿机智、老练，富有正义感和同情心，为了搭救宋引章，她来到郑州，找到周舍，她抓住周舍贪财好色的弱点，温声柔气对周舍说，早就爱上了他，可周舍偏偏娶了宋引章，因而嫉恨在心，今日自备嫁妆来，就是为了和周舍成亲。周舍一见风情万种的赵盼儿，不知不觉落入了她设下的圈套。虽然虚伪、狡诈的商人周舍也有过戒心，但经不住赵盼儿的巧妙周旋，周舍终于解除了戒备，写了休书。好似鱼儿上了钩，赵盼儿终于救出受尽蹂躏的风尘姐妹宋引章，两人乘车扬长而去。

也是元杂剧的《望江亭》，谭记儿中秋晚上假扮渔妇前往望江亭与杨衙内周旋，智赚势剑金牌，挫败了杨衙内杀人夺妻的阴谋。此剧也是设下圈套、请君入瓮的好例证。

六、冲突双方由于误会和巧合，冲突在阴差阳错中推进、发展。《风筝误》《花田错》《乔太守乱点鸳鸯谱》等喜剧在处理冲突时采用的就是这种方式

川剧《乔太守乱点鸳鸯谱》是反映封建社会里青年男女追求婚姻自主的喜剧。剧中的两对年轻人慧娘和孙润、徐文姑和裴政在庙会上一见钟情，暗中传递信物，在男女授受不亲的封建礼教下，在庙会的大庭广众场合中，他们在慌乱中互相传错了信物，致使双方家长在遣媒说合时，孙润错配了徐文姑，裴政错配了慧娘。孙润的姐姐珠姨许配给刘璞，刘璞的妹妹正是慧娘。刘璞染病，刘母以"冲喜"为由，催娶珠姨。孙母知刘璞病，怕误了女儿的终身，便命其子孙润男扮女装，扮成珠姨代嫁，拜完堂即刻回家。谁知拜堂成亲时，刘璞卧床不起，刘母便命女儿慧娘代兄拜堂，并陪伴新妇。这代兄代姐荒唐事，正好促成了慧娘和孙润这对有情人的结合。事情败露以后，裴父因未婚儿媳慧娘"出乖露丑"前来找刘家吵闹；徐父因未婚女婿孙润与慧娘结合而来找孙母辩理；刘母又因孙母"李代桃僵"上门来责问她为何"卖假货"？几家人吵得沸沸扬扬，闹翻了天，告到乔太守处，稀里糊涂的乔太守面对这乱麻一团的案子焦头烂额，后经人指点，他断案的结果，竟成全了慧娘与孙润、徐文姑与裴政、珠姨与刘璞的美满婚姻，皆大欢喜。此剧的戏剧冲突，正是在错递信物，错遣媒说合，弟代姐、妹代兄拜堂的阴差阳错中向前推进、发展，构成了一出妙趣横生的喜剧。

采用此方法，切忌胡编乱造，一要符合生活逻辑，二要符合性格逻辑。

七、主要冲突和次要冲突交织在一起，相互制约，相互影响，相互推进，戏剧冲突成复合状

元杂剧《西厢记》中，老夫人与崔莺莺、张生、红娘的冲突为主要冲突，但大量的戏剧情节却并非是主要冲突产生的结果。它在主要的戏剧冲突之外，还设置了崔、张、红三人之间复杂的矛盾冲突，与主要矛盾冲突相互制约、相互影响，在全剧冲突中占有很大的比重。

京剧《白蛇传》中，对矛盾冲突的处理，也属此类。

艺术的出路在于创新，剧作者在写作时，在戏剧冲突的处理上要力求新颖、独特，才能使作品产生令人神往的魅力。

第七节　戏曲表现冲突的特点

所谓特点是相对而言，是把戏曲同西方传统的写实话剧相比较而言。随着时代的发展，人们的审美情趣发生变化，戏剧观念也发生嬗变。戏曲、话剧等姊妹艺术通过横向借鉴，互相取长补短，丰富自身。因而下面所提到的戏曲冲突的特点，在当今戏剧舞台上已不再是戏曲的"专利"，在一些话剧或其他艺形式中也可见到。这里之所以要提出来，一来是戏曲与话剧总体上讲，它们在处理和表现冲突上，毕竟还有区别；二来是为了习剧者继承和发扬戏曲传统编剧技巧，创作出富于戏曲特点的剧本来。

一、由于表现手段不同带来的特点

话剧主要通过人物的对话和动作来表现戏剧冲突，一出话剧里，哪怕是独幕剧里，如果没有戏剧冲突，第一，很难塑造人物形象；第二，没有"危机"不能引起观众对悬而未决的问题产生焦虑的期待；第三，容易形成演员在台上化妆讲演，当作者的传声筒，只能使观众提早离开剧场。

戏曲具有唱念做打等丰富的表现手段，它是熔歌、舞、故事于一炉的艺术形式，而且很重视形式本身的美。因此观众对于"戏"的概念和要求就同话剧不完全一样。观众在看戏曲时，除了看故事内容之外，还要欣赏演员的技术和技巧。有些传统剧目，可以说已经家喻户晓，但仍然能够长演不衰，很重要的一个原因，就是因为综合了多样艺术手段而带来的特殊魅力。同样一个剧目，优秀艺术家的表演和一般演员的演出，对于观众的吸引力也大不一样。著名话剧导演徐晓钟说："中国戏曲观众到剧场，最感兴趣的不是形式写实、描绘逼真的舞台布景，而是演员的表演；他们更感兴趣是演员高超的歌唱和舞蹈的技巧与精湛的演技。观众不仅关心人物在'做什么'，也不完全满足于看他'怎样做'，观众还要看演员如何运用高超的艺术、精湛的技巧来展现人物的'怎样做'。"[①]这可以说是中国观众历来对于戏曲艺术形式的审美习惯。因此那些具有尖锐戏剧冲突的剧目（如《十五贯》《白蛇传》《杨门女将》《团圆之后》等）固然受到人们的欢迎；但在一些戏曲剧目中（特别是民间小戏中），尽管戏剧冲突不很尖锐，甚至没有什么冲突（如昆曲《嫁妹》、川剧《秋江》、京剧《小放牛》、黄梅戏《夫妻观灯》等），由于这些剧目在唱念做打的某一方面或某几方面，有精彩的表演或绝招，演出时载歌载舞，生动活泼，照样吸引观众。

---

① 徐晓钟：《在自己的形式中赋予自己的观念》，《人民戏剧》1982年第6期。

戏曲中有些独角戏(京剧《周仁回府》、昆曲《思凡》、川剧《刁窗》等),或者类似于独角戏的剧目如京剧《贵妃醉酒》、川剧《三祭江》等,都是一个主角在台上表演几十分钟,它们着重刻画和抒发人物的思想感情和内心冲突,而不直接表现对立双方的冲突。这些戏之所以受到观众的喜爱,除了对人物内心的刻画细致入微,以鲜明独特的个性以及人物的遭际、命运激发观众的兴趣和感情外,还在于优美的唱腔、舞蹈和表演能够使人得到艺术上的满足。而这样的独角戏,用话剧表演就比较困难,因此话剧像戏曲那样的独角戏是少见的。

由于戏曲的表现手段丰富,因此在表现冲突时,可以使用的"武器"一般来说比话剧多。话剧主要依靠对话、独白、表情、动作等来表现戏剧冲突。而戏曲除此之外,还可以用以下手段来表现。

歌唱。在不少戏曲剧目中,每当戏剧冲突尖锐激烈时,往往为置身于戏剧冲突旋涡中心的人物安排大段的唱腔,以充分抒发人物在特定情境中的万千思绪和潮水般的感情,像川剧《打神》、京剧《归舟沉江》、川剧《刁窗》等戏中的大段唱腔,就是主要通过歌唱的手段来揭示戏剧冲突的。著名剧作家曹禺写的话剧《王昭君》中,省去了昭君"出塞"的情节,而在京剧、粤剧根据此剧的改编本中,不约而同地增加了"出塞"的情节,并且将它作为重场戏。其原因恐怕就是考虑到在"出塞"的特定情境中,可以运用载歌载舞的优美形式,更好地抒发王昭君此时此刻独特的感受和心情,展示她的内心冲突,不仅为塑造王昭君的形象抹上了浓浓的一笔,而且使整场戏有着诗的意境和韵味,符合作为"剧诗"的戏曲特点。

程式化的动作。戏曲中,表现人物左思右想、难以决断的时候,往往使用纱帽翅、甩水发、抖髯口、翻卷水袖等程式化的表演,配上有节奏的打击乐器的烘托,就十分有力地表现出人物特定的思想活动及内心冲突。在程派名剧《春闺梦》里,女主人公运用了变化多姿的舞蹈、圆场和美不胜收的水袖动作,表现出主人公梦见战火兵燹的种种场景,形象地揭示出"可怜无定河边骨,犹是春闺梦里人"的深刻主题。这是利用戏曲程式表现社会矛盾和人物内心冲突的成功例证。

特殊的技巧。由于戏曲表演具有神形兼备、写意夸张的特点，因此常常运用一些技巧来烘托气氛，强化戏剧冲突。如京剧《李慧娘》中就成功运用了"吐火"的特技，形象地渲染了屈死的冤鬼李慧娘的冲天怒火，表现了她对贾似道不共戴天的仇恨和强烈的复仇意志。川剧《断桥》中，青儿搀扶着身怀有孕的白娘子来到断桥，与许仙不期而遇，在这狭路相逢的刹那间，扮演青儿的演员突然用烟抹脸，怒对许仙。民间常说"貌随心变"，通过"变脸"这一特技，将青儿对软弱、动摇、背信弃义的许仙的愤恨心情及疾恶如仇的性格生动表现出来，其性格与性格之间的冲突更为鲜明、强烈。又如川剧《萧方杀船》，在金大用、庚娘夫妻登船时，萧方欲杀害金大用夺走庚娘，倏地亮出了一把二尺多长的大刀在庚娘眼前一晃，庚娘惊骇不已，待金大用上前询问时，萧方手中大刀忽然变成了一柄折扇在面前悠然摇动。"藏刀"这一特技，表现了强盗萧方杀人欲望情不自禁的流露，以及他善于隐藏杀机的奸诈；生动地揭示了萧方、庚娘、金大用之间的性格冲突，同时也预示这一场生与死的搏斗即将展开，让观众对老实、单纯的金大用夫妻的命运悬心吊胆。

内心活动视像化。京剧《徐九经升官记》中，徐九经面对着棘手的官司彻夜难眠，是秉公直断，以德报怨，还是昧着良心，暗报私仇？就在他焦头烂额、昏昏欲睡之时，灯光渐暗，舞台上出现了两个衣着和打扮与徐九经相同的幻影，一个代表"良心官"，一个代表"私心官"，各述其理由与利害关系，都把徐九经往自己一边拉。这是通过了内心活动视像化的手法，把徐九经在恩与怨、权与法、情与理、公与私之中尖锐而复杂的内心冲突表现出来了。

我国戏曲种类繁多，每个剧种都有其鲜明的地方特色和独到的艺术处理，表现戏剧冲突的手段也是丰富多彩，还不止以上几种。

明确了话剧和戏曲表现手段上的不同，我们在创作戏曲剧本时，就要将唱念做打均包括在"戏曲语言"的概念之内，既要发挥"唱和念"这种有声语言的功能，又要发挥"做和打"这种无声语言的功能，从而避免将剧本写得太"满"、太"实"。在表现戏剧冲突时，就不一定非采用对话、对唱、独白、独唱，可以通过戏曲特有的程式和技巧，采用无声语言，会说话的动作，不但能收到良好的艺术效果，还能诱发演员进行二度创作，为发挥他们的才能和技艺，留下广阔的用武之地。我们试举川剧《跪门吃草》为例，这是全本《赠绨袍》中一折，反映战国时期魏王惧怕强秦，派须贾前去参拜秦相张禄。而这个张禄，正是当初横遭须贾陷害，差点丢掉性命的范雎。冤家狭路相逢，范雎拒不接见须贾，还将他拘禁在馆驿。正当须贾又焦又急、束手无策时，范雎乔装改扮，以乡里的身份前来拜访，自称可以带须贾去见张禄丞相。须贾将信将疑地跟着范雎来到丞相府前，发现衣衫褴褛的范雎竟大摇大摆走进府去，两旁的军士都毕恭毕敬迎接。须贾十分诧异，当他从守门卫士口中证实范雎就是张禄丞相时，犹如五雷轰顶，一霎时栽进了万丈深渊，内心活动异常激烈。这段戏，剧本的台词很少，艺术家们运用了大幅度的水袖翻卷，旋风般的甩水发，颤抖的纱帽翅，急促的膝步等一系列会说话的动作，表现了须贾从惊异、怀疑、揣度以及证实了范雎就是张禄丞相时，他那万分不安、焦急、后悔和恐惧的心理。如果剧作者不熟谙戏曲特有的程式和技巧，不利用"做和打"这种无声的语言，而把须贾的内心冲突完全写成唱词或念白，那么，满满的有声语言就会挤掉许多精彩的表演，戏的艺术魅力就会大大减色，人物塑造也不会这样生动、鲜明、丰满，可见只有熟悉和掌握戏曲艺术的表现手段，才能将唱念做打等"武器"充分运用起来，为表现戏剧冲突、塑造人物形象服务，从而也就显现出了戏曲艺术的风格和特色。

二、由于戏剧观不同带来的特点

戏曲与话剧虽然同属于戏剧这一门类，但话剧更强调反映生活的真实性。虽然话剧也在发展、变化，出现了各种流派，特别是西方现代派戏剧，在戏剧观和表现手法上，与传统的戏剧已相距甚远，但在我国话剧舞台上，写实的话剧至今仍占主导地位。因此可以说，我国的话剧主要是用一种写实的戏剧观指导的。而戏曲并不强调制造生活的幻觉，而是通过演员的虚拟表演，引导和诱发观众通过联想和想象，进入剧中的戏剧情境，因此戏曲是一种侧重写意的艺术，它体现了一种写意的戏剧观。在写意戏剧观的指导下，戏曲表现冲突有以下特点。

(一) 内心冲突和外部冲突交织、交融

戏曲和西方写实的话剧相比较，虽然在反映生活上都具有假定性，但西方的话剧更强调真实地反映生活。它要求在舞台上制造逼真的环境和气氛，要求演员在透明的"第四堵墙"里，深入角色之中，沉浸在剧中人物的思想感情里，一般不允许与观众直接"对话"和交流。中国戏曲表演与生活形态有着较大的距离，假定性程度更高，它可以公开承认自己是在演戏，有时剧中人物可以跳出规定情境同观众交流，加之戏曲长于抒情的特点，往往通过大段唱腔倾诉自己复杂的感情和隐微的心曲。因而在戏曲中，可以用唱念做打交织的手法，使外部冲突和内心冲突融为一体，从而使戏剧冲突更丰富、生动，人物性格也更真实、饱满。在莆仙戏《春草闯堂》第四场"证婿"中，丫鬟春草和秋花，竭力说服小姐李半月勇敢站出来，认义士薛玫庭为婿，而李半月碍于礼教，犹豫再三，疑虑重重。剧中，将春草、秋花与李半月之间的冲突，以及李半月自身的内心冲突交织在一起，揭示出李半月终于认婿这一行动的内在依据，故人物形象真实、可信。再如川剧《情探》中，敫桂英明明是来活捉王魁的，可是来到王魁的书房门前，却又一缕情思，回肠百转，对王魁再一次进行试探。她追忆昔日的恩爱，诉说满腹的委屈，降低和好的条件，甚至近于哀求，希望王魁能回心转意。王魁也并非一个毫无人性的木偶，听了敫桂英的哀诉以后，也曾徘徊、犹豫、感念前情。当王魁质问敫桂英为什么一人来到京城时，敫桂英拿出一张小小的药方，深情回忆去年秋后王魁得了寒疾，敫桂英在海神庙求得药签一方，王魁病体才得痊愈，因怕他旧病复发，无人侍奉，特地送药方而来时，王魁被敫桂英的真挚情意所感动，深感内疚：

王魁　(背立洒泪)往事如尘，说得我柔肠寸断！
　　　(唱)不该不该大不该，

王魁做事不成材。
感得她千山万水一人来,
况且她花容玉貌依然在,
徘徊!
那韩丞相知道多妨碍。
皇天鉴我怀,
昧良心出于无奈!
(回首对敫)
药方儿于我何哉?
(抛药方于地)我不病了,纵病也有人侍候
……

　　这里,王魁在听了敫桂英的哀诉之后,几度动摇、犹豫,他拉开"打背躬",通过唱,抒发了自责和悔恨,大有和好之势,但终因利欲熏心和惧怕权势,只好自我解嘲"昧良心出于无奈",成为死心塌地忘恩负义的无耻之徒。剧作者让王魁与敫桂英两人之间的对唱、对话与王魁的独唱、独白交织在一起,让人物之间的交流和人物与观众的交流联结在一起,让外部冲突与内心冲突融合在一起,从而使得王魁的内心冲突及思想感情的变化、发展显得真实可信,不是简单加以丑化,这就更能激起观众对他的鄙弃和憎恨。

　　一般来说,外部冲突尖锐、激烈的时候,也是人物内心冲突复杂、丰富的时候,有的剧本中,往往注意剧情的推进,忽略了人物内心冲突的描写,这就失去了一个刻画人物内心世界和抒情的好机会。戏曲中内心冲突和外部冲突交织、交融,既能刻画人物的内心世界,抒发人物感情,又能推动剧情发展,实为表现冲突和推进剧情的好办法。

(二)内心冲突与内心冲突交锋

　　戏曲中的内心冲突常常以这样的形式出现,即内心冲突直接交锋。西方写实话剧总体来说，人物彼此的心理活动不发生直接的冲突；但在中国戏曲中，演员可以通过"打背躬"等形式，直接表现人物内心冲突与内心冲突交锋。比如京剧《沙家浜》中"智斗"一场，阿庆嫂、刁德一、胡传魁三人的"背躬"唱，相互怀疑，揣度衡量，作出判断，细腻而有层次地表现了人物之间的冲突。再如川剧传统折子戏《黄沙渡》，义贼万安和赶考的秀才周魁黄昏时同住进黄沙渡边的一个黑店。周魁身带二百两银子，店主见钱顿起歹心，将周魁安排住楼下，将万安安排住楼上（舞台斜场一个桌子假定为楼上，中央是楼下）。万安凭多年闯荡江湖的经验，辨出此店是黑店，他出于对弱者的同情，对楼下周魁的处境非常关心，时时窥测着楼下的动静，揣测、判断店主的思想和行动。而店主既有害人之心，就不得不对楼上的万安有所提防，于是两人展开了激烈的思想活动。高明的川剧艺术家将楼上楼下"剪接"在一起，让人物的内心活动与内心活动交流，内心冲突与内心冲突交锋，下面就是万安和店主各自的内心独白所构成的精彩"对话"：

店主　这位相公身带二百两银子，白花花的，重礅礅的，煞是爱人，待老子与他借。

万安　人生面不熟，他肯借给你！

店主　是话呀！我索性手执一把钢刀，把他杀了。

万安　杀人要填命喽！

店主　是话呀，店内杀人，相公会吼起来，我才大有不便。

万安　莫乱想汤图吃，算啰。

店主　到手财喜，岂有算了之理，待我用麻枯酒将他麻了，背到黄沙渡，甩下江心，慢说是人，就是神仙也不知道。

万安　嘿，我就晓得。

店主　扯了"葱葱"，再扯"蒜苗"！

万安　哎呀！（急用被蒙头）

……

这里，用新颖、奇特的艺术手法，既描写了万安、店主各自的内心冲突，又揭示了二人内心冲突与内心冲突交锋，可谓一箭双雕，产生了特殊的艺术魅力。

以上我们从戏剧冲突的角度谈了它在戏曲和话剧中的不同表现形式和特点。文中所说的话剧，主要是指传统的写实话剧。戏曲作者，掌握了戏曲艺术的特点和规律，才能创作出更多、更好，既有时代精神又有戏曲特点的优秀剧本。

戏曲剧本的情节与结构

第一节 情节与结构

一、情节

在叙事作品和戏剧作品中,情节是作品内容的组成要素之一。纵观戏曲剧本,有情节浓化和情节淡化的作品之分,却没有无情节的作品流传于世。这是因为戏曲作为一种剧场艺术,要在两个多小时的演出时间内,吸引观众、征服观众,让观众饶有兴趣地从头看到尾,固然与表演、音乐、舞蹈、舞台美术等有密切联系,但起决定作用的,还是剧中的情节。同时,我国戏曲艺术在形成和发展中,直接或间接受到说唱文学的影响,不少戏曲剧目都是从唐人传奇,及后来的诸宫调,平话小说,鼓词、评书改为舞台戏的,其情节性都比较强,天长日久,便形成了我国戏曲观众的审美心理和审美情趣,喜欢看情节性较强的作品。鉴于此,戏曲剧作者在进行艺术创作时,不能忽视广大观众的欣赏习惯,应重视戏曲剧本中的情节因素。

(一)什么是情节

高尔基说:"文学的第三个要素是情节,即人物之间的联系、矛盾、同情、反感和一般的相互关系——某种性格、典型的成长和构成的历史。"[1] 这段论述精辟地揭示了情节的实质。为了进一步理解情节这个概念,我们有必要搞清楚故事、情节以及它们之间的相互关系。

---

[1] 高尔基著,孟昌、曹葆华译:《高尔基文学论文选》,人民文学出版社1958年版,第297页。

（二）故事与情节

故事与情节是两个不同的概念，但在日常言谈和文章中，很容易将故事与情节等同起来。这种理论上的疏忽，是不利于指导创作实践的。英国著名小说家福斯特在《小说面面观》中说过这样一段话：

我们已经把故事解释为：叙述若干按照时间的先后排列起来的事件。一段情节也是对若干事件的叙述，但这里强调的是因果关系。"国王死了，然后王后也死了"，这是一个故事。"国王死了，然后王后由于哀伤过度而死了"，这是一个情节。时间的顺序还是被保留了，但因果关系的比重更大——再如："王后死了，没有人知道她的死因，后来发现她是由于过度哀伤国王而逝世的。"这是一段含有一个未知因素的情节，是一种可以大大发展的形式，它拉长了时间上的顺序，而它和故事之间的区别已达到了最大的程度。从王后之死这件事来讲，假如在一个故事中，我们问："死了以后呢？"假如在一段情节中，我们问："为什么死的？"这是小说的两个方面之间的基本区别。①

福斯特用了通俗的比喻，划分了"故事"与"情节"的界限。谭霈生教授关于这两个不同概念的论述，也有助于我们区别"故事"与"情节"。他说："生活事件，指的是实际生活中发生的事实……故事，是按照时间顺序叙述若干事件的自然联系；情节，则是强调事件与事件之间的因果关系，也就是作家对故事进行艺术构思和艺术处理的结果，它已经是构成作品的'要素'。"②

如果我们将这些论述用来观照丰富繁多的戏曲剧目，那问题就更清楚了。有些戏曲剧目都是取材于同一故事，但由于剧作者的艺术构思和艺术处理不同，其情节也就各异了。就以大家所熟悉的《西厢记》为例。

《莺莺传》中，张生对莺莺"始乱而终弃"，并自我辩护，将女人视为祸水。

《西厢记》的情节在《莺莺传》的基础上作了较大的改动，剧作家王实甫唱出了"有情人终成眷属"的赞歌。

再如白朴写的元杂剧《梧桐雨》和洪昇写的传奇《长生殿》，马致远写的元

---

① ［英］E.M.福斯特著，苏炳文译：《小说面面观》，花城出版社1984年版，第75、76页。
② 谭霈生：《论影剧艺术》，湖南文艺出版社1986年版，第2页。

杂剧《汉宫秋》和曹禺写的话剧《王昭君》，前者同取材于李杨爱情故事，后者取材于王昭君和番的故事，但由于剧作家们艺术构思和艺术处理不同，情节也各呈异彩。

搞清楚了"故事"和"情节"的区别，对剧作者进行剧本创作是大有益处的。故事的来源多种多样，安排情节的途径和方法也非常复杂。剧作者必须牢记，观众看戏最关心的是人物，剧中人物的遭遇或变故引起观众的同情或憎恶，他们的品质引起观众的敬仰或唾弃，这都是由于人物的行为和人物之间的矛盾冲突所造成的，也就是情节所产生的艺术感染力。情节与人物性格是有机联系在一起，情节因人物活动而产生，人物性格因情节的发展而呈现，情节总是为塑造人物性格服务的。剧作者组织好情节的关键，在于对人物性格的熟悉和了解。要在写好人物性格的基础上，生发出好的情节构思。违背生活逻辑，脱离人物性格发展的轨迹，人为地瞎编乱造，像有些传统剧目一样，不顾历史、时代、环境对人物应有的制约，人为地要人物去做一些不可能做的事，这样的情节是不可信的，也是缺乏艺术感染力的。相反，有的传统剧目如传奇《红梅记》全本，是以贾似道与裴禹矛盾为主要线索，以裴禹、卢昭容美满结合为结局，李慧娘与裴禹的爱情线仅是全剧的一条副线，但由于它是从李慧娘爱憎分明、疾恶如仇的独特性格中生发出来的情节，因而具有特殊的艺术魅力和强大的生命力，全本《红梅记》现已很少演出，然而《李慧娘》一剧却风靡全国，久演不衰。这一例子启迪我们在构思情节时要着眼于对性格的把握和开掘。

虽然不同的人物会生发出不同的情节来，但为了使情节生动、丰富，为了求得情节的"首尾完整"，剧作者还必须熟练地掌握结构技巧，将纷纭复杂的情节结构成一个完整和谐的统一体，下面我们就谈谈戏曲结构。

二、结构

（一）什么是结构

戏曲结构是指对作品内容各部分之间的组织和安排。剧作者在创作实践中，根据反映生活和表现主题的需要必须考虑如何组织材料，如何设置人物，如何展开矛盾冲突，如何切断动作，如何组织场面，何处大力渲染，何处轻轻带过，开头与结尾怎样呼应等。只有对这些做了严密周详而又匀称的安排和布局，才能把剧本的内容和谐地组织起来，显示出来，使剧作成为一个完整的统一体。

剧本需要结构，就像造房子需要设计图一样，历代的艺术家们都十分重视戏曲剧本的结构工作。清代戏曲理论家李渔说："至于'结构'二字，则在引商刻羽之先，拈韵抽毫之始，如造物之赋形，当其精血初凝，胞胎未就，先为制定全形，使点血而具五官百骸之势。倘先无成局，而由顶及踵，逐段滋生，则人之一身，当有无数断续之痕，而血气为之中阻矣。工师之建宅亦然，基址初平，间架未立，先筹何处建厅，何方开户，栋需何木，梁用何材，必俟成局了然，始可挥斤运斧。倘造成一架，而后再筹一架，则便于前者不便于后，势必改而就之，未成先毁。犹之筑舍道旁，兼数宅之匠、资，不足供一厅一堂之用矣，故作传奇者，不宜卒急拈毫。袖手于前，始能疾书于后。"[①] 这就是说，剧作者在下笔之前，必须精心构思，周密布局，使剧本最终构成完美和谐的艺术整体。

（二）完整的戏曲结构

不同的文学体裁，有不同的结构形式和方法。戏曲剧作者对于创作素材的组织和安排也要借助于一种独特的思维方式和构成方法。著名戏曲作家范钧宏在回答什么是戏曲剧本时说："根据戏曲情节结构，使用戏曲文学语言，运用戏曲艺术程式写出来的剧本，就是戏曲剧本。"又说："我以为一个完整的戏曲结构，应包括两个方面：一，分场（或分幕）的故事情节；二，与之相适应的技术安排。"[②] 这些话告诉我们，戏曲结构有别于其他舞台艺术结构，除了情节结构以外，它还要考虑技术结构。其中包括唱念、表演、舞蹈的设计、程式的运用、人物上下场的节奏以及重点唱段的安排等。剧作者在艺术构思的过程中，综合地调动戏曲艺术的各种表现手段，按照戏剧情节的发展，塑造人物的需要，安

---

① 中国戏曲研究院编：《中国古典戏曲论著集成》（七），中国戏剧出版社1980年版，第10页。
② 范钧宏：《戏曲编剧论集》，上海文艺出版社1982年版，第4页。

排唱、念、做、舞，需要什么手段，就运用什么手段，既可以同时发挥各种手段的作用，也可以只突出其中一两种手段的作用，使作品的内容得到更好的艺术表现。

戏曲结构不仅是剧本创作过程中的一项正式的工序，而且是一项极为重要的工序。有经验的剧作者都十分重视动笔以前的构思工作，只有把提纲全部理清楚了，一切酝酿成熟了，才开始动笔，写起来方能又快又顺利。许多文学艺术家们为使自己的作品结构完整，达到内容与形式的完美和谐，呕心沥血，反复推敲，付出了艰苦的劳动。

第二节　戏曲情节结构的特点

叙事作品和戏剧作品所需要的结构，不同于绘画、雕塑结构。绘画里的静物写生一般无情节，雕塑虽然一般有情节结构，但只是情节的一瞬间。而小说、戏剧和电影都需要情节结构。

虽然小说和戏剧都需要情节结构，但却有区别。小说可长可短，作者可以大段地描写景物，悠闲地进行人物心理分析，可以随时更换场景，也可以站出来发表议论。但这些在戏剧中就要受到限制，因为戏剧一共只有两小时半到三小时的演出时间，只有二三十平方米的舞台可以活动，而且作者不能站出来解释，要靠演员扮演角色，用人物自身的行动和语言来表现，因此，戏剧就特别要求结构的严密紧凑和高度集中。

苏联的霍洛道夫曾用"向心力"和"离心力"来形容剧本创作的完整统一。他写道："向心力表现出自然地、出于受戏剧本质所制约地倾向于使行动的时间和地点，以及角色人数的极端集中化，以便保持行动的统一。离心力体现素材和体裁规律的对抗，体现出艺术家同样十分自然地在描述现实生活时力求达到最大可能的生活的丰满和生活的从容不迫。每个剧本仿佛是两种力量的合成力。"① 有限的舞台时空要表现无限丰富的生活，即是"向心力"与"离心力"这两种力量的搏斗，这给剧作者在结构剧本的过程中造成了很大困难。或是剧本结构混乱，容纳不下素材；或是该说的大体都说了，但不自然，不真切，缺乏艺术感染力。要使剧本达到完整统一，就必须做到既要有丰富的生活内容，又符合时间、地点、人物和行动尽量集中的戏剧规律。剧作者必须经过不懈的努力，使这两种力量达到均衡，克服来自生活素材、来自戏剧体裁两方面的阻力。

如上所说，戏剧结构需要高度集中，而戏曲结构则更需要高度集中。我国戏曲从说唱文学演变而来，在表演上，也继承了说唱艺术一人主唱的特点。由于一人主唱，情节就必然集中到一个主角身上，因此也就必然形成一人一事的结构。明清传奇和以后的地方戏虽然突破一人主唱的局限，但剧本结构仍继承了集中、凝练的传统。其次，戏曲在表现手段上使用的是唱、念、做、打等程式，程式是被节奏美化、放大了的生活形态，运用它们需要更多的时间，这就要求事件和人物的集中，尽可能删去可有可无的情节和人物。戏曲艺术的综合性、写意性、虚拟性，使其在结构上有别于其他艺术形式，其主要特点有三个。

一、冲突集中　以线串珠

李渔针对传奇创作的弊端，特别提出来"立主脑""减头绪"的要求，认为："作传奇者，能以'头绪忌繁'四字刻刻关心，则思路不分，文情专一，其为词也，如孤桐劲竹，直上无枝，虽难保其必传，然也有荆、刘、拜、杀之势矣。"② 戏曲剧本也和其他艺术形式一样，重视主题对情节的统率作用。在主题的统率下，强调一线到底，有头有尾，脉络分明；强调矛盾冲突的集中、凝练，它尽可能不生枝蔓，以纵向的叙述展开矛盾，其矛盾冲突犹如滚雪球似的向前推进，最后达到高潮，而不作横向的铺陈。比如川剧《拉郎配》，改编者牢牢抓住皇帝

---

① 顾仲彝：《编剧理论与技巧》，中国戏剧出版社1981年版，第174页。
② 中国戏曲研究院编：《中国古典戏曲论著集成》（七），中国戏剧出版社1980年版，第18页。

选美给民间带来巨大灾难这个主题，并以此为焦距，用作取舍和凝聚内容的依附。同时又用了一个中心事件——拉郎配贯串全剧，矛盾双方紧紧围绕着拉郎配这一事件展开矛盾冲突。作者通过书生李玉一夜间三次被强拉拜堂成亲的遭遇，起到了穿针引线的作用，将原来不可能遭遇在一起的人物都集中在一起了。正如明代戏剧理论家王骥德说："务如常山之蛇，首尾相应。"[①] 全剧的情节发展是一条连绵不断、波浪起伏的线。

戏曲的结构不仅是冲突集中，主线贯串，而且全剧的矛盾纠葛和冲突是作为一个个连续发展的"点"，在情节发展"线"上作线性的排列。贯串在中轴线上的每一个点——每场戏有一个中心事件，剧中的主线是通过每一场的中心事件体现出来的；而每一场戏的中心事件又是由全剧的主线来规范和制约的。有人叫做点线组合式，也有人叫做串珠式。比如川剧《拉郎配》，按照主人公李玉命运的不同阶段，划分了"接榜""托媒""文拉""越墙""武拉""官拉""闹家""闹街""闹衙"九个演出场次，每场戏基本上就是一个中心动作，完成一次矛盾和冲突。王骥德论《西厢记》的结构，曾明确指出"每套只是一个头脑"[②]，就是指的每一套曲子，每场或每折戏，只有一个中心事件。戏曲剧本结构上的每个"点"，它既是全剧整体的有机部分，又各自独立自成段落。著名戏曲作家范钧宏在谈戏曲结构时说："具体到每一场戏，除过场戏外，一般也应有个'起承转合'。例如《十五贯》第一场，尤葫芦说笑话，道他把苏戌娟卖了，这是'起'；苏戌娟信以为真，连夜逃走，是'承'；接着，输光赌本的娄阿鼠溜进尤葫芦家里，见财起意，行凶杀人，是'转'；以后，邻居们发现尤葫芦被杀，苏戌娟不见，报官缉凶，是'合'。"[③] 许多戏曲剧本场次的"命名"都是以人物的中心动作"命名"的。如川剧《玉簪记》中的"逼侄赴科"一场，是写老观主发现侄儿潘必正与道姑陈妙常相爱，狠心拆散鸳鸯，硬逼侄儿前去赴科。京剧《白蛇传》中的"盗仙草"是写白娘子为救许仙盗仙草的事。由于每场或每折具有自成起讫相对的完整性，戏曲剧本在演出上就出现了灵活处理的可能性，即出现

[①][②] 中国戏曲研究院编：《中国古典戏曲论著集成》（四），中国戏剧出版社1980年版，第132、133页。
[③] 范钧宏：《戏曲编剧论集》，上海文艺出版社1982年版，第20页。

了折子戏和连台本戏。

点线组合式的戏曲结构与传统话剧的结构形式全然不同。话剧是以"幕"作为基本组织单位，它按照分幕来割断动作，将矛盾纠葛作宽幅的凝聚，将情节发展线索在每一幕中作网状交织，有人叫做"团块"式的结构。如果戏曲是通过"线"的集中来反映"面"的幅度，那么话剧则纵横交织的情节线构成了"面"，用"面"与"面"的组接来反映"线"的长度。比如川剧《赵氏孤儿》剧本，就是按照点线组合式的结构形成，全剧一个大的中心事件，程婴等人千方百计地救护和保全赵氏孤儿，每场一个小的中心事件，第一场"打弹"，第二场"谋成"，第三场"屠赵"，第四场"救孤"，第五场"舍子"，第六场"殉义"，第七场"抚孤"，第八场"教孤"，第九场"惩奸"。有趣的是，1755年法国作家伏尔泰根据《赵氏孤儿》法译本编写的一部悲剧，名为《中国孤儿》，只取原剧前面三折的内容，全剧到"救孤"结束，以国王（近似于原剧屠岸贾的角色）被道德力量所感动，宽恕众人作为全剧的结局，因为剧情没有长达十余年，所以孤儿也没有长大成人。后来，英国戏剧家阿瑟莫夫的同名改编本则以原剧四五两折为基础，描写孤儿长大成人以后的复仇故事。两个改编本都力求按照传统话剧的结构形式，将全剧的情节、时间、地点进行了压缩、集中，情节的发展作了横向的铺陈。我们通过《赵氏孤儿》戏曲和话剧不同结构形式的比较，则戏曲剧本冲突集中，以线串珠的结构特点就显而易见了。

二、时空自由　虚实相生

生活里任何一件事情，都是在一定时间、空间里进行的，时间和空间是物质运动存在的形式。如何处理戏剧舞台上的时间、空间，对于戏剧剧本结构是至关重要的。生活是丰富的、深邃的、瞬息万变的，而戏剧舞台只有二三十平方米，演出时间也只有两个半到三个小时。要用这有限的舞台画框来表现无限的生活，这无疑是摆在剧作者面前一个非常棘手的问题。由于戏剧观念不同，舞台风格各异，中国戏曲和传统话剧在戏剧舞台时间和空间的处理上也各具一格。欧洲传统话剧的"三一律"结构原则，要求舞台演出时情节的一致、时间的一致和地点的一致，强调剧本创作的空间、时间、事件的高度统一。莎士比亚戏剧的场景虽然变化频繁，但在每场戏中，舞台时空仍然是固定的。总之，欧洲的传统话剧是尽量模拟生活的真实，它通过在舞台上设置逼肖于生活的舞台装置来制造生活的幻觉。在一幕中，要求情节延续时间同实际演出时间的一致，否则就用换景、换场或暗转来延伸时间。幕间的时间是无限的，但明场的时间却是有限的，往往是在下一幕开始时再把时间流逝中的事情补叙交代出来。

戏曲舞台上在解决有限的舞台时间、空间与反映无限生活矛盾这个问题上，采取了积极的创造性，它通过演员唱、念、做、打的表演，象征性的砌末，来调动观众的想象并取得默契，形成了流动、可变化的空间，使观众看到了一幅幅生活画卷，从而大大扩大了戏曲艺术反映生活的容量。有副戏台对联："小小乐楼，一圈圆场，风雨关山千万里；声声锣鼓，数板唱腔，悲欢离合几多年。"的确，在空无一物的戏曲舞台上，演员手握船桨，做划船的舞蹈，舞台上可成为奔腾的江河；演员做攀登跃上的舞蹈，舞台可成为悬崖峭壁；演员对阵厮杀，舞台便成为黄沙滚滚的战场；演员扑蝶、采花，舞台又成为姹紫嫣红的园林。戏曲创造角色环境的独特方式，是由演员交代环境，可以说是景由人现，景随人走。

戏曲处理舞台空间的特殊方法，使得戏曲艺术在安排情节、展开冲突、刻画人物上取得了很大的优势，戏曲舞台上采用了多种多样、灵活多变的处理时空的方式，归纳起来主要有以下几种。

（一）相对稳定的空间

戏曲艺术可以根据人物行动发展、情节推进的需要，将舞台时空相对稳定在一些大场子之中。比如莆仙戏《春草闯堂》，第二场"闯堂"、第四场"证婿"、第八场"认婿"等大场子，舞台的时空都是相对稳定的。剧作家陈仁鉴在公堂、相府花厅、京城李阁老府中等相对稳定的舞台时空中，比较集中地刻画了春草勇敢、机智、敢于伸张正义，却又具有一股懵懵懂懂冒失劲儿的性格，暴露了封建社会官官相护、认人不认理的黑暗本质。

（二）流动空间

戏曲艺术可以发挥自身写意、象征的特点，在不断变化的舞台时空中，展现出一幅幅生活场景，为展示人物的行动、揭示人物心理活动创造理想的戏剧情境。比如京剧、昆剧等剧种都演出的《千里送京娘》，京娘对赵匡胤始惧怕，继而爱慕到终于大胆地暗示爱情，这样一个复杂细腻的心理过程，正是在千里路途中他们互相了解、互相同情、相依相伴的情境中产生的。这个题材在戏曲的结构艺术中巧妙地完成，写实的舞台艺术是难以驾驭的。再如越剧《梁山伯与祝英台》里的"十八相送"，从书馆门前到长亭之上，剧作者选择了凤凰山、清水塘、独木桥、水井、观音堂等一系列景物环境，这些连续交替出现的景物环境，激起了祝英台内心情感的波澜，聪明多情的祝英台一次又一次地借用沿途的景物，大胆向梁山伯暗示爱情；而憨厚诚朴的书呆子梁山伯却始终执迷不悟。这种由流动空间构成的特定戏剧情境，妙趣横生地展示了这两种心态的喜剧性冲突。

在不断转换流动的时空中刻画人物是戏曲艺术独特的结构手法。尽管欧洲传统戏剧演出中早已使用过转台，但它的表现能力是有限的，它与极端写实的布景和表演是很难完全协调的。著名戏剧家张庚曾经介绍过苏联的一次戏剧演出，要表现一个人从中亚细亚到西伯利亚去的过程，台上没有人，只是天幕上依次映出了绿洲、沙漠、冰天雪地等自然风光变化的活动形象，然后出现了一个监狱的铁门，到此人物才上了舞台。这种完全脱离人物表现时空变换的办法，反衬了中国戏曲艺术处理时空的高超技巧，表现了时空自由的写意手法与固定时空的写实手法相比的某些优越性。

生活中有些事常常发生在不同地点，有时几乎是同时进行的，如果能将它们同时表现出来，使之互相强化，那么就更具艺术感染力。传统写实话剧往往是一个接着一个地去表现场面，虽然也力图富有变化地展现不同时空的戏剧动作，但总归是有局限的。中国戏曲艺术却可以发挥时空不固定的优势，同时表现两个或两个以上的场面，这种多重空间的表现形式又有以下几种。

1. 抄过场

戏曲艺术可以把相对稳定的舞台时空与不断变换的时空结合起来，利用多重时空来展现戏剧动作，刻画人物。戏曲舞台上"抄过场"的处理就是这种方法。如在川剧《情探》中，敫桂英含恨自尽后，带了鬼卒前来活捉王魁。一方面在相对稳定的舞台时空中，表现王魁出场亮相，刚唱到"更阑静，夜色哀，月明如水浸楼台"时，敫桂英以讨还命债的急切心情出场，亮相、舞蹈，王魁打了个寒战，脸色骤变，接着唱："透出了凄风一派。"敫桂英抄过场，驭风而去。王魁心惊胆战，十分不安。这里，王魁是在相府书房休息，而敫桂英却是行进在捉拿王魁的路途之中，艺术家们将两个不同的时空间"剪接"在一起，戏剧情境立刻尖锐化了，有力地揭示了王魁因做亏心事而忐忑不安的心情，以及敫桂英愤怒的复仇行动。再如京剧《长坂坡》第十二场，在糜夫人投井自尽，赵云推墙掩井，将阿斗置于怀中的同时，场上曹营众将"双抄"过场，这就把糜夫人自尽与曹兵步步逼近的危急情势展现出来，有力烘托了赵云身陷重围奋力救护幼主的英勇无畏。

2. 并列空间

戏曲运用多重空间的结构手法，不仅扩大了戏曲舞台的容量，而且各个空间展示的戏剧动作及人物的感情、心理活动产生交流，呼应、对比、衬托，大大强化了戏剧场面的艺术感染力。比如清代乾隆年间的花部乱弹戏《借妻》，张古董将妻子借与书生李天龙扮作假夫妻，去李的前岳父家骗取钱财，不料弄假成真，张古董落得人财两空。《借妻》里的"月城"一场处理得非常别致，舞台左角是屈身"月城"之中，心急火燎的张古董；舞台中央是被强留在岳父家中过夜、同居一室、尴尬相对、窘态百出的李天龙和张古董妻子。随着一声声更鼓，张古董猜疑、焦虑、担心、咒骂妻子；张妻先是对丈夫怨恨，后渐渐与李天龙产生了爱情。这种巧妙的处理，将处于不同地点人物的戏剧动作同时纳入了舞台画框，使人物的感受和心理活动互相交流、呼应，产生了强烈的戏剧效果。试想，如果一个场面接一个场面展现张古董、张妻、李天龙的戏剧动作，则全剧的讽刺性就会大大减色。

从以上的实例中，我们可以发现无论是流动空间或是并列空间，在反映生活上都具有其优越性。在汉剧《弹吉他的姑娘》中，艺术家们进一步发挥了戏曲时空自由的优势，创造了舞台戏曲时空自由的新形式。职业为殡葬工的女主人公圆圆的命运发生了戏剧性的变化，组织上为她去世的父母落实政策，退给圆圆一幢小洋楼和十二万元存款，还准备调动圆圆的工作。这时，抛弃了圆圆的远洋轮二副林海涛，向圆圆求过爱，又被圆圆的职业吓跑了的业余舞蹈演员贾王子，以及真心爱着圆圆，迫于母命不得不疏远圆圆的白冰，都给圆圆打来电话，争着向圆圆表达爱情。艺术家们在同一舞台画框中让三个求爱者手持电话载歌载舞，向圆圆倾吐心声，增强了艺术效果。

以上我们分析了戏曲舞台的空间观念和艺术处理。现在我们谈谈戏曲舞台的时间观念和艺术处理。戏曲舞台的时间观念也不同于传统写实话剧舞台的时间观念。传统写实话剧舞台上用来展开戏剧行动的时间，在观众的感觉中同生活中的时间是一致的。而戏曲舞台上用来展开戏剧行动的时间，同生活中的时间是不相等的，只要表现冲突和刻画人物需要，戏曲舞台上的时间像牛皮筋似的，可以拉长，也可以缩短。戏曲演员在舞台上跑一个圆场，不仅可以表现走了几十里、几百里，也可以表示走了几天、几十天。川剧《请长年》一剧中，一个送信人在千里路途中赶路急了，说道："怎么还不到啊！待我来大跨一步！"伴随着锣鼓节奏，扮演送信人的演员在舞台上跨了一大步，转过身子，高兴地说："嘿，到了，开门！开门！"这种高度压缩时间的方法，可以删去一些不必要的交代，节省下笔墨用在"刀口"上。京剧《空城计》中探子的"三报"（一报马谡、王平失守街亭；二报司马懿统领大兵夺取西城；三报司马懿大兵离城不远），把三个事件发生的时间进行了高度的浓缩，加强了事态的严重性和紧迫感。

戏曲舞台上的时间不仅可以高度浓缩，而且为了纤毫毕露地剖析人物的心灵世界，有时生活中人物一瞬间的思想活动，戏曲舞台上可以把它延伸、放大。越剧《碧玉簪》中"三盖衣"一场戏就是如此。这本是李秀英在一个较短暂的时间里所表现的犹豫、迟疑，但戏里无论从人物戏剧行动进展时间还是演出时间都给以放大、延伸。李秀英强忍胸中的痛苦，面对倚凳而睡的丈夫，怕他受凉冻坏身体，欲与他盖上衣服，却又满腹委屈，一肚子怨气，在盖与不盖衣这一问题上反复进行思想斗争,竟从三更天盖到了五更天,这"一波三折"的描写,表现了李秀英心地善良和委曲求全的性格特征。

如上所述,戏曲对舞台时空这种创造性的处理方法,在利用有限的舞台时空间反映无限的生活上是有其优越性的。戏曲剧作者应当有效地利用和发挥这种特长。现在有些话剧的创作和演出,往往学习、借鉴戏曲这种长处,力图突破真实的时空观念的限制,以便更有利于反映客观的现实生活和揭示人物内心的主观世界。可在一些新创作的戏曲剧目中,反而出现求"实"的倾向,把舞台的时间和空间完全固定下来,从而自己把自己的手脚捆紧,失去了戏曲反映生活的优势,这样舍长取短的做法,令人感到莫大的遗憾。

三、繁简得当　明暗结合

(一)重场戏和一般场子结合

艺术作品反映生活不是事无巨细、机械照搬,而是精心剪裁、合理布局,浓与淡、重与轻、长与短、详与略互为映衬,配合均匀。戏曲剧本在结构上,这一点尤为突出。它是"有话则长,无话则短",需繁时,人物一瞬间的思想、情感活动可以放大、延伸,调动唱念做打等手段,敷演成整整一场戏。正如王骥德所说:"传中紧要处,须重著精神,极力发挥使透。"[1]需简时,一个圆场,可表示万里征程;几个龙套过场,可代表千军万马;一支曲牌吹打完毕,就表示举办完一次盛大的宴会或交代完一件重复的往事。

戏曲由于时空自由,常常将话剧作为暗场处理的戏拉到明场,作为一般场次或过场戏处理,但切忌滥用这种自由,以免把戏写成"拉洋片"式的流水场子,正如李渔所说:"忽张忽李,令人莫识从来""令观场者如入山阴道中,人人应接不暇"[2]。必须强调突出重点,即大胆地发挥,毫不留情地省略。如场场铺陈,处处说明,岂不是罗列生活现象,使情节臃肿庞杂,又怎能反映生活的本质呢?

---

[1] 中国戏曲研究院编:《中国古典戏曲论著集成》(四),中国戏剧出版社1980年版,第137页。
[2] 中国戏曲研究院编:《中国古典戏曲论著集成》(七),中国戏剧出版社1980年版,第18页。

优秀的戏曲剧目，都非常重视详略结合，重点场次和一般场次相结合。比如根据元杂剧《望江亭中秋切鲙旦》改编的川剧《谭记儿》对杨衙内带领爪徒匆忙赶路，欲强占谭记儿的场面；李龙千里飞骑，为白士中传信，告知杨衙内已领旨前来杀害他等场次，改编者李明璋是一笔带过。而对谭记儿巧扮渔妇，中秋月夜驾舟来到望江亭与掌握着丈夫生杀大权的官吏杨衙内巧为周旋，终于智取了圣旨、宝剑和文书，却笔酣墨饱，大写特写。在这场戏里，杨衙内虽贪酒好色，却狡猾奸诈，在得意忘形之中，又暗中警惕；谭记儿机智勇敢，巧言善辩，拨去疑雾，骗取信任，后又步步进逼设下诱饵，引诱杨衙内落入圈套。人物心理层次描绘得细致、清晰，情节起伏跌宕，曲折有致，终于敷演成脍炙人口的一场精彩折戏《望江亭》。清初戏曲理论家毛声山在评点《琵琶记》中的"吃糠""剪发"等重场戏时，强调对于"书中紧要处"要"一手抓住，一口嚼住"犹如"狮子弄毬，猫狸戏鼠""偏有无数往来扑跌"[①]。剧作家王肯谈创作经验时也强调"反复折腾才是戏"。如果我们认真仔细研究优秀剧目的重点场次，剧作家的笔力无不是浓墨重彩，精雕细琢。

重场戏在推动情节发展、强化观众的审美感受方面起着重要作用，在刻画人物性格上的作用更不可低估。京剧《沙家浜》中"智斗""审沙"等重场戏，在塑造阿庆嫂、胡传魁、刁德一的性格上起着画龙点睛的作用。有人把重场戏比作几根花岗岩柱子支撑着大厦一样，支撑着情节线和整个剧本。很多传统剧目整本戏的演出形式已在舞台上销声匿迹，乃至于全部文学剧本也散失了，可一两场戏却活跃在民间舞台上。在整理改编传统剧目时，有些剧目往往是创作者在残存的一两个重场戏的基础上，依据人物性格和情节线索生发、补缀而成了一出完整的全本戏。这些耐人寻味的现象说明了重场戏在剧本结构上是有着举足轻重的地位和作用的。

以上我们强调了重场戏的作用，但并不是说一般场次和过场戏就不重要了，一般场次和过场戏在全剧的情节发展中起着"过渡"和"桥梁"的作用，它使人物行动连贯，情节发展一气呵成，为冲突的集中爆发做好积累。仍以川剧《谭

---

① 秦学人、侯作卿编著：《中国古典编剧理论资料汇辑》，中国戏剧出版社1984年版，第286页。

记儿》为例,如果没有李龙飞马报信的过场戏,谭记儿改扮渔妇的行动就缺乏依据,情节就有"断续之痕"。如果将此过场戏作为暗场处理,由场上人物口中交代出来,则会减弱事态的严重性和紧迫感,影响重场戏的完整性。所以我们说重场戏和一般场次、过场戏在整体结构中各有其作用,不能互相代替,只能互相依存,其任何一方面都是不可忽略的。

(二)明场戏和暗场戏相结合

戏曲艺术重在写意传神,它可以利用幕后音响效果的配合,将幕后暗场的场面与幕前明场的戏剧场面相结合。京剧《打渔杀家》中,大教师和众打手被肖恩痛打一顿,回到丁府,葛先生要利用官府势力来替大教师出气,串通官府,待肖恩告状时,将肖痛打一顿。这时,公堂一场作暗场处理,明场写的却是肖桂英在家中焦急盼望父亲归来。艺术家们将明场戏和暗场戏有机地融汇在一起:

(桂英上)

桂英 (唱【西皮原板】)

我的父抢上告输赢未准,

(内打板子声,喊:"一十!")

桂英 (接唱)

倒叫我坐草堂牵肚挂心,

(内打声:喊"二十!")

为什么一阵阵心神不定?

(内打声:喊"三十!")

桂英 (接唱)

候爹爹回家转细问分明。

(幕内打声:喊"四十",连夜过府赔礼,轰下堂去,

(肖恩上

......

这场戏的地点是在肖桂英家里，肖桂英怀着惴惴不安的心情，等候去衙门告状的爹爹肖恩回家来。通过幕后的音响效果，交代了同时发生在公堂上肖恩被责打一事。这既是戏剧情节发展的结果，也是肖桂英惦念父亲内心情感的外化。这样将发生在不同地点的戏剧场面，通过声画组合同时纳入舞台画框，节省了笔力，扩充了舞台所反映生活的容量，产生了特殊的审美效果。

综上所述：冲突集中、以线串珠，时空自由、虚实相生，繁简得当、明暗结合，这就是戏曲剧本结构的主要特点。熟悉、掌握、运用好这些特点，对于剧作者写出符合戏曲艺术规律的剧本，是至关重要的。

第三节　戏曲结构的组成部分

世间的事物充满了矛盾冲突，其发展总是从渐变到突变、从量变到质变的过程，也就是矛盾的发生、发展、转化的过程。戏剧中的分幕分场，就是表现这种节奏变化的自然产物。亚里士多德主张一出戏可分"头、身、尾"三段。中国戏曲理论家对戏剧的组成部分没有单独的提法，而是沿用写文章的规律，讲究"起、承、转、合"。实际上就是我们现代戏剧理论里常说的，戏剧结构分为开端、发展、高潮、结局四部分。这既是生活中事物发展的规律，也是戏剧情节起落发展的过程。

戏剧结构组成部分有开端（起）、发展（承）、高潮（转）、结局（合）。下面我们就分几个方面来研究一下各部分的任务及其作用。

一、开端(起)

(一)开端(起)的任务

1.交代故事发生的时间、地点、历史背景、时代特点等。特别是历史和时代的特点，必须交代清楚，因为它是戏剧冲突展开和人物性格形成的客观条件。它不能依靠作者的叙述或解释，也不能完全由布景灯光表现出来，而是要通过人物的语言和动作体现出来。京剧《红灯记》中，幕一拉开，舞台的布景是某火车站附近，铁路路基可见，远处山峦起伏，在北风凛冽中，四个日本宪兵巡哨过场。李玉和上场唱："手提红灯四下看，上级派人到隆滩。时间约好七点半，等车就在这一班。"从以上布景、人物的动作和语言中，可以看出这是在抗日战争时期，一个初冬的夜晚，北方某地的一个火车站附近。铁梅上场，气愤地说："宪兵和狗腿子，借检查故意刁难人，闹得人心惶惶，谁还顾得上买东西呀！"王连举上场也说："老李，鬼子的岗哨，今天布置得很严密，看样子有什么事。"这就把观众带到日寇铁蹄蹂躏我东北三省，施行残酷统治、野蛮镇压的时代氛围中去了。严峻的形势暗示出将有严重的斗争发生。正是在这样的环境中，李玉和、李铁梅、王连举等人物性格的形成才有了依据。

这种历史背景和时代特点的交代，要自然生动、清楚简洁，是要在规定情境中，在情节进展中，在戏剧冲突中，通过人物的动作和语言表现出来。切忌为介绍而介绍，露出人工痕迹。

2.交代人物和人物关系。开场要交代清楚人物，特别是主要人物，以及人物之间的关系。京剧《红灯记》第一场中，通过李玉和的唱词，与王连举的交往，接应交通员等行动，使观众了解到李玉和是一位老练、沉着、勇敢的共产党地下交通员。从李铁梅与父亲的亲切交谈，李玉和用欣喜的心情、赞扬的口吻所唱的"提篮小卖拾煤渣，担水劈柴也靠她，里里外外一把手，穷人的孩子早当家"等语言和动作，让观众知道了父女俩深厚的感情，以及在艰苦环境中磨炼、较早懂事的穷孩子铁梅的基本面貌；从王连举为保自己猥琐颤抖地朝胳膊打了一枪等行动和对话，使观众对王连举的性格略窥一二。

京剧《红灯记》的开场干净利索，一目了然向观众介绍清楚人物的身份、人物之间的关系，以及人物性格发展的趋向。正因为观众对剧中人物有所了解，产生了兴趣和感情，才关注冲突和情节的发展。

3. 引出全剧的主要矛盾，引出事件，引出冲突，确定主要矛盾的发展趋势，从而形成悬念，情节由此一个波澜一个波澜地发展下去。仍以京剧《红灯记》为例，枪声骤响，跳车人受伤，李玉和认出是自己同志，由王连举掩护，自己背起交通员转移，日本宪兵急步紧跟追捕交通员……从这些情节中，引出了矛盾冲突、引出了事件，以李玉和为首的中国人民和日寇的艰巨、严峻、残酷的斗争。开端的末尾，日寇宪兵威逼王连举，追问跳车人的去向，这就形成了悬念，暗示了主要矛盾、戏剧情节发展趋向，使观众产生了期待。这里需要强调，有的剧本头重脚轻，起得很陡，造成很大的声势，引起观众强烈的期待，但后面的戏却轻描淡写，没有什么戏剧性场面，使观众大失所望；或者转换方向，明明让观众期待的是甲，而后面出现的却是乙，这就分散了观众的注意力，影响观众进戏。

（二）开端（起）的形式

生活浩瀚无穷，变化莫测，反映生活的戏剧开场形式也是多种多样，不拘一格。我们择其几种常见的形式略作介绍。

1. 自报家门

京剧《群英会》中开场，一上场是黄盖、甘宁起霸，接着周瑜升帐。

周瑜：【点绛唇】手握兵符，关当要路；施英武，扶立东吴，师出谁敢阻。

（诗）刘表无谋霸业空，

引来曹贼下江东；

吴侯决策逞英武，

本帅扬威显战功。

本帅，姓周名瑜字公瑾。乃庐江舒城人氏，在吴侯驾前为臣，官拜水军都督,奉命统兵破曹。今有刘玄德派孔明前来,联合应敌。我观此人,计划机谋,出我之上,若不早除,必为江东之患——来,鲁大夫进帐。

这里,说明了社会背景、地点、事情的缘由,两军对峙的形势,周瑜、孔明的身份、关系、性格发展的趋向,暗示出盟军内部将产生一场风云变幻、龙争虎斗的激烈角逐。

2. 变相自报家门

京剧《沙家浜》第一场,阿庆嫂率沙四龙等人,在日寇严密搜索下接应伤病员,她唱道:

  陈书记派人来送信,
  伤员今夜到镇中。
  乡亲们派我来接应,
  须防巡逻的鬼子兵。

这里,通过阿庆嫂变相地自报家门,就将时代背景、环境气氛、人物身份、主要矛盾揭示出来了。

3. 动作展示

京剧《满江红》开场没有台词,四个追过场,观众从"金"字大纛和"岳"字军旗上,可以感受到时代气氛,看出岳家军正以疾风迅雷之势横扫金兵。

4. 奇峰陡起

京剧《徐九经升官记》第一场"抢亲",帷幕拉开,喜堂上一对新人,披红挂彩,傧相正喊着"一拜天地,二拜高堂,夫妻对拜——"突然,新娘呼天抢地一声惨叫,掀掉盖头,甩下红斗篷,露出一身白孝服,手捧灵牌。一面哭祭丈夫之灵,一面怒斥站在眼前的"新郎",随后拔出匕首就要自刎,正在危急关头,一位青年将军带兵冲进喜堂,抢走新娘。"新郎"措手不及,气急败坏,决定去求靠山王爷,夺回"新娘"。

此剧开场用险笔写成，剧情陡转，出其不意，让观众大吃一惊。人物动作鲜明、线索清楚，时间、地点、主要人物、主要矛盾都给观众留下深刻的印象。

5. 清风徐缓

京剧《白蛇传》的第一场是"游湖"，白素贞向往人间，离开仙山，来到江南，偕小青漫游西子湖，与许仙邂逅相遇。细雨中同乘一叶舟，两人心心相印。小青、老艄公穿针引线，以借伞为理由，约定下次相会日期。全场散发着抒情喜剧的芬芳，在轻柔舒缓的节奏中，展现了环境氛围，介绍了人物关系，并向观众暗示了剧情发展方向。

一个剧本的开场非常重要，一要清楚地介绍剧情发生的时间、地点、背景以及人物的身份、地位、人物关系。二要介绍得自然，切忌为介绍而介绍，即台上的演员没有动作，仅仅作为作者的传声筒进行化装演讲。三是最重要的一点，就是要吸引观众的注意力，要让帷幕一拉开，锣鼓一敲响，立刻就使不同年龄、不同职业、不同层次的成百上千观众静下心来，集中精力注意台上的演出。这是一场特殊的心理战，需要剧作者花费精力和狠下功夫。

二、发展（承）

开端以后，矛盾冲突进一步发展，奔向高潮，这一进程，称为戏的发展部分。这是戏的重点部分，在全剧中所占的篇幅比重很大。它使人物性格得到深刻显示，矛盾不断推进，冲突逐步发展，比如楚剧《狱卒平冤》，它通过封建社会里的一件冤案，着力刻画了小人物狱卒吴明、靳氏的善良、正直、勇于打抱不平的优秀品质，揭露了封建官场尔虞我诈、草菅人命的黑暗现实。第二场"判案"，第三场"质对"，第四场"求医"，第五场"密谋"，第六场"惜别"，是戏的发展（承）部分。开端中所引出的一件谋杀案件迅速得到发展，主人公吴明被卷进了巨大的矛盾斗争旋涡，他良心未泯，勇打抱不平，查明真凶，越衙告状，希望能澄清事实，平反冤狱，搭救一对无辜男女，不料反遭迫害……在这一过程中，观众逐步熟悉和了解剧中人物，并与之产生了情感共鸣。吴明的一举一动引起观众的关注，他和杨春龙、王玉环等人的命运紧系着观众的心弦，特别是最后吴明拼将一搏，不得不利用巡抚与武昌府的矛盾进行斗争，这个最大的危机，让人悬心吊胆，引起观众强烈的期待，为高潮的到来打下了基础。

发展（承）的任务
1. 深刻显示人物性格

发展部分，由于冲突得到充分展开，人物性格也得到深刻的显示。性格的显示分为两种，一种是性格在不断发展中形成。楚剧《狱卒平冤》中，戏开始，狱卒吴明原是一个安分守己的县衙捕役，可是到了发展部分，吴明的性格就发生了很大变化，他背着知县暗中行事，在监狱中让苦主王玉环和杨春龙对质，发现了真正凶手的线索。然后私访"回春堂"的医生黄四方，查明了他才是真凶实犯。吴明满怀崇敬和希望越衙到武昌府告状，不料却遭暗算，将他发配沙门海岛，最后不得不铤而走险，利用官场矛盾来平反冤狱。在人物行动的过程中，吴明的内心是充满了矛盾斗争的。他安分守己，心地善良，面对身陷囹圄、无辜蒙冤的一对青年王玉环、杨春龙，内心受到震动，良知受到谴责；另一方面又慑于封建官僚机制的压力，不能不顾虑重重。经过一番内心矛盾斗争，吴明终于站出来勇打抱不平。戏的发展部分，深刻地显示了吴明性格的不断发展，他由想说不敢说，到想做不愿做，从想躲躲不开，到想跑跑不掉，终于被"逼上梁山"，铤而走险，自己却拼了个鱼死网破。吴明性格的不断发展来自于人物自身的矛盾冲突和性格与性格的矛盾冲突。

其次，由于戏曲、话剧、电影篇幅有限，不可能写出各种性格特征的整个发展过程，剧作者常常通过"显露"的方法来刻画人物。这种方法是剧情展开以前，人物性格特征已基本形成，剧作者截取的是他人生道路上所面临的最棘手的事件，将这段极不寻常的生活经历搬上舞台，通过人物遭遇所构成的情节，人物性格逐步显露，给人一个完整的形象。京剧《群英会》中的诸葛亮，评剧、京剧《秦香莲》中的包公，京剧《杨门女将》中的佘太君等人物形象的塑造，都是采用了"显露"的方法，通过合理的内在根据和与之相适应的外部条件，将人物性格自然地显露出来。

2. 矛盾冲突充分展开、发展、深化

戏的发展部分，开端所引出的矛盾冲突得到了充分的展开、发展、深化。仍以《狱卒平冤》为例，在发展部分中，不仅吴明为无辜受害者王玉环、杨春龙平反冤狱，查明真凶的矛盾冲突在发展，其他各种矛盾冲突也都在发展之中，而且逐步深化，只不过有的是明线，有的则是暗线；有的线浓，有的线淡；有的是间接表现出来，有的是直接表现出来。比如吴明查出了真凶犯黄四方以后，越衙到武昌府告状，求其平反冤狱。武昌知府为了保住自己的官声，江夏知县为了顾及自己的前程，他们狼狈为奸，将错就错，匿案瞒冤，设下了抽薪止沸、剪草除根的毒计陷害吴明，使吴明身处绝境。另外，靳大嫂和吴明由相疑、相信、相敬发展到相爱，当吴明遭暗算发配到沙门岛时，靳大嫂挺身而出，决心层层上告，为吴明申冤。另外，巡抚和"江南明鉴"武昌府之间的矛盾也在暗中进行……总之，剧中的各种矛盾冲突，无论是主要矛盾冲突、次要矛盾冲突，还是性格与性格的冲突，性格内部的冲突，都错综复杂交织在一起，构成了全剧矛盾冲突的展开、发展和深化。

以上谈的是发展部分的主要任务，也是它的主要内容，如何将它们安排得层次清楚、相互推动、富有节奏变化、不沉闷不拖沓、始终吸引观众等，这又是剧作者必须注意的问题。对发展部分的层次安排，首先要注意场和场、段和段之间的联系紧密，要合乎人物性格发展逻辑。《狱卒平冤》中，吴明从一个安分守己的捕役到私自办案、铤而走险，这并非轻而易举，由于作者深入细致地描写了吴明一步步被"逼上梁山"的过程，使其进展合理、前后关联、上下呼应，既符合生活逻辑，又符合人物性格发展逻辑。

除了场与场、段与段之间的安排要有层次外，在每一段戏和每场戏内部也要安排好层次。层次的安排一定要注意自然合理，有回合看不出回合，有层次又显不出层次，尽可能做到浑然一体，看不出断续之痕。

发展部分的情节必须曲折有致，起伏跌宕，切忌平淡无奇，让观众一览无余，索然无味。人们常说"人要直，戏要曲"。我国古典剧作法中有一种"月度回廊法",讲的就是戏要讲究曲折有致,应让情节的进展如月出东方,用它的冷冷银光,先照廊檐,下度曲栏,转透纱窗,然后照见窗中人。这种方法可供我们学习、借鉴。

三、高潮(转)

高潮是矛盾冲突发展的必然结果和顶点,是情节推进的必然趋势和最紧张的阶段,是完成主要人物性格塑造的关键时刻,它集中表达了全剧中最强烈的感情,深刻体现了作者的思想意图。高潮是戏剧结构和布局上的重要环节,是剧作者心目中的航标。高潮的成败,关系着全局。写好高潮是十分重要的,为了处理好高潮,我们必须对以下问题进行研究。

(一)蓄势

写好高潮的关键问题往往并不在高潮本身,却在高潮之前如何"蓄势"。所谓"蓄势",就是为高潮的涌起准备力量,积蓄势力。前面的一切安排,都是为了总的高潮蓄势。就像海潮一样,一层层海浪由远处向海滩推来,小浪积成大浪,浪潮越推越高,越推越有气势,最后形成铺天盖地的大浪。戏剧高潮的形成也应该是这样,每场戏都要有一个小高潮,高潮层层推进,最后形成总高潮。

"蓄势"足,则高潮出现就具有必然性。它是矛盾冲突发展的必然结果,是情节推进的必然趋势,也是性格发展的必然行动。"蓄势"不足,则高潮无力;无"蓄势"即无高潮。怎样"蓄势"?我们可以从一些优秀作品中得到启示。如莆仙戏《春草闯堂》第八场"认婿",矛盾冲突的浓度已达到饱和点,是决定主要人物命运的关键时刻,是情节发展到最紧张的阶段,可谓全剧的高潮。但作者的笔墨却从远远的地方透迤写来,先写春草为了伸张正义,挽救一个无辜好人,公堂之上冒认了姑爷。一个地位低贱的丫鬟,竟然决定了相府里的婚配,这真是异想天开之举,平地顿时掀起了波涛,预示着一场风暴即将来临。紧接着戏剧的波涛层层推进,在春草的激发下,小姐李半月为伸张正义,也为了爱情，竟冲破封建礼教的束缚，把假婿真认了。春草又和小姐一道涂改了相国大人李阁老的手书，诓骗了送递书信的守备，这犹如一块大石投入河中，掀起了更大的波澜。胡知府接到李阁老的书信，便认为高升的时机到了，于是使出绝招，极力奉承薛玫庭，写了"贵婿上京"的横幅，吹吹打打，一路招摇，惊动了十三省官员。京城更是热闹非凡，满朝文武像了魔一样，争相拉拢，恣意趋炎。大家备办厚礼，挤进相府，甚至连皇帝也赐金赐匾，命太监到相府庆贺……戏剧浪潮越推越高，越推越有气势。戏剧的激浪推动着观众的心潮，他们关注着薛玫庭、春草、李半月等人的命运，盼望着善良被拯救，邪恶被惩处，急切的期待使观众对矛盾冲突产生了深切的悬念。正因为有了这样的蓄势，才为高潮的出现准备了充足的力量，打下了坚实的基础。可见处理高潮的关键确实在于将蓄势写好。

（二）高潮戏一定要写足

高潮戏应该处理得有起有伏，有张有弛，戏要写足写够，写深写透。可有的剧作者认为，戏既然发展到高潮，就该让矛盾冲突、人物的动作一浪高过一浪地不断向前发展，不必再考虑情节的起伏跌宕了。假如按照这样的方法来处理高潮，往往会产生高潮反而无戏的结果，在一些优秀剧作中，对高潮的处理不仅仅是层层递进，而且戏剧情节的发展起伏跌宕，曲折多变。《春草闯堂》中的高潮戏处理就十分出色。胡知府鼓乐喧天送贵婿进京，各省官员，京城文武百官都挤进相府庆贺，连皇帝也令太监到相府贺喜，文武百官还要求姑爷出来与大家见面。李阁老胆战心惊，他怕胡进送来薛玫庭的首级，追问起来，难免犯欺君之罪。胡进将薛玫庭带到，李阁老松了一口气。可要让他真认薛玫庭为女婿，他又极不愿意；不认女婿，又怕犯欺君之罪。李阁老极端矛盾复杂的内心，使他产生了一系列亦喜亦怒、亦假亦真的行动。他怒骂胡进好糊涂，转念，又强压怒火安抚胡进是个好知府，会办事，很能干；一见薛玫庭，他咬牙切齿将薛玫庭推倒在地，一句逆贼尚未出口，又急忙掩饰，责备女婿为何迟来京城；他恨春草和爱女叛逆，私改书信，恨不得杀死春草，抽剑追赶春草，可又怕自己的隐私被人识破，只得将宝剑收回。薛玫庭并不看重相府贵婿的荣耀，却要当众评判是非曲直；春草、小姐也不顾情面，要当着文武百官讲道理。李阁老怕家丑外扬，更怕担欺君之罪，只得哑巴吃黄连，不得不认假作真，请薛玫庭姑爷进堂。这里，情节的发展起伏跌宕，富于变幻。剧作者对高潮起伏跌宕的处理，不仅将观众紧紧抓住，而且使春草、胡进、李阁老等人物性格得到了深刻的揭示，使作者的创作意图得到进一步展现。

戏曲剧本的结构形式不同于西方传统话剧"金字塔"式的结构，故而对于高潮戏的处理也不同，有时不仅有一个高潮，还有两个或两个以上的高潮，如元杂剧《梧桐雨》第三折"马嵬兵变"，第四折"观像"都是高潮，前者侧重于冲突的尖锐，后者侧重于感情的强烈。有的戏甚至连着几场戏是高潮，形成一个高潮线。如传统戏曲的《白蛇传》中的"金山寺""断桥""合钵"。戏曲作者在结构剧本时，不应该忽略戏曲中处理高潮戏的特点。

四、结局（合）

高潮阶段经过激烈斗争以后，主要矛盾冲突得到了解决，人物、事件有了最后结局，终于形成了一种新的平衡和稳定的局面，这便构成了结局部分。

《春草闯堂》中，李阁老怕自己身败名裂，只得热情夸奖薛，请他当姑爷。薛玫庭和小姐互有救命之恩，也就答应了。在婚礼鼓乐声中，胡知府趁机溜须拍马，不料李阁老大怒，一脚踢去，胡知府翻滚而逃，全剧落幕。这里，春草以她的聪明、机智、勇敢和一股懵懵懂懂的闯劲，将断为死罪的薛玫庭辩为无罪，并成全了他与小姐的婚姻，主要矛盾冲突和主要悬念最终解决。春草、胡知府、李阁老、李半月等主要人物性格得到最后完成。作者的创作意图也得到了最后的展示，呈现出一种新的平衡和相对稳定的态势，这就是该剧的结局部分。

在处理结局时，应注意以下几个问题。

1. 在动作进行中完成

优秀剧本的结局，应该是通过人物动作完成人物性格，巧妙地展现作者的创作意图；而不是借用剧中人物的口，将舞台上已经呈现在观众面前的情节、人物进行一番总结和评论，这种"耳提面命"的做法，最令观众反感，反而破坏了曾经在观众心目中产生过的生动印象。著名美学家王朝闻说："作品的思想不要只透在演员的嘴上，重要的是透在观众的心里。"要透在观众的心里，就要依靠动作的力量、形象的力量。《春草闯堂》的作者陈仁鉴介绍创作经验时曾说："发表在1961年福建《热风》上的《春草闯堂》，我是这样给剧本点题的：拜堂时徐太师揭开李半月的蒙头纱布，夸奖李小姐品貌和薛玫庭恰是一对，春草在旁弦外有音地说：'他俩不但品貌相当，而且心思也一样，对奉迎拍马的人最讨厌！'徐太师说：'这个丫头好利嘴！'众官哈哈大笑。但后来我感到这题点得太露，显得浅，便把它删掉，以李阁老的一踢了事。"① 现在的演出本改为剧终时胡进向李阁老请功，李阁老大怒，狠狠一脚踢去，骂道："狗官，给我滚出去！"胡知府狼狈而逃，全剧在李阁老和胡知府的动作进行中落幕。李阁老的一踢不仅刻画了这个人物的圆滑、毒辣、迁怒于人，胡知府的阿谀奉承而又反讨没趣；同时还揭露、鞭挞、嘲讽了封建官场逢迎拍马、尔虞我诈等恶劣习气。主题思想通过动作和形象在这里得到巧妙的揭示。这种在人物动作进行中落幕的结局，就比作者借用春草的口向观众说教更具艺术感染力了。

楚剧《狱卒平冤》的结局也是在动作中完成的。真凶处决，冤狱平反以后，吴明却由于私自办案而被戴上枷，押解上路，这时被开释了的杨春龙、王玉环与背好了行囊的靳大嫂同时上场。杨春龙主动匍匐在地，王玉环把吴明推坐在杨春龙的背上，靳大嫂伏身为吴明穿上那双新鞋。一组追光打在他们身上，组成浮雕式的造型画面。那群贪官、昏官渐渐远离观众，而几个小人物淳朴善良、患难与共、义无反顾的优秀品质却深深留在观众心中，久久不能忘怀。

2. 结局要有深意、要含蓄

京剧《徐九经升官记》的结局就有深意，耐人寻味。徐九经秉公执法断了案，却换了衣帽，弃官出走，到歪脖子树下卖老酒去了。紧接着二幕落，徐九经穿青衣、戴小帽、挑酒担上场，徐茗扛着酒旗随后。这种矛盾延伸的结局，寓意

---

① 陈仁鉴：《陈仁鉴戏剧精品集》，中国文联出版社1999年版，第462页。

深长，引人深思：在封建社会的官场上，要做一个好人难，要当一个好官就更难了！在那种险恶的环境中，容不下徐九经这样正直官吏。他的急流勇退，既是其性格符合逻辑的发展，也以另一个侧面，更深刻地揭露了封建制度的腐朽、黑暗。

3. 结局要处理得出其不意

传统戏里常用"大团圆""三笑收兵"的俗套处理结局，令人生厌。有作为的剧作者应当避免落入这种窠臼，要力求使自己剧作的结局新颖，以达到出奇制胜的效果。著名川剧作家魏明伦剧本的结局常常处理得出其不意。比如川剧《易大胆》的结局就不落俗套。易大胆凭着机智、大胆，战胜了"地头蛇"骆善人等，保护花想容乘轿逃出了虎口，就在他欢庆胜利，欣喜若狂掀开轿帘时，花想容竟用剪刀结束了自己年轻的生命，并留下了发人深思的遗言："插翅难飞陷火坑，人间到处有'善人'，这座码头兄保护，下座码头怎防身？"这种出奇制胜的结局，深刻揭露了旧社会的黑暗，恶势力、伪善人处处当道，不知摧残和害死了多少花想容那样富有才华的艺人，从而使主题思想得到了深化和提高，并给观众留下了思索的问题。

4. 结局要干净利索

高潮一过，主要矛盾、主要悬念已经解决，观众所关心的主要人物命运也有了结果，戏就没有必要再发展下去了。戏的结局切忌画蛇添足、节外生枝、拖沓冗长。好些戏的高潮戏和结局几乎是同时并行的，以上所举的优秀剧本的结局，都处理得干净利索，决不拖泥带水。

第四节　戏曲剧本的结构形式

悠悠千载，绵绵万里，浩如烟海的戏曲剧本，其结构形式多姿多彩。有唱工戏（昆曲《思凡》），有做工戏（蒲剧《挂画》）、武打戏（京剧《三岔口》）、歌舞戏（京剧《小放牛》）；有开放式结构的喜剧莆仙戏《春草闯堂》，有回顾、内省式结构的悲剧莆仙戏《团圆之后》；有情节曲折紧张的昆曲《十五贯》，有情节简单而重抒情的川剧《望娘滩》。它们或重于欣赏愉悦，或重于情节追索，或重于认识思考，或重于情感渲染，真是千姿百态，举不胜举。不同的剧本有不同的结构形式，就是同一作者所写的剧本、结构形式也有不同。川剧作家魏明伦所创作的剧本《四姑娘》是采取"一人一事"的结构形式，《岁岁重阳》采用了"双连环"的结构形式，《潘金莲》突破了传统戏曲的结构框架，大胆地吸收了散文因素。这些风格不同、各具特色的结构形式，使作品的内容具体生动，深刻完美地体现出来。

世间一切事物的内容，都要通过一定的形式来体现，戏曲剧本当然也不例外，它的内容要通过相应的形式才能表现出来。在内容与形式辩证统一关系中，内容先于形式而产生，内容起主导的作用；形式被内容所决定并为内容服务。作者选择结构形式，不能随心所欲，要根据作品的主题需要，量体裁衣，服从题材的规模和性质。优秀传统剧目《梁山伯与祝英台》是个优美动人的民间传说，具有浓郁的抒情色彩，作者在结构形式上便采用了中国戏曲惯用的结构形式，从头到尾，按照人物行动发展的自然顺序写起，将梁山伯与祝英台从相识、相爱、受封建礼教的残酷迫害而不能结合，以及他们不屈不挠的反抗，直到以死殉情，化蝶双飞的过程，一一展现在观众面前，从而激起观众对梁祝深切的同情和对吃人的封建礼教的仇恨。川剧《岁岁重阳》采用了"双连环"的结构形式，分成"姐姐和哥哥"的上篇和"妹妹和弟弟"的下篇，上、下篇之间互相对应。通过了这一整体性的重复，表现了封建幽灵徘徊不散，"封建从古至今都是爱情的死敌"的题旨。当然，我们说艺术作品的内容是主导的，但形式也不是完全消极被动的，为了深刻地表现内容，作者应该寻求相应的、贴切的艺术形式，使内容与形式浑然一体，相得益彰。

作者选择戏剧结构的形式，不仅要受作品思想内容的制约，还由于作者对生活的感受、评价，艺术修养，审美情趣不同而对题材的处理各异。京剧《陈三两爬堂》和越剧《花中君子》虽然是表现同一题材的剧目，但由于作者的创作个性不同和艺术构思不同，对题材的取舍、处理和表现却是大不相同的。两剧采用了截然不同的结构形式。《陈三两爬堂》是一出"唱工戏",剧本从接近转折的时刻开场,贪官李凤鸣枉法,将陈三两严刑拷打,审讯过程中,逐渐发现陈三两就是失散十年的胞姐,剧情顿时陡转,很快便导向结局。全剧情节集中紧凑,人物之间心灵的撞击层层递进,悬念紧扣人心。而越剧《花中君子》却是从陈三两的父亲因不肯行贿,被官府迫害致死,陈三两卖身赠银胞弟,勾栏院中又教义弟陈奎读书,老鸨毒计嫁三两,陈三两在公堂上被严刑拷打,后来赃官发现囚犯竟是自己失散多年的胞姐。作者将人物悲欢离合的经历一一纳入舞台画框,展现了一幅广阔的社会生活画卷,情节曲折离奇,引人入胜。由此可见,由于作者的艺术构思不同,结构形式也就各异。

戏曲剧本的结构形式不但丰富多彩,而且伴随着时代的发展产生变异。新的内容总是这样或那样地导致形式的变化和形式中新的特征的出现。元杂剧是四折一楔子,明清传奇分出,多的可长达几十出,近代的戏曲又分场。新时期以来的戏曲结构形式更是变化多端。由于人们的审美需求和情趣正在发生变化,人们越来越渴求对人类自身的思考,对内心世界的窥探,对深层意蕴的开掘,对社会生活的深度和广度开掘,原有的单一"封闭式"的结构形式不能满足表现复杂的社会生活和思想内容的需要,一大批勇于探索的戏曲工作者,对传统的结构形式进行了大胆的突破和创造,在丰富作品意蕴、开掘题材的哲理深度和反映生活的广度上作了尝试和努力,取得了可喜的成绩,大大丰富了戏曲反映生活与表现情感的手段,从而导致了戏曲结构形式的多元化。

对戏曲剧本结构形式的分类方法很多,各家有各家的分类方法,本文所谈及的仅是人们习惯的分类方法和常见的几种结构形式。

一、故事情节结构

故事情节结构的重心是以故事为情节骨架,按照人物外部行动组织冲突,安排情节。由于偏重于情节和故事的铺陈,叙事性因素比较强。在戏曲剧目中,这种结构形式占了很大的比重。

故事情节结构的剧本要求主线索鲜明、突出，从头到尾，贯穿到底。主要人物的行动线恰如能量很大的一根主动轴，从开端部分就启动，从系结到解结，运局构思，剧作者从未脱离过主动作线，致使戏剧情节的发展因果相承，环环相连，段和段、场和场循序渐进，承上启下，合情合理地连接起来；上一段是下一段的开端，下一段又是上一段的发展；事件与事件紧密联系，戏剧动作与舞台画面环环相扣，焦菊隐称之为"九连环""连环套"的形式。比如川剧《乔老爷奇遇》，一条主要线索——乔老爷的几次奇遇贯串全剧。乔老爷在庙中与烧香还愿的蓝小姐相遇，彼此留下深刻的印象；黄昏赶路时又撞上了蓝小姐哥哥蓝木斯的马，引起纠纷；狼狈不堪，借轿安身时又遇蓝木斯抢劫民间美女，于是男扮女装，行侠仗义，殊不知被抬进了蓝小姐的闺房，天赐良缘，喜与蓝小姐结成美眷。故事情节形成因果链，曲折离奇，跌宕多姿，主要人物乔老爷的行动线贯串始终。

故事情节结构在时空的处理上，是顺时序地按照人物行动发展轨迹、故事情节的来龙去脉编排缀连，有人称作是"从猿到人"的写法。《白蛇传》从白蛇下山开始，到与许仙幸福结合，不幸被法海活活拆散；《秦香莲》从秦香莲带着一双儿女上京寻夫，到陈世美忘恩负义，拒不相认，包公铁面无私，铡陈世美结束。数不清的戏曲传统剧目，无不是按照故事情节发生到结束的时空顺序组织编排的。

故事情节结构的剧本矛盾冲突集中、凝练，戏剧冲突的推进有层次，剧情能够以步步相逼的态势奔赴高潮。起、承、转、合清楚，全剧完整统一。以上所举的例子，都不难看出这些特点。

总的说来，故事情节结构由于主要情节线索单一，情节发展脉络分明，不但有头有尾，而且把人物、事件的来龙去脉都清楚、正面地交代出来，因而容易看懂，易于理解。这些特点的形成，是同戏曲受民间说唱艺术的影响密不可分的。不少戏曲剧目都是从唐人传奇以及以后的诸宫调、平话小说、鼓词、评书改编为舞台戏的，其情节性都很强，年复一年，天长日久，形成了我国戏曲观众的审美心理和审美习惯，他们喜欢看情节性较强的剧目。大量传统剧目中，有许多故事情节结构的优秀剧目，深受人民群众喜爱。但它们那"立主脑、减头绪"的结构原理，排斥多线索、多层次的结构，呈"封闭式"的结构状态，反映生活的容量是有局限性的。

在采用故事情节结构的时候，要防止为情节而情节的倾向。有些缺少生活积累，思想修养和艺术功力较差的作者，往往乞灵于情节，片面追求戏剧冲突的紧张、激烈，情节的曲折、离奇，结果是浮华的情节徒有空壳，虚假的情节淹没了人物。而优秀传统剧目中一些故事情节结构的剧目，其情节都饱含着丰富的内容，如《秦香莲》通过秦香莲的命运和遭遇，通过曲折的故事情节，反映了封建社会"富易交，贵易妻"的社会现实，批判鞭笞了忘恩负义、贪恋荣华富贵的无耻之徒。这是值得我们继承和发扬的。

二、心理结构

故事情节结构的重心是叙述故事和按照人物外部行动组织情节，心理结构则是以故事情节为简单框架，其重心则是以人物心理发展线索来组织情节。在这类剧目中，作者对于故事有独到的艺术评价和较强的主体描绘，不去铺排故事情节，不着眼于大量的生活事件和人物的外部行动，不着意情节的紧张性，而把抒发某种情感、凝结某种意境作为最高宗旨。只将故事作为背景，集中笔力写人物的内在感受、开掘人物的内心世界。比如元杂剧《汉宫秋》是马致远借王昭君和番的故事，来抒发自己对汉朝灭亡的哀思，对异族统治者歧视、压迫汉人的悲愤。汉番和好、昭君与元帝的爱情故事都不是作者最终要表现的目的，作者着意表现的乃是事件中人物的情感和作者自己的情感共鸣。剧中对毛延寿在选美时向王昭君索贿，及从中作梗，在王昭君画像上点出破绽，昭君被幽禁后宫，毛延寿献图投番，昭君出塞等事件，大多推到暗场处理或简单交代，作者以极简练的笔墨，勾勒了事件的始末，而把大量的篇幅用来揭示人物内在心灵的撞击。没有让剧中人物成为事件的载体，而是让事件成为促使人物内心活动的契机，点燃人物炽热的内心情感的火种。马致远通过汉元帝大段的"内心独白",细腻地描绘了汉元帝与王昭君由不期而遇到相知热恋,由忍痛离别到不尽思念的心理流程和感情轨迹。正是通过这种复杂丰富的情感描绘,成功地塑造了在政治悲剧和爱情悲剧的双重重压下,作为"这一个"汉元帝的沉重失落感,从而有别于戏曲舞台上屡见不鲜的帝王形象。

  心理结构的剧本,重心是在展现人物的内在感受,作者的笔触常常深入人物的心灵世界,深入地挖掘人物的意识甚至潜意识,写人物的回忆、梦境、幻想、联想、想象……敞开了人物的心扉,展现出人物的灵魂,有利于塑造丰富、复杂、有血有肉的人物形象。《牡丹亭》中的"惊梦""寻梦"等场次,情节简单,没有面对面的矛盾纠葛,只通过描写长期处于理学闺禁的贵族小姐杜丽娘在游园时,生机勃勃的大自然美景唤醒了她潜藏在内心深处的爱情欲望,她在梦中实现了与自己心中情人的幽会。从此梦中之情成了她追求的理想,后来重新到花园里寻梦不成,终于闷恹恹离开人世。通过梦境的描绘,作者猛烈抨击了冷酷、无情的宋明理学对人的自然本性和合理要求的压抑摧残;真实、细腻地披露出杜丽娘潜藏在心灵深处的真情和觉醒。

  川北灯戏《包公照镜子》,描写铁面无私的包公铡了陈世美之后内心的层层阴云,重重顾虑。平时从不喝酒的包大人一反常态,借酒浇愁,在醉眼蒙眬之中,产生种种幻觉,发现从镜子中走出公主、太后、秦香莲、王朝、马汉以及美女等各种人物,将自己紧紧包围,有的责难,有的威压,有的诉苦,有的辞行,有的纠缠……包公深感好人难做,清官难当,甚至想出家当和尚。这种种幻觉,不仅将包公的深层意识和内心隐秘直观外化,使"神"化了的包公恢复了正常人的七情六欲,显得亲切可信;同时展现了封建社会众生相,揭示出包公产生种种内心幻觉的社会环境和生活依据,与当代观众产生了共鸣。

  另外,与故事情节结构形式的剧本相比,心理结构的剧本在时间和空间的处理上,更显出自己的特点。前者基本上是按照人物外部行动发展线索因果相承,环环相扣,连缀成链条形式,显得比较单一,呈直线状。心理结构的剧本基本上是按照人物的心理活动发展变化来组织情节,它可以凭借记忆的回溯、想象的延伸,打破时间发展的顺序和空间场景安排,将历史、现实与未来展现在同一舞台上，这就扩大了剧本反映生活的容量，增加了剧本的厚度，拓展了直观展现人物性格的场景，使人物性格侧面在不同的情境中得到刻画。比如昆曲《痴梦》中的崔氏在得知朱买臣做了会稽太守时，感情十分复杂，羞与愧、悲与悔交织在一起，既可怜又可憎。当她梦见朱买臣遣人送来凤冠霞帔时，高兴得手舞足蹈，发出了狂笑。昔日她厌恶、嫌弃朱买臣，如今却对朱买臣百般温柔体贴；但当她从梦中惊醒，发现四周皆空，只剩下破壁残灯碎月，只好独自一人饮泣长叹。通过梦中情与眼前景的前后对比，把崔氏性格中慕虚荣、爱富贵的悲剧因素直观地展现出来，使这个市井妇人的形象更为丰满，观众对她既谴责又同情，充满了复杂的审美情感。

戏曲剧本结构的特点之一，就是疏密相间、繁简得当。在安排场次的繁与简、大与小上心理结构的剧本与故事情节结构的剧本不同。故事情节结构的剧本在安排重场戏的时候，总的倾向是选择人物与人物之间矛盾冲突比较尖锐、激烈，人物外部行动比较强烈的地方；而心理结构的剧本在安排重场戏时，往往选择人物情感浓烈处写戏。《牡丹亭》里"游园""惊梦"两场戏，人与人之间并没有尖锐的矛盾冲突，若按故事情节结构来安排场次，很容易被当作一般场次或过场戏处理。而《牡丹亭》的作者却抓住了杜丽娘内心的真情写戏，致使这两场戏成了全剧的戏胆，是推动戏剧情节发展的关键性场面。再如元杂剧《梧桐雨》第四折，若按故事情节结构，安史之乱平定，玄宗返回长安，这时肃宗已经即位，玄宗养老退居西宫，人物与人物之间的主要矛盾纠葛已基本解决，戏也可以结束了；但白朴却抓住了唐玄宗失去杨贵妃以后的思念之情，笔酣墨饱地写出了全剧的重场戏。写唐玄宗由观看杨贵妃的"真容"，触景生情，回忆当初华清宫中宴乐，沉香亭畔起舞，长生殿内乞巧，马嵬坡前缢死等乐极生悲的人生际遇和心灵历程，从而掀起了全剧的情感高潮，成为令人荡气回肠的绝唱。

以上我们分析了心理结构的剧本（或其中的个别场次），在对事件处理和心理刻画上，在对舞台时空交错以及重场戏与一般场次的安排上，具有的特点和优势。

当代戏剧的一个审美趋势是从外在转向内心，因此心理结构的剧本越来越为戏剧家们所重视和采用。作为剧诗的戏曲剧本从我国传统的抒情诗和叙事诗中继承了借景抒情、借事抒情以及托物言志、借物起兴等手法，擅长抒发人物的内心情感，这有利于我们采用心理结构的形式。但在采用这种结构形式时应当注意，戏剧是动作的艺术，心理结构的剧本虽然以人物的心理活动为主要内容，但它并不排斥人物的外部行动、外部冲突。恰好相反，如果一旦离开了外部行动和外部冲突的冲击力，剧本就会大为失色，甚至黯然无光。比如元杂剧《梧桐雨》，全剧虽以唐玄宗一人主唱，但唐玄宗、安禄山、杨贵妃、杨国忠等人物之间都存在着矛盾冲突。唐玄宗不听劝谏，误用安禄山，安禄山渔阳发兵、马嵬坡禁军哗变、杨贵妃被迫缢死等一次又一次的外部冲突，在人物的心理掀起了波澜，而人物在进行一番内心斗争以后，一次又一次地外化为行动，产生新的冲突。全剧正是协调了人物的外部行动和内心动作关系，才产生了特殊的艺术感染力。所以我们说，心理结构的剧本，既要注意思想感情的丰富，也要外化人物的行动，以此来推动戏剧动作的发展，这样的剧本才能既动人以情，又引人入胜。

三、散文式结构

近几年来，在戏曲舞台上出现了一些剧目，它们在戏曲剧本的结构上汲取了散文的因素和表现手段，借助散文的自由、开放以及叙事、议论等功能，将不同的戏剧场面和动作体系合理地组合、连接起来，成为多线并列的复合体结构。对生活进行多层次、多方位、多视角的观照，展现了生活的复杂性、丰富性，大大拓展了戏曲反映生活的容量和原有的题材范围，丰富了作品的内涵和意蕴。这类结构形式的剧目如汉剧《弹吉他的姑娘》、川剧《潘金莲》等，往往被冠之以"探索性"剧目，它们虽不是尽善尽美，也没有完全成型，却给我们提供了值得研究和借鉴的宝贵经验。

散文式结构的剧本不像故事情节结构的剧本有一个贯穿始终的中心事件，

场与场、段与段之间有着因果关系。它不致力于把全部情节、人物集中到某一中心事件上，不要求故事的单一性、外部行动的整一性，不强调事件的因果性和连贯性，不追求事事有首有尾，人人有发展。比如汉剧《弹吉他的姑娘》，它就描写了圆圆的四次爱情遭遇，四条爱情发展线索：(1)圆圆与林海涛邂逅相遇，激起了对旧日爱情的回忆，因其志向不同而分手。后得知圆圆父母平反，突获巨款，华侨亲戚即将归来，林希望与圆圆重修旧好。(2)贾王子向圆圆求婚，得知圆圆是殡葬工，吓得急忙跑掉，后因圆圆金钱、地位的改变，重又向圆圆献殷勤。(3)白冰对圆圆产生了爱情，受到母亲李真的阻挠，复又后悔。(4)小方对圆圆同情、关心、爱慕，终于得到了圆圆的爱情。这四条线索之间并无外在的紧密联系。贾王子向圆圆求爱，与林海涛不发生矛盾；白冰对圆圆有情，与林海涛、贾王子也无纠葛；小方爱上圆圆，也没有和任何人发生碰撞，只是在最后一场圆圆决定终身大事的时候，林海涛、贾王子、白冰等人才展开了竞争。当然，这四条线索虽然联系不紧密，没有严谨的因果关系，但内在联系很紧密，独特的立意和题旨把多条线索凝聚起来了。同样，在川剧《潘金莲》中，作者打破了传统"一人一事"的结构方法，以吕莎莎探讨妇女问题为契机，让历史和文学作品的人物施耐庵、武则天、贾宝玉、红娘、七品芝麻官、安娜·卡列尼娜跨朝越代，共演一台戏。而这些人物之间，并无多密切的粘连，或因果关系。就是作为主要情节的潘金莲由抗争到沉沦的婚姻史中，也是多线索的。潘金莲遇到了四个男人：欲霸占为妾的张大户、偶得之为妻的武大郎、拒绝其爱情的武松、唆使其杀人的西门庆。正是通过这些多条线索展示了潘金莲从一个农家女堕落到杀人犯的过程。这种多头绪、多线索的结构，自然有别于一般故事情节结构。

在对矛盾冲突的处理上，散文式结构的剧本与故事情节结构的剧本也不同，它不强调矛盾冲突的高度集中、完整统一，不强调剧中众多的人物紧紧围绕一条主要矛盾冲突线展开斗争。作者只是选择了自己感受最深、最能反映事物本质，能从不同侧面体现人物性格特征的一些矛盾纠葛，加以描写，使人物性格多侧面地呈现，具有立体感。比如《弹吉他的姑娘》中圆圆在与林海涛、贾王子、白冰、李真、小方的矛盾纠葛中，呈现出天真、纯洁、热爱生活，忠贞执着，奋发向上，以及受到挫折以后，心灰意冷，玩世不恭，我行我素多重色彩的性格特征，使人物形象显得丰富、饱满。

散文式结构的剧本，还汲取了散文的叙事、议论因素，以开掘作品的思想深度和引导观众对生活进行哲理思考。比如川剧《潘金莲》中，通过吕莎莎探讨妇女问题，把上下千年、纵横万里的人物连在一起，通过吕莎莎与他们对话、议论，引导观众对几千年来，中国封建伦理道德和宗法制度对中国妇女的压迫、摧残等问题进行思考。《弹吉他的姑娘》中，高洁是圆圆的好朋友，又是报社记者，既是剧中人，又是叙述人，具有双重身份。作者通过她跳进跳出剧情，不但将一些事件和场面简洁、明快地连接起来，省略了一些不必要的交代和叙述，而且引导观众对"社会分工贵贱""爱情价值观"等问题进行思考。

散文式结构汲取了散文的自由、开放的特点，情节连贯中不强调严谨的因果律，也不强调矛盾冲突的高度集中、统一，结构比较散，但切不可理解为不受"立主脑、减头绪"这种严谨的结构原则约束，就可以天马行空、自由自在，不需要深思熟虑地构思，写到哪儿就到哪儿，那就错了。运用散文式的结构，要切忌对生活素材不加选择，罗列生活现象，否则势必造成剧本的庞杂无绪，冗长拖沓，平庸肤浅。散文式的结构愈是"散"，愈是难以驾驭，要求作者更要精心地构思，严格地选材，要用独特的立意和题旨把生活素材凝聚起来，真正做到"形散神不散"。

散文式的结构因为不强调情节的单一贯串，不强调戏剧冲突的集中、尖锐，有的剧本中，冲突、情节还采取了淡化的处理，它不着意去追求紧张、曲折的情节，扣人心弦的悬念，但并不是说就可以不强调戏剧性了。恰好相反，散文式结构为观众所展现的一个个戏剧场面，都非常具有戏剧性，比如在《弹吉他的姑娘》中，"喜堂拖尸""贾王子求婚""白冰说爱""李真设宴""小方安慰圆圆""众人争打电话""圆圆许婚"等场面，都注意了戏剧情境的设置和戏剧场面的组织、安排，非常具有戏剧性，很适应中国观众的审美心理和情趣，因而备受广大观众的欢迎。

以上我们分析了故事情节结构、心理结构、散文式结构的主要特点，这仅是从总体而言的大体划分，实际上戏曲剧目的结构形式，往往不是单一的一种结构形式，而是几种形式因素的交叉、融合，如在《弹吉他的姑娘》一剧中，以记者高洁探讨"社会职业分工的贵贱""爱情价值观念"等问题来贯串全剧，这其实也是按照高洁这个人物的思想活动、情感变化来组织情节。我们之所以对《弹吉他的姑娘》冠之以"散文式结构"，是因为它在"散文式结构"上特征最明显，但并不排斥其他结构形式的因素。同样，在故事情节结构中也不乏其他结构形式的因素，如京剧《白蛇传》、评剧《秦香莲》中的"断桥""铡美"等场次，就淋漓尽致地抒发了人物情感的起伏变化，其中自然包含了心理结构的因素。

　　生活纷纭复杂，剧作家们的创作个性也各具风采，观众的审美需求又多种多样，戏曲剧本没有也不应该有固定的模式。不同的剧本结构形式都各有长短，也各有其存在的理由和基础，它们之间应该互相补充、促进，使之相得益彰，相映生辉。英国戏剧家威廉·阿切尔说道："人们可以学习如何用好的戏剧形式去叙述一个故事：如何把它发展和安排得最能抓住并且保持住剧场观众的兴趣。"[①] 一些年轻的剧作者写剧本时往往热衷于寻找一个好故事，剧本的结构也就仅仅满足于讲清楚故事而已。殊不知一个故事有多种说法，我们应当努力争取说法新颖、独特，富有美学意境，这就需要我们认认真真地从生活出发，从人物出发，借鉴和创造出不同的戏曲结构形式，将故事说得最精彩、最出色，以适应和争取更多的观众。

第五节　戏曲结构中的一些重要手段

　　为了使情节发展起伏变化，合情合理，引人入胜，以塑造真实、生动的人物形象，表达作者的创作意图，戏曲在结构上常常使用一些艺术手法，下面我们就介绍几种重要手法。

---

① [英]威廉·阿切尔著，吴钧燮、聂文杞译：《剧作法》，中国戏剧出版社1964年版，第8页。

一、悬念

（一）什么是悬念

悬念就是在剧情发展中，使观众产生好奇、不安、期待，使他们急于探其究竟，或对下文加以揣测的戏剧性因素。造成悬念是戏剧创作上重要的结构技巧之一，有人曾说"引起戏剧兴趣的主要因素是依靠悬念"。悬念的用语来自欧洲戏剧理论，和我们传统艺术中的"抖包袱""留扣子"，或者李渔说的"收煞"意思相近。"抖包袱"是丢给观众一个"包袱"，观众知道里面有东西，或略微知道里面是什么东西，但不知道东西的大小、质量，于是在观众迫切的期待和悬念之中，按序打开包袱，谜底揭晓，使人恍然大悟。"留扣子"就是把矛盾发展中的某一关键，按下不表，最后才把扣子解开。"收煞"，正如李渔所说："暂摄情形，略收锣鼓……令人揣摩下文，不知此事如何结果。"[①]

悬念是戏剧结构中的重要技巧，是戏剧性的一个重要课题。因此掌握运用好悬念，对一个剧作者来说，不可等闲视之。

（二）运用悬念需注意下列问题

1. 矛盾冲突的提出和解决要拉开距离

采用悬念技巧一般情况下是要求把矛盾冲突的提出和解决拉开距离，这个距离要呈曲线状。因为悬念和戏剧冲突有密切的关系，矛盾冲突一经提出便引起观众的注意力，在戏剧冲突发展、展开的过程中，冲突双方的反复较量吸引了观众，使观众密切关注舞台上矛盾双方如何收场，结局怎样。可以说矛盾冲突发展的过程，也是不断强化悬念的过程，悬念的天地每每藏于峰回路转、柳暗花明的戏剧情节之中。恰如古语所说："将军欲以巧取人，盘马弯弓故不发。"可是我们有的作者常常把生动、有趣、曲折的事物发展过程写得像回答数学问题一样直来直去，或者刚抛出悬念，就匆匆结束。由于过早地解决了矛盾冲突，

[①] 中国戏曲研究院编：《中国古典戏曲论著集成》（七），中国戏剧出版社1980年版，第68页。

将谜底揭晓，为了剧情的发展，作者又不得不重新再找新的矛盾，抛出新的悬念，让人物过五关、斩六将，车轮般地和一个个人物斗，克服一个又一个的困难。这种堆砌事件的方法，是难以构成真正的悬念的。著名电影理论家张骏祥在谈悬念时曾说过："《西游记》里有好几段书可以编成好戏，因为里面充满悬念；在唐僧能否脱难的悬念中孙悟空、猪八戒的性格色彩能得到充分流露的机会；但是如果把全部《西游记》压缩编成一部戏，那就虽有天大本领也只能替唐僧的灾难作一篇统计账，因为这里容不得悬念，人物也就没有施展的地盘。"[1]

评剧《秦香莲》一剧在运用悬念技巧上堪称范例。该剧开场不久，作者便向观众透露了陈世美已抛弃妻子，招赘驸马。秦香莲带领一双儿女进京寻夫，立刻就引起观众的兴趣，他们急于要知道秦香莲母子的命运究竟如何，这就构成了悬念。接下来是"闯宫"，这是秦香莲与陈世美冲突的第一回合，陈世美受到良心的谴责，想认妻认子，可又舍不得荣华富贵，竟将秦香莲母子轰出了宫门。剧情在此掀起了波澜，加深了悬念。"闯宫"以后，作者也没让包拯马上就站出来伸张正义，而是让秦香莲拦轿喊冤，丞相王延龄愿意出面主持公道。秦香莲那冷却了的心又燃起了希望，她要做到仁至义尽，愿随王延龄去陈世美寿筵上弹唱苦情使陈回心转意。"琵琶词"一场使剧情来了个回旋，观众急欲想看看秦香莲扮作卖唱妇人，演唱自己的身世时，陈世美做何反应。不料陈世美眼看骗局即将败露，不仅会失去荣华富贵，还会丢掉性命，他良心丧尽，灭绝人性，竟要杀妻灭子。剧情陡起浪高数丈，危急的形势更加深了悬念，使观众怀着惴惴不安的心情期待着剧情的发展，关注着秦香莲母子的生命安危。"杀庙"以后，秦香莲完全打消了幻想，彻底和陈世美决裂了，她找到包公告了状。山雨欲来风满楼，艺术家们造足了悬念，使观众引颈而望，他们焦灼、担心、猜测、迫切想知道铁面无私的包公会不会依法惩办权势显赫的当朝驸马。直至包公手举纱帽，决定铡美时，观众才舒了口大气，悬念到此则解决。艺术家们正是将矛盾冲突的提出和解决拉开了距离，使剧情的发展波澜起伏，峰回路转，富于变幻。观众的心里也忽明忽暗，时紧时松，自始至终被秦香莲母子的命运所吸引，

---

[1] 张骏祥：《关于电影的特殊表现手段》，人民文学出版社1979年版，第81页。

这种特殊的艺术魅力正是来源于悬念的功效,这也是《秦香莲》一戏久演不衰的奥秘之一。

矛盾冲突的提出和解决拉开距离,呈曲线发展,不断加深加固悬念,也是为反映生活的真实所决定的。因为事物的发展不是笔直的,人生道路也不是平坦的,总是有矛盾,有冲突,有停顿,迂回曲折的发展必然会产生想不到、猜不着的意外情况。此外,戏剧中,情节的起伏跌宕只能是性格与性格的矛盾冲突所决定的;反过来,情节发展的起伏跌宕又可以呈现人物性格的多重色彩,所以拉长悬念的线,通过悬而不决剧情的发展,可以紧紧地抓住人物性格、人物关系、人物心理活动挖戏,深入细致地刻画人物性格。

2. 一般不保密

在运用悬念技巧这一问题上,"是否需要对观众保密"? 戏剧家们是有不同的见解,但多数认为不要对观众保密。狄德罗在《论戏剧艺术》中曾经明确指出:"对观众来说,一切应当了若指掌。让他们作为剧中人的心腹,让他们知道发生了什么事情,正在发生什么事情,而在更多的时候,最好把将要发生的事情也向他们明白交代。"他认为:"由于守密,戏剧作家为我安排一个片时的惊讶;可是,由于把内情透露给我,他却引起我长时间的悬念。"[①]

美国电影导演希区柯克曾用一个很通俗的例子来说明对观众保密的利与弊。有四个人围坐在桌旁边谈论棒球,如果你事先让观众知道桌子底下有一颗炸弹,将在五分钟内爆炸,你的预示就会造成有力的悬念,使观众十分关切这个谈论棒球的场面;可是,如果观众事先不知道有那颗炸弹,四个人谈了五分钟,突然,炸弹爆炸了,人被炸成了碎片,观众只会感到"十分的震惊",而对四个人谈论棒球的那五分钟,则会感到非常沉闷。[②]

的确,完全对观众保密,在观众没有准备的时候发生突变,只能使观众感到暂时的惊讶,而不对观众绝对保密,向他们进行某些预示,则可引起观众持续的注意力和期待。顾仲彝在谈到悬念时也曾说:"悬念的造成决不是观众完全

---

① 伍蠡甫主编:《西方文论选》(上卷),上海译文出版社1979年版,第360页。
② 谭霈生:《论戏剧性》,北京大学出版社1981年版,第140页。

无知——完全无知只能造成观众吃惊——而是略知端倪,先有预兆或预感,或早在预料之中。'早在预料之中'是悬念中最重要的一种。"①

中国戏曲中演员常和观众交流,剧中人物上场后,往往通过自报家门或变相自报家门,将事情的来龙去脉、剧中人物的行动、心理状态向观众披露出来。正如范钧宏所说:"作为戏曲,向观众保守秘密是不大可能的,因为它本身的特点之一,就是可以直接地表现人物的心理状态。""戏曲作者不应当向观众保守任何秘密,而应当让观众知道自己给人物设计的行动,从而引起观众看他们如何行动的兴趣。"这种情况"看来似乎没有悬念,其实这正是最大的悬念"②。

向观众透露秘密不仅可以使观众悬望,而且有利于观众入戏,使观众所期待的方向与剧中主要矛盾开展的具体内容一致。如果将观众的注意力引错了方向,就难以体现作者的创作意图。比如元杂剧《窦娥冤》,因为在第二折的前半部分,作者就向观众透露了张驴儿的父亲是误吃了儿子的毒药而死,接着戏剧冲突展开的主要内容就是张驴儿诬告窦娥,贪官昏聩,草菅人命,法律野蛮、残忍,窦娥蒙受不白之冤,无辜遭受杀害。戏剧情节紧紧地吸引观众,而观众的注意力、期待的方向就会集中在窦娥的经历、遭遇、悲剧命运上。如果观众事先不知道张驴儿父亲误服毒药而死这一秘密,期待的方向就会集中到谁是杀人犯这一问题上,容易使观众陷入猜测和推理之中,必将大大削弱作品对观众心灵上的震撼、情绪上的感染,难以产生"感天动地"的效果,作者的创作意图就得不到充分的表现。

不向观众保密,让观众在冲突展开之前,预先知道了引起冲突的关键问题,他们就比较容易理解剧中人物行动的动机、目的和方法,比较容易感受到剧中人物独特的性格。比如京剧《空城计》,作者将西城是座空城这一秘密告诉了观众,观众看到诸葛亮在城下盔明甲亮、马嘶人喊、刀光闪耀的司马懿大军面前,稳坐城楼,悠闲地弹琴、饮酒,感受到了诸葛亮的机智、沉着、料事如神的性格特征。从司马懿浩浩荡荡领着大军卷土而来,却举棋不定、犹豫再三,仍不

---

① 顾仲彝:《编剧理论与技巧》,中国戏剧出版社1981年版,第258页。
② 范钧宏:《戏曲编剧论集》,上海文艺出版社1982年版,第16、17页。

敢进城，只好扫兴令大军倒退四十里的行动，感受到了司马懿多猜多疑、偏信固执等性格特征。假如作者不将西城是座空城的秘密告诉观众，则观众对人物形象的理解感受就不会如此深刻，甚至还会如剧中人司马懿一样，陷入猜测、疑虑之中而不能自拔。

生活丰富复杂，艺术创作多姿多彩，创作手法层出不穷。我们说运用悬念时不要对观众"绝对保密"，但绝不能以此作为公式，不分题材、体裁、作者的创作意图和全剧风格，一概反对保密；或者一开场，就把全剧的内容向观众预告，全部秘密向观众亮底，使人一览无余。绝对保密和全部不保密两种倾向都是不利于创作的。关键在于掌握好保密的分寸和度数，使剧情的进展，既感人肺腑，又引人入胜。

3. 整体悬念和小悬念组合

在传统戏曲剧本的结构之中，几乎都有一个大的悬念支撑着全剧的框架。这主要指开场不久即提出主人公所面临的困境，到了全剧结束时，其困境摆脱，问题解决。大悬念的提出有利于集中观众的注意力和持续维系观众的兴趣。但如果只有整体悬念，问题老是悬而不决，提而不答，就会导致剧情的松弛，使观众乏味，所以整体悬念提出以后，还应在一次又一次的性格矛盾中造成丰富的小悬念，使整体悬念和小悬念组合，才能造成诱人的悬念。戏曲剧本在大开大阖的剧情发展中，几乎每场戏都有小悬念。比如川剧《巴山秀才》，描写巴山遭受干旱，灾民要求开仓放粮，知县孙雨田贪污了救济粮，却谎报巴山民变。四川总督恒宝下令剿办，提督李有恒带兵血洗巴山。秀才孟登科为了巴山三千冤魂，决心带着娘子到成都告状。全剧抛出了整体悬念，状子是否告准？三千冤魂能否昭雪？贪官污吏是否遭到严惩？观众焦灼地期待着。为了使提出的总问题能合情合理地得到回答，使整体悬念逐步紧张地维系到剧终，剧作者又抛出了一个又一个小悬念。孟登科到了成都，竟跑到罪魁祸首恒宝面前去告状，这无异于与虎谋皮，状子非但没有告准，反而挨了四十大板，还差点丢了命。紧接着作者又抛出一个小悬念，让孟登科利用科场考试，来了个"智告"，将状子写进试卷之中，这次果然告到了京城，皇帝派了钦差大臣到四川调查此事。看来冤案即将昭雪，悬念得到缓解。谁知一波未平，一波又起，恒宝、孙雨田狼狈为奸，推卸罪责，他们换了札子，将剿办换成了抚办。剧情又紧张起来，这又是一个小悬念，观众怀着惴惴不安的心情关注着孟登科等人吉凶难测的命运。多亏歌女霓裳智取了"剿办"札子，孟登科当着钦差揭露了巴山冤案的真情，钦差命人捆绑了孙雨田等人，声称要严惩贪官污吏，并将皇上钦赐的三杯御酒给了孟登科，悬念已经缓解，观众舒了口气，以为三千冤魂已昭雪，贪官将受到严惩。谁知剧情来了个陡转，皇上赐的御酒是毒酒！孟登科临死时仰天长呼"大清朝，大清朝，大大不清……"整体悬念至此才结束。巴山悲剧振聋发聩，令人深思，假如《巴山秀才》只有一个整体性悬念，没有"迂告""智告""换札""搜店""揭底"等一系列小悬念连缀起来，整体性悬念就会松散，就难以激起观众的兴趣和保持观众的注意力。

二、"突转"与"发现"

在戏剧舞台上，"突转"与"发现"比比皆是。写戏必须强调"突转"与"发现"，这是加强戏剧性的重要因素。亚里士多德在《诗学》第六章里提出过："悲剧之所以能使人惊心动魄，主要靠'突转'与'发现'……"其实，这种情节上所需要的"山穷水尽"与"柳暗花明"的艺术效果，是悲剧、正剧、喜剧所共同追求的艺术效果。我们所指的"突转"是指全剧某一场中情节、人物思想感情、心理活动的转折变化；"发现"是指从不知到知的转变，是对剧中的情况，人物关系、人物精神世界有了发现和认识，能引起情节大幅度的急剧变化。"文似看山不喜平"，古代戏曲作家们在结构剧本时，非常重视"突转"和"发现"技巧的运用。比如《西厢记》"赖婚"一场，张生的好友白马将军解了普救寺的危难以后，张生、莺莺等待着成亲，这一对相思入骨的有情人沉浸在喜悦和幸福之中，殊不知老夫人在酒宴之上，竟让莺莺以哥哥之称拜谢张生解围之恩，使张生由爱情的沸点跌入冰窟。通过这一"突转"，张生、莺莺发现了老夫人出尔反尔的言行，产生了不满和愤怒；观众也通过这一"突转"，发现了老夫人的冷酷、自私、虚伪和善于权变的个性。

剧本中的"突转"与"发现"不单是戏剧结构中的纯粹技巧，也不是剧作者用玄思妙想虚构出来的，而是来源于生活，来源于作者对生活的观察、感受和体验。在日常生活中我们常常遇到"突转"和"发现"，如一个人平时身体很好，偶有不舒服，诊断结果是不治之症；某种即将实现的理想突然遭到挫折；某种假象突然败露；一位普通、平凡的人物原来是位伟大的人物。如此等等，不胜枚举。成语中的"因祸得福""乐极生悲""爬得高跌得重"等就是指生活中的"突转"与"发现"。我们要善于观察、积累、集中、提炼这些生活现象，不断丰富和提高写戏的才能。

在运用"突转"和"发现"技巧时，应当努力做到既出意料之外，又在情理之中。

"突转"情节虽然在戏里出现得很为突然，但它必须有前因后果，要合情合理，合乎人物性格发展的逻辑，符合剧情发展的逻辑。有些戏中，当主人公蒙难时，忽然出现神仙或义士搭救，有的现代戏中，为了造成剧情的"突转"，常常出现水库塌方、试验失败，这叫"戏不够，事故凑"。这些"突转"，缺乏合理的内在依据，缺乏必然性，是不足取的。好的"突转"应在意料之外，情理之中。比如川剧《夫妻桥》是描写清代嘉庆年间，安岳秀才、青年塾师何先德及其妻何娘子，目睹洪水为患与地痞横行，立志修桥，同县官、乡绅、袍哥、恶棍所进行的一场悲壮斗争。全剧深刻地揭露了清末官场官绅勾结、狼狈为奸的黑暗现实。"桥断"一场就有精彩的"突转"，一开始通过老石木工吴泽江绘声绘色的讲述，极力渲染那种"喜融融，乐融融"的热闹场景，把人带到了喜气洋洋的"踩桥"气氛之中。突然，风狂雨骤，雷电交加，即将"剪彩"的索桥折断了。这一情节的突转，既出人意料之外，又在情理之中。它不是故意卖弄技巧，而是有其必然的逻辑。前面"鬼议"一场中，贪官周继常和豪绅冯沛卿互相勾结，密谋策划，就为桥断埋下了伏笔。同时也是何先德书生气十足的性格所致，他只见水患严重，不见官场险恶，必然会在残酷的现实斗争中碰壁。"桥断"这场戏的"突转"既有其内在的依据，又有其外在原因，因而显得真实可信而又跌宕多姿。

戏剧性的"突转"常常是和"发现"同时出现的，前面我们所举的例子都是如此。不过这些发现主要是对人物性格、对人物与人物之间关系、对事物认识的发现。另外，在结构技巧上还有一种实物"发现"，这些实物在戏曲中称为小道具。

小道具在我国戏曲中有着特殊的作用，它不仅有利于演员的表演，有助于介绍舞台环境，而且在结构剧情上也可以不同程度地起到以物表意、象征主题、穿针引线、开展矛盾、伸发剧情等作用。有些剧本中的"突转"都是通过小道具的发现而产生的。比如越剧《碧玉簪》一剧中，碧玉簪被媒婆偷去，并诬陷李秀英与人有染，等弄清碧玉簪被盗经过，才发现李秀英是清白的，剧情突转，夫妻重归于好。川剧《珍珠衫》中"酒楼晒衣"一场，陈商和蒋兴在旅途中相识，两人在酒楼聊天喝酒，兴致很高。陈商感觉发热，便脱衣露出了珍珠衫。蒋兴一见竟是自家祖传的珍珠衫，十分惊诧，一问详情，原来陈商才是与自己妻子王三巧私通的男人，于是朋友变成了情敌。这一小道具——珍珠衫的发现，使剧情发生了突转。京剧《香罗带》中，唐通到杭州陪元帅校阅兵马回来，在家庭教师房里发现了妻子的香罗带，便怀疑妻子与家庭教师私通，于是平静的家庭顿时掀起轩然大波，等到误会消除，又恢复平静。

我国戏曲中对于小道具的运用是十分丰富，又十分巧妙的。戏曲艺术家们往往通过一把扇子、一只镯子、一枚戒指、一只绣鞋、一块手帕、一盏红灯等小道具寓示主题思想、刻画人物性格、展示人物内心活动、结构美妙的剧情，这是值得我们学习和借鉴的。

三、重复、渲染、铺垫

文艺作品中，对主要人物、主要情节、主要事件，总是以浓墨重彩，加以强调突出，以更好地体现作者的创作意图。戏剧中突出重点的方法，往往是通过重复、渲染和铺垫。

重复： 重复是指在剧情发展中，对那些刻画人物性格、揭示主题思想，以及体现作者某种艺术追求的关键场景、动作、语言、道具、细节乃至音响作重要的处理，以引起观众注意，强化作品的艺术感染力。比如楚剧《狱卒平冤》的第三场"质对"，王玉环回忆凶手是中指断了指尖，还有伤痕；又讲到她包银两的手帕是水红色，正面绣有"彩蝶双飞"，反面绣有"玉环"二字。四场"求医"，吴明与靳大嫂私访凶手，通过两人的表演多次交代了黄四方椅座上的手帕是水红颜色，上面绣有"彩蝶双飞"的图案，当凶手黄四方右手掌灯，左手遮挡灯光时，无意中露出了残指，这是剧中第二次谈到手帕和残指的事。第三次是五场"密谋"中，吴明越衙告状到武昌府，吴明以手帕和残指作为确凿的根据，请求平反冤狱。中指断残、包裹银两的手帕是追查凶手的重要线索，是平反冤狱的确凿证据，所以做了重复描写，以加深观众的印象。

在现代川剧《岁岁重阳》中，作者将重复的手法发挥到了极致。这个戏谓之双连环结构，分成"姐姐和哥哥"的上篇和"妹妹和弟弟"的下篇，上下各占三场，双峰对峙，平分秋色，构成整体性的重复。除此以外，还有时间的重复（都在重阳节）、地点的重复（大致相同的环境）、道具的重复（如一件毛衣在剧中反复出现，扭结人物关系、展示人物命运）、语言的重复（如媒人和沈长斌换汤不换药的口头语），如此等等。这种种重复手法，不仅显示出结构上的匠心独运，刻意求新，更重要的是通过两对青年相似的遭遇而又不同的结局，深刻地反映出历史的巨变，包含着丰富的意蕴，深化了主题，赢得了戏曲行家和广大观众的赞赏。

我国戏曲中有许多以"三"字命名的剧目，如《三打祝家庄》《三顾茅庐》《三打白骨精》《三请樊梨花》《三难新郎》《三上轿》《三打陶三春》等，这类冠以"三"字的剧目，都是围绕一个中心事件，让人物一而再、再而三地行动，把戏写深写透、写足写够。

重复手法的运用，不仅有助于剧本主题的揭示和人物形象的刻画，而且前后重复、首尾呼应，赋予了剧本结构以相对的艺术完整性；但重复手法绝不是简单、机械地重复，不是数量的排列、增加，而是要有发展、有变化、有层次，在相似之中又包含着差异，在外表的停滞之中显示了内在变化，在量变之中孕育着质的变化。

渲染：戏曲剧本结构中，对于重点场次、重要情节，要淋漓尽致、笔酣墨饱地加以描绘，以加强作品的戏剧性。比如《狱卒平冤》中"惜别"一场，是全剧的重场戏，作者就大写特写，尽情渲染。先写无辜青年王玉环、杨春龙听说冤狱即将平反以后，喜泪滂沱，绝处逢生，对吴明感激涕零，要用大红纸写对联挂在牢门口。作者为了写出吴明后来被发配沙门的沉重打击，加强后半场狱中惜别的艺术感染力，就在前半场竭力渲染喜剧的气氛。不仅写武昌府答应昭雪冤情，还写了吴明与靳氏的爱情，写吴明穿上靳氏为他做的鞋，内心充满了甜蜜和喜悦，直到把喜剧气氛造得又浓又烈，作者才让班头上场。喜剧气氛开始转向悲剧气氛了，但吴明仍沉浸在胜利的喜悦之中，他一个劲地向班头报告喜讯。直到班头难过地掏出锁链，吴明才从喜悦的顶端跌下来，掉进痛苦的深渊。正是通过这样的层层渲染，才更加有力地揭露了封建官场的黑暗和罪恶。

铺垫：是主要人物出场、重要情节出现之前的准备。例如关汉卿的《关大王独赴单刀会》，全剧共四折，前两折写鲁肃如何设计，准备智赚关羽过江，索讨荆州，不料遭到乔玄、司马徽等人的反对，断定不会成功。剧中通过这两人之口，将关羽的英雄业绩和盖世威风，做了层层渲染，致使关羽尚未出场，已先声夺人。这就为这位孤胆英雄做了极好的铺垫。又如川剧《战洪州》，在穆桂英出场前，先写八千岁赵德芳和寇准来到后花园，只见刀枪林立，金鼓高悬，地上马蹄印重叠。通过这些间接描写，使观众感受到了一个常备不懈、厉兵秣马的巾帼英雄的形象。

重复、渲染、铺垫三种手法有时可以分开，有时一种手法也同时起到另外两种手法的作用，比如越剧《梁山伯与祝英台》中第六场"回忆"（又称"回十八"），写梁山伯兴冲冲到祝家访英台，途中的一草一木引起了他甜美的回忆，十八相送的情景又历历呈现在眼前。它既是重复，又是渲染，也是铺垫，故而它是促使人物行动、推动剧情向前发展的重要情节。

四、对比

俗话说"不见高山，不显平地"，"没有规矩，不成方圆"，这说明高山、平地、方、圆这些事物，都是在互相对比中才显示其特征的，高与低、大与小、长与短、黑与白、真善美与假恶丑，它们是互相比较而存在的。不仅如此，同一事物在其发展过程中，不同阶段也可以进行前后对比。之所以如此，是由于大千世界中，任何客观存在的事物都是矛盾的统一体，都是在与周围事物的联系和比较中而存在的。而通过提炼、加工、高度艺术化和典型化了的对比描写，又可以更深刻、更概括地反映生活的本质。

戏曲剧本中的对比，不仅是指局部和细节而言，而且常常是包容在总体构思之内，比如形象之间的对比，情节发展的对比，性格自身的前后对比，语言、节奏的对比等。总之，无论在内容或形式中，都有运用对比这一"武器"的广阔天地。

下面，我们仅就几种主要的对比关系进行具体的分析。

莆仙戏《状元与乞丐》是一出经整理改编后焕然一新的佳作。该剧批判了"死生由命，富贵在天"的封建迷信思想，提出了如何教育下一代的问题，主题思想具有现实意义。在丁家兄弟所生的二子丁文龙、丁文凤满周岁时，舅公王国贤（一位宿命观念深入骨髓、头脑僵化的顽固人物）前来贺喜算命，断定丁文龙是"坎坷途里一饿夫"，且有克父之嫌，必须及早舍弃。丁文龙的父亲丁花春唯舅命是从，后经妻子苦苦哀求，才答应父子分居避过眼前之祸。文龙的母亲柳氏是一个勤劳、贤惠的妇女，她爱子心切，不肯舍弃薄命的儿子，她愿意承受着夫妻离别、兄嫂欺凌的痛苦，忍辱负重，决心要把"乞丐命"的儿子培养成人。文龙在母亲的严格管教下勤于学业，不再嬉戏无度。塾师李仲书为柳氏矢志教子所感动，收留下家贫无依靠的柳氏和文龙母子，对文龙加以精心栽培，文龙愈加发奋，刻苦攻读，终于得中了状元。相反，丁文凤的母亲胡氏是个贪图安逸，企图不劳而获，羡慕荣华富贵的人。当王国贤断她的儿子是状元命时，她立即就产生了当太夫人的欲望。她对"状元"命的文凤视为掌上明珠,百般地溺爱纵容,恨不得摘来天上的月亮让他戏耍,胡氏既教文凤学说谎话,又让他进赌场。几年工夫,文凤在坏伙伴的教唆下和黑社会的毒害下,沾上了浪荡豪赌、挥金如土的坏毛病。"贵子作孽"一场,剧作者用漫画手法一针见血地写出了文凤对父母敲诈勒索、掠取赌本,使家庭破败的典型场景。最末一场"凤龙结局"最有意思。舅公王国贤为抓劫银之徒在五里亭巧遇"状元"与"乞丐"两个外甥,他们的遭际与自己的断论完全相反。当王国贤从胡氏口中印证了真实情况后,平日里振振有词、口若悬河的王国贤顿觉语塞,陷入了惊愕与尴尬之中。这是何等辛辣讽刺! 剧本正是通过命运与奋斗、预言与现实的矛盾,合情合理地宣告以王国贤为代表的"宿命"观念的破产。该剧在人物性格、情节发展、语言运用等方面都成功地运用了对比手法。如下。

性格对比:丁家兄弟(丁花实、丁花春)、两妯娌(胡氏、柳氏)、文龙与文凤、李仲书与王国贤、翠云与阿猪,这些人物都具有鲜明的对比色彩。不仅如此,人物除了相互之间的对比外,还有自身发展的前后对比。

情节对比:在"算命""答对""教子""劫银赠银"等场中,都有明显的情节对比。除每场的情节、细节相互之间有对比外,整出戏情节发展前后也有对比,丁文龙由"乞丐"命最后成了状元,丁文凤由"状元"命最后成了乞丐。前者由悲到喜,后者由喜到悲,整出戏则悲喜交集,相得益彰。

在魏明伦创作的川剧《易胆大》中,有的场面之间对比,形成了强烈的戏剧性。如两台《八阵图》,第一次麻大胆威逼身染重病的九龄童演《八阵图》,致使名优累死在舞台上,惨不忍睹;第二次是易胆大在阴森的坟山上演《八阵图》,装鬼捉弄麻大胆,令人开怀大笑。两场"吊孝思春",第一次在茶馆花想容唱悼喑亡夫,悲痛欲绝;第二次是麻五娘吸着水烟号丧"我这样年轻这样美,空房独守去靠谁",鄙俗不堪。这两组场面前后映衬,形成鲜明的对比和反差,将真、善、美和假、恶、丑的对立和斗争,揭示得相当深刻。可见任何戏剧手法和技巧的运用,只有附丽于更好地揭示生活真实这一主干上,才会开花结果,放出独具光彩的艺术魅力。

有关戏剧结构的几种主要方法，就介绍到这里。阿·托尔斯泰曾经说过："不能引人入胜的戏，是思想、见解和形象的坟墓。"这说明，好戏一定要吸引人。当然，能吸引人的不一定都是好戏。以上所介绍的有关戏剧结构的理论和技巧，主要侧重于戏剧结构的一般规律和特点，由于剧种不同，具体表现方法也不完全相同；并且生活浩如烟海，纷纭复杂，这些技巧只能作为我们创作时的参考和借鉴，而不能把它们看作固定的公式和可以如法炮制的药方。一切还要从实际生活出发，从内容出发。离开具体的内容，离开特定的人物和故事，离开主题的要求来奢谈戏剧结构，将会导致为艺术而艺术的形式主义。我们学习戏剧结构技巧、手法的目的，是为了使我们的戏剧创作在反映生活的广度、深度和力度上，不断提高，从而在精神文明建设中更好地发挥应有的作用。

小戏写作

小戏短小精悍，利于反映生活，也有助于年轻作者练笔。戏曲剧本的结构具有点线组合式特点，即全剧一个大单元，每场戏一个小单元。写好一个小戏，也就是完成了一个小单元，且还能成为重场戏。这就为学生进行大戏创作打下基础，因此，小戏写作是我们训练学生的一门重要课程。

舞台上，常演的戏曲小戏有以下三种。

1. 载歌载舞的小戏

戏曲艺术是以歌舞演故事，好些剧种保留了不少载歌载舞的小戏，它们情节简单，两三个人物，具有浓厚的生活气息。如：

黄梅戏《夫妻观灯》，此戏犹如历史长卷中的一幅风俗画。元宵佳节，夫妻二人同去观灯，舞台上虽然没有一盏灯，但通过两个演员的歌唱和舞蹈，将观众引进了五彩缤纷的灯市，与这对恩爱夫妻一同欢庆、喜悦。

川剧《别洞观景》，《宫人井》中一场戏。夔龙去赴东皇寿诞，其妹白鳝仙姑趁机和侍女们来到人间。如诗如画的山川景物，渔樵耕读的美好生活，年轻人的幸福爱情，深深吸引了白鳝，她羡慕人间的美好，厌恶神仙的寂寞孤独，决心不回到青海庄修道，长居人间做凡人。

剧中众侍女为白鳝驾着轻舟在碧波上行进，舞台上虚拟的船只变幻出各种队形，与目不暇接观景的白鳝组成一幅幅画面，配上白鳝欣喜的抒情歌唱，优美动人，令人赏心悦目；再有白鳝"摘花扑蝶""以水为镜""迎亲喜乐"等多姿多彩的舞蹈，既富有生活情趣，又给人审美享受。

京剧《小放牛》，一个杏花盛开的季节，牧童在田野放牛，村姑路过，向牧童问路。调皮的牧童要求和村姑对歌，村姑同意，要牧童帮腔。两人一问一答，互相唱和，欢快而别。

剧中两人载歌载舞的表演，散发出泥土的芬芳，表现了淳朴的民风。牧童、村姑，率真可爱。是一曲令人神往的田园牧歌。

2. 折子戏

折子戏是指全本戏中的一场戏，虽然是大戏中的一个片段，但它是全剧大单元中的一个小单元，情节相对独立，往往是全剧的重点场次。因为有前史，还有未来，情节和人物较一般小戏复杂。

川剧《铁笼山》，全本《帝王珠》中一场戏，该剧发生在元代，皇后杜月梅与宠臣蔡中华狼狈为奸，阴谋篡权，用计将英宗毒死。被贬到边关的大皇子铁木耳闻讯，急率兵返朝，将蔡中华和众叛臣以及杜后的亲生儿子朔元斩首。杜后仗着英宗所赐金马鞭，在金殿上撒泼放刁，铁木耳暗示部将牛乃成将杜后杀死，又碍于先皇遗诏，勉强保二皇子登基继位。

在封建礼教束缚下，传统戏曲中的妇女形象，多是行不动裙，笑不露龈，温良柔弱；皇后也多是雍容华贵、端庄稳重。而杜皇后却比市井中的泼妇还要凶悍、泼辣，当在权位争斗中一败涂地，宠臣、同伙，乃至亲生儿子被斩首后，她恼羞成怒，盛气凌人地嚎叫，想以势压人。不料威风扫地，反遭众人耻笑，无地自容。为了摆脱尴尬的处境，也为了报复铁木耳及二皇子，在文臣武将及众兵士面前，杜后破罐子破摔，不要自尊，不要脸面，她大笑、苦笑、狂笑，似疯魔挣扎狂舞，似荡妇挑逗铁木耳及其将士，搞得铁木耳等人十分难堪，只得快速结束了杜的性命。

该剧皇后杜月梅，不仅在别的戏曲剧种中罕见，其他文艺作品中也稀有。正是通过"这一个"人物形象的塑造，深刻揭示了封建社会皇宫内，秩序、伦理、道德被践踏在脚下，为争夺皇权，骨肉相残的悲剧。

越剧《庵堂认母》，全本《玉蜻蜓》中的一场戏，尼姑王志贞与申贵升相爱，申不幸逝世。王志贞产下遗腹子，佛门清规森严，王忍痛写下血书将婴儿弃在路旁，被一徐姓人家拾得，取名徐元宰。16年后，徐元宰成了解元，得知自己的身世后，便到庵堂寻母。两人相见，通过对莲子、池中金鱼、琉璃灯、数罗汉、送子娘娘等事物的隐喻、试探后，王志贞确认眼前的解元正是自己昼思夜想的儿子，但因人言可畏，她顾及儿子的前程，不敢相认。在极端矛盾的情况下，王志贞跑回云房在申贵升的遗像前哭诉。徐元宰追来，看到画像，拿出血书，跪地哀求王志贞，表示自己不求荣华富贵，只求母子团圆。在亲情的感召下，王志贞终于战胜自己，母子在庵堂相认了。该剧将尼姑王志贞想认而不敢认，最后冲破封建礼教的束缚和世俗观念的羁绊认子的心理过程，进行了深入细致、富有层次的描写，真实感人。

京剧《三堂会审》，全本《玉堂春》中的一场戏，妓女苏三与吏部尚书之子王金龙相爱，王在妓院挥霍完携带的钱财后，被鸨母赶走，又将苏三卖与洪洞县富商沈燕林作妾。沈妻设计陷害苏三为杀人犯，县官受贿，苏三被判死罪。王金龙科考及第出任山西巡按，在会审苏三时，王金龙发现犯人正是他失散多年的恋人，因为身为巡按，又在众目睽睽之下，王只得佯装不识。当苏三诉说了自己蒙冤被害的经过，王金龙百感交集，他拼命克制自己，但仍被陪审的刘秉义、潘必正看出了破绽，他俩在审案过程中，时时揶揄王金龙，使得王金龙非常尴尬。后来冤案平反，苏三与王金龙终成眷属。

这是一折深受广大群众欢迎的戏，除京剧外，其他剧种也演出过此剧，除了演员精彩的表演，剧本在戏剧情境的设置上，将一对久别情人的重逢安排在公审堂上，且一个是审判官，一个是阶下囚。有情人想认却不敢认，内心经受痛苦煎熬。人物与环境的冲突，强化了人物与人物的冲突、人物的内心冲突，从而生发出许多好戏来。

3. 小故事戏

这类戏多见于新创作的小戏，具有一个简短而完整的故事。

如，湖南花鼓戏《打铜锣》，农民林十娘爱占小便宜，逢收割季节，总将自家的鸡鸭放到田里去吃集体的谷子。今年的收割季节到了，蔡九又接受打铜锣的任务，通知各家各户关好鸡鸭。想起上次尴尬遭遇，蔡九格外谨慎。那是去年收割季节他打铜锣时，林十娘一家明知故犯，蔡九找林评理，林十娘利用了蔡的弱点，将他捉弄了一番，并占了集体的便宜，为此，蔡九受到领导的批评。今年打铜锣，蔡九又发现林十娘偷偷放自家的鸡鸭出来吃田里的谷子，蔡九态度坚定地和林十娘展开公与私的斗争，任林十娘花言巧语，颇费心机，蔡九不为所动，耐心帮助林十娘。林十娘终于认识到自己的错误，下决心改正。

湖南花鼓戏《补锅》，养猪能手刘大娘和女儿兰英在找对象的问题上产生了分歧，刘大娘希望找一个有文化、有技术的女婿，而兰英却偏偏爱上了一个补锅匠李小聪，为此，母女俩没少闹矛盾。

有一天，刘大娘在煮猪食时，不小心打破了大铁锅，圈里的猪饿得乱窜乱叫，刘大娘情急下用饭锅煮猪食，急叫女儿去请补锅匠。兰英和李小聪抓住这个天赐良机，小聪隐瞒身份来补锅，他要用实例来帮助未来的岳母思想大转弯。小聪一面补锅，一面讲自己的丈母娘瞧不起他这个补锅匠，当刘大娘表示赞同他岳母的观点时，李小聪严厉批评了刘的思想，教育她社会分工不能有贵贱，七十二行都重要。刘大娘听了小聪的话，再联想眼前发生的事，觉得有道理，于是改变了旧观念。李小聪公开了自己的身份，刘大娘满意接受了这个女婿。

一、选材

小戏的选材和大戏一样，除应选择有思想价值、有社会意义，具有戏剧性情境，人物富有个性化动作，适合戏曲表现的题材外，小戏曲在选材上（不包括折子戏），还要注意以下几点。

（一）事件宜小

戏曲反映生活，要受时间和空间的限制，小戏更是容量有限，因此选择题材不宜大和复杂，大多选择生活中的小事。

小戏中宜选择的事，可分为小人物的小事和大人物的小事。

1. 小人物小事

表现普通百姓生活中的小事，如赣剧《张三借靴》，这出优秀的讽刺喜剧，就是写的生活中一件司空见惯的借靴子的小事。

市井无赖张三应邀到前村周员外家吃寿酒，需要穿戴体面，头上的方巾、身上的蓝衫都比较满意,就是脚下缺少一双靴子,他想起老友刘二新近做了一双靴子,就到刘二家商借。土财主刘二悭吝、刻薄,一双靴子从未穿过,再三推脱,但经不住张三纠缠,提出苛刻条件,刁难延宕,最后还是被张三借走。张三穿靴赶至宴会,早已是席终客散。张三饥饿难忍,懊恼不已,就以靴子做枕头,睡在路边。刘二惦记靴子,久不见张三归来,便掌灯寻来,发现张三后,刘二夺回靴子,但他穿来的鞋被张三抢去,刘二又舍不得穿新靴子,于是将靴子置于头顶,高跷双脚,爬行回家。

京剧《拾玉镯》,此戏表现农村姑娘孙玉姣与书生傅朋一见钟情,傅朋留下玉镯,孙玉姣拾信物的事。事情虽小,艺术家们却做足了文章,傅朋与孙玉姣互生爱慕之情后,傅将玉镯搁在扇子上轻轻放在地上,暗示玉姣——信物在此,然后离去。孙玉姣又惊又喜,她想去拾玉镯,又顾及女儿家的矜持。待下决心去拾玉镯时,又遇傅朋折转回来。躲在一旁的刘媒婆也发出调侃的咳嗽声。玉姣十分窘迫,忙丢下玉镯跑进门去。可她心系玉镯,终于想出了办法,她将手帕悄悄盖在玉镯上面,假装寻找手帕,就在她拾起手帕之时,一并将玉镯拾起来。回到屋内,关紧门户,玉姣手执玉镯,左右端详,通过抚弄玉镯的优美舞蹈,抒发了初恋少女喜悦、幸福的心情。就是这一只玉镯,在传递男女主人公互相爱慕的情感上,在披露人物微妙的心理活动上起了重要作用。

川剧《评雪辨踪》(《彩楼记》中的一场),它描写吕蒙正大雪天从木兰寺赶斋回来,发现雪地上有男踪女迹,迂阔的秀才便怀疑妻子有了外遇。就是一个小小的"足迹",平静的家庭里掀起了轩然大波,一对患难夫妻争吵甚至动武。后来误会消除,夫妻和好如初。

以上的小戏都是写小人物生活中的小事,小戏在写大人物时,也都是写的他们生活中发生的小事。

2. 大人物小事

吉剧《包公赔情》,包公是北宋开封知府,是个大人物,但吉剧《包公赔情》的故事,不是写他刚正不阿怒铡忘恩负义的驸马陈世美,或足智多谋巧斩恃势横行的皇亲鲁斋郎,而是在"清官难断家务事"中,描写包公处理的一件家务事。

包公侄子包勉，在沙县当知县，贪赃枉法逼伤人命，仗势欺人任意横行，还侵吞救灾粮食。众百姓纷纷拦住包公的轿子喊冤，呈上状子告包勉。包公秉公执法，大义灭亲，为民除了害。此剧写包公铡了包勉后，回家向嫂嫂赔情的事。

往日包公胆气如牛，今日回府他内心忧虑，嫂嫂王凤英孀居半世，就包勉一个儿子，听说包公铡了包勉，嫂嫂震惊、愤怒，她取来铜铡要杀黑头、黑面、黑心的包公。后又教训包公，在爹娘和丈夫相继去世后，自己身左奶小包勉，身右奶包公，含辛茹苦将叔侄抚养成人，省吃俭用供包公念书考取了功名为官，而今，正是她用心血奶浆奶大的包公铡了她儿子，嫂嫂痛悔自己用一颗赤心换来黑心。包公执法铁面无私，可却是有情人，他心疼待他比待包勉还要亲的嫂嫂，任王凤英怒骂、训斥，包公忍气吞声劝慰嫂嫂，拿出状子，陈述了包勉的罪行。王凤英虽认为包勉犯法该铡，可仍心疼儿子，难消杀子之恨，她恨天恨地恨自己命苦，大哭起来。嫂嫂的哭声如针扎在包公心上，他答应老嫂比母，情愿煎汤熬药，坟前祭扫，但却扫不掉嫂嫂心中的悲痛。铁面无私的包公束手无策，想到陈州百万灾民，心急如焚，最后他置生死于度外，擎剑跪在王凤英面前，希望等他陈州放粮回来再杀他。正是这一跪，使王凤英心灵震撼，她看到了包公一片爱民心，想到自己为一个孽子流泪，实在惭愧，她擦干眼泪，也跪在包公面前，跪的是包公爱民的心。矛盾终于解决，为国为民的包公和深明大义的王凤英最后统一在救陈州千万灾民的爱心上。包公深谢嫂子贤惠明礼，含着激动的热泪，三次跪拜王凤英，登上了陈州救灾的路。

该剧的作者王肯先生在谈创作经验时，强调"反复折腾才是戏"。剧中，包公与嫂嫂在赔情一事上展开的矛盾冲突，反复纠葛了几个回合，作者浓墨重彩写了包公这个"不讲情面"之人的感情世界，深入细致刻画了人物性格，写出了大人物的人情味，感人肺腑，催人泪下。

京剧《寇准罢宴》，也是写大人物生活中的一件小事。

寇准是北宋执掌大权的宰相，为了寿诞宴客极尽奢华，派管家携带一万两银子专程到苏杭去挑选歌童舞女，采办古玩玉器，仅一棵五尺高的珊瑚树和两尊翡翠寿星便花了四千两银子。府中雕梁画栋，张灯结彩，笙歌阵阵；红烛高照，蜡烛油流满了回廊。府中一位特殊人物被蜡油滑倒，她就是寇准的乳母刘妈妈，她见寇准如此奢靡，想起寇准的母亲临去世，嘱托她好好关照寇准，刘妈妈决定规劝寇准，以不辜负太夫人的信任。

寇准幼年丧父，家境清贫，靠母亲辛苦纺织供他读书，将他抚养成才。蜡烛油流满地让刘妈妈触景生情，她对寇准讲起当年寇家贫穷，没有钱买灯油，寇准母亲上山采集松香替代灯油照明，供寇准读书。山高风大，寇准母亲受风寒大病一场。又说太夫人生前教育大家要勤俭持家，宰相如此奢华，上行下效，满朝文武怎能清正廉明。并拿出珍藏的一幅画，画中衣着简朴的太夫人在寒窗孤灯下教寇准读书，上有题诗：孤灯课读苦含辛，望儿修身为万民。勤简家风遵母训，他年富贵莫忘贫。

寇准听了刘妈妈的讲述，看了课子图，深感自己违背了母亲的教育，跪在画前请罪，并下令停止歌舞，辞去所有的贺客和贺礼罢宴，将课子图挂在后堂供奉，感谢刘妈妈指教，从此戒除奢华。

一代名相寇准要治理国家，抗击金军，事情繁多。该剧没有去写寇准人生中的大事，而是写他过生日，通过这件小事，写了寇准勤俭节约，优良家风相传的美德。

以上的例子，我们可以看出小戏选材，多是日常生活中的事件，甚至细小到了一双靴子、一只玉镯、一个脚印、一顿寿宴，事件单一，人物也单纯。小戏无力承载过重的背景负担，若事件过于重大，冲突过于尖锐，人物关系过于复杂，作者忙于交代事件的来龙去脉，忽张忽李，人物不是被捆绑在来去匆匆的事件的"车上"拉着跑，就是被眼花缭乱的事件所淹没。贵在事件小、单纯，作者才可以腾出笔来写人物。

小戏中人物围绕事件所展开的矛盾冲突，在结局时应得到合理解决。如果提出的矛盾原因复杂，小戏容量有限，结局时矛盾冲突勉强草率解决，势必将生活简单化。

小戏要以一当十，它可以通过一件小事，深入开掘人物的心灵世界，剥茧抽丝，大写特写，表现人物某一方面的品质，从一个侧面反映社会生活，启迪人们思考人生，思考社会。比如赣剧《张三借靴》讽刺了土财主刘二的悭吝、虚伪，他成为金钱和物质的奴隶，成天提心吊胆，生活在刻薄和欺骗之中，这样的人生，苦涩而无趣。看了此戏，人们在对刘二鄙视和唾弃的同时，也会对金钱与幸福的关系、人生的价值与意义等问题产生思考。同样，吉剧《包公赔情》说明了老百姓的利益要高于私情，川剧《评雪辨踪》说明了爱情要相互理解，相互信任。

小戏表现生活中的小事，但并不是"柴米油盐酱醋茶"统统都可以作为小戏的题材，而是要经过精心选择。这个小事要有实实在在的内涵，不仅是全剧的情节骨架，而且是引起冲突爆发、推动人物行动的导火线。人物在处理这件事中，能显示其性格特征，并引起人物关系的变化。

（二）宜厚实

小戏受时空限制，反映的生活需要高度集中、凝练，做到滴水见阳光，以少胜多，小戏不小。这就要求选择人物内心冲突和外部冲突最集中、最尖锐的时刻，人物的情感和精神最丰富的状态，最能揭示生活本质、最富有戏剧性的场景。

如京剧《归舟沉江》，全本《杜十娘怒沉百宝箱》中的一折戏。名妓杜十娘厌恶青楼生涯，矢志从良，与游学京都的李甲相爱，满怀希望随李甲回故乡扬州。船至瓜洲遇商人孙富，孙垂涎十娘美貌动人，愿以千金换十娘；李甲忧心带妓女回家父亲不容，同意转卖十娘。《归舟沉江》从接近高潮的戏开始，写李甲做了亏心事后，带着愧疚的心情回舟面对十娘的一段戏。李甲在十娘追问下道出将她转卖给孙富时，十娘痛悔莫及。次日清晨，十娘梳妆打扮，当着众人面将百宝箱中的珍宝尽抛江中，随即投江自尽。

这折戏中，戏剧情境尖锐，人物面临着人生十字路口的选择和生死关头心灵的搏斗，心潮翻滚，情绪起伏，既反映了生活的本质，又具有艺术感染力，产生了窥一斑可知全豹的效果。

另一方面，小戏选择的题材，要"麻雀虽小五脏俱全"，情节和矛盾冲突的发展要有天地，不但有开端、发展、高潮、结局，而且要一波三折，起伏跌宕。此剧中，风雪夜瓜洲渡停靠岸边的一只船上，温柔美丽的杜十娘准备了美酒等待丈夫归来赏雪谈心，她沉浸在蜜月的幸福中，想到自己跳出了出卖色艺生涯的火坑，可以堂堂正正做人；想到夫妻恩爱到白头，十娘对未来充满了希望和憧憬。然而等来的却是李甲将她转卖他人，十娘肝胆俱裂，万万没想到与她山盟海誓的李甲竟是个负心汉。希望破灭，十娘悲愤中欲投江自尽，后又觉得不能这样轻易结束生命。伴随着深夜更鼓交替，她思考再三，终于做出了选择。天明之后，在李、孙交钱、交人时，十娘当众痛斥背叛爱情、懦弱贪财的李甲和破坏他人幸福、炫耀富贵的孙富，然后打开百宝箱，将多年的积蓄，准备和李甲共享的珍宝抛进江中，羞辱两个男人后，自己投江自尽。十娘以死来抗争不公平的世道，维护了自己的尊严。在这折小戏里，合情合理地展现了李甲、杜十娘之间的性格冲突从爆发、发展、高潮到结局，生发出的情节曲折多变，故而深受观众欢迎，除京剧外，川剧、河北梆子、评剧等剧种都有此剧。

小戏因为小，本钱不多，开头不能像大戏一样过多地交代时代背景、环境气氛、人物关系等，而必须尽快地引出矛盾，构成悬念，抓住观众，留下笔墨来描写人物在矛盾冲突中的性格特点和心灵世界。如果矛盾开展得迟，情节进展缓慢，悬念无力，戏便松散、拖沓，难以吸引观众；再者，如果前半部分浪费了笔墨，后半部分的矛盾冲突便没有时间充分展开，冲突进展势必匆促，人物刻画也会粗糙。

如赣剧《张三借靴》，戏一开场，张三简练的开场白，交代了他要去赴宴，找刘二借靴子，刘二听说借靴如挖他的心头肉，矛盾很快提了出来。围绕借靴，在借与不借的问题上，油滑的张三和虚伪、吝啬的刘二展开了矛盾冲突。刘二先夸他的靴子是请来天下二京四镇十八省的皮鞋匠做的，还将靴子摆在香案上，让张三和自己一同祭靴，又对张三定下穿靴子的苛刻律条。这一番刁难使张三错过了赴宴，刘二又赶去要回靴子。剧中，正是由于张三开门见山提出赴宴借靴事，构成了悬念，才留下了充分时间展开矛盾冲突，深入细致地刻画人物性格，挖出了好戏。

优秀的小戏和许多经典折子戏之所以久演不衰，长期受到广大群众的欢迎，其中一个重要原因，就是全剧厚实，围绕矛盾冲突，深入细致刻画人物性格，把戏写深写透，写足写够。

（三）构思奇巧

生活里存在着偶然与巧合，在我们人生的经历里，就有偶然和巧合的机遇。生活中的必然性通过偶然性表现出来，而任何偶然性又有必然性的依据。文艺作品中常常运用偶然和巧合，巴尔扎克在《人间喜剧》前言说："偶然是世界上最伟大的小说家，若想文思不竭，只要研究偶然性就行。"[①] 戏剧受时空限制，善于运用偶然巧合的因素揭示生活的必然性，加速戏剧冲突的发展，否则，人物的动作不会迅速推动，性格也不可能迅速显露。戏曲称为"传奇"，奇者，罕见、意外，常言"无巧不成书"，指的就是运用偶然、巧合，这在喜剧中更是常见。如闽剧《炼印》，杨传和李乙不满衙门的黑暗，因为"替受屈的老百姓讲话"，被刑部衙门开除。离京途中，听到许多百姓的冤情，越发义愤填膺，在酒楼歇足时，正巧遇见新任巡按陈魁的当差黄卞，从他口中得知陈魁在就任前要绕道回家乡结婚，于是杨传、李乙就利用这一机会，乔装巡按及其随从，到扬州为老百姓平反了冤狱。

小戏反映的社会生活面不及大戏广阔，情节也不可能那样曲折多变，要吸引观众，需要新颖、奇特的构思，就更要善于运用偶然、巧合的因素了。

小戏中运用偶然、巧合，可以迅速促使矛盾转化为冲突，推进情节的发展。京剧《归舟沉江》，李甲带着杜十娘乘船回故乡扬州，途中遇风雪，李甲、十娘的船与孙富的船正巧都停在瓜洲渡。夜晚十娘弹琵琶又正巧被孙富听见，早就垂涎京城名妓杜十娘的孙富顿起歹心，以千金换了十娘。正是由于这些巧合，使李甲背叛爱情的面目暴露，十娘与李甲的关系迅速变化，最终酿成悲剧。

---

① 刘锡庆、齐大卫主编：《写作》，北京师范大学出版社1990年版，第106页。

川剧《评雪辨踪》中，吕蒙正乞斋回来，因受了唐七、唐八两个和尚的奚落，心情郁闷，正巧发现雪地上有男人的足迹，便怀疑妻子有外遇，于是平静的小家庭便掀起了波涛。

偶然、巧合在小戏中，还可以形成一种特殊的戏剧情境，使独特的人物性格撞击出火花，生发出好戏。

南戏《拜月亭》是运用偶然、巧合比较多的戏，它讲述金代民族战争动乱时期，兵部尚书的女儿王瑞兰和母亲在逃难中失散，瑞兰邂逅书生蒋世隆，结为夫妻，王镇在招商店中巧遇王瑞兰，强迫她离开了抱病的蒋世隆。蒋世隆的妹妹蒋瑞莲在兵乱中被王母收为义女。战争平息，瑞兰归家以后，思念世隆，花园拜月，为蒋世隆祝福，瑞莲窃听后，方知二人实属姑嫂。后来蒋世隆赴试中状元与瑞兰团圆，瑞莲也与武状元陀满幸福结为姻眷。

川剧《踏伞》，是脍炙人口的折子戏，它是在南戏《拜月亭·隆遇瑞兰》一折的基础上发展而成的。这折戏正是由于偶然、巧合构成了特殊的戏剧情境，使两个门第悬殊的青年男女邂逅，他们相遇、相知，最后相爱了。女主人公王瑞兰和母亲在兵荒马乱中被冲散，惊魂未定的瑞兰忽听人呼唤，她循声找去，原来是个陌生男子，此人是秀才蒋世隆，他与妹妹在逃难中失散，正在呼唤寻找妹妹瑞莲。蒋世隆发现是误会转身离开，娇生惯养的千金王瑞兰因缺乏独立生活能力，踏着蒋世隆的伞，羞羞答答地希望带着她一同逃难。同是亲人离散，同是孤单一人，同病相怜，他们结伴而行。为了应付过关时盘查，他们准备以兄妹相称，后又发现面貌不同，于是便冒名夫妻。逃难途中，遇到了追兵骚扰，经受了狂风暴雨，两人患难相扶，萌生了爱情，王瑞兰大胆地自许终身，故意将宝钗落在地上，让蒋世隆拾到了这定情物。

战乱中的家家逃生、户户逃难，满是泥泞，满是血腥。而《踏伞》却是一出抒情喜剧，男女主人公善良、乐观、开朗、大胆，他们在险恶的环境中互相帮助，互相鼓励，互相安慰，互相调侃，终于赢得了真正的、坚实的爱情。

《踏伞》一剧，如果没有偶然、巧合，在封建社会中，兵部尚书的千金王瑞兰与普通秀才蒋世隆根本无缘见面，更不用说结为夫妻。是战争把王瑞兰从优裕、安静的闺阁抛到了荒郊野外,蒋世隆在寻找呼唤亲人中,瑞兰、瑞莲是谐音,正是这一巧合,谱写了一曲悲欢离合的爱情之歌。

运用偶然、巧合,一定要以生活为依据,使用不当,戏会显得虚假、牵强、不自然。

二、人物

戏剧是动作的艺术,人物的行动产生情节,体现主题思想,人物形象是戏剧创作的中心。精心塑造鲜明、生动、独特的人物形象是大戏和小戏的首要任务。

小戏人物不宜多,传统戏中的小戏,常常是两小戏(小旦、小丑)和三小戏(小生、小旦、小丑),这正体现了小戏人物设置上的特点。小戏为了精炼,对主要人物泼墨如云,次要人物则用粗线条勾画。有时因剧情需要,为了节省篇幅,有的人物还不出场,只在场内用内白的方式与场上人物交流,如赣剧《张三借靴》,应该说它有五个人物,刘二、张三、小二、张三妻子、家院。作者对主要人物刘二、张三进行浓墨重彩的描写,对小二只写了个轮廓。张三妻子和家院虽然没有出场,但却与剧中的情节交织、交融在一起。开场时张三与在场内的妻子答的几句话,一个泼辣的妇女形象活现出来,也简要交代了张三借靴的原因。另一个没有出场的人物家院,是张三因刘二刁难,耽误了时间,赶到周员外家时,黑灯瞎火,大门紧闭。家院场内的答话,不仅交代了席终客散,又对张三一番奚落,使张三十分懊恼,就在路边以靴代枕睡觉,于是引出了刘二"赶靴"一段戏。这里,只闻其声、不见其影的"家院",对剧情的发展起到了穿针引线、承上启下的作用。

因为篇幅小,小戏在塑造人物时,除了按照人物的心理特征、性格逻辑,在矛盾冲突中塑造人物外,还要注意以下几方面。

(一)描写人物性格的主要特征

大戏可以多侧面描写人物,塑造丰富复杂的人物形象。小戏难以承担这样的任务，它是抓住人物的性格特征加深、扩大，甚至夸张描写，塑造出鲜明、单纯的人物形象。赣剧《张三借靴》中，作者就抓住了张三的无赖和刘二的吝啬伸展开去，精雕细刻地描写，塑造了两个生动的人物形象。

川剧《做文章》，该剧系传统剧《过江误》中一折。宦门公子徐子元，被宠爱，不学无术。时任科举考试的主考官为了巴结徐家，泄露试题，徐母叫徐子元照题做文，以谋取功名。徐子元苦不堪言，只得令仆人单非英代做文章。徐母见文章甚好，便叫儿子送文过江，到崔天官府中相面、试才招亲。徐子元相貌丑陋，又请单非英冒名前往。

剧中主要人物徐子元娇生惯养，整天走花街、宿柳巷，坐书房如坐牢房，老师也不敢管他，三年才读完一本《百家姓》。一听说母亲叫他做文章，徐子元叫苦连天，这比赶着鸭子上架还惨，简直是逼着公牛下崽。他埋怨父母不知他的学问，是要逼死他。想要动笔，却连笔都不会拿，刚看了题目，又想入非非，想起捕捉蝴蝶玩耍和美女的杨柳腰。仆人催他快做文章好当官，他有恃无恐，说做不做文章都有官当，父亲为相权压当朝，考官要是不让他当官，此人就要丢官帽。自认倒吊三天三夜也滴不出一点墨水的徐子元，无奈中只好弄虚作假，让仆人单非英帮他做文章。该剧嘲讽了一个纨绔子弟，对他胸无点墨，对文章一窍不通这一点进行了夸张、放大，让他出尽洋相，丑态毕露。

以上剧目中的人物塑造，可以说是攻其一点不及其余，这正体现了小戏塑造人物的特点。

(二)描写人物瞬间的转折

所谓转折，既有人物命运的转折，也有人物思想感情的转折，有时思想感情的转折可以显现出人物的一生。

大戏可以显示人物一生面貌或某一重要阶段，小戏只能表现人物转折的瞬间，这一瞬间是人物性格冲突、内心冲突尖锐，人物思想感情充沛，性格闪光的时刻，是人物命运和喜怒哀乐情绪起伏变化的当口。

常德高腔《祭头巾》描写82岁的老儒生石灏，一生连考八科都不中，第九次又来京城赶考。发榜之前，通宵难眠，他焦灼、忧心、失望、怨愤，撰文祭别头巾。忽报高中探花，石灏欣喜若狂，昏了过去。

等待发榜和忽报高中是石灏的命运转折，也是他最痛苦、最焦灼和最高兴、最幸福的时刻。可惜乐极生悲，年老体衰，气息奄奄。

川剧《迎贤店》描写书生常思庸访友未遇，困居客店，一日，店婆又来索取食宿欠账，常思庸无钱支付，店婆对他百般嘲讽奚落，并怒将常思庸的蓝衫脱下来顶账。常在风雪中叫卖字画，遇一壮士同情他，赠给他银两。常回到店中，店婆见常思庸手里的银子，一改气盛傲慢，对常殷勤奉承，百般讨好，势态嘴脸令人作呕。

《祭头巾》描写石灏命运瞬间的转折，塑造了一个被科举考试损害的灵魂，发人深省。《迎贤店》描写店婆以银子为中心的瞬间转折，塑造了"一张脸皮两般用，就看'有钱'与'无钱'"的店婆形象，反映了世态炎凉，人情冷暖。

（三）深入细致描写人物的心理

小戏中的事件，是情境中的因素，是人物行动的动力。写作时，作者的眼睛不能只盯着事件，将事件作为主要内容，人物被纳入事件，像提线木偶一样被提来提去，这样，人物性格便无法展开。不为事件所支配，揭示人物的精神世界，描写人物的心理活动，人物内在的活力会构成丰富生动的情节。

仍以常德高腔《祭头巾》为例，该剧情节简单，人物形象刻画入木三分。它绵密而有层次地展现了石灏等待发榜的内心活动，老儒生第九次科考后，兴高采烈，趾高气扬，端坐通宵，敞开"龙门"（客店大门）等待报录，他畅想梦想成真"金榜题名"时的得意、快乐。敲过一更，报录的没有声息，石灏露出了焦灼，二更天敲过，他拦住报录人，报的却是别人的名，老儒生手脚发凉，目瞪口呆。三更天，报录的锣又响了，无情的报单，仍是别人的名字。石灏由失望到了绝望，他思索自己没有中举的原因，先验正试题及自己的答案，思考试官的人品，后又回忆祖宗三代是否造过孽，损过阴德，想来想去，竟想到一个怪异荒唐、十分可笑处，原来他在攻书入学时，去头巾铺里定制头巾，掌柜的巴结他，说："相公，你多与我些银子，我帮你扎扎实实做一顶好头巾，我包管你这一世戴到老！"难怪几十年心血耗尽，却挣不来一顶乌纱帽，落第的前因后果，全在这头巾，老儒生先是愤怒，后摆起香案撰文祭别头巾，埋怨头巾压得他科科不中。祭文一字一泪，抒发了老儒生醉心功名，从青年到老年，从黑发到白发，寒窗苦读，板凳几乎都坐穿了，希望却成泡影的痛苦和悲哀。戏到这里似乎该结束了，妙的是快到结尾，戏却掀起了高潮，八科都没中的老儒生第九科竟然高中了探花，当快到天亮最后一次报录人找上门时，石灏不相信是真的，不敢开门，等到开门听了报单，老儒生狂喜过度，摔倒在地，生命垂危。

《祭头巾》全剧围绕四个字：等待放榜。作者深入开掘了老儒生在等待放榜时的心灵煎熬，剧情起伏跌宕，人物形象栩栩如生。

再如豫剧《三上轿》，该剧描写明朝万历年间，纨绔子弟张炳仁垂涎同窗李同的美貌妻子崔氏，设计害死李同，并强迫崔氏与他成婚。崔氏无奈，随身暗藏利刃上了花轿，洞房之夜，杀死了仇人，并自刎而死。《三上轿》是表现崔氏在上花轿时，与公婆、儿子诀别，三上两下花轿的一场戏。第一次崔氏与公婆话别，抱定复仇的决心上了轿，但刚上轿，听到公婆呼叫，她立刻下轿直奔亡夫灵堂，再次劝慰二老，向丈夫亡灵三叩首后，又拜别公婆，强忍悲痛出了门。她第二次刚上轿时，娇儿突然大声哭叫，崔氏万箭穿心，她下轿冲到婆婆面前，对儿子抚爱、哭诉，毅然第三次上了轿。

艺术家们泼墨如云地表现崔氏上花轿时与公婆、儿子生离死别、难舍难分的悲痛心情，揭露了封建社会的黑暗，塑造了一个敢于反抗、斗争，令人钦佩、敬仰的妇女形象。简单的上轿事件，竟演绎成一出经典悲剧。

（四）重视人物关系设置

根据人物性格设置人物关系，展现戏剧冲突，推进情节发展，情节的发展必然导致人物关系的变化，大幅度人物关系的变化就是好戏。

川剧《酒楼晒衣》是全本《珍珠衫》中的一折，蒋兴、陈商在旅途中邂逅，两人在望江楼饮酒，夏日天热，陈商脱下内衣晾晒，蒋兴发现搭在椅上的珍珠衫竟是祖传的宝物，便怀疑妻子与陈商私通，他欲叫四邻将陈商捆绑，可一想妻子偷情外传，自己脸上也无光，只得克制自己，假装酒醉，仔细询问珍珠衫的来历。陈商洋洋洒洒地讲述他的风流韵事。若蒋兴是一般的酒友，也就是两人酒酣耳热时谈的一段逸闻趣事而已，戏剧性不强，还可能冗长和拖沓，可偏偏蒋兴是王三巧的丈夫，特殊的人物关系，将大段叙述转化为人物丰富、复杂的内心动作和外部动作。

　　陈商讲他在长街楼下看见楼上的王三巧后，便相思入骨，经薛婆牵线两人相识，双双坠入爱河。蒋兴压着怒火听着，几次按捺不住欲爆发，又巧妙地遮掩过去，他追问陈商与三巧幽会的细节，心情是复杂的，他想听，又怕听，他唯愿陈商是瞎吹牛，他的妻子并未失节，他们还是恩爱夫妻。他从自家府门外、内的样子，王三巧的绣楼，乃至绣楼的楼梯数目一一盘问，陈商回答得滴水不漏，件件属实，这无疑是一次次抽蒋兴的耳光，一次次往他心上扎针，蒋兴愤怒、嫉恨、羞辱、痛苦。尚蒙在鼓里的陈商，沉浸在他与王三巧的情爱里，越说越得意，绘声绘色讲述了他与王三巧如何恩爱、缠绵事，蒋兴是越听越冒火，恨不得掐死这个情敌，背地咬牙切齿诅咒这对狗男女。更可恨的是，陈商坦然告诉蒋兴，他已决意迎娶王三巧，为扫清障碍，打算用银子打点衙门，用药毒死三巧丈夫，听得蒋兴毛骨悚然，怒火冲天，急忙告辞，陈商却缠着蒋兴帮他带信给三巧，啰里啰唆诉说他对王三巧的相思，火上浇油。蒋兴冲着陈商欲发泄，后又强压火气，愤愤离去。陈商不明其理，望着蒋的背影骂他是神经病。

　　吉剧《包公赶驴》描写包公微服私访，在去陈州的路上，卖唱女王粉莲让庄稼佬模样的包公为她赶驴。包公在为王粉莲赶驴途中，了解到小衙内、杨金吾许多罪行，最后惩办了贪官，平反了冤案。

　　小戏人物少，为了写出好戏，就要写出人物关系的变化。《包公赶驴》中，卖唱女王粉莲从开始误会包公是个庄稼佬到结局发现包公的真实身份，《酒楼晒衣》中，蒋兴与陈商从萍水相逢的旅伴，到蒋兴发现陈商是自己的情敌，人物关系都发生了很大的变化，所以，小戏中人物关系的设置非常重要。

（五）精心选择和运用细节

要塑造鲜明的人物形象，结构生动的情节，表现典型环境，就要借助细节的运用。否则，人物成为空壳，情节成了骨架，环境成了白纸。小戏篇幅小，在运用细节时，要精选出给人留下深刻印象、突显人物性格的细节。如赣剧《张三借靴》中，刘二一听说张三要借靴子去赴宴，就急得昏了过去，听到小二要灌他姜开水，突然醒过来："拿姜开水做什么，三个钱一碗哩！"张三借靴走后，他连夜寻到张三，硬从张三脚下脱下靴子，又舍不得穿在脚上，便将靴子顶在头上，爬着回家。这些细节，把一个舍命不舍财的吝啬鬼活脱脱表现出来。

川剧《迎贤店》中，店婆对常思庸无钱时鄙视、挖苦，一见常思庸有了银子，一张紧绷着的脸立刻变得和颜悦色，她欲与端坐在椅上的常思庸搭话，就像拜见贵人，唯恐不恭，先整衣理袖，用手指沾了口水抹光鬓发，满脸堆笑，恭恭敬敬叫声："常老爷，那是银子哈！"然后以左脚为圆心，甩起右脚，猛地来了个360度转圈，故作萌相。这些夸张而又真实的细节，入木三分地刻画了势利眼小人的嘴脸。

有人把"细"叫作"戏"，是指那些令人过目难忘，人物性格闪光精彩的细节。但对细节的运用，定要精心选择。

三、情节

小戏时间、空间虽然有限，但情节不能笔直无阻，一览无遗，而是要峰回路转，才能吸引观众。

秦腔《柜中缘》描写岳飞被害，其子岳雷被差役追杀，危急之中，闯进刘玉莲家避难。风波平静后，刘母敬爱忠良之后，将女儿玉莲许配给岳雷。

此剧开场，开门见山交代了刘母带着儿子淘气去孩子舅舅家，为女儿找夫婿，留下玉莲一人在家，小姑娘在门外飞针引线，一幅恬静的农家乐图画。

突然平静被打破，岳雷惊慌闯进玉莲家，说明父亲岳飞被害，自己被差役追杀,玉莲情急中将他藏进柜子,躲过了搜查。差役走后,恢复平静,玉莲催促岳雷离开,岳雷也准备起程。不料一波刚平,一波又起,淘气哥回来了。

闻听敲门声,玉莲慌乱中又将岳雷藏进柜子,淘气哥回来是为母亲拿钱包,而这钱包母亲又正好放在柜子里。主要冲突由此展开,一个偏要揭开柜子,一个坚持不准揭,玉莲甚至霸道地坐在柜上面。淘气哥用计将玉莲骗开,揭开柜子,揪出岳雷,怒责玉莲私藏男人在家,玉莲有口难辩,跳到黄河也洗不清,她委屈得哭起来,埋怨岳雷为啥偏偏跑到她家来躲追捕。岳雷也感到内疚,欲向淘气哥解释,淘气哥根本听不进去,玉莲为了表示自己的贞操,竟要以死明志。情节发展到这里,戏被推向高潮。这时,刘母因久等儿子不来而返回,见家里又哭又闹,又见女儿藏的男子,气得晕过去。待苏醒过来,玉莲说明真相,刘母大喜,踏破铁鞋无觅处,眼前的忠良之后,正是理想的女婿,于是刘母做主,玉莲与岳雷喜结良缘。

《柜中缘》一剧,情节曲折,趣味盎然,是一出优美喜剧,深受广大群众欢迎。除秦腔外,桂剧、京剧、河北梆子、川剧等都演出此剧,几十年常演不衰。

川剧《评雪辨踪》,描写吕蒙正乞斋回来,发现雪地上的脚印,怀疑妻子有外遇,若他是个爽快人,回家一问,妻子说出母亲命丫鬟、院子送银米来的事,误会就消除了。可偏偏遇到迂阔的秀才吕蒙正,他绕山绕水地问,"结"越打越紧。待妻子刘翠屏搞清楚丈夫归家发牢骚的原因后,又赌气报复他。两人冲突起来,发展到高潮时,还动手打起架来。误会消除,风波平息,夫妻言归于好,可临到结尾,出人意料,又掀波浪,吕蒙正愤愤讲起他被唐七、唐八两个和尚奚落时,竟将手中好不容易在饥肠辘辘中盼到手的一碗粥泼倒在地上。该剧的情节不是直线上升的大步前进,而是一波三折的层层递进,这是我们应当学习和借鉴的。

结构小戏剧本时,剧作者需要精心安排,巧妙布局,使情节曲折有致,方能引人入胜。

以上我们对优秀小戏进行了分析和研究,但是生活丰富复杂,时代飞速向前，每个作者也有自己的创作个性，人们的审美观念、情趣也在变化，所以，不能把技巧当作刻板的公式，应当在创作实践中灵活应用，才能创作出优秀的剧本来。

《评雪辨踪》赏析

《评雪辨踪》是川剧《彩楼记》中的一场戏，《彩》剧是写秀才吕蒙正在宰相刘懋设彩楼择婿时，被刘小姐的彩球击中，刘懋因吕蒙正家贫，将吕和刘小姐赶出府门。吕蒙正夫妇同居破窑，后吕蒙正高中状元，全家团聚。该剧通过贫富悬殊的相府千金刘翠屏与落拓秀才吕蒙正的爱情遭遇和人生经历，深刻揭示了封建社会嫌贫爱富、世态炎凉的社会现象，歌颂了男女主人公争取婚姻自由的斗争精神。

《评雪辨踪》描写吕蒙正夫妇被刘懋赶出府门后，同居破窑，"贫贱夫妻百事哀"的一段插曲。虽然是生活中的小片段，但历经艺术家们的不断加工，发展成为一出情趣盎然的精彩折子戏，它结构完整，形象鲜明，语言生动，文学性强，充满了浓厚的生活气息。特别是通过吕蒙正与刘翠屏的爱情纠葛，细腻地刻画了两个人物的性格，善意嘲讽了吕蒙正。它既能体现整本《彩楼记》的主题思想，又有较高的艺术价值。长期以来，在川剧舞台和其他剧种的舞台上广为流传，深受广大群众的欢迎。

一、《评雪辨踪》的演变过程

远在元代，王实甫（一说关汉卿）作有杂剧《吕蒙正风雪破窑记》，宋元南戏中，也有《吕蒙正风雪破窑记》的剧目，两剧在当时舞台上都颇流行。到了明代，这个题材被改写为传奇形式的《破窑记》。明代末期，又出现了《彩楼记》。（在不少曲目文献里，《彩楼记》被列为无名氏著，但有的文献里，题为王锭改编）

据历史记载，蒙正字圣功，北宋时河南人，父龟图为起居郎，妻妾成群，然与妻子刘氏不睦,遂连同儿子蒙正一并逐出府第。刘氏誓不复嫁,母子一同过着极为困苦的生活。太平兴国二年(977年),蒙正举进士第一,中了状元,迎双亲同堂异室,奉养备至,后官居宰相之职。[①]

宋初宰相中,并无刘懋其人,吕蒙正也没有相府招赘和夫妇被逐同居破窑之事。剧中有些细节,如吕蒙正被讥为瞌睡汉,桥上觅瓜和拨灰吟诗等确为吕蒙正事。有的则是他人的事,如僧院乞斋,一说是唐代王播事,一说是唐代段少昌事。

五代王定保《唐摭言·起自寒苦》记载,王播自幼父母双亡,孤苦伶仃。扬州惠昭寺当家老和尚见他可怜,将他收留在寺里。后来老和尚病逝,新任当家和尚为人势利,想法侮辱王播,唐代寺庙里有个规矩是先鸣钟,后吃饭,可他们却来了个"饭后鸣钟",当饥肠辘辘的王播来到饭堂时,众人早就用完了饭,王播气愤,离开了惠昭寺。20年后,王播做了扬州刺史,他重游惠昭寺,和尚们分外殷勤,王播过去在墙上题的诗也用碧纱笼罩上了。王播感慨之余,在墙上题了一首诗:

上堂已了各西东,
惭愧阇黎饭后钟。
二十年来尘扑面,
如今始得碧纱笼。

总之,《破窑记》的内容与历史上的吕蒙正多少有些关联,却不是依据这个人物的真实史迹写成。作者选材别具慧眼,吕蒙正的人生经历富有传奇性,他由一个宦家子弟变成了近乎乞丐的穷孩子,又由一介寒士成了显赫的宰相;而王播故事极具戏剧性,作者便来了个"王冠吕戴"。

从元杂剧《吕蒙正风雪破窑记》到川剧《彩楼记》,是逐渐加工、丰富、提高的过程,剧中的人物和情节都做了较大改动。比如元杂剧《吕蒙正风雪破窑

[①] 戴德源:《蜀风戏雨》,天地出版社2006年版,第198页。

记》中，吕蒙正高中状元归来，先要试一下妻子的贞操才肯相认。传奇《破窑记》和《彩楼记》中，这些情节已删去。杂剧中，还插入另一个有名的历史人物寇准，作者在他身上花费了大量的笔墨，是推动矛盾和解决矛盾的关键人物，显得喧宾夺主。传奇《破窑记》和《彩楼记》将寇准这一并不惹人喜爱的帮闲人物删除了。

在演变过程中特别提到的是，对刘懋这一主要对立面人物逐婿动机的改变。人物性格与动机有密切的关系，要塑造好人物，必须要揭示人物行动的动机，同样做一件事，由于人物的动机不同，性格也就各异，一出戏的思想意义往往体现在人物性格的动机上。

元杂剧《吕蒙正风雪破窑记》和传奇《破窑记》里，刘懋将女儿、女婿赶出府门的动机是"望女婿成龙"所用的"激将法"，如明传奇《破窑记》第五出《相门逐婿》中，刘懋得知彩球击中的穷人就是"饱学的秀才"吕蒙正后，背云："若招他在府中受享荣华，不肯攻书，后来必定耽误我女孩儿。眉头一皱，计上心来，不免将他夫妇双双赶出府门受苦，使他用心攻书，后来必然荣贵，才显我孩儿眼能识人。"这样一来，刘懋不仅目光远大，而且行为磊落，倒成了吕蒙正日后荣显的促成者。这就使得人物性格模糊，戏剧冲突显得虚假，削弱了剧本的思想意义。两剧的作者虽然不同程度揭露了封建社会中，男女的婚嫁是以双方的门第、财产为依据的丑恶现象，对封建家长刘懋嫌贫爱富、出尔反尔、言而无信进行了批判，但又为他开脱，其思想性是有局限的。

经过改编和整理的川剧《彩楼记》，面貌焕然一新，如刘懋逐婿的动机纯属嫌贫爱富，他一见穷秀才吕蒙正就恼羞成怒："一见穷儒好寒伧，妄想登门招东床。"纵然吕蒙正出口成章，才华过人，刘懋也丝毫不改变他的信念："要我招赘穷酸，万万不能！"这就有力鞭笞了这个当朝权贵的卑劣行径，更加符合历史的真实性，大大提高了剧本的思想性。

川剧《彩楼记》的演出受到了广大群众的欢迎，它同《柳荫记》《玉簪记》成为20世纪50年代初期川剧舞台上的三大名剧。除了整本戏演出外，第七场《评雪辨踪》还常常作为折子戏演出，特别是经过著名演员曾荣华、许倩云的艺术再创造,《评》剧被磨砺成了一出优美的喜剧。

戏曲艺术的精品,总是在长期的舞台实践中,经过剧作者和演员的集体智慧不断加工和琢磨,使之由粗疏到精湛,逐渐发出奇光异彩。明传奇《破窑记》第十五出《邈斋空回》具有《评雪辨踪》的基本情节,可它所占的篇幅也不过是每场戏的平均长度。《破窑记》共二十九出,而且前后又有一半是给"冒雪归窑""上京应试"的情节占了。到了传奇《彩楼记》,《辨踪泼粥》一出就发展成为占全剧五分之一的精彩戏了。等到了川剧《彩楼记》,《评雪辨踪》一场戏,几乎占了全剧三分之一的篇幅。因为这场戏有挖头、有嚼头,艺人们在演出中,挖掘人物心灵,刻画人物性格,反复丰富和加工,塑造出两个鲜明生动的形象,特别是吕蒙正,在古代戏曲人物的画廊里,是个独具特色的秀才形象。

二、《评雪辨踪》的人物塑造

《评雪辨踪》的故事极简单、平常,在我们每个人的生活经历里,都看见或听见过这类的家庭琐事。在我们的家庭里,不管是幸福或不幸福的,也许都发生过类似的纠葛。总之,它描写的是普普通通的生活、平平常常的故事。

再说《评雪辨踪》的演出,没有大场面和繁华的布景,只有一座并不存在、虚拟的破窑和简单的道具,上场人物也只有一对穿着破旧衣衫的夫妻。但在一小时左右的演出时间里,却让观众感到满台都是戏,耳目不得闲,让观众感叹,让观众发笑。使观众像嚼橄榄一样越嚼越有味,于平淡之中见了新奇。之所以取得这样的效果,原因固然很多(如优美的艺术形式以及演员精湛的演技等),最关键的是剧本写了具有独特性格的人物。

要写出独特性格的人物,就不能只顾编故事,写事件的表面进程,或者只写人物做了什么,还要写出人物为什么做和怎样做。为了说明这个问题,我们用京剧荀派名剧《香罗带》和川剧《评雪辨踪》做个比较。

《香罗带》的故事框架和《评雪辨踪》的故事框架大体相同,它写乌程县守备唐通到杭州伺候元帅校阅军马,家中留下妻子林慧娘和十三岁的儿子唐芝。

一日，唐芝的老师陆文科患病，唐芝便拿父亲的棉被给老师发汗，顺手又用母亲的香罗带捆棉被背往学馆。唐通从杭州回来，到学馆探望陆文科，发现掉在地上的香罗带，便怀疑妻子与陆文科私通。一石激起千层浪，平静的家庭掀起了波澜，差点闹出人命，一番周折，疑窦解开，夫妻重归于好。

吕蒙正与唐通都是因事外出，归来后又都以"足迹""香罗带"生疑心，引起了家庭矛盾，经过层层激化，甚至打架、动武之后，真相大白，丈夫向妻子赔礼认错，夫妻和好。如果《香罗带》和《评雪辨踪》的作者，只写事件的表面进程，不细致刻画人物性格，这两个戏不仅雷同，而且撞车。两戏作者的高明之处在于，他们没有就事件写事件，而是深入细致描写了吕蒙正、唐通以及刘翠屏、林慧娘等人在"追疑"中，不同的性格、不同的人物关系所采取的不同态度、不同做法。

唐通是乌程县的守备，从小提刀佩剑，盘马弯弓习武，在乌程县身为武官要职，在家里是一家之主。他性格暴烈，主观武断，妄自尊大。而他的妻子林慧娘，则是一个逆来顺受的"贤妻良母"，这就决定了他们之间的关系是"夫为妻纲"。唐通在学馆发现了香罗带，回到家里，不分青红皂白，也不容妻子分辩，劈头就对妻子拳打脚踢，并用宝剑威逼妻子梳妆打扮，夜半三更到书馆去叩门，企图捉奸捉双，抓到真凭实据后，将妻子和教书先生一同处死。幸好陆文科是个正人君子，他隔门痛斥了唐妻深夜叩门的不端行为，唐通这才恍然大悟，方知自己错怪了妻子，风波才得平息。

而穷秀才吕蒙正面对的是相府千金的妻子，他们共同抗拒了嫌贫爱富的宰相，甘愿在一起过患难相依的贫困生活，他们之间的关系是互敬互爱。所以在追问"足迹"的过程中，吕蒙正采取的是旁敲侧击，冷嘲热讽。偏偏妻子刘翠屏又来个善意报复，故意不说真相，想气气酸秀才丈夫，于是演出了一场家庭喜剧。

正是由于《香罗带》和《评雪辨踪》的人物性格不同、人物关系不同，因人物性格采取的"怎样做"不同，两剧才能以他们独特的风姿，在舞台上争辉斗艳。

(一)抓住一件事，反复描写

传统戏曲里常见这样的剧名《三打祝家庄》《三打陶三春》《三盖衣》《三上轿》等。顾名思义，就是抓住一件事反复"折腾"，把戏写深写透，写足写够。可有的剧本里，堆砌和罗列了许多事，作者的精力就忙于交代这些事件过程，结果是来去匆匆的事件淹没了人物性格，见事不见人。《评雪辨踪》的作者抓住了"足迹"，让它充分地为推动戏剧冲突和情节发展服务。

戏一开场，吕蒙正到木兰寺赶斋受了侮辱后，怀着对唐七、唐八两个和尚的愤怒，对寒窑内妻子的牵挂，冒风雪踏着崎岖的山路往回赶。忽然发现雪地上的男踪女迹，戏剧矛盾由此产生。开始，他以为是天寒地冻，刘翠屏的父母疼爱女儿，派人将她接回府去了。由于对妻子歉疚，他没有怨言，只是怪妻子不辞而别，未免狠心。可一转念，想到刘翠屏已与她父亲决裂，刘府决不会将她接回家。再看看足迹，疑心更大了，他以为刘翠屏有了新欢，顿时陷入复杂的矛盾中。从刘翠屏和他的爱情以及婚后生活来说，怀疑难以成立；可从目前的生活境况，特别是眼前的足迹来推想，吕蒙正又很难释怀。这个秀才一方面相信，一方面又不能相信；既怀疑，却又不敢肯定。这种矛盾的交织使吕蒙正失去了冷静，他匆匆回窑，欲问个究竟。

吕蒙正回到窑里，见妻子在打盹，不觉心酸悲痛，一个如花似玉的相府千金小姐，随他来到寒窑，过着粮无隔夜、衣无数重的穷日子。他感激妻子，安慰妻子，自信不久就会有出头之日。作者在这里浓浓地写了一笔，渲染了他们夫妻之间真挚的感情。不然很难设想，经过在封建社会中性质严重的争辩后，局势竟然会急转直下，了无痕迹。

刘翠屏醒来，看见又冷又饿的丈夫，忙为吕蒙正捧来了稀粥。不料多疑的吕秀才立刻将稀粥和窑外的男子足迹联系起来，他急于要套出这碗稀粥背后的文章。但不是黑李逵、猛张飞开门见山、直截了当发问，而是对妻子旁敲侧击，冷嘲热讽，他转弯抹角，绕山绕水，然后才触及本意上来。下面就是他的追问：

吕蒙正　啊！罢了，这样的事岂有罢了的道理？来，我问你，前面是什么地方？

刘翠屏　羊肠路。

吕蒙正　后面？

刘翠屏　鸟道林。

吕蒙正　哼！你却也知道啊！

　　　　（唱）既知前面羊肠路，

　　　　后面鸟道林，荒村寂寞少人行，

　　　　周围四下无邻里，

　　　　这一碗稀粥怎来临？

就为问这碗稀粥的来路，吕蒙正从羊肠路绕到鸟道林，又从寂寞荒村转到周围邻里，绕了一大圈，才转到他要问的题目上来，这个酸秀才太不爽快了。

在追问足迹时，吕蒙正又是绕着弯子，曲线相追的。他把妻子哄出窑外看景致，说什么"观景能御寒，评雪可以判奸"，想当面指出雪地上的足迹为证，使刘翠屏无法狡辩。吕蒙正假借看景致，极力引导刘翠屏往下看，看路，看地上的足迹。而刘翠屏蒙在鼓里，猜不透丈夫回来冲着她闹别扭的原因，更不明白叫她出来看景致的用意，两人是风马牛不相及。

吕蒙正　小姐，你来看路上的好景致啊！

刘翠屏　秀才，你看那山上的好景致啊！

吕蒙正　你看那地上的好景致啊！

刘翠屏　你看那天上的好景致啊！

吕蒙正以为刘翠屏有意回避，证实了自己的猜疑，他继续引导刘翠屏"看景致"，可刘翠屏胸怀磊落始终不明其意，她"看"非所"看"，"答"非所"答"，吕蒙正的怀疑越来越深，最后气急败坏地用脚点着足迹："这个！这个！——"

这时，刘翠屏才知道事情的来龙去脉，可她有意报复书呆子丈夫，故意不说明真相。戏剧矛盾进一步发展，夫妻俩由质询发展到争吵，甚至动武。吕蒙正拉开了架势，扬言要振"夫纲"，他抄起一根棍棒高高举起，刘翠屏慌忙端起砂锅来招架。吕蒙正一见砂锅，像憋足了气的皮球泄了气，举棍棒的手立刻软下来，哭丧着说："两口子打架，不关砂锅的事。"刘翠屏赌气要将砂锅摔坏，吕蒙正惊慌撩开衣襟跪地上接砂锅："算了，算了，打烂了拿啥子来煮饭，放倒，放倒。"

"打砂锅"是全剧的高潮，戏剧的高潮是戏剧冲突最强烈、最集中所在，也是人物性格显露最充分的地方。每当演到这里时，观众总是爆发出阵阵笑声。喜剧效果来源于吕蒙正的性格和行动与他所处的环境极不协调，这个迂阔、固执和多疑的穷秀才，在经济十分贫困、处境非常窘迫的情况下，还要摆什么大男子主义的架子，要振什么"夫纲"，结果是虚张声势、色厉内荏，以失败告终。观众在嘲笑声中，还充满对吕蒙正夫妇"贫贱夫妻百事哀"的同情。

当刘翠屏说明真相，是母亲命院子和丫鬟梅香送来银子和大米时，吕蒙正感到愧疚和痛心。此时，剧情来了个大转折，人物关系也发生了变化，吕蒙正由主动追疑，转入了被动的悔过；刘翠屏则处于水清石现，无故受冤的主动地位。人物关系的变化，又使戏剧别有洞天，生发出妙趣横生的情节来。

吕蒙正后悔莫及，感到刚才对妻子的东猜西疑是不能容忍的错误，是对心爱的妻子莫大的侮辱。他向刘翠屏跪下赔礼。可不要小看这一跪，封建社会中"男儿膝下有黄金"。特别像吕蒙正这样一个"圣人之徒"向刘翠屏跪下，可见心情多么沉痛，愧疚多么深沉。演员们每演到此，总是激动得眼眶里噙满泪水，观众也感到一阵酸楚。为了使妻子快活起来，吕蒙正想方设法讨好刘翠屏，说些愚蠢的笑话或故意卖弄酸气，他时而把那烂水靴称为"皮箱"，时而又把那字纸篓称为"米囤"，还把家院送来的银子提来审问：

吕蒙正　咳，银子，你这个东西，吕老爷今日见了你，我的气就上来了。想我双亲在世，你是常来常往，自从吕老爷双亲去世，你就一去不返。今日见面，岂能容汝，过来，拉下去重责四十与我打！

刘翠屏　秀才，你怎么又在发呆病？

吕蒙正　噢——噢——姑念秀才娘子与你邀恩留情，不然定要重责，快去与秀才娘子碰头，碰头——（抛银子）碰头了，碰头了。

刘翠屏忍不住笑了，吕蒙正也笑了。这些笑话，既体现了吕蒙正认错的诚意，又充满穷书生的酸味，是具体人物在特定情境中的话语。

《评雪辨踪》围绕"足迹"这件事，还刻画了刘翠屏的形象。刘翠屏是作者满腔热情塑造的理想化人物，她在彩楼择婿时，不以贫贱论人，看不上那些官宦子弟，偏偏选中了落拓潦倒的吕蒙正，不顾严父的威逼，敢于冲破"在家从父"的封建教条，宁肯与家庭决裂，舍弃优裕的生活与吕蒙正结合。被逐以后，不管处境多么艰难，她都安贫若素，深情地体贴丈夫、安慰丈夫，勉励他上进，她确实做到了"富贵不能淫，贫贱不能移，威武不能屈"。她身上所体现的我国妇女的传统美德，就是在今天，也有着教育意义。

戏一开始，刘翠屏独坐寒窑，挂牵着冒风雪去赶斋的丈夫。当她发现丈夫回窑又冷又饿，忙解下自己的罗裙为丈夫御寒，又端来稀粥为丈夫充饥。尽管丈夫将罗裙摔在地上，又冲着稀粥说了许多刺耳的话，刘翠屏以为吕蒙正在外面受了气，心里有委屈，她体贴丈夫，深知在这冰天雪地的环境里，在这人情冷暖、世态炎凉的世道上，只有她能给丈夫以温暖。直到吕蒙正哄她出窑，借观景为由盘问足迹，刘翠屏才明白原因。如果刘翠屏是个爱生气、心胸狭窄、受不得半点委屈的小心眼女人，定会因吕蒙正对她的贞操乱怀疑（在封建社会中，女子的贞操非常重要）而哭哭啼啼、吵吵闹闹；或者是一个符合封建道德标准的贤妻，马上把梅香、院子送来银子和米的事告诉丈夫，误会马上消除，生活即刻恢复平静。可刘翠屏就是刘翠屏，她敢于触犯"三从四德"的礼教，故意不说明足迹的事，有意调侃秀才丈夫，让吕蒙正那迂阔、偏执的性格与无理猜疑的行径暴露尽致。下面是刘翠屏与吕蒙正有关足迹的一段风趣的对话：

刘翠屏 　（向吕蒙正）秀才，你问的是这个足迹吗？

吕蒙正　嗯，足迹，这大的？

刘翠屏　是——你的。

吕蒙正　我的？你看哪，这足迹是穿钉鞋的足迹，你看我穿的是草履嘛。

刘翠屏　秀才，有道是壮志满胸怀，草履变钉鞋。

吕蒙正　还会变？啊，那么这个小的呢？

刘翠屏　小的——还是你的。

吕蒙正　噢，这个就叫一朝壮志落，我大脚变小脚啦。

刘翠屏　（笑）是妻的。

吕蒙正　哼！是你的。我问你，我出窑去了，你不在窑内，出窑干什么？

刘翠屏　望你嘛。

吕蒙正　纵然望我，不过在窑前窑后，窑左窑右，你来看——怎么望到那羊肠路去了？

刘翠屏　我一步望一步，我就望到那羊肠路呀。

……

老舍先生说："喜剧的语言总是一碰就响，拉锯式的语言只能起催眠作用。""假如悲剧的语言是月晕晴雷，风云不测；喜剧的语言便应是春晓歌声，江山含笑。它使我们轻松愉快，崇高开朗。"正是由于这些一碰就响的语言，塑造了机智、幽默、乐观、自信的刘翠屏。

当误会消除以后，吕蒙正诚心诚意向她认错时，刘翠屏并没有得理不饶人，以千金小姐的身份气势汹汹责骂丈夫，而是疼爱地扶起跪在面前的吕蒙正，怜惜地说："凡事要三思，下次不可，要问问明白。"

《评雪辨踪》一剧，正是抓住了"足迹"这件事，在刻画吕蒙正性格的同时，也刻画了刘翠屏的形象。

（二）多面刻画人物

《评雪辨踪》里吕蒙正的性格丰富复杂，他是一个封建社会的知识分子，有许多弱点，如不善于理解和处理生活，认识问题主观片面，脱离实际，空想多疑，常常患得患失，又好面子，爱摆穷秀才的臭架子——但他有志气，有学问，不肯向富贵权势低头，坚持着"宁可清贫，不可浊富"的信念。他最可爱的是诚实、善良、勇于改正错误，真挚地爱着刘翠屏——之所以能塑造出这一个具有立体感的人物，是作者不仅抓住足迹一事反复折腾，层层深入揭示出吕蒙正和刘翠屏的性格，还善于从多方面刻画人物。

作者写剧本时，不要以为戏剧是"顶点的艺术""前进的艺术"，就把情节和冲突的进展等同起来，眼睛只盯着戏剧冲突的"上升""前进"，还要注意人物形象的塑造。在有的作品中，有的情节似乎是与戏剧冲突无关的"闲笔"，但"闲笔"不闲，为塑造人物增添了光彩。如果说戏剧冲突的主线像树的主干，那些细节、"闲笔"就像树叶、树枝。只有枝繁叶茂，才显勃勃生机。正如作品中的人物，除了骨骼之外，还要有细胞、毛发，才能是具有生命的艺术形象。

比如京剧《徐九经升官记》，徐九经被皇帝宣诏赴京上任途中，忽见路旁的歪脖子树，回忆九年以前，他科场考试，文章第一，中了状元，但因容貌丑陋，被黜为进士，放了个小小县令，他触景生情，托物言志，就这歪脖子树写了一首诗："分明栋梁材，零落路旁栽。为何遭小看？皆因脖子歪。"借此发泄了他怀才不遇的牢骚。如今徐九经时来运转，青云直上，便将歪脖子树的诗做了改动："生就栋梁材，不怕路旁栽。刮目再相看，脖子并不歪。"通过这两首打油诗，表现了徐九经在赴京上任途中，扬眉吐气，欣喜万分。正是由于这样的"闲笔"，徐九经这一人物增加了立体感。

《评雪辨踪》有些情节，看来似乎是"闲笔"，但"闲笔"不闲，为塑造吕蒙正的形象抹上了浓浓的一笔。比如，吕蒙正急匆匆回窑后，见妻子在打盹，他不忍心叫醒她。一阵寒风袭来，吕蒙正感到饥寒难忍，不由得埋怨道："天呀天，你吹风就不要下雪,既下雪又何必吹风!"这显然是脱离客观实际的要求和无理的埋怨,十足的书生气使人感到好笑,但也是处于饥寒交迫中的人心理和情绪的流露,令人同情。吕蒙正因为冷,便将路上拾来的柴火取来,预备烤火,又联想到木兰寺赶斋不成,反遭唐七、唐八两个和尚"饭后鸣钟"的奚落,心里郁结着一股不平之气。他边吹火边埋怨:"君子不得时,却被小人欺!"第一次吹火吹不燃,他用劲吹了第二口,还是吹不燃,他心里着急、生气。越急、越气,手越发抖,火更吹不燃,最后把火吹灭了。他竟冲着柴火发气:"漫说小人欺,就是吹火都要熄。"他气愤地将柴火丢在地上,柴火正好架成"十"字,这一偶然现象竟然触动了"吕老爷"的诗兴大发,就以十字为题作起诗来了。吕蒙正才思敏捷,如"彩楼择婿"时,梅香在楼上讥笑他像"雨打鸡",他立即出口成章,吟诗反驳:"雨打鸡毛湿,红冠不染尘。五更能报晓,惊动世间人。"因此得到了彩楼上刘小姐的赏识。此刻,寒窑中的吕蒙正作的诗是:"十谒朱门九不开,满头瑞雪转归来。素手难解饥和冻,愁容相对实难哀。"他觉得"哀"字不好,又改成"愁容相对实难挨"。他竟沉迷于推敲韵脚来了:"哀""挨"——尽管"吕老爷"作诗比吃饭重要,可肚子饿起来毕竟难受,便自嘲道:"肚皮都没有吃饱,还闹啥子字眼啊!"处在饥寒困境中的吕蒙正,饿着肚子不忘作诗,这一个又穷又酸的秀才形象就跃然纸上了。

当刘翠屏醒来,见丈夫衣襟又湿又单,急忙解下身上的罗裙盖在吕蒙正身上。吕蒙正顿时感到暖和了,但一见身上的罗裙,便生气地将它丢在地上,抱怨妻子:"你呀,你呀,罗裙乃下体之物,你怎么拿来搭在我的身上,真是有辱斯文。"刘翠屏问他:"难道你不冷吗?"吕蒙正虽然冷得发抖,却打肿脸充胖子:"大丈夫虽寒而不冷。"分明冷得清鼻长流,还死要面子活受罪说是在出汗。"岂不闻圣人之徒,非礼勿动啊。"这个恪守礼教的酸秀才,是多么迂阔啊!

作者在这里,正是通过吕蒙正"吹火不着""推敲诗句""不盖罗裙"等几个细节,勾勒出了吕蒙正的喜剧性格,所以"闲笔"不闲。

剧中的"演试",也类似于这样的笔墨。当吕蒙正和刘翠屏在窑外评雪时,刘翠屏激动之下,说了句穷秀才,这可伤了吕蒙正的自尊心,他非常自负地说:

"你道我今日贫穷,安知我异日不富;将来飞黄腾达,高中归来,那时岂不羞煞你相父,悔煞你母亲,玷辱你这个千金小姐!"两人争执谁不像"老爷",谁不像"夫人",于是便"演试"起来。夫妇俩衣衫褴褛,饥寒难当,居然在破窑前的雪地里摆起排场,搭起台子,煞有介事地扮演吕蒙正高中归来,乘轿回府的戏来。这种人物和环境极不协调的情景,常常引起观众捧腹大笑。观众在嘲笑吕蒙正说大话、好面子、苦中作乐的同时,也看到了吕蒙正胸怀旷达,处逆境而不气馁的一面。

如上所述,《评雪辨踪》在刻画人物的手段上,除了沿着戏剧冲突发展的主干步步深入、层层递进刻画人物外,还从不同的侧面刻画人物,使人物性格丰富、饱满,使人感到亲切可信。

还应该特别提到一点,《评雪辨踪》描写的是一对处于饥寒交迫的夫妻,地点是一座风雪交加的破窑。天气寒冷,社会环境、世态人情更"冷"。这样的情境中是很容易写出悲剧来,可作者却将它写成了一出绝妙的喜剧。其原因是作者对剧中主人公不是怜其不幸,让他们哭哭啼啼唤起观众的怜悯;而是同情和赞赏他们的优秀品质,这对夫妻在贫困生活中始终不改他们的志趣,在恶劣环境中挣扎仍不失生活的信心。自然环境的"冷"反衬出人物内心的"热",反衬出他们不肯向命运低头,向权势屈服的力量和气节。他们幽默的性格,更使全剧洋溢着乐观的情绪,所以把表现"贫贱夫妻百事哀"的内容,写成了一出妙趣横生的喜剧。使该剧不仅具有揭露封建社会的意义,还给人以鼓舞的力量。

三、《评雪辨踪》的情节结构

(一)波澜起伏,跌宕多姿

《评雪辨踪》写的是日常生活中的小事,似乎很难写出"戏"来,即使写成了,在组织安排情节时,作者的功力不足,则容易流于"直"和"板"。但《评雪辨踪》的作者,却把戏剧情节组织得波澜起伏,跌宕多姿。

老舍先生说:"悲剧好比不尽滚滚波浪而来,与我们的热泪汇合在一起;而喜剧则如五彩焰火腾空，使我们惊异而愉快。"《评雪辨踪》的情节，正是由于两个喜剧性格的碰撞，飞溅出火花，使得满台生辉。这里，我们用《缀白裘》所载《泼粥》和川剧《评雪辨踪》两个剧本做一比较，即看出艺术的高与低，内容的厚与薄。

《泼粥》的第一段是写刘千金在寒窑等待投斋的丈夫归来，梅香和院子上场，对刘千金说奉了老夫人的命，送来银子和米，两人放下东西便下场了。

第二段：吕蒙正投斋受辱归来，偶然发现窑门外的男女足迹，顿生疑团，他便蹲在窑门外，想看看什么人走出来。

刘千金见丈夫久不回来，出窑门盼望，发现冻倒在窑外的丈夫，赶快将他扶进窑中，随即端来一碗粥给丈夫御寒。

吕蒙正一见粥便生疑，他就直截了当问妻子："寂寞荒村无邻里，这碗薄粥从何至？问娘行，端的来历？说与卑人，免使心中疑虑。"

刘千金　我夫休忧虑，莫质疑。
吕蒙正　宁可清贫，不可浊富。
刘千金　好，自古男女不受嗟来食。在此饥寒无依倚，冲寒忽见梅香至。
吕蒙正　住了，梅香从何而至？
刘千金　我母亲叫她来的。
吕蒙正　叫她何干？
刘千金　探取奴家消息，送些银米与奴家周济。

吕蒙正又问为何有男人的足迹，刘千金告诉他院公也来了，于是误会顿释。

吕蒙正高兴地说：吓！啊呀呀呀！如此，卑人错怪了娘子，奉揖了。

刘千金无所谓地说：好男子汉，正该如此。

《泼粥》中有关足迹事，就在吕蒙正夫妇一问一答中，简简单单说清楚了。足迹所揭开的矛盾，还没来得及发展、激化，很快就消失了，正像一朵花还未来得及开放就凋谢了。

至于"泼粥",那就更简单了。吕蒙正说:"既说明了,拿粥来吃。"刘千金便把粥端给了吕蒙正,问:"今日去投斋可投得着么?"

吕蒙正:我正要告诉娘子,卑人今日去投斋,不想他们更改了饭后钟,及至卑人到时,竟将我羞辱一场,卑人道了几句,这些秃驴竟将我一赶(做泼粥状,各哭介)。

这折戏虽名为《泼粥》,但对"泼粥"这一动作,并没有任何的渲染、铺垫,是在一问一答中,交代了过程,整段戏呆板、平直。

《评雪辨踪》的作者却从揭示人物的心理活动、表现人物关系着手,深入开掘戏剧冲突。情节发展常常在山穷水尽时,又峰回路转柳暗花明。一位知名画家说:"为人要老实,艺术要俏皮。"该剧的作者就很俏皮,在有的地方"蒙骗"观众,似乎矛盾就要解决,戏也要结束了,却不料又掀起波澜,飞溅出浪花。犹如是眼看船儿已靠岸,一篙竿又将它撑远。比如:

1. 若像《泼粥》一样,吕蒙正回窑来,说出怀疑男踪女迹的事,刘翠屏立刻解释清楚,戏就结束了。

可偏偏吕蒙正转弯抹角地问,刘翠屏没有做亏心事,不明白丈夫回来生气的原因。

2. 当远兜远转,点到"足迹"这一正题时,刘翠屏若说清楚,戏也就结束了。可刘翠屏却故意在"大鞋""小鞋"上做文章,直至引出了"演试"一段戏。

3. "演试"完后,吕蒙正气势汹汹进了窑门,刘翠屏在窑外不禁好笑,她自言自语:"竟把他气成这个样子了,不要气坏他,我还是进去与他说明。"这时,观众以为戏剧冲突似乎有下降和解决的趋势。谁知这又是欲扬先抑的手法,剧情跌宕后反而激起了高潮的形成。两人在一进一出窑门时,夫妇俩头碰头,彼此都误会是对方出手打了自己,于是两人开始动武打起来。

4. "打砂锅"可谓矛盾发展为强烈的冲突,似乎剧情到此已到高峰。然而剧本并不就此打住,它偏有百尺竿头更进一步。刘翠屏一不做,二不休,决心狠狠教训一下胡乱猜疑的丈夫,干脆跑到窑外去叫那"穿钉鞋"的人下次来不要穿钉鞋,给秀才来个皂白难分。吕蒙正气极,误用手中棍棒自刎起来。

到了这时，刘翠屏才把梅香、院子奉母之命送来银米的真情告诉了丈夫。

(二)针线细密，前呼后应

我们以"吃粥""泼粥"为例，戏一开始，吕蒙正便愤懑讲述了到木兰寺赶斋受奚落事。刘翠屏见丈夫回来，赶快端粥给他喝，吕蒙正赌气不吃，明是贬粥，实是讽刺妻子，说什么"臭气难当""不洁净""宁可清贫，不可浊富"。但到了戏的结尾部分，"足迹"的误会消除了，吕蒙正方才觉得肚子饿了，刘翠屏端来一碗粥，吕蒙正急不可待欲接，刘翠屏却三次拦住，反问道："不忙，刚才你回窑之时，我见你冻饿难当，与你盛了一碗稀粥来，你说臭气难当，啥叫臭气难当？"

吕蒙正　这个话——我没有说过。
刘翠屏　我亲自听你说过的。
吕蒙正　唉，是这样的，我今天去赶斋，风大雪大，你与我端饭来，我在说外面雾气难当。你听错了，什么臭气难当呀。

吕蒙正第二次接粥，又被刘翠屏阻拦，问他，你说是不洁净，啥叫不洁净？吕蒙正又推诿说是自己的手不洁净。吕蒙正第三次接粥，刘翠屏又问他谁又清贫，谁又浊富。吕蒙正又抵赖说是怕把砂锅打破，叫刘翠屏只可轻提，不可触破。

这一段对话，不仅前后呼应，对比鲜明，而且富于机趣。表现了吕秀才可笑又可爱的性格，他爱面子，虽然诚心诚意悔改，却又死不认账。

当吕蒙正第四次端起碗准备吃粥时，刘翠屏问起了他赶斋的事。这又与戏开始时吕蒙正赶斋扑空归来的情节相呼应。吕蒙正气愤地讲述唐七、唐八饭后鸣钟，又饿又冷的他本想烤火御寒，唐七、唐八又施计端碗茶将火扑灭，他越说越气愤，模仿唐七、唐八泼水的动作，竟将手中一碗粥也泼在地上。作者在结尾处将笔锋一转，来个出奇制胜。观众万万没料到饥饿难当的吕秀才会将一碗粥泼在地上。这不仅使吕蒙正懊丧，也使观众吃惊，观众笑吕秀才的糊涂和疏忽，又对这个因泼倒粥而痛惜万分、顿足捶胸的穷秀才产生同情，在笑声中掺杂着酸楚的味儿，使戏的结尾挺拔、有力。

《评雪辨踪》是我国传统喜剧宝库中的一颗明珠，我国人民酷爱喜剧艺术，我国传统喜剧历史悠久，剧目丰富，至于新颖奇巧的艺术构思，千变万化的喜剧手法，精彩绝伦的妙语警句，鲜明独特的民族风格，更举不胜举。让我们在总结、借鉴前人经验的基础上，创作、整理、改编出更多的优秀喜剧来。

第二辑

作家、作品

《白蛇传》的前世今生

《白蛇传》的故事源远流长,最早见于《清平山堂话本》里的《西湖三塔记》。它大约产生于宋末元初,描写青年奚宣赞游西湖遇乌鸡、獭、白蛇三妖,几乎被白蛇精变化的白衣妇人所害,后得奚真人相救,三妖也被镇于湖内石塔下。

到了明代,白蛇故事进一步发展,在民间广泛流传。冯梦龙编的《警世通言》里,收进了话本《白娘子永镇雷峰塔》。小说中的白娘子形象已有很大变化。她大胆追求幸福,但仍未脱尽妖气。许宣则是个自私、胆小、庸俗的小市民,由于他的负心,造成了白娘子被镇塔下的悲剧。

白蛇传的故事最早搬上戏曲舞台,是明代陈六龙所写的《雷峰记》(已失传),入清以后,黄图珌写了一部《雷峰塔》传奇,可能是根据《白娘子永镇雷峰塔》话本直接改编的。黄本一脱稿,戏曲艺人们就把它搬上舞台,受到观众的热烈欢迎,流传于江、浙两省间。剧本在话本的基础上,着力描写了白娘子对爱情的执着追求,赋予了白蛇温柔多情的性格,黄图珌虽对白娘子的遭遇有一定同情,却又从封建正统观念出发,在剧作开端的《慈音》和结尾的《塔圆》中,宣扬了白、许姻缘的聚散是早由天定的宿命论。黄图珌还激烈反对民间艺人给剧作增加的《生子得第》等情节,认为妖蛇不能进入衣冠之列。但白蛇的故事却按照人民群众的爱憎感情继续发展,添有"生子得第"的剧本,"盛行吴越,直达燕赵",由于戏曲艺人们在演出中不断创造,在乾隆中叶,先后产生了梨园旧钞本和方成培改本。现存的《雷峰塔》旧钞本,相传为乾隆时著名伶人陈嘉言父女演出本,但陈本只在梨园中传抄,没有出版,因此今天叫它梨园钞本或旧钞本。徽州人方成培改编的《雷峰塔》刊于乾隆三十六年(1771)。方本根据旧钞本改编,着重在文字上加工润色。

从黄本到梨园旧钞本、方本,故事情节发生了很大变化,旧钞本和方本删去了黄本中的一些场次，又增加了"端阳""求草""水斗""断桥""合钵"等重要场次，这不仅丰富了情节，更荡涤了白娘子身上的妖气，使她成为一个美丽、多情、聪明、勇敢的妇女，成为戏曲人物画廊中感人至深的悲剧形象。在诸种《雷峰塔》传奇本中，方本是比较完整、优秀的剧本。

方成培《雷峰塔》传奇中的白娘子为了争取自己的幸福生活，不畏强暴，敢于反抗，勇于自我牺牲，为了救活心爱的许宣，她不惜冒着生命危险到仙山盗草，为了护卫自己的爱情，面对法力无边的法海，她毫不畏惧地鏖战金山。金山一战惨败，在断桥重逢许宣时，在怨恨中仍饱含着对许宣的痴情。白娘子的形象，既体现了中国古代妇女的美好品质，也曲折地反映了几千年封建制度解体前夕，人民群众斗争情绪的高涨。剧中对小青嫉恶如仇的刚烈性格，对许宣软弱动摇的内心矛盾，对法海软硬兼施的伪善面目，都有生动的描写，给人以栩栩如生的感受。

方本也有缺点和糟粕，它宣扬了许、白姻缘的离合，是生死轮回、因果报应所定。此外，白娘子最后忏悔前非，剧本以大团圆结局，这些都有损白娘子的形象塑造。

《雷峰塔》传奇的影响十分深远，旧钞本和方本问世不久，许多地方剧种先后搬演了此剧，艺人们在演出中结合本剧种的特点不断进行创造，提高了剧本的思想性和艺术性，呈现出丰富多彩的艺术风格。

20世纪50年代，戏曲舞台上出现了多种多样的《白蛇传》版本，京剧《白蛇传》和川剧《白蛇传》就是其中影响广泛，受到国内外观众好评的作品。

京剧《白蛇传》是田汉"十年磨一剑"打磨出的精品。1943年，田汉在桂林应四维平剧社之约，根据《白蛇传》题材的旧本，加以创造性改编，写出了京剧《金钵记》，但被当局无理禁演。1948年春由四维戏剧学校的学生在北平演出，成为"四维"的校戏。后《金钵记》改名为《白蛇传》，1952年，戏曲实验学校（今中国戏曲学院前身）以这出戏参加了"第一届全国戏曲观摩演出大会"，获得好评，得到多种奖项。剧本结构剪裁得当，繁简相宜，情节错落有致，引人入胜。全剧有"游湖""结亲""查白""说许""酒变""守山""盗草""释疑""上山""渡江""索夫""水斗""逃山""断桥""合钵""倒塔"十六场戏。

田汉创作的《白蛇传》，白娘子更加人性化。她美丽、善良、温柔、贤淑，具有中国传统妇女的美德；又热情大胆地追求自由、幸福；为了捍卫和夺回爱情，她果断、勇敢，不顾自身毁灭而投入斗争，虽九死不悔，刚柔相济，性格丰富。其他人物也鲜明生动。许仙老实、忠厚，但他软弱，一度动摇。青儿侠肝义胆、嫉恶如仇。法海专横无理、虚伪狠毒。全剧的主要冲突围绕着白娘子和法海争夺许仙展开，《白蛇传》像田汉的其他作品一样，洋溢着浪漫主义精神，人妖相恋的故事是超现实的，田汉以炽热的感情塑造了光彩夺目的白娘子形象，虽然最后被法海压在了雷峰塔下，但在她真挚、纯洁的爱情感召下，许仙坚定了对白娘子的爱。结局是青儿苦练成剑法，率各洞神仙摧毁了雷峰塔，救出了白娘子。

田汉是个才华横溢的诗人，老舍先生曾对曹禺说："田汉同志的诗是我们无法比的，他是个真正的诗人。"田汉才思敏捷，文如泉涌，有些唱段甚至是一挥而就，如当年初排"断桥"一场时，原剧本在许仙和白娘子见面时只有简单的两句唱，唱腔设计王瑶卿和导演李紫贵认为这里应该加一段唱，以抒发白娘子怨愤心情。"田汉立刻就伏在场上用的红漆桌上，沙沙沙妙笔飞舞，瞬间一气呵成，写就了下面的唱词。"[1]

> 你忍心将我伤，
> 端阳佳节劝雄黄；
> 你忍心将我诓，
> 才对双星盟誓愿，
> 你又随法海入禅堂；
> 你忍心叫我断肠，
> 平日恩情且不讲，
> 不念我腹中还有小儿郎？
> 你忍心见我败亡，

---

[1] 李紫贵著，刘乃崇编：《李紫贵戏曲表导演艺术论集》，中国戏剧出版社1992年版，第572页。

可怜我与神将刀对枪，只杀得云愁雾散、
波翻浪滚、战鼓连天响，
你袖手旁观在山冈。
手摸胸膛你想一想，
你有何脸面来见妻房？

这段唱词，酣畅淋漓地抒发了白娘子对丈夫又怨又恨、委屈痛楚的心情，深深打动了许仙，他忏悔、自责，并下决心改正过错。

田汉以诗人的手笔写成的剧诗《白蛇传》，具有浓郁的抒情性，蕴含着美的意境，如第一场"游湖"，白娘子唱道：

离却了峨眉到江南，
人世间竟有这美丽湖山。
这一旁保俶倒映在波光里面，
那一旁好楼台紧傍着三潭；
苏堤上杨柳丝把船儿轻挽，
颤风中桃李花似怯春寒。

湖光山色，桃李花绽放，垂柳丝轻摇，西湖美景像一幅画，白素贞和青儿陶醉于自然美和人间美，欢快、喜悦穿行在画中，既是风景画，又是美人图，诗情画意，美不胜收。

剧中的断桥重复出现，第一场"游湖"，白素贞唱：

虽然是叫断桥桥何曾断，
桥亭上过往游人两两三三。
对这等好湖山愁眉尽展，
也不枉下峨眉走这一番。

初下凡的白素贞，看到了来来往往的游人，其中不乏有手拉手的红男绿女，她不羡神仙而羡鸳鸯，对爱情充满憧憬，对幸福热烈向往。

在金山寺水斗失败后，怀着身孕的白娘子和青儿狼狈逃到了断桥，白娘子触景伤情，百感交集，断桥成了她抒发情感的载体。

哎呀！断桥哇！想当日与许郎雨中相见，也曾路过此桥——唱：

西子湖依旧是当时一样，
看断桥，桥未断，却寸断了柔肠。
鱼水情，山海誓，他全然不想，
不由人咬银牙，埋怨许郎。

正巧许仙逃下金山寺也来到断桥。青儿一见许仙，怒火冲天，拔剑追杀许仙；白娘子护卫着丈夫，并如实相告了自己蛇仙的身份。许仙为妻子惊天动地的爱情感动，誓死不再辜负白娘子，一家人重归于好，白娘子唱：

难得是患难中一家相见，
学燕儿衔泥土重整家园。
小青妹扶为姐清波门转，（回望湖上，接唱）
猛回头避雨处风景依然。

"风景依然"一句，表现了白娘子重建家园的信心，夫妻和好如初的喜悦，又具有优美、生动的意境。因为断桥是白娘子、许仙爱情的见证地，这重复的场景、叠加的时空，韵味悠悠，回味无穷，给人提供了广阔的想象空间。人们想到了白娘子只为保住丈夫、养育孩子，一家人平平安安、团团圆圆过日子，这是一个普通老百姓最起码的要求。而法海却无理破坏别人家的幸福，活生生要拆散恩爱夫妻，令人愤怒、憎恨。

《白蛇传》流传甚广，深受观众欢迎，也培养和锻炼了几代戏曲演员。1980年由上海电影制片厂摄制成彩色戏曲故事片，票房上座甚佳。这出戏至今仍活跃在舞台和影视屏幕上。

除了《白蛇传》，田汉还写过30多个戏曲剧本，留存的有20多个，其中有的已成为旷世之作。他从小喜欢戏曲，还是十几岁的中学生时，就在报刊上发表了《新三娘教子》《新桃花扇》等戏曲剧本，配合了当时反封建统治的时代潮流。抗日战争时期，田汉通过戏曲形式宣传爱国主义精神，激励人们投入伟大的抗日战争。先后改编、创作了《土桥之战》《杀宫》《新雁门关》《夫人城》《渔父报国》(即后来的《江汉渔歌》)、《旅伴》《新儿女英雄传》《岳飞》《双忠记》《新会缘桥》《武松》《金钵记》《武则天》《情探》等剧。为传统戏曲灌注了新鲜的思想内容，产生了广泛的社会影响。20世纪40年代田汉编写了《琵琶记》《珊瑚引》等剧本，50年代，田汉整理、改编了《白蛇传》《金鳞记》(与安娥合作)、《西厢记》《谢瑶环》《红色娘子军》等剧本，无论思想内容、艺术成就都达到了戏曲创作的高峰。他还是一位贡献卓著的戏曲活动家、戏曲理论家和戏曲教育家。除此以外，田汉在文艺创作的其他领域都有重大建树，著有大量的话剧、电影、诗词、散文、理论等著作。田汉是中华民族的文化巨人之一。

川剧《白蛇传》，吴伯棋改编。剧情如下：白蛇修炼成仙后，与佛祖身边的桂枝罗汉相爱，触犯了天规，桂枝罗汉被贬为凡人许仙，白蛇遭囚。后白蛇挣脱锁链下凡，与许仙结为夫妻。佛祖派法海及癞蛤蟆到人间追捕白蛇，并设诡计诱骗许仙到金山寺，将许软禁。白蛇前去索夫，在青蛇与众水族帮助下，与法海调遣来的神将奋力作战，终因寡不敌众而失败。全剧有"佛堂挣锁""收青下凡""船舟借伞""新府成婚""扯符吊打""蒲阳惊变""仙山盗草""危言诱许""血战金山"九场戏。

川剧《白蛇传》是一出充满瑰丽色彩的神话剧，剧中的青儿原是男性，修炼成仙后，他热烈爱恋白蛇，在白蛇冲破"天规"赶去人间的途中，青儿拦住白蛇，向她求爱，白蛇拒绝。青儿提出与白蛇比武，若自己胜利了，白蛇就要嫁与他；若自己战败，就变作女子，侍候白蛇。比武的结果是青儿失败，他恪守信义，彪悍的男儿变为娇小玲珑的女子，随同白娘子下了凡。鉴于青儿是男女两性，川剧《白蛇传》中的青儿是奴旦和武生交替扮演。在"船舟借伞""新府成婚"中，青儿是个俊俏丫鬟。白娘子在西湖找到了意中人许仙，两人心有灵犀一点通，白素贞含情脉脉，许仙诚朴、拘谨。聪明机灵的青儿和心地善良、洞察世故的老艄翁，似红娘，似月老，两人通过风趣幽默的对话，或语意双关，或比喻暗示，促成了白素贞和许仙拜堂成亲。

在"扯符吊打""血战金山"等场中，青儿是武生扮演的男性。他勇敢刚烈、疾恶如仇，法海暗中派癞蛤蟆变成的王道陵在许仙面前挑拨离间，并"赠"符给许仙，企图陷害白娘子。王道陵这一人物在别的剧中没有，他是法海的一只鹰犬，是油嘴滑舌的小丑。青儿抓来王道陵吊在柱上拷打，白娘子痛斥其破坏自己美满姻缘的卑劣行径，三人在白娘子愤怒的歌唱中，配以各种"式口"，展现出一幅幅画面，既揭示了人物的思想感情，又给观众美的享受。特别是王道陵被悬吊空中挨打时，像癞蛤蟆那样挣扎、求饶，丑态百出，滑稽可笑。"血战金山"中，青儿爱憎分明，舍己助人，他保护有身孕的白娘子上金山，并承诺："天大祸事，有我承担"，他刚强不屈，阻拦白娘子向法海见礼，义正词严向法海索要许姑爷不成后，令众水族水漫金山，与天兵天将展开血战。通过青儿"变角"来演，可以从不同的性格侧面刻画人物，塑造出了别具一格的青儿形象。

戏曲艺术是综合性艺术，常常是"戏不离技，技不离戏"。川剧《白蛇传》有很多特技，如端阳佳节，白娘子体贴丈夫，为了使许仙释疑，她虽怀有身孕，仍犯险饮下丈夫按端阳民俗敬上的雄黄酒，结果不敌酒力，醉卧在床显出真身，许仙被吓昏死。当青儿归来告知："姑爷已死！"白娘子猛醒，惊愕中拔起耳帐，抛向空中。这"飞耳帐"的特技，把白娘子闻听丈夫死后五内俱焚的心情，形象、直观地表现出来了。"血战金山"中，青儿欲纵上莲台抢走许仙，法海用青龙杖将青儿打倒，白娘子赶来，两人争夺青龙杖，白娘子奋力推开青儿，魔杖如山压住她，白娘子抱住青龙杖痛苦不堪，满台翻滚，最后将禅杖折断。"滚禅杖"这一段技巧戏，既让观众叹为观止，又表现了青儿、白娘子患难姐妹，相互争犯险厄、生死与共的情谊，以及白娘子舍己为人，赴汤蹈火在所不辞的精神。

"血战金山"是全剧的重场戏，经常作为单折戏演出，场面壮观，想象奇特，有优美的舞蹈，精彩的开打，高超的绝技。一群可爱的水族动物在听到洞主青儿的宣召后，立即奔赴金山寺，有的憨态可掬，有的机灵狡黠，有的粗壮笨拙，有的活泼妖娆。他们主持正义，反抗邪恶，争先恐后，勇敢上阵，甚至自吹自擂，互相调侃，风趣幽默，引人发笑。剧中的"站肩""托举"，是许仙虽站在高台上法海的身边，却被罩在"迷魂伞"下，白娘子为寻丈夫，一身素缟站在青儿的肩上，青儿疾步圆场，白娘子身上的白绫随风飘起，伴着一声声凄婉的呼叫"官人夫——""许姑爹——"意境悠远，感人肺俯。这一舞蹈是川剧著名的表演艺术家阳友鹤在20世纪30年代演白蛇时，吸收姊妹艺术创造的，人们赞誉为"川剧的'土芭蕾'"。

　　川剧是巴山蜀水古老的剧种，有着深厚的艺术传统，"血战金山"在双方厮杀时，各显神通，特技纷呈，五光十色，琳琅满目，风火二神"吐火"，哪吒"倒滚神圈"，白娘子"穿椅子""钻火圈"，更有韦驮"踢慧眼"，在韦驮领了法海的法语后，讲道："待吾睁开慧眼一观——"演员踢了个飞腿"尖子"，额头的正中竟现出一只慧眼。最吸引观众的是"变脸"，紫金铙钵领了法语要捕拿"孽妖"，白娘子、青儿逃跑，紫金铙钵变换着一张张脸，面目狰狞狠毒，紧追不放，白、青二人奋力脱身，众水族前来助阵，双方鏖战激烈，戏剧达到高潮。在火爆、热烈的气氛中，在白娘子与许仙咫尺天涯，泪眼相对，在"官人——""娘子——"凄楚的呼叫声中落幕。

　　川剧搬演《白蛇传》有上百年的历史，20世纪三四十年代，以阳友鹤为首的一批川剧名家，都擅长扮演白娘子，他们或演出单折"断桥"，或演出其中几折戏，或演出全本，还几天几夜演出《白蛇传》连台本戏。现在众多川剧团演出的《白蛇传》，是1959年成都市川剧院青年团晋京向新中国成立10周年献礼演出本，凝聚着历代川剧艺人们的心血、智慧。特别要提到的是，此剧得到了当时成都市市长李宗林的关怀和支持，剧中的"踢慧眼""变脸"就是李市长出的点子。如今风靡海内外的川剧"变脸"，就是通过此戏得以继承、发展和传播的。

翁偶虹及其作品

翁偶虹（1910—1994），原名翁麟声，笔名恬翁、碧野。祖籍北京。著名京剧作家、评论家。翁偶虹在近60年的编剧生涯中，他（或与人合作）创作、改编、整理了114个剧本，出版了《翁偶虹编剧生涯》《翁偶虹戏曲论文集》《翁偶虹剧作选》等专著。

翁偶虹自幼喜爱中国民族文化，擅写骈文、诗赋。中学时代就常在报刊上发表文章及诗词。并先后向梁惠亭、胡子钧、黄占彭等京剧艺术家学戏，还参加票房演出。自1936年被中华戏曲专科学校聘为戏曲改良委员会主任，主持京剧改革工作以来，他先后为京剧界各行当、各流派的精英们编写了剧本，如，为中华戏校的学生编写了《平阳公主》《美人鱼》《十二堑》《三妇艳》《凤双飞》等，为宋德珠等编写了《百鸟朝凤》《蝶恋花》《花猫戏翠屏》等，为李少春、袁世海、李玉茹、张云溪、张春华等编写了《百战兴中唐》《十二金钱镖》等，还为金少山、叶盛兰、叶盛章、李慧芳等演员编过戏。创作了《宋景诗》《响马传》《摘星楼》《李逵探母》《桃花村》《西门豹》等戏。由于他有深厚的文史学识功底，又曾粉墨登场熟悉舞台，所以编写的剧本不但紧扣时代脉搏，尤能发挥演员自身优势，突出流派特色，许多剧目一演而红，影响很大，流传甚广，至今仍活跃在舞台、屏幕上。其代表作《锁麟囊》《红灯记》堪称京剧舞台上的经典之作。

《锁麟囊》取材于清代焦循《剧说》，翁偶虹调动生活积累，发挥想象创作而成。写登州富豪人家的女儿薛湘灵，出嫁前，母亲赠一特制锁麟囊，内藏珠宝，寓意早生贵子。花轿中途遇雨，一行人急避雨到春秋亭内；另一简陋的花轿也来此避雨，新娘因家境贫困，老父无人奉养而悲哀啼哭。薛湘灵顿生恻隐之心，赠以锁麟囊。雨停以后，二人各自离去，未留下姓名。6年以后，登州发生水灾，薛湘灵一家失散，她流落到莱州，在富豪卢家当佣人。一日为公子寻球登楼，发现锁麟囊供奉案上,原来卢夫人就是当年的贫女赵守贞。得知薛湘灵就是当年的赠囊人,卢夫人敬薛如上宾,并帮助薛湘灵一家团圆。

剧中的富家小姐薛湘灵,骄矜、任性,对仆人颐指气使,百般挑剔。但她心地善良,同情弱者,出嫁之日,她慷慨赠囊与贫困新娘赵守贞。沦为难民以后,好不容易求得一碗稀粥,饥肠辘辘的她正要喝下,发现一个老妇也在饥饿之中,立刻将稀粥让与老妇。她做了女佣之后,命运的逆转,使她品味到了人生的滋味,体会到富贵非铁铸定,她鼓起了重新做人的勇气:"收余恨,免娇嗔,且自新,改性情,休恋逝水,苦海回身,早悟兰因。"另一个主要人物赵守贞,她意外获赠锁麟囊后,家庭由贫致富。尽管当年风雨过后,两乘花轿各奔东西,赠囊小姐也并未留下姓名,但赵守贞并没有"人走茶凉",她朴素诚挚,始终牢记着赠囊人的恩情。剧本正是通过这两个主要人物,表现了人与人之间互相帮助的善良美德。还通过傧相、丫鬟等人物,反映了世态炎凉、人情冷暖的社会现实。

作者编剧技巧娴熟,主要人物薛湘灵的出场,采用了铺垫的手法,场上的仆人脚步急促,穿梭往来,诚惶诚恐地为小姐准备嫁妆。薛湘灵未出场,却闻其声音,她随意指派丫鬟梅香,对嫁妆要求十分苛刻,令仆人左右为难。如此先声夺人,一个娇生惯养的富家小姐形象便呈现出来。剧本还善于用对比的手法,薛湘灵、赵守贞两条线索构成横向对比,一贫一富十分鲜明。两位女主人公命运的变化,构成了纵向的荣与枯、枯与荣的对比,不仅富有戏剧性,还形象地表达了作者对人生的理解及生活中的哲理。

传统戏曲编剧讲究"凤头、猪肚、豹尾",该戏的结局就有"豹尾击石"的效果。薛湘灵和家人历经磨难,好不容易在卢家相逢。丈夫周庭训见薛湘灵身着华贵衣衫,便怀疑妻子行为不端,竟信口诬蔑,薛母也质问赵守贞。薛湘灵满腹委屈,哀怨声动人,赵守贞急忙说明,误会消除,一家人团圆,戏也就结束了。

翁偶虹的剧本多为演员"量体裁衣"而写,《锁麟囊》就是他为程砚秋先生所写的。程先生在演出了《金锁记》《鸳鸯冢》《青霜剑》《文姬归汉》《荒山泪》《春闺梦》等戏,塑造了一个个悲剧形象后,希望改换一下戏路,排演一出喜剧。

他将焦循《剧说》里的一个故事交给翁偶虹，并谈了自己的设想。因为1939年他在山东演出时，正值胶东发生水灾，凶如猛兽的洪水吞没了生命、田园、财产，灾民们流离失所，程砚秋为此唱了几场义务戏赈灾。这一人间惨剧深深触痛了程砚秋的心，他一直想编一个以洪水为背景的戏，而焦循《剧说》里的故事正好提供了这样的创作基础。

翁偶虹在程砚秋的信任和鼓励下开始创作，将原故事发生的地点由安徽改到山东莱阳和蓬莱，他熟悉程砚秋的艺术风格，他懂得程砚秋要求的喜剧，并不是单纯有笑料、大团圆结局的喜剧，而是追求一种"狂飙暴雨都经过，次第春风到吾庐"的喜剧意境。他很快写出剧本，程砚秋看后虽然满意，但也提出了意见。两人经过反反复复，来回切磋，字斟句酌，才锤炼出了精品。我们以唱词为例，京剧中的唱词多为七字句、十字句、五字句，程砚秋希望在唱词的格律上有所突破，他对翁偶虹说："多写长短句，长短句看似不规则，实有规则，有纵又收，有聚有散，最后归到旦角唱词的规格上，是完全可以因字生腔的。"[①]剧作者和演员之间有了默契，翁偶虹文思泉涌，佳句联翩，写出了新颖别致、文采斐然的唱词：

耳边厢，风声断，雨声喧，雷声乱，乐声阑珊，人声呐喊，都道是大雨倾天。

她泪自弹，声续断，似杜鹃，啼别院，巴峡哀猿，动人心弦，好不惨然。

在薛湘灵"回忆身世"唱段的处理上，程砚秋也出了高招。此段是薛湘灵寻球上楼猛见锁麟囊后，睹物生情，竟止不住哭泣起来。卢夫人忙追问薛湘灵的身世，薛在讲述往事中，唱了一段【西皮原板】，大段的叙述如果处理不当，节奏拖沓，场面容易冷。程砚秋谦和地对翁偶虹说："您看这一段【西皮原板】，是不是掐段儿，分做三、四节，在每一节中，穿插赵守贞'三让座'的动作，表现薛湘灵的忆述证实了赵守贞的想象。先由旁座移到上座，再由上座移到客座，

[①] 翁偶虹：《京剧谈往录·我与程砚秋》，北京出版社1985年版，第183页。

最后客位移到正位。"① 这种处理，将人物内心的变化层次予以直观外化，赵守贞的感激与自持，薛湘灵的疑惑与惶恐，丑丫头的不服与嫉妒，都生动地揭示在观众面前，场上节奏调节有致，观众看得情趣盎然。

剧本完成以后，程砚秋呕心沥血，精益求精地设计唱腔、身段、动作、舞台调度等，又经王瑶卿指导，经过一年多的辛勤劳动，1940年4月，《锁麟囊》在上海黄金大剧院与观众见面了，演出轰动了上海，观众为之倾倒。《锁麟囊》集程派唱腔之大成，伴着该剧在北京等地的演出，柔中带刚，婉转多姿，若断若续，声断而意无穷的程腔更是风靡大江南北。

程砚秋在创作《锁麟囊》的唱腔时，既遵守艺术规律，又敢于打破习惯，博采众长，向梆子、大鼓、越剧等地方戏曲和民间曲调学习，吸收京剧各流派的唱腔，融于一体，创造性地发展了京剧旦行的演唱艺术。

《锁麟囊》不但唱腔好听，程砚秋的表演也很精湛。他的水袖功夫非常过硬，善于通过水袖来渲染气氛，表现人物复杂的内心世界。如表现薛湘灵在水灾中逃难时，他那急速抖动的水袖，宛如滚滚洪水，滔滔的巨浪，狂奔的人流，其情其景，令人惊心动魄。又如在"寻球认囊"中，程先生那配合着身段，舒张翻舞的两只水袖，不但姿态优美，也表现了薛湘灵慌忙寻球，急欲离开这是非之地的心情。当薛湘灵猛见供奉案上的锁麟囊时，她震惊诧异，唤起了她对往事的回忆，只见程砚秋双水袖一甩直冲而上，扑上前抚囊痛哭。人世沧桑，万般感慨，尽在这无言的抽泣中。

《锁麟囊》经过程砚秋、翁偶虹等艺术家们的辛勤劳动，成为一出集程派艺术之大成的精品。可这精品的命运却和剧中主人公的命运一样曲折坎坷，大起大落。20世纪50年代，由于极"左"路线的影响，《锁麟囊》被认为是宣扬了"阶级调和"，因为薛湘灵是富家女，赵守贞是贫家女，薛赠囊是在搞阶级调和；又认为是宣扬改良主义；还批评此剧是宣扬"因果报应"。在舆论压力下，程砚秋没有再演《锁麟囊》，此剧基本上是遭了"软禁"。但后来的事实证明，半个多世纪以来，岁月的风尘掩盖不了《锁麟囊》的光辉，历史的风雨将它洗涤得更加

---

① 翁偶虹：《京剧谈往录·我与程砚秋》，北京出版社1985年版，第183—184页。

璀璨，它成为京剧舞台上盛演不衰的程派剧目。

《红灯记》，翁偶虹、阿甲根据上海爱华沪剧团同名沪剧改编。沪剧《红灯记》是据沈默君、罗静的电影文学剧本《自有后来人》改编。

抗日战争时期，东北某地铁路工人、中国共产党地下党员李玉和一家异姓三代，在"二七"大罢工中结为骨肉。李玉和接受向柏山游击队传送密电码的任务，由于叛徒出卖而被捕。日本宪兵队长鸠山软硬兼施逼李玉和交出密电码，李玉和与之进行了坚决斗争，鸠山杀害了李玉和与李母。铁梅继承前辈遗志，在群众帮助下将密电码送到柏山，顺利完成了任务。通过李玉和一家为了传递和保卫密电码，与日本侵略者展开了一场尖锐、严酷的斗争，歌颂了祖孙三代临危不惧、临难不苟、前仆后继的英雄气概。

此剧三代三姓在革命斗争中结成一家，可歌可泣的悲壮家史，富有浓郁的传奇色彩。中心事件是夺取密电码和保卫、传递密电码，冲突激烈，险象环生。但作者并没有仅仅将它写成一出情节离奇的惊险剧，而是发挥戏曲艺术长于抒情的特点，抒发了人物的豪情壮志，抒发了祖孙三代的革命深情，深入细致地揭示了人物的精神世界，塑造了生动的英雄形象。

中国传统戏曲剧本的结构特点之一是"疏密相间"，"疏可以走马，密不容插针"。《红灯记》的作者继承和发扬了这一传统，一些场次作者惜墨如金，写得简洁、精练；而对重场戏"痛说革命家史""赴宴斗鸠山""刑场斗争"，作者笔酣墨饱，写得淋漓尽致。这三场戏犹如花岗岩柱子支撑大厦一样，支撑了全剧。"痛说革命家史"是李玉和被捕以后，李奶奶已感到自己难免入牢房，眼见得革命的重担就落在了铁梅的肩上，因此向她讲述了家史。痛说中唱念安排交叉进行，极富变化，又和谐统一。李奶奶在唱完"十七年风雨狂怕谈以往……"一段后，便绘声绘色、气势磅礴、字字千钧地讲述了京汉铁路大罢工的情景。铁梅听后，震惊、凄楚、急促、沉痛，祖孙二人的对答，扣人心弦。末尾李奶奶的歌唱，又如长江大河奔泻千里，激情澎湃地抒发了人物感情。这段苍劲、豪迈的唱念安排，将京剧韵白、话剧朗诵、说书艺术有机结合在一起，真实、准确地表现了李奶奶、铁梅的心理节奏，与观众的思想感情互相交流、感应，从而产生共鸣，具有震撼人心的艺术感染力。

"赴宴斗鸠山"是李玉和与鸠山针锋相对的一场斗争。鸠山狡猾、凶暴，他将李玉和请去"赴宴"，一开始想以情动人，与李玉和拉关系、讲朋友，李玉和却回答："噢，那个时候，你是日本的阔大夫，我是中国的穷工人，你我是'两股道上跑的车'，走的不是一条路啊！"碰了软钉子后，鸠山又以"人生如梦""人生几何""苦海无边，回头是岸""人不为己，天诛地灭"腐朽的人生哲学妄图瓦解李玉和的斗志。李玉和嗤之以鼻，予以有力的回击："哎呀，鸠山先生，你这个诀窍对我来说，真好比：擀面杖吹火——一窍不通！"引诱、威逼不成，鸠山技穷，只好使用酷刑。李玉和蔑视："你只能把我的筋骨松一松！"他从容镇定，扣上纽扣，拿起帽子，掸灰，以压倒一切敌人的气概，阔步走下场。酷刑并没有摧毁李玉和的意志，反倒让色厉内荏、外强中干的鸠山狼狈不堪。

鸠山一切伎俩失败以后，凶残地要杀害李玉和一家。"刑场斗争"中祖孙三人面临生离死别，却不是悲悲切切，哭哭啼啼，而是大义凛然，视死如归，他们抒发了革命的理想，惦记着未竟的事业，互相激励。如李玉和唱：

  赴刑场气昂昂抬头远看，
  我看到——革命的红旗高举起，
  抗日的烽火已燎原，
  小日寇，看你横行霸道能有几天。
  但等那风雨过百花吐艳，
  新中国似朝阳光照人间
  ……

正是有了崇高的理想、宽广的精神世界，英雄才能经受住一切考验，铸就了钢铁意志。此外，李奶奶的老练、刚强，铁梅从幼稚走向成熟，都通过一曲曲直抒胸臆的歌唱展现出来。整场戏惊天地、泣鬼神，英雄气、骨肉情交融在一起，感人肺腑，催人泪下。

《红灯记》情节跌宕多姿，悬念扣人心弦，整体结构严谨，针线细密，就以小道具为例，传统戏曲有很多戏是以小道具来穿针引线、结构剧情的，如《荆钗记》《桃花扇》《玉簪记》等。《红灯记》继承和发扬了这一传统，小道具的运用十分巧妙。如一条围巾几次出现，第一场铁梅迎着寒风提篮小卖，李玉和怕孩子冷，取下自己的围巾给铁梅戴上。第五场天黑，李玉和外出办事，铁梅又将这条围巾给李玉和戴上。最后李玉和被捕，铁梅又拿围巾追出来，叫着"爹！"可惜来不及给父亲戴上。通过围巾的反复使用，表现了李玉和父女不是亲生，却胜是亲生的深厚感情。至于剧中的那盏红灯，更是点睛之笔，它在剧中屡屡出现，在第二、第三场中，是地下党员接头的暗号；在第五场中，李奶奶对铁梅讲述了红灯的来历，教育铁梅要继承革命传统；李玉和被捕，铁梅高举红灯，发出了"打不尽豺狼决不下战场"的誓言；第八场在刑场上，李玉和将红灯作为传家宝传给铁梅；李奶奶和李玉和牺牲以后，这盏红灯激励着铁梅化悲痛为力量，下决心要成为像父亲和奶奶一样的坚强战士，胜利完成了将密电码送到柏山游击队的任务。红灯每每出现在关键时刻，贯穿全剧，内涵丰富，寓意深刻，是主题思想的象征，是人物形象的传神体现。

　　《红灯记》的语言自然和谐，朴素清新，有些语言虽然近似口语化，但富有诗意，朗朗上口。如第一场李玉和赞叹铁梅所唱：

> 提篮小卖拾煤渣，
> 担水劈柴也靠她。
> 里里外外一把手，
> 穷人的孩子早当家。
> 栽什么树苗结什么果，
> 撒什么种子开什么花。

　　这段唱词，表现了李玉和欣喜的心情，深沉的父爱，也为铁梅最后成长为坚强的战士埋下伏笔，作了铺垫。又如第五场李玉和被捕，喝完了李奶奶的壮行酒后所唱：

> 临行喝妈一碗酒，
> 浑身是胆雄赳赳。
> 鸠山设宴和我交"朋友"，
> 千杯万盏会应酬。
> 时令不好风雪来得骤，
> 妈要把冷暖记心头。

铁　梅　爹！（扑向李玉和，哭）

李玉和（亲切、含义深长，接唱）

> 小铁梅出门卖货看气候，
> 来往"账目"要记熟。
> 困倦时留神门户防野狗，
> 烦闷时等候喜鹊唱枝头。
> 家中的事儿你奔走，
> 要与奶奶分忧愁。

这里，英雄母子互相信任、鼓舞，李玉和向母亲表了决心，还用双关的语言，向李奶奶和铁梅嘱托了密电码一事。表现了李玉和在危急之中，将个人的生死置之度外，却时时刻刻惦记着革命工作。他的机智、赤胆，在这些巧妙的暗示语言中得以体现。

《红灯记》在运用传统的京剧形式表现现代生活上取得了可喜的成就，内容与形式达到了和谐统一；是京剧现代戏发展进程中里程碑式的作品，凝聚着广大戏曲工作者的心血、汗水和智慧。

范钧宏留给我们的……

当代著名戏曲作家、戏剧理论家范钧宏同志,于1986年9月24日在华北五省、市、自治区戏剧创作和理论研讨会上做学术演讲时,猝然病逝在讲坛上。这位驰骋剧坛数十年的老将,以他鞠躬尽瘁的献身精神、丰富多彩的剧作和自成一家的剧论,为我们留下了宝贵的精神财富,值得我们认真学习和研究。

范钧宏是新中国培养和造就的第一代戏曲作家。30多年来,他自己以及同别人合作整理、改编、创作的剧目有几十出。早在"文革"之前公演的《猎虎记》《九江口》《三座山》《满江红》《蝴蝶杯》《杨门女将》《初出茅庐》《强项令》《白毛女》等剧目,已给他带来了很大的声誉。"文革"之中,他备受折磨,但热爱戏曲事业之心,未曾稍歇。粉碎"四人帮"之后,他宝刀未老,积极投入《蝶恋花》《锦车使节》《文姬归汉》《风雨紫荆山》《佘太君抗婚》《玉簪记》《冼夫人》等剧的创作或者整理改编的工作,直到逝世前不久,还在校对新作《调寇审潘》。在这些剧目中,他和他的合作者们,又做了不少新的探索,有的已经在群众中产生了一定影响。像他这样始终保持着旺盛的创作激情并且取得累累硕果的戏曲作家是不多见的。

近年来,范钧宏更为出色的成就是在戏曲理论方面的建树。他根据自己丰富的创作实践,结合优秀的传统剧目和前辈名家的经验,对戏曲编剧理论和技巧进行了系统的探讨和研究,先后出版了《戏曲编剧论集》《戏曲编剧技巧浅论》等专著。这些论著既是他多年来创作心得和体会的结晶,又是他对戏剧创作某些带规律性的问题所作的颇有深度的理论概括,其中不少真知灼见,发前人所未发,对于指导戏曲创作,很有实际意义,特别是对于培养中青年戏曲作家,是极为难得的教材。他的剧作和剧论,在全国性的评奖中,曾多次获奖。它们互相补充,彼此印证,堪称珠联璧合、相得益彰,在我国戏曲史上留下了光荣的一页。

新中国成立以后，我国戏曲舞台上出现的改编和创作的剧目，数以千计，但很多都未保留下来。有的剧目虽然热闹一阵，但很快就成为过眼云烟；有的剧目虽然不错，可只限于本剧种甚至本剧团演出，难以推广。范钧宏的剧作，固然不是每出都很成功，但其中优秀的代表作，至今仍"活"在全国各地戏曲舞台上，成为不少剧团的保留剧目。这是值得我们深思的。究其原因，当然是多种多样的，但范钧宏那已经写好提纲还来不及开讲的题目："紧跟时代步伐，符合戏曲规律"，却为我们提供了有益的启示。这十二字既是他一生的执着追求，也是他宝贵的经验总结。它像一把钥匙，打开了范剧的大门，让我们领略到这位老作家成功的奥秘。

"紧跟时代步伐"，当然并不是简单的配合政治，搞所谓的"写中心，演中心"；也不是狭隘的理解古为今用，进行牵强附会的影射和类比。范钧宏在谈创作体会时曾说："我们搞历史戏，从来就没有想过影射现实问题。戏的主题思想如果有现实意义，你无需影射；如果硬要联系今天搞影射，难免会出现反历史主义倾向。一个题材有没有一定的生命力，不在于选题时是否密切配合了现实。不一定要密切，如果太密切了，时代前进了，配合失去了依附，你的作品也会随着时代被淘汰。所以主要看题材本身反映的思想和塑造人物形象有没有长期的精神力量。有了它，作品才能站得住。"（摘自范钧宏讲课记录稿：《〈强项令〉创作杂谈》）的确，通观范钧宏的作品，我们很难找到那种急功近利的趋势之作。他所说的"紧跟时代步伐"，从他的作品中可以得到很好的注解，那就是力图站在时代的高度，用历史唯物主义观点来审视历史人物和历史事件，深入发掘其中所蕴含的长久的精神力量，寻找古人与今人的契合点和共鸣点，从而赋予古代题材以鲜明的时代意识。例如：杨门女将前赴后继、可歌可泣的爱国精神，岳飞英勇抗战的浩然正气，董宣执法如山、宁折不弯的高尚品格，顾大嫂、解珍、解宝等人反抗压迫的正义行动，《除三害》中揭示的浪子回头金不换的生活哲理，《九江口》中变化莫测的斗争智谋和策略，《蝴蝶杯》中正义战胜强权的矛盾斗争……都超越了彼时彼地的范围，具有普遍和长久的教育意义和认识价值，从而保持旺盛的生命力。这是那种配合一时一地的现实需要，昙花一现的作品所无法企及的。

范钧宏笔下的人物，不少是光彩照人的英雄形象，在他们身上凝聚着中华民族的传统美德，折射出强烈的时代精神。他们不仅可敬，而且可信、可亲。杨门女将挺身而出请缨出征的英雄行为，来自于国仇与家恨，来自于一门忠烈的光荣传统；《猎虎记》中一群好汉被逼上梁山，有着不同的现实遭遇与内心轨迹；岳飞积极抗战的爱国思想中饱含着忠君因素；董宣斧钺难摧的刚直性格和强项精神，来自于他要巩固封建王朝的正统思想……正因为作者将他笔下的人物放在典型环境中加以刻画，写出了他们不可逾越的历史局限，写出了他们行为的心理依据和性格发展的逻辑，展示了他们复杂的内心矛盾和多样化的个性色彩，因而让人信服。这些扎根于历史生活土壤中的有血有肉的有生命的人物，同那种充当作者思想传声筒的傀儡式的人物完全不同，也同那种只有正确思想、毫无七情六欲的"高大全"的英雄迥然有别，因而能够流传开来，深入人心。

范钧宏不仅在整理改编传统戏和创作历史戏时力求体现今天的时代精神，而且积极尝试用古老的京剧形式反映现实生活。早在1958年，他同马少波同志改编的京剧《白毛女》，就取得了很大的成功，为京剧现代戏打响了开场锣鼓。以后他陆续改编的《林海雪原》《柯山红日》《洪湖赤卫队》（与袁韵宜合作）以及粉碎"四人帮"后与戴英禄、邹忆青合作的《蝶恋花》都取得了内容与形式较好的统一，为现代戏的创作积累了可贵的经验。尽管用京剧这种高度程式化的艺术形式反映现实生活有特殊的困难，因而应当慎重从事，否则会倒观众的胃口，但范钧宏认为："作为剧种，京剧表现现代生活，该是'应工'，而不是'反串'，所以我不同意把它'分工'到历史堆里，但落实到剧团、演员、编剧、导演，倒无妨根据自身条件，有所分工，而不必强求一致。"这种看法，是比较全面的、辩证的，也是实事求是、符合创造实际的。虽然范钧宏写古代题材更为得心应手，但他之所以坚持创作现代戏，正是为了使自己更好地反映时代。我们不能低估他在这方面做的探索，因为探索本身就是一种价值，何况还具有开拓的意义。

戏曲要紧跟时代步伐，除了思想内容要与今天的观众取得内在的精神联系外，还要在形式上为他们喜闻乐见，符合当代人的审美意识。范钧宏很注意形式对于内容的反作用，很重视形式美在戏曲艺术中的重要意义。他对于戏曲程式、唱念安排、舞台调度等方面的详细论述，是他剧论中很精彩的篇章之一。在创作实践中，他常常是将结构故事和安排技术统一考虑，并力求在继承传统的基础上，有所变革和创新。他的成名作《猎虎记》就化用"自报家门"的程式而加快了戏的节奏，在角色塑造上突破行当的限制（如顾大嫂），戏中众多角色人人有戏而很少"龙套"式的人物，如此等等，都给人耳目一新之感。在《杨门女将》《满江红》《九江口》《强项令》等剧目中，范钧宏更是煞费苦心、精心安排，一反传统老戏常见的那种结构松散、节奏缓慢、程式繁琐、性格简单等弊病，形成明快流畅的节奏和刚健爽朗的风格，适应了当代观众，特别是青年观众的审美心理，较好地消除了他们在欣赏某些老戏时形成的阻隔和偏见，从而争取了更多的观众。不仅如此，随着时代的前进，范钧宏不断对自己的作品进行反思和自省，哪怕对于自己的得意之作，也不讳言其缺陷。例如他在20世纪80年代，回顾《猎虎记》《蝴蝶杯》等剧目时，明确地指出了其中的不足。从他对这些剧目锲而不舍、再三修改中，从他所说的"长思不进则退，莫忘推陈出新"的肺腑之言中，可以看出，这位老将到了晚年，也未稍停其紧跟时代前进的步伐。

范钧宏提出的"符合戏曲规律"，这绝不是泛泛而谈，而是他毕生的甘苦之言。他早前曾有过从票友到"下海"，直至组班演出的从艺生涯，熟谙艺术的表现手段和舞台规律，深知"胸中有舞台"对于"笔下写人物"的重要性。他一再提醒和反复强调中青年戏曲作者要尽快练好熟悉舞台这项"基本功"。在他看来，"戏曲作者能否按照戏曲的艺术规律去写剧本，是案头文学剧本和舞台文学剧本的根本分野，不过对于'规律'的理解，不能停留在理论上。有的作者虽然懂得戏曲规律理论，但进入创作，却往往无所措手，或似是而非，关键就在于他不熟悉舞台"。这是很有见地，也是很有针对性的。这是他对戏曲文学有别于其他文学创作的特殊规律的概括。

戏曲作者首先会碰到选择题材的问题。范钧宏认为，要充分重视戏曲这种形式对题材的制约性。在选材时，固然首先要考虑其思想性、戏剧性，但同时也要考虑其技术性，即这种题材能否发挥唱、念、做、打的特点、能否适合用戏曲这种形式去表现。他曾以根据小说《人到中年》改编的一个戏曲剧本为例，说明这个题材的思想内容很好，但难以用戏曲形式加以表现，因而难于付诸排演。范钧宏在选材时，很尊重戏曲观众多年来形成的欣赏习惯，很注重故事情节的传奇色彩，力求雅俗共赏，为不同层次的观众所接受。《杨门女将》中，百岁老人挂帅，十二寡妇征西;《九江口》中，深入虎穴、冒名诈亲、真假难辨、斗智攻心;《猎虎记》中，里应外合、劫牢反狱、扯旗造反、奔赴梁山;《强项记》中，拦驾、抗旨、强项不屈……这些故事情节，充满"戏料"，无不具有诱人的魅力，为剧作的成功奠定了很好的基础。可见选择好适宜戏曲形式表现的题材，是符合戏曲规律的重要环节。

选材仅是第一步工作，更艰巨的还在于结构。范钧宏不仅在《戏曲结构纵横谈》《戏曲编剧技巧浅论·结构篇》中对此作了精辟的论述，而且他的剧作本身就提供了不少范例。他在结构故事和安排情节时，总是布局合理、摇曳多姿、悬念迭起、妙造自然、富于机趣。他善于将人物置于特定的戏剧情境之中，使人物的行动充满戏剧性。《杨门女将》"请缨"一场，按一般的处理，会安排在金殿。这样一来，宋王高踞其上，佘太君孤军奋战，两方对垒，容易流于争辩说理，令人乏味，而且碍于君臣之礼，佘太君说话又要掌握分寸，矛盾难以激化，戏不是流于"直"，就会流于"瘟"。而范钧宏和吕瑞明却匠心独运，将"请缨"的地点安排在杨宗保的灵堂。这一规定情境的变化，立即带来了局面的改观。当意欲求和的宋王别有用意地来到天波府祭奠时，一门孤寡、满堂肃穆的悲壮气氛和环境，与宋王怯懦苟安的心理形成尖锐的对照。百岁老人在爱孙灵帏前挺身请缨，杨门女将对主和派王辉的冷嘲热讽和有力驳斥，寇准维护杨家，在其间推波助澜……这几组人物的行动和交锋，使这场"冷"的戏变得"热"了起来。杨门女将的堂堂正气充溢舞台，窘态百出的王辉难以招架，异常尴尬的宋王不得不颁旨出征。同样是"请缨"安排在灵堂就比金殿要强烈、有利，富于变化和机趣。《强项令》中的第三场，也有异曲同工之妙。湖阳公主进宫告状，光武皇帝宣董宣问罪，董宣一上场就跪在舞台中央，公主、光武各坐一边。舞台部位固定，人物感情交流困难，这是剧作者最感棘手的场面，一般不易写出好戏来。但范钧宏又在这种难写之处显出了高招。他没有采用一人唱一段这种呆板的处理，而是借鉴了《玉堂春》《甘露寺》的程式，加以创造性地运用，采用了整段、掐段、独唱、对唱、联唱以及唱念交叉等多种说法，从而引起不同人物之间的关系变化和感情交流，丝毫不给人板滞之感。为了活跃场上气氛，范钧宏还增加了一个很有风趣的老太监，让他转圜于三人之间，看光武脸色行事，为皇上帮腔，道出了光武碍于君臣之礼和姐弟情面不便说的话，不仅烘托、陪衬了董宣的性格，促成了戏剧矛盾的转化，而且使得这出辩论说理的戏情趣盎然，富于喜剧色彩。他犹如一个高明的棋手，往往在山穷水尽之处，出其不意地走出好棋，迎来柳暗花明的局面。仅此一点，也足见老作家的深厚功力。

　　强调戏曲文学的舞台性和程式性，是范钧宏剧作和剧论一大特色，也是他所说的"符合戏曲规律"的重要内容。他在回答"什么是戏曲剧本"时曾说，"根据戏剧情节结构，使用戏剧文学语言，运用戏曲艺术程式写出来的剧本，就是戏曲剧本"。这里，他将程式特别标出，并将它提到与结构、语言同等的地位，是别具慧眼的。因为程式性正是我国戏曲艺术的主要特征，它不仅是我们民族演剧体系区别于斯氏体系和布氏体系的主要之点，而且是区别于歌剧、舞剧等其他舞台艺术的鲜明标志。诚如他所说的："戏曲不讲程式，必然失去自己的特点。"如果只谈结构和语言，还只是抓住了文学创作的共性，只有抓住程式，才能深入触及戏曲创作的个性。范钧宏曾说，他下笔之前，先考虑的不是语言，而是程式。这恐怕不只是个人的写作习惯，而多少带有戏曲创作的特殊规律。他的剧作，不仅完成了主题思想、人物塑造、情节结构、语言锤炼等一般的案头工作，而且考虑了行当搭配、唱念安排、音乐布局、程式运用、舞台节奏乃至布景装置等场上的二度创作，因此不仅是可读的案头文学本，而且是优秀的舞台演出本。他写的一些剧本（如《强项令》），拿到排演场，基本上没有什么改动，就能顺利搬上舞台。当然，这并不是说戏剧文学剧本下排练场不能改动，而是旨在说明这位老作家非常熟悉舞台规律，他对程式的运用，几近"运当通神"的境地，因而作品的成活率异常之高。

范钧宏的剧作中，除了精心锤炼语言，使之具有文学性、音乐性、舞台性之外，还充分运用了表现心理动作和外部动作的程式，共同为塑造人物形象服务。例如《满江红》一开头，用连续几个追过场的程式，从"金"字大纛和"岳"字军旗上，可以看出岳家军势如破竹，金兀术率领残兵败将，仓皇渡河……这里，虽然没有一句台词，但中原战场金鼓震天、马嘶人吼的情景，立刻展示在人们面前，敌我双方的形势和力量对比，交代得既简练又清楚，这就比剧中人物唱一大段来介绍时代背景更有气势，更有直观性。同时采用这种互相追逐的程式开场，也便于吸引刚进剧场的观众安静下来，欣赏演出。这还是比较简单的例子。在《杨门女将》"校场比武""涉谷探险"等场次中，那些赋予动作性的语言和戏曲程式更是有机地紧密结合在一起，使人物的感情节奏与音乐节奏、舞台节奏浑然一体，极有层次、极有气势，又极为细致地刻画了既是巾帼英雄，又是慈爱母亲的穆桂英在"出征"与"留后"问题上的内心矛盾，以及她探险成功、直捣敌营的喜悦心情，成为刻画人物最精彩的场次之一。

范钧宏不仅在利用戏曲程式表现古代人物上取得了出色的成就，而且在利用程式来刻画现代人物上，也诸多创造。在《白毛女》中，黄世仁、穆仁智逼迫杨白劳立下文书、卖掉喜儿时，作者为演员的唱、念和表演安排了种种高难技巧，运用了"抢背""跪步""蹉步""僵尸"等程式动作，配合强烈的音乐和锣鼓，将人物的情绪和舞台气氛推到最高潮。把杨白劳惊恐、悲愤、哀求、挣扎、反抗、绝望、迷惘等复杂的思想感情，宣泄得淋漓尽致，产生了震撼人心的艺术效果。

戏曲程式，不仅是刻画人物的有力手段，而且本身就富于形式美，具有很高的观赏价值。中国观众在看戏时，除了看剧情和人物外，还会看演员的技艺。因此，范钧宏一再强调，在考虑剧本的情节结构的同时，就要考虑技术结构，包括唱念安排和程式运用，这就为演员的表演提供了用武之地，也为观众的欣赏，准备好不少"绝招"。难怪他的剧本演员爱演，观众爱看啊！

历史长河,波涛滚滚,浪淘尽多少剧目。范钧宏的某些剧作,其艺术生命固然也很短暂,但他的不少代表作都经受了历史的筛选和时间的考验,至今仍久演不衰。其成功的经验,值得很好总结。

(注:此文与陈培仲合作)

(原载《戏剧评论》1987年创刊号)

戏曲编剧理论讲坛上的烛光

著名剧作家范钧宏，晚年将工作重心转移到总结创作经验上来，对戏曲编剧理论和技巧进行了系统的探讨和研究。他在创作的同时，还走进校园，培育英才，曾在中国戏曲学院数届编剧、导演进修班、本科班担任"戏曲编剧理论与技巧"课的主讲教授。他兢兢业业地在讲台上传道授业，不厌其烦地解惑答疑。深夜，常在灯下批阅学生的习作，为了帮助学生修改《巧县官》一剧，他通宵达旦地工作，累得腰痛病复发。这位老人以他最后的生命之光，照亮了莘莘学子，为戏曲事业做出了贡献。作为戏文系的一名教师，系里分配我跟随范老学习，并为其记录整理教材。在他诞辰80周年暨逝世10周年之际，这位学者型的剧作家在我院的教学情景，又历历浮现在眼前……

一

范钧宏老师热爱戏曲艺术事业，具有实事求是的精神和正直文人的良心。70年代末，文艺界"拨乱反正"，大张旗鼓地批判"四人帮"鼓吹的"主题先行"的谬论。由于极"左"路线的长期影响，当时人们的思想远不及现在活跃，有的人观察、思考问题尚缺乏辩证、科学的方法，容易产生"一窝蜂"的现象，在谈起戏曲创作理论或介绍创作经验时，怕沾上"主题先行"论之嫌，有意识回避主题思想如何产生及在创作过程中的作用，使一些初出茅庐的青年戏曲编、导人员在创作思想上认识模糊，甚至产生了错觉，以为主题思想的理论已经过时，创作中用不着再提及了。范钧宏老师针对学生中出现的偏向，特别强调了来自于生活并且通过作者的立场、观点提炼出来的主题思想在剧本创作中的重要性。他在1979年导演训练班授课时讲道："主题思想指导着戏曲结构的形成。""戏曲结构不仅体现主题思想，而且主题思反过来还影响着戏曲结构的形式。"范老师及时地提醒，使一些青年戏曲工作者免于陷入创作误区，沿着正确的创作道路一步一个脚印地走下去。

又如当时的"样板戏"在舞台上搞逼真的布景，处处模拟生活的真实，以致造成戏曲艺术虚拟写意的表演与写实布景的矛盾，在指出这种偏颇后，某些带有片面性的舆论，又走向另一极端，似乎"一桌二椅"就是戏曲舞台上唯一的最佳布景了，致使一些青年编导又感到了困惑，范钧宏老师再次引导他们，结合自己创作《三座山》等戏的体会，说明时代在发展，观众欣赏趣味也在变化，认为舞台上"一桌二椅"过于简陋，强调舞台布景应该采用虚实结合的方法，更利于反映生活，美化戏曲舞台，适应今天观众的审美需要。

范钧宏老师的艺术实践"根基"深厚，又勤于钻研，善于思考，他讲课内容充实，言之有物，又常常信手拈来许多优秀的戏曲剧本讲授技巧。当时的"样板戏"还贴着"江记"的标签，还没有完全恢复是广大文艺工作者辛勤劳动产物的真实面目，一般人都不愿触及，但范老师在讲课中，既批判了江青一伙荒谬、反动的文艺观点，又列举了《红灯记》《沙家浜》《智取威虎山》等戏里一些成功的艺术处理，要大家学习、借鉴。对于一些几乎被人遗忘的禁戏，范老师在批判其中糟粕的同时，也再三嘱咐同学们要继承其中的一些技巧。他曾列举了禁戏《九更天》中马义回家杀女的一段戏，运用程式很有特色，希望批判地运用它并加以发展。

以上所谈的事情，今天看来似乎是再平常不过的事，但如果我们回溯到那17年前的历史，细细品味当时人们的心态，设身处地为刚走出"牛棚"的范钧宏老师想一想，以上的所作所为无疑是需要公心和勇气的。如果没有对戏曲艺术高度的社会责任感，没有实事求是的精神，没有一个正直的知识分子的良心，是难以做到的。

二

范老师讲授的戏曲编剧理论与技巧，是根据自己丰富的创作经验，结合优秀的戏曲传统剧目和前辈艺术家的经验，对戏曲编剧理论与技巧进行了深入细致的研究而成的，因而既具有戏剧艺术的共性，又具有戏曲艺术独特的个性。比如一般对戏剧结构是这样下的定义："戏剧结构是根据主题思想、人物性格来组织戏剧冲突和安排情节的一种手段。"可范老师认为："一个完整的戏曲结构，应当包括两个方面：一、分场（或分幕）的故事情节；二、与之相适应的技术安排。"这从创作实践中产生的理论，对年轻的剧作者有很大的启示和帮助。因为一些经验不足的作者，在酝酿结构时，大多注意组织冲突的发展，安排情节。而在动手写作时，又大多注意语言的推敲，致使一些戏因为满满的语言，挤掉了许多优秀的表演；或者成为"话剧加唱"，失去了戏曲剧本的特色。范老师给戏曲作者结构剧本时提供了具体的途径和方法，强调作者要面向舞台，借助一种独特的思维方式来结构剧本，要求作者在案头写作的同时，随时随地想到程式的运用，写出的剧本搬上舞台以后，方可调动戏曲艺术丰富的表现手段，绘声绘色，淋漓尽致地刻画人物。

为了说明技术结构在创作中的重要性，范老师举了许多优秀的剧目，比如川剧《白蛇传》中的《金山寺》，因为它的技术结构富有特色，有许多高难动作及"变脸""踢慧眼"等技巧，因而它火爆、炽烈、色彩斑斓，形成自己独有的特色，使一出古老的神话剧具有很大的艺术魅力。

再如要写出具有戏曲特色的剧本，需要重视节奏问题。戏曲艺术特殊的魅力，来自它鲜明、强烈的节奏，来自"它把曲词、音乐、美术、表演的美熔铸为一，用节奏统御在一个戏里，达到了和谐的统一"。焦菊隐先生也谈道："虚拟动作，程式化动作都在一定的节奏里才显得活跃，才显得真实。"但一谈到节奏，人们总是从表演、导演的角度考虑得多，从剧本创作角度考虑得少，其结果正如范老师所讲："往往很有戏剧性的矛盾冲突，搬上舞台竟自平平而过；很有文采的唱词，制谱成腔反而黯然无光；有的戏，虽然整个结构并无问题，但具体到每场戏中，却又显得松松散散；有的片段，虽然'舞台提示'写得清清楚楚，但进入排演场，演员却无从表现出来。原因虽然不一而足，但唱念安排不当，有时却是症结所在。"

戏曲的唱词是押韵的诗，配上相应的曲谱，音乐性、节奏性很强。戏曲的念白有韵律，有节奏，也富有音乐性，所以安排全剧的唱和念是全剧节奏的重要因素。为了引起年轻戏曲作者对此问题的重视，范钧宏老师特意讲授了"唱念安排八讲"，以生动的实例说明了唱念安排的重要性。如京剧《自有后来人》和《红灯记》都取材于电影故事片《三代人》。两戏虽然剧名不同，各有特色，但都有"说家史"一段戏，《自有后来人》安排了18句唱词，从头到尾让李奶奶一人唱出革命家史。而《红灯记》中唱念安排交叉进行，极富变化，又和谐统一。李奶奶在唱完"十七年风雨狂怕谈以往……"一段后，便气势磅礴、字字千钧地向铁梅讲述了京汉铁路大罢工的情景，抑扬顿挫，铿锵有力，特别是祖孙二人急促的对答，既反映了李奶奶激动的心情，也将铁梅变化多端的心理，在几个刹那之间，层次分明地揭示出来。末尾李奶奶的歌唱，又如长江大河奔泻千里，尽情地抒发了人物的感情。前者采用一人净唱的形式来讲家史，虽然也说得过去，但比起《红灯记》苍劲、雄浑、朗朗上口的唱念安排，其艺术感染力就大大逊色了。范老师讲课中，类似这样的例子比比皆是，他就是这样深入浅出地阐明了许多理论问题。

三

范钧宏老师曾说他讲的戏曲编剧理论与技巧是"法"多于"理"。可这并不意味着他的编剧理论与技巧没有理论概括，相反他有些理论颇有深度，具有真知灼见，有的甚至和西方的戏剧理论异曲同工，不谋而合。比如"戏剧情境"在戏剧创作中是十分重要的。谭霈生教授曾说："戏剧情境是促使戏剧冲突爆发、发展的契机,是使人物产生特有动作的条件。"①"具体、尖锐、丰富多变的情境,为展示复杂的人物性格提供了条件。"②范老师在《杨门女将》写作札记中说:"谈到情节,就要注意到境遇的选择,因为人物总是在千差万别的境遇中,经历着独特的遭遇而显示自己的个性。因此构思时,不能不首先考虑这个问题,特别是足以突出主人公性格不平凡的境遇。"范老师以京剧《杨门女将》"请缨"一场戏为例,按一般的处理,会安排在金殿。在这种情况下,必然是宋王高踞其上,佘太君孤军奋战,两方对垒,容易流于争辩说理,令人乏味;而且碍于君臣之礼,佘太君说话又要掌握分寸,矛盾难于激化,戏不是流于"直",就会流于"瘟"。而范钧宏和吕瑞明却将"请缨"的地点安排在杨宗保的灵堂。当宋王来到天波府祭奠时,白发老人在爱孙灵柩前挺身请缨,杨门众女将对主和派王辉进行了冷嘲热讽和有力驳斥;寇准维护杨家,在其间推波助澜……这里,将意欲求和的宋王投置到尖锐的情境中,一门孤寡,满堂肃穆,悲壮请缨的气氛和环境,与宋王怯懦苟安的心理形成尖锐的对照,简直就是绝妙的讽刺。宋王的内心活动是非常复杂的,而人物关系的纠葛,又使得戏剧冲突丰富、有力,从而使这场戏富有变化和机趣,产生了很强的艺术感染力。

又如构成戏剧悬念时,"是否对观众保密"这一问题,中外戏剧家们有不同的见解。狄德罗在《论戏剧艺术》中曾经明确指出:"对观众来说,一切应当了若指掌。让他们作为剧中人的心腹,让他们知道发生了什么事情,正在发生什么事情,而在更多的时候,最好把将要发生的事情也向他们明白交代。"③

在欧洲戏剧史上,曾发生过一场对《造谣学校》那个"屏风场面"的争论:蒂塞尔夫人躲在屏风后面,听到了丈夫彼得爵士和与自己有暧昧关系的约瑟夫的对话,最后屏风被推倒,原先不知屏风后面有人的剧中人大吃一惊。对于此情节,《英国文学家》一书的作者奥利芬夫人认为:"如果剧作者也能像骗过剧中人那样骗过了我们,使我们也同样为这一发现而惊讶意外,那无疑会是一种更高明的艺术。"英国戏剧理论家亚却反对剧作者把一切都瞒住观众,他认为,这

---

①② 谭霈生:《论戏剧性》,北京大学出版社1981年版,第98、120页。
③ 伍蠡甫主编:《西方文论选》(上卷),上海译文出版社1979年版第360页。

一场既长又精彩的戏,整个效果就是建立在观众明知夫人正藏在屏风后这一基础上。

余秋雨教授在《戏剧审美心理学》一书中谈及此问题时,曾引用了范钧宏老师关于"留扣子""抖包袱"的谈话:"戏曲作者不应当向观众保守任何秘密,而应当让观众知道自己给人物设计的行动,从而引起观众看他们如何行动的兴趣。"有时候:"台上的人物越紧张,台下的观众越轻松。虽然明知道'包袱'里面装的是什么,但也一定要看看抖搂之后是如何一个场面。"这种情况,"看来似乎没有悬念,其实这正是最大的悬念"。余秋雨教授接着说:"这也就是说,中国戏剧家对于以悬念吸引和保持观众注意力问题的理解,基本上不同于奥利芬夫人,比较接近于狄德罗·马修斯和亚却。"①

四

站在三尺讲台上育英才的范老师,除了讲授戏剧理论以外,还传授技巧和方法,将他从几十年创作生涯中"悟"出的诀窍,倾囊相授。

比如万事开头难,要写好开场戏实不易。高尔基认为,开头的第一句是最困难的,好像音乐里定调一样。戏曲传统戏里自报家门的方法,不太符合今人的审美情趣。范老师便以《红灯记》《沙家浜》中的李玉和与阿庆嫂上场为例,说明如何将"自报家门"变相处理,用简练的手段迅速地将剧情发生的背景、地点、人物关系介绍出来,并提出了矛盾,抛出了悬念。这真是"四两拨千斤",一下便点"醒"了年轻的戏曲作者。

戏曲结构的特点之一是点线组合,全剧一大事,每场一小事。"一场一中心"有利于将戏写深写透,避免来去匆匆的事件淹没了人物形象。范老师不但举了许多优秀戏曲剧目来正面阐述这一特点,还告诉你万一在结构剧情时"卡了壳",一场戏出现了两个中心时如何处理。他指点道:"那就要以'主线'作为衡量的尺度,看看究竟应该以哪个为主,然后选择其一,确定下来。至于那个

---

① 余秋雨:《戏剧审美心理学》,四川人民出版社1985年版第206页。

落选的'中心',如果无关大局,索性可以砍掉;如果情节确应保留,那就让它或前或后地转移到其他场子之中。能够做到这一步当然最好,否则也可以在当场之中降低它的地位。这里所谓之'降低',一是情节的缩减,二是技术的削弱",他举《群英会》第五场为例加以说明,因为这场戏的内容有定"火攻计"和定"苦肉计"。他让你从中去学习、借鉴前辈艺术家是如何处理好一场戏中的两个中心。

范老师曾说他讲的是"雕虫小技",这显然是谦虚的说法。不过其中的"小"字,确也道出了他授课的特点。他不但指导学生怎样进行全剧的艺术构思,如何写好"戏胆""戏眼""戏核""蹲底戏"等,他还教大家写抒情性唱词,"要避免一个'虚'字,否则即或辞藻优美,未必动人心弦";写说理性的唱词,"要防止一个'实'字,否则尽管逻辑周密,难免有理无情"。他叮咛交代性的唱词,别跟抒情联系在一起,以免观众听不明白。就连如何开韵也讲到了,认为一段唱词中,作者要强调哪句话,那最好就开这句话最后一个字的音韵。

编剧技巧有"定法"也"无定法",强调技巧的重要性,并非技巧决定一切。技法再精,也不能离开内容而存在。范老师授课中,所讲的"定法"和"无定法"是相辅相成的,比如他讲唱段安排时,即强调在人物内心激动,感情澎湃适宜采用歌唱,同时又讲到丰富多彩的生活浪花,不同流派的艺术风格,舞台上也应呈现出千姿百态的景象。比如《杀惜》里的宋江,最后忍无可忍,积压的怒火骤然迸发,要杀阎惜娇时,采用的是念白;《斩马谡》中诸葛亮挥泪斩马谡时,内心极其矛盾和痛苦,也是用的念白;《拾玉镯》中的孙玉姣,在拾到傅朋的定情信物后,少女心花怒放,既有歌唱,也运用表演来揭示她的喜悦、幸福、欢快。

10年前,范钧宏老师倒在讲台上,匆匆走了,他走得太突然了,令人震惊、悲痛!所庆幸的是他给我们留下了一笔宝贵的精神财富。他用生命之火在戏曲编剧讲坛上点燃的烛光,不会熄灭,它已经并将继续照亮着年轻戏曲作者的艺术道路。范老师一定会感到欣慰,在烛光里微笑。

(原载《中国京剧》1997年第1期)

论李明璋的剧作

当前，我国戏曲正处于推陈出新、继往开来的一个重要历史时期。搞好剧本创作，是繁荣戏曲艺术的基础。为此必须充实、加强和扩大戏曲编剧队伍，提高戏剧作家的社会地位。对于有成就、有贡献的戏曲作家，应当像对于有成就、有贡献的戏曲演员一样，加以宣传和鼓励。新中国成立30年来，不但一些著名的剧作家，如田汉、吴光祖等人，写出了新的戏曲剧本，而且涌现出了一批优秀的戏曲作家，如范钧宏（京剧）、胡沙（评剧）、陈仁鉴（莆仙戏）、杨兰春（豫剧）、胡小孩（甬剧）、徐进（越剧）、王肯（吉剧）等，他们的作品在群众中有着广泛的影响。探讨他们的创作道路，总结他们的创作经验，对于当前培养戏曲编剧人才，提高戏曲创作水平，很有现实意义。基于这样的认识和目的，我们想对川剧作家李明璋同志及其作品，作一简单的介绍和评论，作为抛砖引玉，以期引起更多的同志对于李明璋和其他戏曲作家及其作品的研究，进一步活跃戏曲评论。

一

李明璋（1928—1963），是新中国培养的第一代青年剧作家。他从解放初期开始创作，到1963年病逝为止，年仅35岁，却改编、创作了《望娘滩》《谭记儿》《夏完淳》《袄庙火》《李存孝之死》《夫妻桥》《和亲记》等历史题材的剧目和《丁佑君》等现代戏；同时还参加了《芙奴传》《焚香记》《百花赠剑》等传统剧目的加工、整理工作。其中《谭记儿》《夫妻桥》《和亲记》等剧已经成为川剧舞台上经常上演的优秀保留剧目，有的还被兄弟剧种移植，如张君秋先生的代表作品之一《望江亭》就是根据《谭记儿》移植的。他为川剧界甚至戏剧界留下了一份值得珍视的遗产。

　　李明璋出生在四川重庆市江北县一个城市贫民家庭，幼年丧父，母亲抚育他和弟弟二人，生计十分困苦。李明璋自幼聪慧，4岁时由舅父资助入学，但到中学时，家境越发困难，有时竟然断炊，只能时学时辍。恰值亲友中有一川剧爱好者，喜欢"打围鼓"，便雇李明璋抄写、誊录川剧剧本，得以微薄薪金糊口、上学。后来他又在"围鼓"内学会操琴，但生活仍无保障。1947年至1949年便到他亲戚开的茶叶店当店员，不久茶叶店停业关门，李明璋失了业，生活无着落，流落街头。"艰难困苦，玉汝于成。"这段青少年时期的坎坷生涯，使他广泛接触了社会，深知民间疾苦，熟悉群众语言，并同川剧艺术结下了不解之缘，为他后来的创作奠定了深厚的基础。他多以悲剧性的故事为题材，这同他苦难的生活经历和个人遭遇有着密切的关系。

　　新中国的阳光，驱散了迷雾，照亮了山城，李明璋以喜悦的心情，迎接人民翻身解放的时代。为了保卫胜利成果，为了配合抗美援朝运动，他以饱满的革命热情，在极端艰苦的条件下，蜷伏在木棚小屋之中，伴着昏黄的菜油灯光，通宵写作。他的第一个剧本《渔民抗金记》寄到当时重庆市戏改会主办的《观众报》时，该报主编席明真同志别具慧眼，从一个无名小卒的处女作中，看出了作者蕴藏着的才华，宛如在乱石堆中发现了形同顽石的璞玉。席明真立即派戏改会的工作人员去江北县找李明璋，其时李尚无职业，漂泊不定，找了两三天才找到。后来戏改会将李明璋安排在重庆市大众游艺园内的群众川剧团当编剧，工资虽然低微，但总算有了正式工作。他先后又创作了《罗盛教》《护士与伤员》《丁佑君》等川剧剧本，由《观众报》发表，群众川剧团演出。这时期他天天同艺人吃住在一起，并结识了张德成、薛艳秋、吴晓雷、唐彬如、李文杰等著名川剧艺术家以及重庆市文化界、戏剧界人士，虚心向他们学习，又喜欢与同行切磋，但艺术见解上不从流俗，有主见而无偏见。1953年他同其他两位同志合作，写成了《望娘滩》。当时担任西南文联秘书长的蔡国铭同志，看了该剧彩排后，大为赞赏，将剧本批转给《西南文艺》发表，并亲自撰文加以推荐，于是各地剧团争相上演，兄弟剧种纷纷移植。从此，李明璋初露头角，步入文坛，流誉省内外。

1955年李明璋调到西南川剧院。大区撤销后，西南川剧院改为四川省川剧院，1956年李明璋随省川剧院，由重庆迁到成都直到病逝。这是他创作兴旺和成熟的时期，接连写出了《谭记儿》《夫妻桥》《和亲记》等一流的戏曲剧本，他当时还不到30岁。"诗人早慧"，这些作品固然是他才思敏捷的产物，但更是他辛勤劳动的结晶。李明璋只有初中文化水平，完全靠自学达到高深的文学修养。他勤于治学，乐于钻研，记忆力极强，又有异乎寻常的惊人毅力，他阅读范围很广，尤其酷爱古典诗词和戏曲，对于关、王、白、马的杂剧和明清传奇，有的可以整段、整出的背诵，他还喜欢读我国古典小说以及鲁迅、郭沫若、田汉、曹禺、莎士比亚、易卜生等中外名家的作品；同时他也十分注意搜集民间故事和传说，他从古典文学和民间文艺中吸取创作的素材和诗情，锤炼自己的艺术功力。他那"典籍劳形不计年"的勤奋态度，他那"语不惊人死不休"的艺术追求，他那醉心创作而不顾健康的忘我精神，都给川剧界的同仁留下了深刻的印象。10年耕耘结硕果，一生心血写剧诗。李明璋因积劳成疾太早地离开了我们，这是一个无可挽回的损失。但是，他献身于祖国戏曲艺术的精神以及他对川剧艺术所做的贡献，是不会泯灭的。

人才的成长，除了主观因素外，还需要客观条件，其中尤其需要善于发现人才的伯乐和辛勤培育人才的园丁。李明璋生前曾不止一次地说过："我只是做了自己的本职工作，如果有点滴成绩的话，那完全是党培养的结果，是文艺界许多同志指导和帮助的结果。"这的确是由衷之言。当时四川文艺界的不少负责同志，都很关心李明璋的创作。这里我们要特别提到原四川省委宣传部副部长李亚群同志的感人事迹。李亚群同志十分爱惜人才，给了李明璋极大的关怀和支持。他经常同作者一起讨论剧本，深知其中甘苦。例如《和亲记》的创作就凝聚着亚群同志的心血。一次李亚群同志向李明璋谈道：在许多传统剧目中，将诸葛亮写得神乎其神、近似妖道，将刘备写得假仁假义，懦弱无能，将周瑜写得心胸狭窄，目光短浅，其实他们都是历史上的杰出人物，应当恢复他们的本来面貌，以他们奋发有为的精神，激励今天的观众。李明璋听了很受启发，他根据这种新的立意,很快写出了初稿。李亚群同志喜出望外,又与李明璋反复讨论,对于剧本的修改,提出了许多精辟而中肯的、建设性的意见。李亚群同志在住院疗养期间,还亲自动笔对《和亲记》进行加工、润色。其中"梅宫智激"一场,不少地方是出自李亚群同志的手笔。可以说,《和亲记》是他们合作的成果。但在剧本上演和发表时,李亚群同志坚决不肯署自己的名字。他认为自己作为党的文艺干部,只是尽了应尽的责任,不能掠人之美。"文化大革命"期间,李亚群同志被打成"四川文艺黑线的头目",《和亲记》被打成"大毒草"。李亚群同志为了别人免受株连,公开声明《和亲记》是他授意李明璋创作的,主动把责任揽过来。这种把荣誉让给别人,把灾难留给自己的可贵品德,表现了一个共产党员高尚的情操。但是这也未能使已经去世的李明璋幸免于难,他仍然被戴上了"黑笔杆""黑秀才"的帽子,墓碑也被砸烂。粉碎"四人帮"之后,在为李亚群同志平反时,问他有什么要求?李亚群同志念念不忘李明璋同志,提出的要求是希望将李明璋同志的墓碑修理一下。这种爱才如命的领导,真是作家的知音。今天,我们多么需要千千万万个为人才的成长呕心沥血的伯乐和园丁啊!

二

致力于传统剧目的推陈出新,努力使历史题材的剧目折射出时代精神的光辉,积极探索用川剧形式反映现实生活,从而使古老的戏曲适应新的时代、新的观众,更好地为社会主义服务,为提高人们的精神境界服务,这是李明璋剧作的指导思想和总的基调。

李明璋同志对于传统剧目,既不粗暴,也不保守,更不迷信。他有胆有识,多才多艺,敢于并且善于旧曲翻新,不落前人的窠臼。即使对于一些流传多年的、比较成熟的剧目,他也并不满足于原有的水平,而总是站在今天的高度,进行加工修改,甚至重新创作,使之锦上添花,后来居上。他改编创作的《谭记儿》《和亲记》,就是很有说服力的例证。

《谭记儿》是根据元代伟大戏剧家关汉卿的杂剧《望江亭中秋切鲙旦》改编的。李明璋同志十分尊重原作，充分保留了原著的精华，加以丰富和发挥，使关汉卿笔下的谭记儿这一古代美丽、聪明、机智、勇敢的妇女形象，更富于斗争精神，更闪烁着理想的光辉，栩栩如生地活跃在今天的舞台上。对于原著中的不足之处，改编本加以精心弥补。例如原著的第一折中，谭记儿同白士中的结合，是由于白道姑的要挟、讹诈以及白士中的说谎"栽赃"，从而使之就范的。这对三个人物形象都是有损的。试想，如果谭记儿真是这样轻易受人摆布，那么她后来智斗权豪恶少杨衙内的胆识和本领，就缺少内在的逻辑和依据了。改编本将谭、白二人在清安观邂逅相逢，由误会产生冲突，由消除误会而互相爱慕，直到用藏头诗句暗通心曲，这一系列的思想变化过程，描绘得层次清晰、委婉有致。白道姑的热心善肠，白士中的赤诚忠厚，谭记儿的过人才智，都在妙趣横生的喜剧情节中得到了很好的展示。又如原著中描写杨衙内在望江亭赋诗，仿佛还有点才气，而改编本将他写成了一个不学无术、胸无点墨的家伙，将他附庸风雅、拼凑歪诗的丑态，刻画得入木三分。剧中将美与丑作了鲜明的对比，使得这部现实主义的作品同时又具有浪漫主义的色彩，这是对包括关汉卿原著在内的善善恶恶的传统的道德评价和美学观点的继承和发扬。无怪乎有的观众写道："看川剧《谭记儿》，就像读一首歌颂爱情的抒情诗，又像在看一幅讽刺丑恶的漫画。如果将一首抒情诗题在一幅漫画上，可能因为两者的格格不入而使人感到不伦不类，但《谭记儿》却能将两者融合，不是调和而是对比，在融合一体中各自放出异彩……这样的戏必然是别具风格的喜剧。"[①]

《谭记儿》这出优秀的喜剧连同在周总理指导下修改加工的正剧《芙奴传》，以及在陈毅同志指导下修改加工的悲剧《焚香记》，曾由陈书舫、周裕祥、袁玉堃、杨淑英、胡淑芳、李笑非、张巧凤等著名演员组成的中国川剧团，于1959年带到东欧一些国家演出受到外国朋友的热烈欢迎和高度评价，为祖国的地方戏曲争得了荣誉。李明璋同志对于三个剧本的修改和提高，付出了极大的劳动，应当为之书上一笔。

---

① 中原：《像抒情诗，又像漫画》，《新民晚报》1957年4月25日。

《和亲记》取材于《三国演义》中孙、刘联姻的故事。这一题材在许多剧种的传统剧目中都有所反映,并且产生了像京剧《龙凤呈祥》、川剧《甘露寺》等经常上演的保留剧目。《和亲记》虽沿旧题,却出以新意。他不因袭尊刘抑吴的正统观点和历史偏见,把诸葛亮夸大为神机莫测、操纵历史的先知,把周瑜贬低为处处出乖、不堪一击的庸才。作者以历史唯物主义的观点,分析了孙刘联姻的政治背景和时代特征,把戏剧冲突放在势均力敌的地位,在群雄角逐、争王图霸的特定环境中,鲜明地展示了刘备和孙权两个政治集团在争夺战略要地荆州中的智谋和策略,集中地刻画了建安时代几个风云人物的精神面貌。剧中双方人物那种披荆斩棘、力图进取的精神,那种龙争虎斗、风云变幻的计谋,对于今天的观众,不仅能够增强民族自豪感,而且能够产生激励人心、启迪智慧的作用。

在传统剧目中,对于和亲的主角刘备和孙尚香的描写是相当薄弱的,他们实际是操纵在诸葛亮和周瑜的手里,为两位隔江斗智的军师服务。特别是刘备那种遇到困难一筹莫展、耽安乐流连忘返的昏庸形象,同他那开基创业的雄心壮志和随机应变的"枭雄"性格,是很不相符的。《和亲记》恢复了他在剧中的主人公的地位和真实的历史性格,让他们卷入了戏剧冲突的旋涡,为他们提供了用武之地,便于他们搬演威武雄壮的活剧。在一系列的纠葛之中突出了一个是人中豪杰,一个是女中丈夫,"英雄气儿女情两不相磨"。通过他们的结合再次维护了孙刘联盟、共御曹操的政治路线。

《和亲记》对于周瑜的刻画,也赋予了新的面貌。他不但是虎帐谈兵、雄姿英发的三军都督,还是一位踏月弄箫、兰闺顾曲的风流人物,更是一位纵观天下、运筹帷幄的政治家。从他对当时形势的分析,可以看出他同诸葛亮不谋而合,可谓英雄所见略同。从他对刘备的一诱再诱,可以看出他工于心计、老谋深算,同诸葛亮的锦囊妙计也相差无几。但他却过于自信而低估对方,急图进取而疏于防范,结果落得个"赔了夫人又折兵"的结局。周瑜对于自己的弱点,至死不悟,而是怨恨苍天:"既生瑜,何生亮!"他那恃才傲物、因骄致败的悲剧,难道不值得今天的观众深思,从而吸取某些教训吗?这就比单纯的嘲笑,更能给人以警策。

如果说《谭记儿》《和亲记》的成功是李明璋同志努力贯彻推陈出新方针结出的硕果，那么《望娘滩》《夫妻桥》《丁佑君》等剧目则是从人民生活和民间文艺的沃土中培育出的鲜花。

《望娘滩》是李明璋同志于1953年同朱禾、李华飞合作创作的剧本。它取材于四川民间广泛流传的神话故事《孽龙》。据《川主全传》记载："孽龙者蹇氏子，生于巴川，事母甚孝。家贫，刈草易米养其母。刘处有日刈而随茂者，蹇异之，掘地得径寸珠；置柜中，覆米其上，晨启柜，米常盈，日食而多羡余，累市积资。乡人询焉，对以故，群造观焉。蹇握珠，光射群目，哗而相夺，蹇窘，纳于口，珠随咽入腹，烦且渴，饮厨水不足，母汲水以饮，仍不足，蹇自饮于江，母随视已遍身鳞甲，变长蛟矣！回首顾母，滚地成滩，达二十四次。少顷，飞沙溅石，直入大江。"

这个故事在流传过程中掺进了不少封建性的糟粕，如说孽龙兴妖作孽，为害一方，最后被李冰父子镇压在漓堆之下等。《望娘滩》的作者以阶级观点，分析了素材所包含的内容，重新构思，将戏剧冲突建立在人民要求幸福生活与封建统治者的巧取豪夺的基础上：勤劳、善良的聂郎在割草中获得了宝珠，地主周洪骗之不成，公开抢夺，聂郎被迫吞下宝珠，周洪指使爪牙妄图剖腹取珠，一场生死搏斗势所难免。聂郎怒火中烧，化为巨龙，掀起狂涛巨浪，将地主、狗腿子等人以及万顷庄园埋葬于汪洋大海之中。剧中对于聂郎别母时的眷眷深情描绘得凄楚动人，感人肺腑；对于聂郎性如烈火的反抗性格，刻画得鲜明强烈，动人心魄。这个戏是李明璋同志创作的起点，今天看来尚有其粗糙的一面，但它在解放初期配合现实的政治斗争，对于广大群众进行阶级教育方面，产生了积极的作用。

根据有关史料和传说创作的清代故事剧《夫妻桥》，是李明璋同志创作走向成熟的一个重要标志。这个戏从1957年写成初稿到1962年他与钟曦同志修改定稿后，经历了五年之久。通过反复推敲，特别是通过许多著名演员的长期演出实践，使它磨砺成为思想性和艺术性结合得相当完美的作品。

川剧《夫妻桥》描写清代嘉庆年间，安岳秀才、青年塾师何先德及其妻何娘子，目睹洪水为患与地痞横行，立志修桥，同县官、乡绅、袍哥、恶棍所进行的一场悲壮的斗争。剧本围绕修建索桥这一中心事件，相当深刻地揭示了清末宦场官绅勾结、狼狈为奸的种种黑幕，揭露了"枭獍横行，赤子含冤"的社会现实；同时热情赞扬了古代人民反抗黑暗势力、征服自然险恶的斗争精神。应当特别指出，这个戏敢于为古代正直的知识分子立传，精心地塑造了何先德和何娘子两个正面人物形象。他们那种为了造福乡里，不惜牺牲的前赴后继精神，体现了我们民族的美德。经过"文化大革命"之后，再次上演此剧时，反映十分强烈。许多观众从何先德、何娘子的遭遇，联想到林彪、"四人帮"对广大知识分子的疯狂迫害；同时也从古代知识分子的所作所为，联想到今天知识分子在革命和建设中可以发挥的巨大作用。这种联想，恐怕不能看成一种简单的比附，而是一些优秀的作品常常具有那种"形象大于思想"的社会效果。这当然是作者所始料不及的，明璋同志有知，也会含笑九泉吧！

当我们全面考察和评价李明璋同志的剧作时，还不能不提到《丁佑君》。这是以真人真事为基础而创作的革命现代戏。丁佑君烈士是刘胡兰式的英雄，她在解放初期征粮剿匪的斗争中，不幸被捕，壮烈牺牲。朱德同志曾为丁佑君烈士纪念碑题词，号召中国青年"学习她把自己的一切都贡献给党和人民的高度阶级觉悟和革命精神"。川剧《丁佑君》在一定程度上艺术地再现了丁佑君烈士的光辉形象。剧中将丁佑君放在当时特定的严酷的阶级斗争环境之中，描绘她在党的培育下的成长，抒发了她对党和人民的无限深情、对阶级敌人的满腔仇恨，体现了革命者的坚定信念和崇高气节。经过导演刘成基，主要演员陈书舫、曾荣华等人的二度创作，对于运用戏曲形式反映现实生活、塑造当代英雄人物，进行了有益的探索，是当年川剧舞台上很有影响的现代剧目之一。对于这样一个有一定基础的现代戏，有志于川剧革新的同志，应当对之继续加工，使之成为保留剧目，流传下去。

从以上我们对李明璋同志的几个代表性剧目的简要评价中，可以看出：李明璋同志是个写戏的能手，他的创作视野广阔，题材、风格多样。他不但对传统戏、历史剧、现代戏都有所涉猎,而且都有所建树。他不但擅长写悲剧(其中又有偏于悲凉的《夫妻桥》《李存孝之死》和侧重悲壮的《丁佑君》《望娘滩》),而且对于《谭记儿》这样的抒情喜剧、对于《和亲记》这样的具有强烈喜剧色彩的正剧,也写得十分出色。尤其可贵的是他孜孜不倦,努力使古老的戏曲艺术同今天的时代合拍,但他绝不去任意拔高古人,或者将现代的观点强加在古人的身上,而是严格地遵循现实主义的创作方法,历史地、具体地分析和处理题材,使人感到合情合理,从而相信作者的结论。他善于将继承传统和革新创造结合起来,使观众感到既熟悉,又新颖,取得"袭古而弥新"的效果。当我们今天讨论戏曲艺术向何处去的时刻,李明璋同志对于贯彻推陈出新方针全力以赴的精神和锲而不舍的创作实践,很值得我们借鉴。

三

李明璋同志的剧作,因为有"戏",所以导演爱导、演员爱演、观众爱看。这与他熟悉舞台、演员和观众是分不开的。

由于生计所迫,李明璋同志很早就接触了川剧。解放初期,他所在的剧团条件差,他同艺人们一起四处奔波,过了几年"滚台口"(即舞台是演出场地,也是住宿之地)的艰苦生活,同演员之间建立了深厚的感情,同时也更加熟悉舞台规律。他很尊重川剧老艺人,喜欢同他们一起坐茶馆摆龙门阵,从中向他们学习了许多戏曲艺术的经验。他还经常把自己的创作构思讲给演员们听,请他们加以丰富和补充。当他随剧团下乡巡回演出之际,就曾将《望江亭》等古典文学作品以"评书"的形式讲给演员们听,边讲边听意见,同时也酝酿改编方案,思考着如何使剧本更好地在舞台上立起来。从这种意义上说,李明璋同志的剧本是集思广益的成果。每当他的剧本上演时,他总爱坐在观众中观察和感受他们的条件反应;休息时,他常常踱步在观众群里,倾诉他们不拘形式的议论;有时戏完了,他还尾随观众走很长的路程,以便听取更多的意见。戏是通过演员演的,又是演给观众看的。演员是剧本的最初的读者,观众是戏剧艺术的最终的检验者。熟悉和理解演员的表演风格和创作甘苦，尊重和适应观众的欣赏习惯和审美要求，是李明璋同志的剧作能为演员争相上演、能为观众喜闻乐见的重要原因。

导演喜欢剧本有挖头，演员喜欢剧本有嚼头，观众喜欢剧本有看头，他们共同的希望都是剧本能有"戏"。在我国传统戏曲中，所谓"有戏"，总是同强烈的戏剧冲突、抓人的戏剧悬念、传奇性的故事情节以及独特的表演技巧等因素分不开的。李明璋同志的剧作总是以生活为依据，紧紧围绕刻画人物和表现主题，相当娴熟地运用这些出"戏"的手段和技巧，从而构成他剧本创作上的艺术特色。

人们常说：没有冲突就没有戏剧。而戏剧冲突是由不同的人物性格所激发和强化的。通过戏剧冲突，又进一步展示人物的性格特征和精神面貌。李明璋同志善于将剧中人物置身于尖锐的戏剧冲突之中，使他们的性格得到鲜明、有力的揭示，取得强烈的艺术效果。《和亲记》中"相亲"一场，在张灯结彩之中埋伏着惊心动魄的格斗。当孙权眼看刘备被国太相中，和亲可能弄假成真，他心如火焚，露出杀机，示意贾华率领伏兵扑向刘备；赵云则脱袍露铠，准备回击。就在这剑拔弩张、一触即发之际，孙尚香在帘内大喝一声："住手！"先声夺人，全场为之一震。只见她挺身而出，慷慨陈词："争王图霸，鹿死谁手，尚香概不干预，但谁敢累我贻笑天下者，我与他势不两立！"寥寥数语，咄咄逼人。这仿佛是从戏剧冲突的旋涡中拍下的一个特写镜头，将一个不甘听人摆布、敢于掌握命运的巾帼英雄的形象，在人们的面前突现出来。《夫妻桥》中的"抗官"，也是一场在尖锐的矛盾冲突中塑造人物的好戏。何娘子在吴泽江等乡里的支持下，立志重修索桥。她大胆闯进公堂，同贪官周继常展开了面对面的斗争。周继常阻挠修桥的种种"理由"被驳之后，恼羞成怒，百般刁难；何娘子、吴泽江则据理力争，步步紧逼。试看这场唇枪舌剑中的一个片段：

……

周继常　（唱）诸事皆妥善，

何必来求官？

何娘子（唱）地区属灌县，

吴泽江（唱）岂与你无干？

周继常（唱）空话已听厌，

反复来纠缠。

何娘子（唱）事大应呈案，

吴泽江（唱）何言是纠缠？

周继常（唱）巧言诡辩！

吴泽江（唱）据理报官。

周继常（唱）何必犯险？

何娘子（唱）为夫雪冤。

周继常（唱）想翻案？

何娘子（唱）却不敢。

周继常（唱）为的啥？

吴泽江（唱）万民安。

……

周继常（唱）要修？

何娘子（唱）要修！

周继常（唱）要建？

吴泽江（唱）要建！

周继常（唱）要人？

何娘子（唱）有人！

周继常（唱）要钱？

吴泽江（唱）有钱！

周继常（唱）要……

何娘子吴泽江（唱）啥？

周继常（唱）这……

吴泽江　（唱）咹？

差役等　（吼堂）呼呵！

……

　　随着冲突的层层递进，节奏越来越急速，分量越来越加重，将矛盾激化到白热的程度。老奸巨猾的周继常最后以没有保人为借口，企图退堂；何娘子则甘愿当场具结，以命担保："百日新桥未妥善，愿将人——头献台前！"将戏剧冲突推向最高峰，表现了何娘子"架长桥，伏洪波；头可断，意难磨"的不可动摇的决心。在这场短兵相接的白刃战中，可以清楚看出，此时的何娘子已经不再是剧本开始时的温顺贤良的家庭妇女，经过风风雨雨的磨炼，她已成为不畏权势、敢于抗官的坚强女性。正是在这种激烈的撞击中，使她的性格放射出耀眼的火花。

　　我国戏曲讲究"有话则长，无话则短"。所谓"长"的地方，往往是人物关系复杂、戏剧冲突尖锐的地方，或者是内心活动剧烈、需要大段抒情的地方，也就是最能出戏的地方。李明璋同志善于抓住这种地方，笔蘸墨饱地加以抒写，力求写深写透，构成全剧的重点场次。《和亲记》中的"智激"一场，就是传统戏中所没有而作者重新创作的重点场次，写得波谲云诡、变幻莫测，完全可以作为精彩的折子戏演出。幕一拉开，建业梅宫，丝竹悠扬，舞影婆娑。刘备和孙尚香正在欢宴除夕。就在这美好风光中却隐藏着刀光剑影。刘备和孙尚香是和亲的主角，也是两军斗智中举足轻重的人物。半生潦倒的刘备，一旦堕入这脂粉阵中，是否真会如周瑜所预料的沉溺酒色，"乐不思归"？孙尚香是站在孙权一边，还是反戈倒向刘备？这都直接关系着双方的胜负成败。刘备是一个喜怒不形于色的人物，在未知郡主的虚实之前，他佯装昏聩，暗中窥探；孙尚香对刘备迷恋声色"似真似假难猜破"，疑虑重重。他们先借评论曲子，互探心曲；继后又以筵前击剑，砥砺雄心。孙尚香欲知就里，先发制人；刘备则步步为营，藏而不露。双方呈现出一种"将军欲以巧取人，盘马弯弓故不发"的戏剧情势。当赵云遵照诸葛亮的锦囊妙计谎报荆州垂危时，刘备和孙尚香又转为似暗而明，似明而暗的巧激。通过那潜台词极其丰富的唱词和道白，我们仿佛感到两颗心越来越靠近，两个人的感情越来越融洽，直到洞开肺腑，肝胆相照，永结同心，生死不渝。经过峰回路转的戏剧冲突，到了这里，似乎已到尽头；但作者意犹未尽，把笔锋一转，又推出新的天地：描写孙权深夜到梅宫，"假称辞旧岁，暗地探'新郎'"，同刘备展开了一场互相摸底的心理战。正当两人陷于僵局之际，孙尚香醉态融融出场，恰似异峰突起，令人一惊：

孙尚香内白："嘿，回荆州！"

刘备、孙权一惊。剑奴扶醉态融融的孙尚香上。

孙尚香 （步履歪斜）嘿，回荆州！好嘛，回荆州！

孙权 （惊喜，以为发现秘密，急问）谁要回荆州？

刘备 （以为孙尚香变卦，同时急问）谁要回荆州？

孙尚香 （突指刘备）是他！

刘备 （更为紧张，背白）她变了卦？

孙权 （急问）是谁说的？

孙尚香 （指孙权）是你！

刘备 （抹一把汗）哦——哈哈！

孙权 （失望）哦——哈哈，妹妹，你醉了。

……

这时，观众才明白孙尚香确是全部倒向了刘备一边，正是由于郡主的反戈，以假锦囊密告孙权，才使孙权中了计中计，刘备夫妇得以江边祭祖，乘机同返荆州。这场戏写得波叠浪涌，摇曳多姿，将人物之间复杂而微妙的关系以及人物的内心活动揭示得真实、具体，细致入微。这种一波三折、迂回前进的戏剧冲突，同"抗官"中层层加码、直线上升的戏剧冲突不同。但两者都是从特定的人物关系、特定的人物性格以及特定的规定情境出发，因而都写出了好戏。

一个剧本要有"戏"，仅仅有人物性格、人物之间的关系和冲突还不够，还必须有悬念，才能紧紧抓住观众。如果见头知尾，一览无遗，必然使人索然无味，倒人胃口。我国传统戏剧叫作传奇，正是要有奇人奇事可传，方能扣人心弦，引人入胜。李明璋同志的剧作，在戏剧冲突的安排和情节的结构上，往往围绕主人公的命运，设置一个总的悬念，紧紧吸引住观众，使人急欲知分晓。如《谭记儿》中谭记儿和白士中刚离开清安观，杨衙内即尾随而来，定要将谭抢到手。这对美满的新婚夫妇是否会被拆散？谭记儿巧扮渔妇去盗取金牌势剑，安危如何？《和亲记》中两个对立营垒结为亲眷，能否成功？荆州究竟属谁？《夫妻桥》中何先德因修建索桥，蒙冤被斩，何娘子是否会重蹈覆辙？……这些戏剧悬念同人物的命运紧紧交织在一起，使人随着剧中人物的悲欢离合而产生非看下去不可的兴趣和愿望。

"文似看山不喜平。"文章要有起承转合，戏剧要有抑扬顿挫。川剧老艺人常说："戏要讲究麻、辣、烫"，即是指戏要节奏鲜明，大起大落。我国一些优秀的戏曲作品，在情节和场次的安排、搭配、穿插上，往往是疏密相间、冷热相济、正反相生、悲喜相衬、有张有弛、有起有伏、亦文亦武、亦庄亦谐……使情节在起伏中交错发展，在对比中互相映衬。《西厢记》中"赖婚"一场，让张生从爱情的沸点跌到冰窖；《琵琶记》中蔡伯喈入赘牛府与赵五娘糟糠自厌两条线交错安排，就是很好的例证。明璋同志的剧作中，对于情节的跌宕起伏是颇具匠心的。例如《夫妻桥》中"桥断"一场，一开始通过吴泽江绘声绘色地讲述，极力渲染那种"喜融融，乐融融"的热闹情景，把人带到喜气洋洋的气氛之中。突然，狂风暴雨，雷电交加，即将"剪彩"的索桥折断了！这一情节的突转，既在情理之中，又在意料之外。它不是故意卖弄技巧，而是有其必然逻辑。前面"鬼议"一场中，贪官周继常和豪绅冯沛卿互相勾结，密谋策划，就为桥断埋下了伏笔。索桥断了，是他们阴谋诡计得逞的结果，从而揭露了这帮鬼魅的丑恶嘴脸。索桥断了，也进一步刻画了何先德的悲剧性。他只见水患严重，"激流中葬送人多少"，不见宦场险恶，"豺狼噬人不用刀"。明明是官绅勾结，给他设下陷阱，他还认定"父台大人明察秋毫，堪称廉吏"。这种阅历不深、缺乏世故的书生气十足的知识分子，必然会在残酷的现实斗争中碰壁。这场戏以喜开头,以悲作结,以喜衬悲,既使情节大幅度跳荡,又刻画了人物性格,可谓一箭双雕。再如《谭记儿》中的"惩暴"一场,关汉卿的原著中,杨衙内在望江亭就发觉失去了金牌势剑和文书。李明璋同志改为杨衙内尚蒙在鼓里,不知紧要之物已失去,他有恃无恐地来到潭州大堂,气势汹汹地要白士中跪听宣读圣旨。当他得意忘形地往袖里一摸,万万没想到君王圣旨竟变成了淫词邪调,上方宝剑却化作了锈铁匕首。四川有句谚语:"爬得越高,摔得越痛。"通过这种欲抑先扬、欲擒故纵的手法,使杨衙内这个朝廷命官一下变为阶下囚,不仅使戏剧气氛更为浓厚,同时也使鞭挞的力量更为沉重。

我国人民的传统欣赏习惯中,所谓"看戏看戏",除了看剧情和人物外,还包含对演员艺术技巧的欣赏。一个戏中,如果有几段优美的唱腔、有几处精彩的绝招,定会使演出增色不少。作为综合艺术的戏曲,也正是通过唱、念、做、打等多种艺术手段来反映生活、刻画人物,并满足观众的审美要求的。因此戏曲作家在创作时,不能只考虑语言艺术一种手段,而应将多种艺术手段考虑在内;不能将剧本写得太满、太实,而应给演员的表演留下广阔的天地,使演员得以充分发挥唱、念、做、打的才能。吴祖光同志曾在一篇文章中回忆道:

"程砚秋先生曾经对我说:'你给我写个剧本,剧情不要太复杂,本子不要太长。'他拿起桌上放着的一个旧式红格直行的毛边纸本子,大概只有三四页纸,说:'这是我演的剧本《三击掌》,只有几篇纸,我在台上可以演个把小时。'这说明戏全在演员身上,他们的表演填满了所有的空白。他们也最喜欢剧本里留有给他发挥本领的空间。"[①]

李明璋同志很理解演员的这种要求。他的剧作往往为演员发挥本领留下了广阔的空间。他写的唱词和道白,富于行动性,潜台词很丰富。他对帮腔的出色运用,更是收到了独特的艺术效果。他的剧本经过导演和演员的创造后,常常能达到唱、念、做相生,帮、打、唱齐亮的境地。如《和亲记》中"相亲"一场,在介绍刘备的身世和部属时,乔玄那近乎骈体的道白,刘备那恢弘大度的唱词,吕范那弄巧成拙的插话,配合默契,相映生辉,将一种难于表达的叙事场面,

---

① 见《戏剧艺术论丛》1979年第一辑,第76页。

有声有色地展现出来，几个人物的性格也在这风趣横生的情节中显示了各自的特色。《夫妻桥》中"桥断"一场，何先德惊闻桥断后，奔向河边那种悲痛欲绝的情景，在剧本上只写了简单的舞台提示和一段唱词，但"立"在舞台上以后，我们却看到演员如何将空白填满。何先德未出场，先在幕后放"马门腔"："工程毁，大业亏！"将观众的注意力完全集中后，只见他"面色惨白，发辫蓬松，衣着不整，仓皇奔上"。通过演员撕心裂肺的唱腔以及碎步、大幅度甩袖、高抢背、疾步圆场等程式，伴之以帮腔、锣鼓的强烈烘托，造成了极其浓郁的悲剧气氛，使我们仿佛亲临其境，看到在雷鸣电闪、狂风暴雨之中，何先德发狂似地奔向河边，"呼天不应泪空垂"的情景。如果作者不掌握戏曲的表现形式，不把演员的创造估计在内，何先德受到致命打击以后，那种万箭穿心、痛不欲生的感情，怎能得到如此充分的表现？再如《望娘滩》中，聂郎别母化龙时，不仅安排了大段唱腔，抒发了母子从此人海隔绝的生离死别的感情，令人心酸泪下；而且采取了川剧传统表演中的"变脸"绝技，为演员安排了变红脸、金脸，最后化为"龙"的表演特技，很切合规定情境的要求，使这个神话故事，从内容到形式都具备浪漫主义的色彩。观众不但从中感受到聂郎的满腔悲愤和怒火，同时欣赏到精彩的表演艺术。可见熟悉戏曲艺术的特殊规律，掌握多种艺术表现手法，不但对于戏曲演员，而且对于戏曲编剧，都是至关重要的基本功。

四

文学性强，这是李明璋剧作的又一特点。这突出地表现在运用语言艺术的成就上。他的剧作语言，情文并茂，音韵铿锵，诗意盎然，文采焕发。他的大部分作品，不但可以被之管弦，适于舞台演出；而且可以置诸案上，供人阅读欣赏。这是对我国戏曲文学优良传统的一种继承和发扬。

作为代言体的戏曲，语言的性格化、形象化是一项基本的要求。清代戏剧家李渔曾提出"语求肖似"的主张。他说："言者，心之声也，欲代此一人立言，先宜代此一人立心……务使心曲隐微，随口唾出，说一人肖一人，勿使雷同，弗使浮泛……"① 李明璋同志是精通此道的。他的确做到了先为剧中人物立心。我们曾经目睹他为演员们朗读自己剧本时那种进入"角色"的情景。他有时为剧中人物的喜庆之事高兴得眉飞色舞，有时又为剧中人物不幸的遭遇潸然泪下。正因为他能设身处地为人物着想，所以在下笔时，他的语言仿佛不是用墨笔写成的，而是从剧中人物的心里自然而然地流出来的。他写的唱词和宾白，总是同各种人物的年龄、身份、地位、教养、经历、性格紧密联系在一起的。例如谭记儿、何娘子、孙尚香，同为古代妇女，由于身份、经历和性格不同，她们的语言各异其趣。即使同样抒发离情别恨，也具有不同的感情色彩。谭记儿一出场唱道：

声声长叹，
玉容寂寞泪阑干。
帘栊外，
花枝摇曳竹影间，
片片飞花纷似雨，
洒得翠竹染成斑。

在谭记儿的眼中，飞花似雨，翠竹成斑，大自然的美好景物，仿佛都被泪水浸透。一种孀居之人的寂寞之感，洋溢其间；一种热爱生活、向往幸福的内心奥秘，又掩饰不住地透露出来。同样是中途丧偶，谭记儿的飞鸿失伴，只是人生道路上的一个挫折；而何娘子则经历了一场血的浩劫，因此她就不是一般的凄凉寂寞，而是血泪交迸、悲凉至极了。请看她在乡邻们面前的一段掏心剖肝的哭诉：

---

① 中国戏曲研究院编：《中国古典戏曲论著集成》（七），中国戏剧出版社1980年版，第54页。

何娘子　（泣下）戴婆婆呵！

　　　　（唱）深感盛情，深感盛情，
　　　　情到无言情最真。
　　　　薄命人不敢空自悲薄命，
　　　　端只为半句留言长系心。
　　　　最苦是凄风苦雨，
　　　　子夜深深，
　　　　游魂几度入梦魂。
　　　　常见他瘦影儿若现又若隐，
　　　　如醉如痴，如含万种情。
　　　　喜得奴犹似生前相亲敬，
　　　　亲为他拂书案，
　　　　拨残灯，
　　　　研细墨，
　　　　捧香茗，
　　　　素手儿相携，
　　　　笑语倍温存。
　　　　呀，才见他血痕模糊，眼珠儿钝，
　　　　泪痕交错，咽喉儿哽，
　　　　似恨？似气？或是嗔？
　　　　似责我言而无信，
　　　　不践前盟；
　　　　似怨我志不坚韧，
　　　　有负乡邻……
　　　　似气，气我忍见渡头流痞逞凶狠，
　　　　似恨，恨我忍听江上行人呼救声。

似乞怜？……

似哀恳？……

好教奴，

难猜他眉宇蕴藏一片情！

总被鹃啼惊梦醒，

醒来时，

孽债如山压奴心！

一腔悲愤，万斛愁怀，如开闸的洪水，不可遏止，淋漓尽致地倾泻出何娘子此时此地的感情波澜。

作为新婚郡主的孙尚香，当她在告别东吴、返回荆州的路上，却是这样来抒发她的离情别绪的：

孙尚香　（唱）绵绵去国恋，

几度停凤辇。

望呵……

望不见龙盘虎踞紫金山，

望不见玉殿晨曦映碧瓦，

秦淮秋水荡画船……

望不见萱帏慈母发斑斑。

唯见那，

雪迷古道、雾漫重关！

惜别依依，征途漫漫。紫金山、秦淮水，勾起了她对故土的深情眷恋；慈母泪，赤子心，凝聚着难舍难分的骨肉之情。但是孙尚香不是一般的闺中弱质，而且她已下定决心，毅然出走，随同刘备去开基创业，因此她的离情，不是凄苦，更不是悲凉，而是在深沉蕴藉之中流露出豪爽的气质。这正是孙尚香的，而不可能是别的妇女的内心独白。

借景抒情，寓情于景，情景交融，浑然一体，这是我国古典诗词和戏曲常用的艺术手法。李渔认为填词之道，"义理无穷"，但总其大纲，"则不出'情''景'二字"。而"善咏物者，妙在即景生情"。他并举《琵琶记》中的"中秋赏月"一折为例："同一月也，牛氏有牛氏之月，伯喈有伯喈之月。""所言者月，所寓者心。"[①] 我们从上面摘引的谭记儿和孙尚香的两段唱词中，可以看出李明璋同志十分善于通过写景来抒发人物的感情，或者说善于将人物的感情附丽于景物之上，从而产生出一种诗意葱茏的艺术魅力。在《夫妻桥》的"春祭"一场中，同样面对川西平原三月清明的景色，地痞、流氓曾锡武、范老么从野花扑鼻中想到寻花问柳，从层层杉树想到杀人的梭镖，这真是典型的淫棍兼"打砸抢"分子的语言，连自然环境都被他们的恶言秽语所污染！而何娘子则感到"鸟啼春归去"，漫天的飞絮，像洁白的孝衣，天地同悼何先德的亡灵。相同的自然风光，不同的人物心境，对比鲜明，可算是抒情写景的上乘之作。《和亲记》中描写孙尚香、小乔驰马秋郊，登山观景，也有一段极好的文章：

……

孙尚香　（唱）想那日剑戟连云封高岫，

　　　　　　　想那日桅樯掩蔽黄鹤楼，

　　　　　　　想那日黄盖舍生，孤舟进虎口，

　　　　　　　周郎沥血，羽扇助奇谋，

　　　　　　　想那日东风怒吼，

　　　　　　　画角惊宇宙，

　　　　　　　火光映九州，

　　　　　　　多少英雄浪淘尽，

　　　　　　　才使得江东依旧，

　　　　　　　未损金瓯！

---

① 中国戏曲研究院编：《中国古典戏曲论著集成》（七），中国戏剧出版社1980年版，第27页。

小　　乔　从今后呵——
　　　　　……
小　　乔　（唱）檀板歌红豆，
　　　　　　　　酒帘绕画楼，
孙尚香　（唱）南国风光长媚秀，
小　　乔　（唱）尚香姐，
　　　　　　　　却少个画眉人儿伴妆楼。
孙尚香　（唱）不羡那金樽对月咏花柳，
　　　　　　　　不羡那清谈待漏觅封侯，
　　　　　　　　若非是盖世英雄擎天手，
　　　　　　　　终身不咏鸾凤俦，
　　　　　……

　　缅怀历史功绩，面对好年盛景，各自抒发情怀。小乔娇憨之态可掬，孙尚香见识抱负不凡。真是江山多娇，人物风流。王国维认为元杂剧最佳之处在于文章，"其文章之妙，一言以蔽之，曰：有意境而已矣。何以谓之有意境？曰：写情则沁人心脾，写景则在人耳目，述事则如其口出是也"[①]。我们之所以不厌其烦地引用长段唱词，正是为了说明李明璋同志的剧作，无论写情、写景或述事，都是十分讲究意境的。

　　讲究意境，这是李明璋同志的剧作可以作为剧诗来读的重要因素。他用生花之笔，为我们写下了具有不同色调和不同意境的诗篇：《望娘滩》质朴无华，为我们讲述了一个娓娓动听的民间故事；《和亲记》绮丽豪放，为我们描绘了一幅"江山如画，一时多少豪杰"的历史画图；《谭记儿》是歌颂爱情、智慧和力量的交响乐章；《夫妻桥》则是揭露黑暗社会的血泪诉词；《丁佑君》是进行革命传统和革命气节教育的生动教材……每个剧都有不同的意境和风格，显示了李明璋同志多方面的艺术才华，而总的看来，他的语言偏重文采而不失生活气息，

[①] 秦学人、侯作卿编著：《中国古典编剧理论资料汇辑》，中国戏剧出版社1984年版，第402页。

讲究诗意而不乏戏剧因素，是一种比较成熟的剧诗的语言。

李明璋同志的其他一些剧作，如《夏完淳》《李存孝之死》《祆庙火》等，或者由于结构比较松散，或者由于主题不够明确，或者由于人物比较概念等原因，舞台生命较短。即使上面着重谈到的作品，也不是十全十美的（如《夫妻桥》中何娘子的性格前后不太统一，《和亲记》中用典太多、过分藻饰、不够通俗等），都还有继续加工的余地。尽管如此，我们不能不承认：这位勤奋而多产的作家，在短短的十年中，为我们留下了可观的精神财富，值得我们借鉴和学习。对于这样一位优秀的剧作家，完全应当为之出版选集的。

展望剧坛新气象，默诵遗篇悼故人。李明璋同志如果活到今日，一定会写出更多的"宏词壮赋锦绣篇"，讴歌我们新的长征，为百花齐放的戏曲园地增添春色。我们之所以力不胜任地写这篇文章，除了表示对明璋同志的深切怀念以外，同时还表示这样一个希望和信念：伟大的时代会造就杰出的戏曲作家，从而把我国由关汉卿、王实甫开创的戏曲文学，推向一个光辉的新阶段！

附：就笔者所知，李明璋同志的部分剧作出版情况如下：

《望娘滩》李明璋、朱禾、李华飞著，载《西南文艺》1954年1月，重庆人民出版社1954年出版单行本。

《谭记儿》关汉卿原著，李明璋改编，载《剧本》月刊1956年9月，中国戏剧出版社1959年出版单行本。

《夏完淳》李明璋、林昭德著，重庆人民出版社1957年版。

《祆庙火》李明璋著，载《剧本》（戏曲剧本专刊第三辑），剧本月刊社编，上海文化出版社1957年版。

《人间好》（即《别洞观景》）席明真、李明璋等整理，北京宝文堂书店1959年版。

《百花赠剑》李明璋、邓渠如整理，北京宝文堂书店1959年版。

《丁佑君》李明璋编剧，四川人民出版社1959年版。

《夫妻桥》李明璋编剧，李明璋、钟曦修改，载《剧本》月刊1963年1—2

月，中国戏剧出版社1963年出版单行本。

《和亲记》李明璋编剧，四川人民出版社1963年版。

《芙奴传》原四川省川剧剧目鉴定委员会改编，席明真、周裕祥、李明璋整理，四川人民出版社1979年版。

《焚香记》根据重庆市川剧院演出本整理，整理者席明真、李明璋，四川人民出版社1979年版。

（原载《戏曲艺术》1980年第2期）

（注：此文与陈培仲合作）

论魏明伦的剧作

20世纪80年代，戏曲作为艺坛盟主的地位早已结束了。于是在戏曲"危机"论、"夕阳"论的哀叹声中，戏曲队伍中有人彷徨，有人苦闷，有人改行。然而也有大批勇士，迎着困难，继续前进。他们在泥泞沼泽地上艰难地跋涉，在陡峭的山崖上不停地攀登，用他们的心血和汗水，浇灌戏曲园地的花朵；用他们的理想和追求，赋予古老的戏曲艺术以新时代的光辉。川剧作家魏明伦便是其中突出的一个。

魏明伦自80年代以来，一年一戏，一戏一招，先后创作了《静夜思》《易胆大》《四姑娘》《巴山秀才》《岁岁重阳》《潘金莲》等剧目（《巴》剧与《岁》剧系与南国合作）。其中《易胆大》《四姑娘》《巴山秀才》荣获了全国剧本创作奖，并搬上了银幕。其他剧本也赢得了广大观众和戏剧界、文艺界的好评。探索这位"戏状元"成功的奥秘，总结其创作经验，对振兴戏曲、繁荣创作不无现实意义。

一、时代的弄潮儿

纵观人类文化史，作家总是在特定的历史条件下应运而生。一个作家与时代的关系，犹如树木与土壤、花果与阳光一样。

魏明伦1941年出生在四川内江，新中国成立那年才8岁，基本上是在五星红旗下长大的。其父魏楷儒，是当地著名川剧鼓师，兼通文墨，常为戏班编写新戏。魏明伦7岁学唱"围鼓"，9岁粉墨登台，艺名九龄童，50年代初期，已在川南一带小有名气。

魏明伦在家庭的熏陶下，从小喜爱学习。他上台演戏，台下习文，经过刻苦自修和广泛涉猎，这位只读过初小的作家，却知识广博，功底深厚，才华横溢，思维敏锐。他在《自题小像》之中戏称："三尺'戏子'，一介书生"，很好地概括了他的艺术生涯。

魏明伦13岁就开始在报刊上发表诗歌、散文、评论，近年来在报纸杂志上更写了不少理论文章。他的文章写得生动、活泼、幽默、俏皮，既有理论阐述，又有文学描绘。他发表的五百行长诗《手绢啊，手绢》曾引起诗人们的注目。有人称赞道："魏明伦拳打脚踢，刀枪剑戟，样样在行！"的确，以他的多才多艺而论，可以成为激情澎湃的诗人，也可以成为独具风格的评论家。但他却选定戏曲为终身职业。面对戏曲困境，他清醒地提出"戏曲救亡"论，断然宣称，"吾辈不下地狱，戏曲难进天堂"，表现了一个有胆识之士的历史使命和时代责任感！

魏明伦对戏曲的深沉热爱和执着追求，是否因为他从事这项工作格外幸运，"仿佛是头沐春光，脚踏锦绣，一帆风顺走上剧坛"[①]的呢？不！严酷的现实生活绝不像浪漫的小说那样迷人。比起他的同龄人来，魏明伦经过的坎坷和磨难，不知要高出多少倍！由于他从小就喜欢独立思考，而且越到成年，思考越深。在"左"倾思潮大肆泛滥的年代，这种思考，不仅不合潮流，简直是逆流而动，因此使他命运多舛，屡罹文祸。1957年16岁的魏明伦只因对"右派分子"流沙河及其"大毒草"《草木篇》的批判，有不同的看法，多发几句不合时宜的议论，反右斗争中受到严厉批判，只是由于不足公民年龄，才免被扣上右派分子的帽子，但却被逐出剧团，赶下农村劳动三年。"四清"运动划为四类，"十年浩劫"被打成"死硬的牛鬼蛇神"，关进"牛棚"长期受审。但他在逆境之中，不消沉，不自馁，而是对人生、对社会有了更加深刻的认识和体会，从人民群众中汲取了强大的精神力量。他曾在《小窗赋》中写道："叹什么天苍苍，海茫茫，朋友，弄潮儿怎同于海底鱼虾？"表示了其坚定不移、自强不息的信念。这位弄潮儿是多么渴望有一天能够投身到时代的潮流，击风搏浪，大显身手呵！

---

① 魏明伦：《我"错"在独立思考》，《新剧本》1986年第4期。

这一天终于到来了!党的十一届三中全会的召开,党的知识分子政策的逐步落实,使这个才华横溢、年富力强的书生报国有门。他久经压抑的创作激情得以喷薄而出,很快地从一个地区剧团不见经传的小人物,一跃而成为著名的剧作家、全国剧协常务理事;从一个被"专政"、被"控制使用"的对象,成了光荣的劳动模范。魏明伦在人生道路上的重大转折,他的生活和命运,是同时代的政治风云紧密相连的。可以设想,假如没有党的十一届三中全会,这颗明珠也许就会被岁月的风尘所侵蚀、被厚厚的沙土所掩埋。

魏明伦有幸在中年时期,随同我们的祖国一起,跨入了一个崭新的时代!他迫不及待地投身到新时期的潮流 —— 改革的潮流。这位勤于思考者又在深深地思考着:"所谓'改革',就得首先改革我们民族的封建劣根性。"① "封建从古至今都是爱情的死敌,也是当前一切改革的阻力,中国在由穷变富的道路上,反封建的历史任务远远没有结束。"② 是的,我国封建制度虽早被推翻,但几千年来,漫长的封建社会的积淀太深太厚了,尽管经历了辛亥革命、五四运动、新中国成立的几次重大冲击,封建躯体仍然死而不僵、封建幽灵仍在徘徊游荡。在特定的历史时期(如十年"文革"),它还借尸还魂,到处肆虐。时至今日,它还在侵蚀国家的肌体、毒害人们的灵魂。这同政治民主、思想解放、经济繁荣、文化昌盛的时代要求极不适应。因此,反对封建主义、肃清封建余毒,成为时代赋予包括文艺工作者在内的一项重大课题。同这一时代的大潮相呼应,魏明伦近年来的剧作,像发射的排炮一样,向着古老的封建魔鬼和近代的封建幽灵猛烈开火,他以犀利的笔触,深刻地剖析了封建制度的吃人本质,触目惊心地展示了封建礼教对人性的扭曲和摧残。不论是古老的万年台上女艺人花想容的血泪控诉,还是迂阔的巴山秀才孟登科临死前振聋发聩的呐喊;不论是善良、坚韧的四姑娘许秀云的悲愤投江,还是天真、纯洁的存妮被逼自缢;不论是荒凉的"角落"里荒妹性格的一度扭曲,还是在暗无天日的社会中潘金莲的永世沉沦……造成一系列悲剧的罪魁祸首,无一不是凶狠残忍的封建制度和杀

---

① 魏明伦:《我"错"在独立思考》,《新剧本》1986年第4期。
② 魏明伦、南国:《再创造是改编的关键》,《剧本》1985年第8期。

人不见血的封建意识。即使是生活在新时代的许秀云、菱花、存妮、荒妹等姐妹，也无一不被封建阴影所笼罩，连正当的爱情、婚姻，也被视为"非法"，横遭迫害，有的甚至付出了年轻的生命。几千年来中国妇女受到的歧视、凌辱和压迫，实在太多、太惨了，正如山西民歌所唱的："旧社会好比是黑咕隆咚的枯井万丈深，井底下压着咱们老百姓，妇女在最底层！"也许有鉴于此，魏明伦的剧作多以妇女的命运和解放为题材，在深入挖掘和鞭笞封建势力罪恶的同时，塑造了一系列富于反抗的妇女形象，充分肯定了人的尊严、人的价值和人性的觉醒，显示了深厚的社会主义人道主义精神。甚至连被打入十八层地狱的潘金莲，作者也重新加以审视，为她拭去污垢，恢复她作为"人"的真实形象，肯定她作为"人"的正当要求。就关心和同情妇女而论，魏明伦可以说继承了从关汉卿、王实甫到蒲松龄、曹雪芹等前辈大师的优良传统，继承了中国古典文学和戏曲作品的现实主义和人道主义精神，而又站在新时代的高度，用历史唯物主义观察和认识妇女问题，因此不仅深刻地揭示了妇女悲剧的社会根源和历史根源，而且正确地显示了妇女解放的必由之路和光明前景——许秀云的被救，荒妹的新生，吕莎莎的幸运……只有在优越的社会主义制度下才得以实现。这是前辈作家无法见到的，而魏明伦赶上了。因此，他的见解，可以而且应当超过前人。他剧作中的人道主义，也上升到更高的层次，即社会主义人道主义。魏明伦剧作中闪现的彻底的反封建的锐利锋芒与流淌在其中的社会主义人道主义热流，是互为表里的，而这同我国新时期的社会潮流和文学潮流完全一致。他称得上是戏曲战线上一位勇敢的弄潮儿。"弄潮儿向涛头立，手把红旗旗不湿"，古代诗人为我们留下了多么豪迈的诗句呵！这种壮丽的境界令人赞叹，令人神往！今天，无论是社会改革的潮流，还是戏曲改革的潮流，都浩浩荡荡，势不可当。我们多么需要成千上万的弄潮儿，为中华腾飞擂鼓助威，为振兴戏曲摇旗呐喊！

二、老矿里开掘出新矿

不少人常常把造成作品雷同化的原因归结为题材的撞车，这是一种片面的看法。古今中外的优秀作家，他们的才华和胆识不仅表现在开拓新的题材领域上，也表现在从老的故事或别人写过的题材上予以创新，写出新意，使作品适应当时人们的审美意识和审美情趣。这种从老矿里开掘出新矿的例子，不胜枚举。如王实甫的《西厢记》，洪昇的《长生殿》，田汉的《谢瑶环》，陈仁鉴的《团圆之后》，王肯的《包公赔情》等，都是在老题材上重新创作的。莎士比亚一生创作的30多个剧本，绝大部分是根据历史记载、民间传说、戏剧作品改写成的，大多是前人或同时代的人写过的故事。

魏明伦说："我这几个戏有一个共同的特点，那就是不以选材取胜，许多是别人啃过的馍。但别人啃过的馍，我也要啃，而且要啃出自己的味道。"[①] 的确，魏明伦的戏都是根据老的故事、老的题材创作的，有的干脆就是根据别人的小说、戏剧改编的。然而经过他的再创造，常常是青胜于蓝，至少是各有千秋。其成功的奥秘，关键在于人物形象出了新，思想内涵挖掘深。

我们知道，戏剧要吸引观众，必须要有丰富、生动的情节，而情节是人物性格派生的。一出戏的思想内容、审美价值，也是通过人物特别是主要人物来体现的。因此写好人物是戏剧创作的中心环节。魏明伦写剧本，眼睛总是紧盯着人物，对自己笔下的人物倾注了满腔心血和激情。他的几个剧本，除了《岁岁重阳》外，都是以剧中人物来命名的。一个个新颖、独特、生动的人物形象赋予了他的作品以特殊的魅力。

反映旧社会艺人的血泪生活和反抗斗争的《易胆大》，是魏明伦的成名之作。类似题材的戏剧作品，数量甚多，而且不乏佼佼者。远的不说，当代剧作家中，田汉的《名优之死》《关汉卿》，吴祖光的《风雪夜归人》《闯江湖》，都

---

① 易木:《啃别人的馍，出自己的味》，《中国文化报》1986年7月16日。

是早有口碑之作。作为晚辈后生的魏明伦，颇有初生牛犊不怕虎的勇气，敢于在前辈名家耕耘过的园地中，另辟蹊径。他笔下的梨园怪杰易胆大，其性格组合中，既保留了民间传说中机智诙谐的基因，又增加了深沉厚实的禀性。他恣肆佯狂的外表，包裹着一副侠肝义胆；在嬉皮笑脸的背后，隐藏着满腹心酸。易胆大外笑内哭、疾恶如仇的个性特征，他玩敌于股掌之上的大智大勇，及其纵横捭阖的斗争方式，使得全剧充满"麻、辣、烫"的特色，从而使《易胆大》有别于其他反映旧社会艺人生活的作品，在佳作如林之中，显示出一枝独秀。

《巴山秀才》是根据清末发生在四川东乡一件真实冤案创作而成。民国初年，川剧艺人编有"条纲戏"《剿东乡》，拘泥于真人真事，以带头闹衙的袁廷蛟为主要人物，表现个人申冤复仇的主题。新中国成立以前秦腔也有写这个题材的戏，以清朝派到四川主持科举考试的张之洞为主要人物，但又写成一般的"清官戏"。魏明伦和南国经过反复思考，终于找到了"东乡冤案"中独具特色的事件——一群秀才利用试卷告状，将它作为"戏核"，别开生面地塑造了罢考鸣冤的孟登科这一典型形象。这位巴山秀才从醉心功名、埋头读书，到焚毁八股、断绝仕途；从胆小怕事、明哲保身，到仗义鸣冤、挺身告状；从行为迂腐、思想糊涂，到逐渐觉醒，步步"飞跃"；从安分守己、恪守封建秩序，到成为朝廷"叛逆"，仰天高呼"大清朝，大清朝，大大不清！"……其个性特征及其思想发展过程，在作者笔下展示得层次清晰、细致入微。在吕蒙正、乔老爷、何先德等川剧秀才们的王国之中，又增加了孟登科这一独具光彩的形象。

《四姑娘》和《岁岁重阳》是分别根据周克芹的小说《许茂和他的女儿们》和张弦的小说《被爱情遗忘的角落》改编的。在此以前，这两部蜚声文坛的作品已被改编成电影、电视、话剧上演，在群众中产生了很大的影响。要再来改编，很可能是吃力不讨好，说不定还会"砸锅"。魏明伦知难而进，经过别具慧眼的取舍和匠心独运的剪裁，将它们成功地搬上了川剧舞台，对戏曲反映现代生活，做出了可贵的贡献。

小说《许茂和他的女儿们》以许茂为中心，通过他和九个女儿的命运以及他们之间关系的变化，反映新中国成立之后不同时期、不同环境在人们精神面貌上打下的烙印，特别是写出了在极"左"路线之下，农村凋敝情景和社会众生相。显然，要将长篇小说的丰富内容搬上容量较小的戏曲舞台，必须首先在结构上动大手术。魏明伦立主脑、减头绪，集中笔力描写了四姑娘柔中有刚的性格和"死"而复生的命运，从一个侧面反映了粉碎"四人帮"前后一段时期的政治风云，带有鲜明的时代感。

魏明伦在《岁岁重阳》里，将小说的人物关系做了调整，把原作中荣树这个人物改成豹子的弟弟虎子，让爱情纠葛在一对兄弟和一对姐妹之间展开，这就增强了戏剧性。剧中还新创造了一个既是梨树湾大队的党支书，又是存妮和荒妹的族叔的沈长斌这个集极"左"路线和封建宗族势力于一身的代表人物。他的言语和行动，既可憎，又可笑，既一本正经，又滑稽荒唐，使人一下就能联想到这是那个"动乱年头千般怪"的特定环境下的畸形产物。这个人物塑造的成功，在很大程度上揭示了造成角落里悲剧的原因，不仅是贫困落后，更是封建势力借极左路线得以抬头，给人们带上了沉重的精神枷锁。这就进一步深化了原作的主题，促使人们对历史进行更深刻的反思。

依照原故事框架，人物"做什么"（即行为现实）没有改变，但剧作者对人物"为什么做"和"怎样做"（即心理动机、思维方式、感情方式以及行为的特殊表现方式）进行了深入的开掘，从而赋予人物新的生命，这是《潘金莲》的突出成就。潘金莲这个几百载被人唾骂的淫妇、色情狂、杀人犯几乎是家喻户晓，已成定论。魏明伦却胆大"妄为"，重新对潘金莲的几个主要行动（即原来的"调叔、偷汉、杀夫"）的心理动机做了新的解释，因而在更深的层次上揭示了人物的复杂性格及其悲剧命运。

潘金莲从小父母双亡，被迫到张府当了十载奴仆。她聪明美丽、心灵手巧，张大户欲强行纳她为妾，她以死抗争。张大户图谋霸占不成，进而恶毒报复，将她赐予武大郎。对于潘金莲，这无异于出了地狱又进了火坑。她和武大郎过着没有情、没有爱、没有温暖、没有幸福的日子。封建的宗法观念和伦理道德、畸形的婚姻制度、沉重的精神创伤，使她压抑得近乎窒息。古往今来数不清的妇女就是这样听天由命地结束了自己悲惨的一生。但潘金莲却有着对爱情和幸福的追求，渴求在人生路上找到一个理想的伴侣。这本是正当的要求，是她作为一个人的尊严和价值所在。但在封建制度下，她连这点起码的要求都得不到满足。武松这位英雄的出现曾在她心中升起一线光明的希望，但正如海市蜃楼一般，很快消失，留下的只是幻想破灭后的无限悲凉和悔恨。潘金莲在痛苦的深渊里，人性被扭曲，心理成变态。"又阴又狠又甜又柔"的西门庆乘虚而入，用计勾引，潘金莲竟和他苟合，走向谋杀亲夫的犯罪道路。全剧描写了潘金莲这个贫家女儿怎样从单纯到复杂、从挣扎到沉沦、从无辜到有罪，从而揭示出这一悲剧的社会根源。

　　黑格尔说过，如果一场悲剧的造成，仅仅是由一个坏人从中捣鬼，仅仅是由于他的某些偶然的道德败行所造成的，那么，这场悲剧往往是浅薄的。因为既然是个人的、偶然的，那么也就是容易避免的，没有多大典型意义的。[①]《潘金莲》一剧没有停留在简单的道德评价上，没有将潘金莲写成一个十恶不赦的坏女人，也没有将悲剧的全部责任推在潘金莲个人的道德品质上，而是站在今天的高度，从封建专制制度、伦理道德与人情、人性的尖锐冲突之中，揭示悲剧的实质所在。正是由于这种当代意识的观照，才使这一传统题材折射出新的火花，灼人眼目。不管你是否同意作者的观点，但你不能不佩服他锐意探索的勇气和大胆求新的精神。

　　魏明伦说过："出色的剧作家应是出色的思想家，没有惊世骇俗的思想就写不出惊世骇俗的作品！本人离此标准尚差十万八千里，但是我不望而却步……"[②]他之所以能在传统的题材里写出新意，从老矿中开掘出新矿，根本原因正在于他的这种追求、在于他的思想解放，从不迷信。有了新的思想，才可能孕育出新的形象、创造出新的手法。正如他所说："戏剧观念的更新，必须附丽于人生观念的更新。"[③]他从时代的潮流中汲取的灵感和诗情，赋予他的作品以80年代的崭新风貌。"问渠那得清如许，为有源头活水来。"我们相信，魏明伦生活和思想中的"源头活水"，还将继续使他推出清新脱俗之作。

[①]　余秋雨：《现代戏剧的内涵与外观》，《戏剧丛刊》1986年第4期。
[②][③]　魏明伦：《我"错"在独立思考》，《新剧本》1986年第4期。

三、开放的戏剧观

魏明伦被人称为"杂家""怪杰""戏妖"。无论给他取绰号的人是褒是贬,却也道出了魏明伦的创作个性和风格特色。他的剧作,往往接纳和融汇多种艺术因素,很难用单一的模式和传统的定义加以规范。正如他自己所说:"在艺术创作上,我奉行十六字'妖言':喜新厌旧,朝三暮四,见利忘义,无法无天。"[1]这里说的"利",是于体现立意有利,"义",则是有关戏剧创作之"教义""定义"。他给自己定的目标是"一戏一招",既不因袭前人,也不模仿同辈,还不重复自己。的确,看他不同的作品,会给我们不同的感觉:有时如漫步在田间小路,满目清新,有时如仰视高山飞瀑,风雷激荡;有时如听乡野牧笛,婉转幽雅,有时如闻交响音乐,激越飞扬;有时如嚼四川青菜头,苦涩中含有清香,有时如品尝重庆的毛肚火锅,麻、辣、烫……如果说一个成熟的作家,总会有鲜明的创作个性的话,那么,我们可以说,不为成规所囿,敢于标新立异,这应当是魏明伦的创作特色。在他纷繁复杂的创作中,又不难发现,这位写戏能手善于把悲剧性与喜剧性、戏剧性与抒情性、传统技巧和现代手法、艺术欣赏与哲理思考、阳春白雪和下里巴人,这些对立因素熔于一炉,构成有机的整体,给人以多层次、多侧面、多方位的审美感受。正是这种带有时代特点的审美意识,使他的作品受到了广大观众特别是青年观众的喜爱和欢迎。

(一)悲剧性与喜剧性的融合

魏明伦的剧作大多是悲剧,或带有悲剧色彩的正剧,然而他继承和发挥了川剧的特长,往往将悲剧和喜剧、崇高和滑稽、严肃和诙谐等对立的因素融合起来,做到悲中有喜、喜中有悲、悲喜交集、相反相成,使人在笑声中落泪,在辛酸里解颐。

---

[1] 黄光新:《"戏妖"魏明伦》,《百花园》总第140期。

《巴山秀才》是一出风格独特的悲剧。主人公孟登科这个悲剧人物却充满了喜剧色彩。他一出场就被置于可笑的情境之中，让人忍俊不禁。在哀鸿遍野、饥民遍街的衙门面前，他却大做其登科梦，劝说众人稍安毋躁，不必求赈，待他中了状元之后，再来开仓放粮。这种嗷嗷待哺的严酷现实和渺渺茫茫的虚无幻想之间，是何等不协调。难怪观众会被这位迂腐而又带点天真的不识时务的秀才惹得捧腹大笑了。

刻画孟登科性格中滑稽因素的最精彩一笔，要数这样一个细节：当这位不谙世故的酸秀才贸然告状，却直端端地告到罪魁祸首恒宝名下，被恒宝下令："巴山乱民负隅（恒宝念成偶）顽抗，杀！"时，孟登科死到临头，还认认真真地纠正错字。他对封建官场的愚昧和腐败无限感慨："堂堂总督认白字，可悲哟……"他坚定地表示："头可断，血可流，白字不可不纠啊！"这种憨直、诚实得可爱，却又迂腐、固执得可笑的性格描绘，虽然带有夸张的成分，但却在更深的层次上揭示了封建时代正直的知识分子即使冒着生命危险，也要维护真理和尊严的内心意识，因此每演到此处，剧场总是哄堂大笑，笑声中既有善意的揶揄，又有由衷的肯定。

剧作者还赋予孟登科以诙谐、风趣的语言，越发加重了人物的喜剧色彩。巴山惨遭屠杀，孟登科望着鲜血染红的荒野，面对袁铁匠的遗体，内心受到了极大的震动，他念着祭文："张打铁，李打铁，打铁之人心明白！早读书，晚读书，读书之人好糊涂！……"这种近乎儿歌的语言，却出自于51岁的老秀才之口，既沉痛，又幽默。它表现了孟登科童心未泯，茅塞顿开，从淋漓的鲜血中，重新思考人生的道路。再如当孙雨田心急火燎赶到客栈，妄图从霓裳手中追回下令"剿办"的罪证时，孟登科有意和孙雨田周旋，好掩护霓裳安全脱身，他云山雾罩地唱道：

　　十年寒窗状元梦，
　　九考不第成老翁。
　　八股文章未读懂，

七窍不通告上峰。

　　六神无主把壁碰，

　　五体投地腿打红。

　　四十大板还在疼，

　　三年不敢会亲朋。

　　两耳不闻窗外事，

　　……

经过多次碰壁和失败，孟登科在残酷的斗争中，开始老练起来。他嘲讽着自己的糊涂往事，戏弄着奸诈的孙雨田。孙雨田追寻札子如热锅上的蚂蚁，孟登科却慢慢地"磨着豆腐"。真是急惊风偏遇慢郎中，这种不协调必然会产生强烈的喜剧效果。

如果说孟登科是具有喜剧因素的悲剧人物，那么易胆大则是带有悲剧色彩的喜剧人物。诚然，易胆大那以毒攻毒、以牙还牙的斗争方式，那以弱胜强的较量结果，无不令人拍手称快。但他虽然制伏了麻大胆和骆善人，内心独白却是："世人只看台前戏，谁知后台倍凄凉？世人见我哈哈笑，谁解笑声是佯狂？"这就道出了人物性格忧患深重的内涵。在易胆大火辣辣的大闹大笑之中，伴随着沉甸甸的大悲大哭。这种人物性格的多重组合，给全剧带来了斑斓的色彩，很难说这是悲剧、喜剧，还是正剧、闹剧。有人不无贬意地称之为"大杂烩"。其实"大杂烩"也是一道五味俱全的好菜嘛！正如美酒佳肴的花色品种越多越好一样，精神食粮又何尝不是如此呢？

魏明伦不仅在人物塑造上使用悲喜交集的色调，而且在场面的安排上，常常是悲喜相衔，即在悲剧性场面之后，紧随一个喜剧性的场面。《易胆大》中的"闹茶馆"一场戏，花想容如泣如诉地倾诉了艺人生活的凄惨和失去丈夫的悲痛。易胆大悲愤填膺，为死去的师弟大呼"冤、冤、冤！惨、惨、惨！"在场的三和班艺人和堂倌、小贩无不为之动容，为之呜咽。沉痛的气氛笼罩着茶馆，哀婉的旋律主宰着舞台。紧接着便是麻大胆、骆善人狗咬狗地打赌，麻五娘虚张声势地骂街，易大嫂针锋相对地舌战，易胆大不动声色地布阵……舞台上顿时出现了喧闹的气氛和轻快的旋律。前后两个场面悲喜相间、冷热搭配、对比鲜明，产生了强烈的艺术感染力。

魏明伦的剧作中有不少苦中作乐的场面，更是含义隽永，耐人寻味。《岁岁重阳》里，在"批林批孔"的岁月，存妮、豹子等一群精力充沛的青年战天斗地学大寨，却连饭都吃不饱，只好在地上画饼充饥，进行"精神会餐"。这个说"饼内多加玫瑰馅"，那个说"饼上再撒芝麻糖"，大家边画边唱："画呀，画呀！社员画饼充饥肠。画罢含泪哈哈笑"，这时帮腔画龙点睛地来一句："笑罢回家喝清汤！"这种嬉笑戏闹的场面中饱含着多少泪水！它反映了在那越穷越光荣的年代，这个荒凉的角落里物质生活和精神生活的双重贫困，观众自然同剧中人一样，含着眼泪发笑，笑过以后倍觉心酸。再如《潘金莲》里武大郎用木脑壳小娃娃逗潘金莲取乐的场面，虽则可笑，但谁又笑得出声来！类似这种苦中作乐、以喜衬悲的描写，比单一色彩的悲剧描绘，更为凄楚动人，也更需要作者的功力。

魏明伦不仅在横向的场面安排上做到悲喜交错、悲喜交集，而且在纵向的结构上，也常常用悲、喜两条线索交织。在《易胆大》中，易胆大与邪恶势力展开智斗的主线，带有强烈的喜剧和闹剧色彩，而描写艺人们血泪生涯和悲惨命运的副线，则笼罩着悲剧氛围；在《潘金莲》中，描写潘金莲与四个男人的主线用悲剧叙述，惊心动魄，而由古今中外人物构成的副线，则用喜剧点染，妙趣横生，从而构成了全剧以荒诞的形式表达严肃的主旨的特殊风貌。

生活是纷繁复杂的，人物的性格特点和精神面貌是多姿多彩的。世间一切事物总是包含着矛盾对立的因素。魏明伦剧作中悲喜交集、悲喜相接、悲喜交织等艺术辩证法，正来源于生活的辩证法。因此，这些手法的具体运用，不只是丰富了人们的审美感受，更主要的是为了更真实地反映生活，更深刻地刻画人物。

（二）戏剧性与抒情性的交织

魏明伦出身梨园世家，又曾"躬践排场，面敷粉墨"，深知戏剧三味。他的剧作里，那新颖奇特的情节、扣人心弦的"悬念"、令人吃惊的"突转"、一唱三叹的"重复"、色彩强烈的"对比"……产生了强烈的艺术魅力，紧紧地吸引着观众，这是他的剧作深受广大观众欢迎的又一重要原因。

故事情节具有传奇性，这是魏明伦剧作富于戏剧性的一个不可忽视的因素。例如易胆大本是流传在四川民间故事中的一位充满传奇色彩的人物。"文化大革命"前，《成都晚报》曾开辟了《易胆大》的专栏，著名川剧艺术家周企何、著名川剧作家徐文耀等人都曾撰文介绍易胆大的故事，吸引了不少读者。易胆大是个身处社会底层的艺人，他的对立面是龙门镇气焰嚣张的地头蛇。面对着这种形势危急、力量悬殊的局面，易胆大采用的特殊斗争方式，可谓变幻莫测、扑朔迷离，给人以新奇的感受。

《巴山秀才》的故事情节更是罕见。科考场中突然蹦出了一张喊冤的状子，皇帝赐的御酒竟是杀人的毒酒，这些都是越出常规、出人意料的，具有很大的吸引力。至于秀才孟登科与其处境的矛盾，那更富有戏剧性。这个手无缚鸡之力的酸秀才，不谙人情世故，不知官场险恶，然而却要和一大群权势显赫、凶残狡诈的贪官酷吏做斗争。在拒告、迁告、智告、悔告的过程中，老秀才是尴尬人遇尴尬事，哪壶不开他偏去提哪壶。在这样的戏剧情境之中，人物与人物之间的性格碰撞、人物的内心矛盾、人物与环境的冲突，必然会进射出耀眼的火花，产生了一个接一个富有戏剧性的场面。难怪人们称赞《巴山秀才》是一出奇特、有趣的好戏。

运用重复和对比的手法，突出重点，渲染气氛，以取得前后呼应、一唱三叹的效果，这是获得戏剧性的重要手法之一。魏明伦很擅此道。《易胆大》里，两台"八阵图"，第一次麻大胆威逼身染重病的九龄童演"八阵图"，致使名优累死在舞台上，惨不忍睹；第二次是易胆大在阴森的坟山上演"八阵图"，装鬼捉弄麻大胆，令人开怀大笑。两场"吊孝思春"，第一次在茶馆花想容清唱悼唁亡夫，悲痛欲绝；第二次是麻五娘吸着水烟号丧"我这样年轻这样美，空房独守去靠谁"，鄙俗之极。这些场面的前后重复，形成鲜明的对比和反差，大大加强了作品的戏剧性。再如前面所举，巴山秀才从十数到一，叙述自己落魄遭遇的唱词，与第一场孟登科从一数到十，梦想飞黄腾达的唱词，前后呼应，相映成趣，这绝不是作者卖弄才华的文字游戏，而是揭示人物性格发展的精彩之笔。

运用"重复"手法的力作要数《岁岁重阳》。这个戏谓之双连环结构，分成"姐姐和哥哥"的上篇和"妹妹和弟弟"的下篇，上、下篇之间互相对应，构成整体性的重复。除此以外，有时间的重复（都在重阳节）、地点的重复（大致相同的环境）、道具的重复（如一件毛线衣在剧中反复出现，扭结人物关系、展示人物命运）、语言的重复（如媒人和沈长斌的换汤不换药的口头语）。这些重复在相似之中又包含差异，在外表的停滞之中显示了内在的变化。它不但揭示了两对青年相似的遭遇而又不同的结局，更由他们不同的命运反映出历史的巨变。也许正是基于这种深远的立意和丰富的内涵，作者才从整体把握到细节描绘，都采用了重复和对比的手法。

至于魏明伦剧作中那些引人入胜的戏剧悬念和奇峰陡起的情势突转，更为论者所赞赏，这里有的从略，有的放在后面再述。

魏明伦剧作中的戏剧性和抒情性是紧密结合的。他曾说："但求化为小小蜜蜂，翩翩蛱蝶，辛勤采撷诗歌花蕊，融会贯通于剧作之中。"[①] 可见，魏明伦是以诗笔写戏的。他很注意在特定的戏剧情境中，以饱含激情的笔触，披露人物心灵的呼声，写出大段情透纸背、意境深远的唱词，有的甚至可以作为优秀的抒情诗来阅读、欣赏。他早期写的《静夜思》，情节极为简单，主要篇幅几乎全是写女主人公在静静春夜里的缕缕情思，写她想利用特权从前线调回自己独生子的那种明知不对，欲罢不能，时而隐隐内疚，时而自我开脱的矛盾心理。这个小戏虽稍显单薄，但已写得诗情浓郁，文采斐然，可谓出手不凡。在《四姑娘》中，作者更用细腻的笔触，像剥茧抽丝一样把四姑娘复杂的内心世界揭示得纤毫毕露，那抚今追昔、一往情深的"乡情绵绵"，情真意切、缠绵悱恻的"咫尺天涯"，满腔悲愤，如洪水决堤的"投江"等场次，无不令人回肠荡气，感叹唏嘘。《潘金莲》一剧虽充满思辨色彩，但也有精彩的抒情场面，如"饯行"中，写潘金莲对武松由思念、爱慕的痴情，到以情试探，言不由衷地劝武松早早寻

---

① 郭履刚、李爱兰：《七十一家房客》，《戏剧与电影》1983年第2期。

个知音者的矫情,由潜情如潮冲破堤的真情,到被武松训斥后的苦情,真是笔酣墨饱,淋漓尽致,将潘金莲内心的隐微和微妙的变化和盘托出,真实地刻画出这一女性苦闷—追求—失望的心理流程,一反传统戏中潘金莲轻佻淫荡的形象。

《岁岁重阳》被人称作"巴蜀情歌",一翻开剧本,浓郁的抒情味洋溢在字里行间,清新的泥土气息迎面扑来。该剧从民歌、山歌、儿歌、清音、信天游、竹枝词、俚语俗词中汲取营养,提炼出充满诗情画意的语言,十分贴切地揭示了农村青年的心态神情。请看当存妮和豹子这对深深相爱的情侣,眼看要被活活拆散时,存妮欲哭无泪、欲诉无门的心绪情态:

闪闪灯火,
照我独坐;
纷纷乱麻,
搅我心窝。
忽见窗外人影动,
是风吹梧桐叶儿落;
又听门前低声唤,
是阳雀咕咕唱情歌……
啊——
对门山上豹子哥,
存妮有话对你说:
苦楝树上结苦果,
苦命不如小阳雀;
阳雀相伴明来往,
我俩相爱暗结合。
眼看吴庄要娶我,
棒打阳雀各飞各;

阳雀还敢咕咕叫，

我俩怎敢对人说？

……

这里，运用了诗歌比、兴的艺术手法，以阳雀作比，深刻地揭示出在封建势力和极"左"路线重压下，生活在囚笼般中的存妮（又何止一个存妮）还不如飞禽走兽，因为阳雀还有歌唱的自由，还有翱翔的天地，而存妮连仅有的一点爱的权利也被剥夺，活活被逼到绝境，这是多么令人愤慨、多么令人心酸啊！这段质朴无华的民歌式的唱词，既哀怨凄苦地抒发了人物的真情，又力敌千钧地鞭笞了封建罪恶。这种看似平常的语言，实际上达到了返璞归真的化境。

戏剧性与抒情性的紧密交织，使得魏明伦的剧作"诗中有戏，戏中有诗"。他的剧作可以当之无愧地被誉为剧诗，其文学价值完全可以同小说、电影、话剧等门类媲美，而进入当代优秀文学作品之林。

（三）传统技巧和现代手法的结合

魏明伦可以说是立足传统、面向未来的作家。他的剧作中，既有古老的川剧传统技巧，也有当今现代艺术的手法。然而，也许是中西文化的相通，也许是剧作者高明的"拿来主义"，这些传统技巧和现代艺术手法的结合不是水与油难以融合，而是水乳交融，浑然一体，甚至难以分辨。

《巴山秀才》有这样一个生动细节：灾民们跪在县衙门前请求放赈，孟登科仿佛是从另一个世界里走了出来，埋头在《八股制气》里，摇头晃脑吟诵着，走至舞台边缘，一脚悬空，赶忙缩脚，惊呼道："呀！危乎高哉！"这一传神之笔使孟登科一亮相，其主要性格特征就呈现出来。这种艺术处理，却是从川剧艺人在古老的万年台子上演出时，常用的"梭台口"的技巧化过来的。然而却化得如此巧妙、如此新颖，毫无陈旧之感。

"变脸"是川剧艺术的特技，向来为人们津津乐道。《巴山秀才》里，孙雨田在谎报"民变"点燃旗门炮时，掩袖变脸，一张体恤百姓、爱民如子的面庞突然变成了一副狡诈狰狞的嘴脸。《潘金莲》中西门庆胁迫潘金莲下毒时，以及《四姑娘》中的郑百如火烧金东水的房子时，都采用了抹暴眼（变脸的一种）的手法，一下就把他们肮脏丑恶的灵魂暴露无遗。

熟谙川剧艺术规律的魏明伦，对"帮腔"的安排可谓得心应手，运用自如。往往有许多神来之笔，所产生的效果大大超过了场上角色的表演。《巴山秀才》里，李有恒血洗巴山，孟登科和娘子劫后相逢。对官府的"剿办"，孟登科还蒙在鼓里，决心赴省城弄个明白，却又舍不得留下孤苦无依的老伴，正当两人无计可想、抱头痛哭时，幕后传来帮腔："夫莫悲，妻莫哭，带着娘子上成都！"孟登科愁眉顿解，茅塞顿开，抬头朝着侧幕夸奖："这一腔才帮得好哩！"的确，这一帮腔不仅大大促进了演员和观众的交流，使场内的气氛顿时活跃起来，而且写出这位书呆子政治上的糊涂和处理生活问题的迟钝笨拙。《潘金莲》中，潘金莲几经试探，急欲向武松吐露爱慕之情，这个"打虎"不"打圣"的英雄，却冷漠地将潘金莲欲靠岸的感情之舟，一篙竿推得远远的。他坦率地向嫂子表示："要学秉烛达旦的关二爷！"帮腔紧接："关二爷，武二爷，偏偏不是偎红拥翠的宝二爷！"这一声帮腔，令人拍案叫绝！真是妙手天成，用风趣的语言深刻地揭示出了叔嫂之间无法逾越的鸿沟。每演到此，台下总是响起热烈的掌声。

魏明伦潜心研究自己民族文化的宝库，既忠实继承，又大力发展。为了开拓戏曲的表现领域，丰富戏曲的表现手段，他很注意横向借鉴，大胆吸收姐妹艺术，包括当代西方文学和戏剧的手法，以他人之长补己之短。《潘金莲》一剧，采取"散文式"的结构，作者让吕莎莎、施耐庵、武则天、贾宝玉、红娘、七品芝麻官、安娜·卡列尼娜……这些历史和文学作品中的人物跨朝越代汇聚一台，共演一戏。他们跳进跳出，时而与剧中人交流，时而跳出剧外发表评论。在貌似荒诞的形式中，表现了作者的苦心追求。为了更充分地表达创作主旨，他十分"出格"地将"诸如布莱希特的间离效果，艾略特的象征技巧，魔幻现实主义的时空纵横法，以及比较美学、交叉科学……"统统"拿来"，为我所用。其结果，从内容到形式都让人耳目一新，甚至被偏爱者誉为"未来戏曲的萌芽"。这也许过之，但它所包含的当代意识却是无法否认的。

"内心外化"的发展与深化，是现代艺术表现的特征之一。随着现代科学、现代哲学、现代心理学的发展，人们的审美水平也在提高，不再满足用单一的色调去看待世界，而习惯于用复杂的眼光去观察、审视复杂的世界，包括人物复杂的精神世界和潜在意识。当代戏剧家们除了用台词与外部动作（戏曲程式）展现人物繁复的精神世界外，还常常力求通过直观的艺术形象来揭示人物千变万化的心理活动。

川剧传统戏曲中，有不少人物内心活动直观化的艺术表现手法。《放裴》里，伴随着裴生惊恐逃命所出现的"黑衣人"（即裴生的影子），《射雕》中的耶律含嫣在情思恍惚之中，错把轿夫当成花荣，《打神告庙》中悲痛欲绝的敫桂英打了海神昏倒以后，那以喜衬悲的排子、皂隶的歌唱，无一不是裴生、耶律含嫣、敫桂英在特定的情境之中，内心活动的直观化。魏明伦在继承这一传统手法时，又大加发挥，格外惹人注目。

《巴山秀才》"智告"一场，正当孟登科昏昏欲睡时，舞台上出现了老秀才进考场、书写冤状的幻影。这些幻觉形象，正是孟登科复杂的内心活动的直观外象化，既将他日思夜梦的潜在意识做了显现，又为情节的发展搭起一座渡桥，顺理成章地转入下一回合。

《潘金莲》里，西门庆唆使潘金莲对武大郎下毒时，潘金莲的内心狂澜陡起，乱云翻飞，理智与情感、从恶与从善在她思想上展开了激烈的斗争。她眼前时而出现了白发丛生、雪髯飘洒的武大郎，潘金莲跪地恳求休了她，武大郎却不肯放弃手中的"夫权"，死也不休。忽而又是天昏地暗，魔影憧憧，四个西门庆围着潘金莲旋转，同时伸出八只手威逼潘金莲快下毒。正是通过这些直观的舞台形象，把潘金莲犯罪前内心的迷惘、焦急、恐惧、错乱展现出来，让观众从直觉上感到封建礼教、邪恶势力是如何把潘金莲推向了犯罪的深渊。

魏明伦借鉴西方现代艺术，不是学其皮毛而显肤浅，也不是一味模仿而留下人工痕迹，而是植根于深厚的民族艺术的沃土之中，汲取西方现代艺术的营养，培育出绚丽的戏曲花朵。以魏明伦为代表的自贡市川剧团，不断探索，力求为古老的戏曲艺术注入新鲜的血液，使其焕发新的生机。他们的成绩有目共睹;他们的贡献,必将载入川剧史册。

(四)艺术欣赏和哲理思考同步

魏明伦的剧作,不仅具有生动的人物形象、引人入胜的戏剧情节和浓郁的抒情色彩,而且很注意发挥戏曲技艺性高、娱乐性强的优势,想方设法安排精湛的绝活,使观众有"戏"可看,有"曲"可听,拿得住人。无论是《四姑娘》中地地道道的正宗川味,还是《易胆大》中昆、高、胡、弹、灯五种声腔的联弹;无论是九龄童的耍翎子、"倒硬人"等高难动作,还是潘金莲"打饼"、"挑帘"那些优美的舞蹈身段……在作者的构思中,已包括了进去。这是这位兼通导演、表演、音乐设计的剧作家的得天独厚之处。正因为如此,观众在欣赏演出时,总能得到很大的审美满足。

难能可贵的是,魏明伦并不仅仅满足将戏曲雕琢成精致的观赏品,而是力求让观众在艺术欣赏中引起深沉的思考,领悟某种人生的真谛。因此他的一些剧作,特别是后期的剧作,加强了思辨色彩和哲理内涵。这是他的剧作,不仅使人爱看,而且让人耐看的重要原因。

魏明伦剧作的结尾,常常处理成出其不意的突转,一扫传统戏里常用的"大团圆"老套,从而取得深刻隽永、回味无穷的效果。《易胆大》的结尾处,易胆大利用麻老么惩治了骆善人,满怀高兴地招呼师妹逃走,不料乐极生悲,骆善人中途截轿,花想容自杀在轿中,并留下了白绫血书:"插翅难飞陷火坑,世间到处有'善人'!这座码头兄保护,下座码头怎防身?"这种结局,比让花想容得救、皆大欢喜的结局,更能深刻地控诉黑暗社会吞噬不幸艺人的罪恶,更真实地揭示自发斗争的局限性。艺人的出路在哪里?怎样才能保护千千万万个花想容……巨大的问号投向观众,让人离开剧场以后,仍萦绕脑中。

《巴山秀才》的结局更是出奇制胜。钦差前来查办冤案,为嘉奖巴山秀才,钦赐三杯御酒,已是喜庆结局无疑。不料就在孟登科兴冲冲喝下御酒时,剧情突然陡转,御酒乃是毒酒!钦差当着腹痛如绞的孟登科,当场释放了贪官酷吏,宣布巴山一案就此了结,载入史册。孟登科临死之时,才如梦初醒,仰天悲歌:"大清朝,大清朝,大大不清!""哪一天,执法无私民有幸啊,哪一天,灾荒无情国有情?!"这振聋发聩的呼声,震撼着观众的心灵,使人透过历史的帷幕,看穿封建社会的罪恶本质,思索今天灾荒无情国有情的幸福日子是如何来之不易。

魏明伦还充分利用了戏曲的"间离效果",有意在剧情发展的节骨眼上,插进一两句帮腔,将观众"点醒"。除上面提到的例子外,《四姑娘》中许秀云与金东水仅一门之隔,却不能见面,观众无不为之惋惜、感叹,完全沉浸在感情的旋涡里,如醉如痴。在全场凝神屏息的静场之中,传来了清脆的帮腔:"动乱年头造悲剧,害多少有情人难成眷属!"一下将观众拉出剧外,思考更为广泛的社会悲剧及其原因。

如果说,上述的警句还是局部的"点醒",那么《潘金莲》则是整体性的思考戏剧。由于作者的题旨是要对早有定论的潘金莲重新评论,单靠角色自身的言行,难以完成创作意图。这种"特例之戏","需要画外音补充,局外人辅助,既配合剧中角色行动,又转述各种观众心声,将台下的窃窃私议转化到台上来公开争议。于是,古今中外众多人物集于一台,形成荒诞奇观!"①演出实践证明,作者取得了期冀的成功。这出戏引起的争论,其强度和广度,均为新中国成立以来所罕见,观众不仅从"这一个"潘金莲的悲剧命运,反思封建制度和传统伦理道德如何把"人变成鬼",而且会联想到当代家庭问题。因此,对《潘金莲》的争论,已远远超出这个具体剧目范围,而上升到对传统文化的思考和历史遗产的评价,上升到如何用当代审美意识观照传统戏曲以及如何设计未来戏曲的蓝图等重大问题。无论对此剧是肯定还是否定,或者两者兼而有之,谁都不能不承认,这个戏的出现,犹如爆炸了一颗重磅炸弹,其冲击波是如此强烈,使沉闷的戏曲界为之一振。

魏明伦剧作中蕴藏的哲理,总是伴随着形象的。也可以说形象和哲理、欣赏和思考是同步进行的,而不是所谓的思考大于欣赏,或者用图解法去演释主观意念,将剧作当成时代精神的传声筒,让人索然无味。

---

① 魏明伦:《我做着非常"荒诞"的梦》,《戏剧界》1986年第2期。

早在一个多世纪以前,恩格斯对未来戏剧提出如下期望:"较大的思想深度和意识到的历史内容,同莎士比亚剧作的情节的生动性和丰富性的完美的融合。"[1]我们高兴地看到,魏明伦和当代的戏剧家一道,正朝着这一目标挺进!

余 论

以上我们简略地分析了魏明伦剧作的特色,看到了他日臻成熟的创作轨迹,分享了他连获丰收的喜悦。和宇宙间任何事物都不能尽善尽美一样,魏明伦的剧作也有美中不足之处:有的地方为了强调戏剧性,忽略了人物行动的真实、自然。如《巴山秀才》中,孙雨田偷换札子和霓裳智取札子的情节就显得有些牵强。《易胆大》"三闹灵堂"里,易胆大扮成刘妈妈为麻五娘说媒,三言两语就使正为丈夫哭灵的麻五娘上了钩,人物的思想脉络揭示得不够清楚,便露出了人工编制的痕迹。《潘金莲》一剧中,作者揭示了促使潘金莲沉沦、堕落的外因,但对潘金莲沉沦堕落的内因却揭示得不够。剧作者曾申明他对潘金莲始于同情终于惋惜。其实,潘金莲既已谋杀亲夫,成为杀人犯,对她仅仅惋惜是不够的,还应当有所谴责。正因为作者对潘金莲的同情过多,而批判不够,致使有人误解作者在替潘金莲翻案,这也许并不符合其创作初衷。

魏明伦曾给自己提出"一年一戏,一戏一招"的要求,这是一个既振奋人心又十分艰巨的目标。我们希望并且相信这位欣逢盛世而又年富力强的剧作家,一定会朝着艺术的高峰,一步一个台阶地攀登不息,而把成绩、荣誉远远地抛在身后。

---

[1] 北京师范大学中文系文艺理论教研室编:《文艺理论学习参考资料》(上),春风文艺出版社1982年版,第1253页。

花有几样红
——评川剧《四姑娘》

俗话说："人与人不同，花有几样红。"周克芹同志的长篇小说《许茂和他的女儿们》发表以后，被不同的作者运用各种艺术形式争相改编上演，它们以自己独特的风貌呈现在观众面前。川剧的改编者魏明伦同志曾风趣地说："葫芦坝的许茂老汉养了九个女儿，一娘生九女，九女不相同。许家姐妹，同中有异，各具风姿。从小说母体派生出来的'女儿们'，是否也不宜只满足于大同小异？是否可以多在个性上用点工夫呢？"

是的，艺术贵在独创。当以反映现实生活见长的电影、电视剧、话剧等艺术形式已将《许茂和他的女儿们》搬上舞台和银幕，并且取得了引人注目的成就之后，再以古老的川剧艺术形式来表现这同一题材，会不会吃力不讨好？能不能吸引人？这不能不令人疑虑和担心。这对改编者的抱负、胆识和才华也不能不是一种考验。魏明伦同志不因循别人的足迹，而是另辟蹊径，选择了一条艰巨然而且是充满创造性的道路，通过反复修改，数易其稿，终于在领导和群众的支持下，成功地将《四姑娘》搬上了川剧舞台，以她独特的个性和风姿，同小说派生出来的众多"女儿"，并列于百花齐放的艺坛之上，为古老的川剧艺术增添了青春的活力和光彩。

川剧《四姑娘》在1981年全国现代戏曲汇演中受到了文化部的奖励，得到了首都观众和文艺界的普遍赞扬和高度评价。许多戏曲工作者认为，在目前现代戏处于低潮的情况下，川剧《四姑娘》给现代戏带来了希望。很多同志希望剧团总结创作和演出《四姑娘》的经验，以推动现代戏的发展。

作为一个川剧爱好者，在欣喜之余，我情不自禁地想探讨一下从小说《许茂和他的女儿们》到川剧《四姑娘》的改编创作过程，从结构人物和语言等方面谈谈自己的一点学习心得和体会。

一

小说和戏曲剧本是不同体裁的文学形式，从选材的角度、刻画人物的手段、故事情节的展开、矛盾冲突的发展上，它们都有各自的特点。因此从这一文学形式改编成另一种文学形式，无疑的应当是个再创造的过程。魏明伦同志在进行改编时，没有拘泥于原著，也不满足于在原著的基础上做点修修补补的工作，而是在忠实于原著的基础上，根据戏剧体裁的容量和川剧艺术的特点，调动起自己多年在四川农村的生活积累，对原著进行了大胆的取舍、剪裁、丰富和加工，从而用自己的劳动和心血，浇灌出了另一朵新花！

《许茂和他的女儿们》是部蜚声文坛的优秀长篇小说，它相当真实而深刻地反映了在"十年内乱"期间，由于林彪、"四人帮"的横行肆虐给四川农村人民带来了深重灾难和巨大创伤，同时也歌颂了普通的农民群众和基层干部，即使在最困难的处境下，也从未丧失生活的信心，他们以惊人的力量，对邪恶势力进行不同方式的反抗和斗争，憧憬着严寒之后春天的到来。作者选择1975年工作组对葫芦坝进行整顿这一特定情境，将众多的人物形象推到历史舞台，其中不但写了许茂老汉和他的"女儿国"中的几位各具个性的姑娘，写了颜少春、金东水、郑百如等典型形象，而且对于齐明江等人的刻画也给人留下了深刻的印象。小说正是通过这些鲜明的人物形象及其互相间的纠葛、矛盾和斗争，相当广阔地反映了那个特定时代的政治风云和社会生活，为我们描绘了一幅人生图画。

由于戏曲剧本体裁的局限，它不可能具有长篇小说的容量，也不可能像小说和电影那样展开广阔的生活场景。魏明伦同志之所以将《许茂和他的女儿们》改名为《四姑娘》，正是为了适应戏曲结构"立主脑""减头绪"的要求，集中笔墨，主要描写四姑娘的命运，而对小说中的一些很有特色的人物和富于戏剧性的场面，只好割爱。当代著名作家沙汀认为小说"写得最好，最叫人同情的是四姐许秀云，她是郑百如被糟蹋、被侮辱的前妻，又是前支部书记金东水的小姨子，而主要的故事就是在一场政治风暴中，从这三个人物之间的关系上发生和发展起来的"①。魏明伦正是抓住这个核心，紧紧围绕四姑娘以及她同郑百如、金东水的关系，来组织冲突和结构故事。改编者将四姑娘的个人命运同党的命运、人民的命运紧密联系在一起，通过剧中人物的悲欢离合，从一个侧面反映了当时政治上的风云变幻，并展示了光明的前景。因此《四姑娘》虽然不像小说那样运用大全景式的镜头囊括众多的人物和俯瞰广阔的场景，但它却像聚光灯一样，折射出时代的光芒，照亮了人心的向背。它的内涵是深沉的，它启示人们思考历史的教训，从而制止这类悲剧的重演！

在结构方式上，小说运用倒叙、回忆、议论、幻觉等手法，将正在发生的事同已经过去的事交织在一起，将客观的叙述与主观的抒情融汇在一起，进行纵横捭阖、盘根错节的多线头的描写。显然，这种时空自由的描写，对于小说或电影是容易办到的，而对于写实布景的戏曲舞台来说，却是难于表现的，即使勉强在现代化的舞台上运用灯光、布景的转换或者用分割表演区的方法，进行倒叙，但这样一来容易将戏剧场面搞得支离破碎；二来同这个题材朴实的内容不易在风格上取得统一；三来恐怕也难以为观众所接受，因为多年以来我国的戏曲观众，总是喜欢看有头有尾、条理清楚的故事。改编者根据戏曲传统的结构方式以及观众的欣赏习惯，大胆地改变了小说的结构，按照时间的先后，循序渐进地将事件纳入了戏的画面，通过"托孤""闹家""离婚""恋乡""三叩门""投江"等情节，将四姑娘的人生悲剧一幕幕地演出来，而观众随着剧情的开展，则进入了与剧中人物同悲欢、共命运的境地。

川剧除了在故事情节的时间顺序上对原著加以改动以外，在情节的组织和场次的安排上还具有以下特点：

（一）针线细密、前后照应。例如剧中工作组长颜少春的两次出场就很见匠心：她第一次出场，是以五七干校"学员"的身份，由专案人员"解押"着，挑着所谓"封资修"的书籍到收购站卖废纸（这一情节是小说没有而为改编者增加的，它不但具有行动性，而且符合当时的特定时代背景，同时对于"四人帮"毁

---

① 见《文艺报》1980年第4期。

灭人类文化遗产的罪行，也是有力的控诉）。她因此在连云场街头同金东水相遇，并且目睹了郑百如掀起的一场风波。第二次出场是她重返工作岗位，到葫芦坝抓整顿。她进村之后第一个见到的人，正是四姑娘，因而引起了她对一年前街头风波的回忆。颜少春的这两次出场，表面上看虽属细枝末节，但它却是经过精心的处理，不仅前后呼应，衔接自然，而且将几个主要人物的关系扭结在一起，为下文埋下伏笔，系下扣子。

（二）重点突出，繁简得当。我国优秀的传统戏曲剧目在结构上的特点之一，是"有话则长，无话则短"。明代戏曲理论家王骥德曾在《曲律》中指出"传中紧要处，须重著精神，极力发挥使透"[①]。《四姑娘》的结构很符合这种美学要求。对主要人物四姑娘和"咫尺天涯"等重点场次，改编者泼墨如云，精雕细刻，而对于一些二幕前的"过场戏"或者次要人物，则惜墨如金，一带而过。例如对三姑娘许秋云及其丈夫罗祖华，作者只是通过寥寥几笔勾画出他们的基本面貌。

总的来讲，川剧《四姑娘》除了个别场次还需要斟酌之外，做到了结构完整、起伏有致。全剧像山间的泉水一样，晶莹清澈，带着泥土的香味流入人们的心田。这是改编者坚持现实主义的创作方法，忠于现实生活的结果。他没有离开生活的真实去编造离奇古怪的故事，更没有去展览一些刺激性的场面，以招徕观众。全剧完完全全是以朴朴实实的手法，写平平凡凡的人物和普普通通的故事，然而我们从其中既可以感受到时代的气息，又处处觉得它不离传统。这是真正经过推陈出新的民族文化的现代戏曲。

二

小说和戏剧表现的重心，应当是人。但是在表现的方法上，却有着很大的不同。高尔基曾经说过："剧本（悲剧和喜剧）是最难运用的一种文学形式，其所以难，是因为剧本要求每个剧中人物用语言和行动表现出自己的特征，而不

[①] 秦学人、侯作卿编著：《中国古典编剧理论资料汇辑》，中国戏剧出版社1984年版，第156页。

用作者的提示。"① 的确，在小说《许茂和他的女儿们》中，通过作者的叙述、描写和议论，在读者的想象中，展现出农村的生活场景和人物的音容笑貌，而在戏剧中，却通过剧中人物自身的语言和行动，给观众以鲜明的直观感受。因此对于戏曲作者来说，就要善于通过剧中人物自身的动作来塑造人物形象，揭示剧本的主题。

魏明伦相当娴熟地将小说中作者叙述的艺术转化为川剧舞台上人物行动的艺术。他往往抓住原著中简单的几句叙述，加以深入开掘，从而生发出适合舞台表现规律的好戏来。这里不妨举几个例子加以剖析。

小说开始时四姑娘和郑百如已经离婚，关于离婚的原因，在后来的补叙中作者有着这样的"提示"：

……后来郑百如掌了葫芦坝的权，要换老婆，正式地换一个，他们离婚了。

而在川剧舞台上，则将四姑娘和郑百如离婚的前因后果，通过剧中人物一系列的动作直观地再现出来。从第一场开始我们就看到郑百如如何在齐明江面前弄虚作假，吹牛拍马，而四姑娘却冷眼旁观，绝不同流合污，这一组对比强烈的戏剧动作，初步揭示出两人基本性格特征及其矛盾。接着又通过郑百如对四姑娘拳打脚踢，甚至用打火机烧灼她，进一步刻画出郑百如的凶残嘴脸以及四姑娘的悲惨处境。在第三场中，郑百如和郑百香经过合谋，一唱一和地逼迫四姑娘离婚。阴险狡诈的郑百如还假惺惺地对四姑娘表示怜悯，这更激起了四姑娘的愤怒，她胸中积压已久的怨和恨顿时爆发出来，对郑百如进行了血泪的控诉，毅然决定离婚，并脱下棉衣向郑百如掷去。这一强烈的动作，表现了四姑娘同郑百如彻底决裂的勇气，也表现了她决心摆脱受人践踏的处境，争取做人权利的反抗精神。魏明伦介绍过："掷棉衣是借鉴戏曲《三击掌》中，王宝钏和

---

① 北京师范大学中文系文艺理论教研室编：《文艺理论学习参考资料》（下），春风文艺出版社1982年版，第190页。

她父亲王允决裂时掷还宝衣的动作。"经过巧妙的融化,这一节奏鲜明、夸张、凝练的程式动作将四姑娘"清白而来清白去"的思想感情给予了形象化的表现。

小说《许茂和他的女儿们》中的人物性格比较内向,富有强烈的外部动作的场面似乎不多,其中有的场面虽然具有爆炸性的外部冲突,但又难以搬上戏曲舞台。例如四姑娘在连云场当面顶住郑百如的威吓,无视流言蜚语的压力,光明磊落地与金东水一家在众目睽睽之下昂然结队而行,表示了她敢于向邪恶势力挑战的勇气;又如当四姑娘陷入绝境之际,她深夜冒雨去敲开每户人家的大门,向乡亲们控诉揭发郑百如的阴谋和罪行……这些异乎寻常的举动,表现了四姑娘一次次的顽强拼搏,闪烁着耀眼的火花。可惜这些具有强烈的戏剧动作的场景,由于受到舞台空间的局限,很难在舞台上正面加以表现。但魏明伦却在被动中争取主动,他避川剧之所短,扬川剧之所长,紧紧抓住并且充分发挥了戏剧长于抒情的特点,深入开掘人物的内心世界,以饱含激情的笔触,细致入微地展现四姑娘丰富复杂的内心活动,展现她的心灵美和人性美,从而在川剧舞台上塑造出了血肉丰满的人物形象。可以说《四姑娘》在描绘人物的内心活动上取得了更为突出的成就。

"乡情绵绵"一场中,表现四姑娘同郑百如离婚之后,寄住在娘家,而许茂老汉和三姐许秋云又匆匆逼她改嫁他乡,四姑娘真是百感交集,心乱如麻。她眷恋着生她养她的葫芦坝,舍不得霜打雪压的穷庄稼,她忘不了大姐临终嘱托的话,抛不开受苦受压的金东水和两个苦娃娃,她盼望着冬去春来冰雪化,葫芦坝重开向阳花……改编者借鉴了川剧独角戏《思凡》《刁窗》的写作技巧,以细腻的笔触,为主人公安排了大段的抒情唱腔,像剥茧抽丝那样把四姑娘在特定情境中的复杂感情揭示得纤毫毕露,真切动人,让我们看到了四姑娘"独立寒秋追彩霞"的美好情操。

在《四姑娘》中对人物的内心世界开掘的最好的地方,要数高潮戏"咫尺天涯"一场,其中"三叩门"的情节,尤为人们赞赏。这一情节在小说中只不过寥寥几笔,描写四姑娘被逼得走投无路,怀着唯一的希望来投金东水,尚未进门,却听到龙庆在为金东水介绍邻村的一位妇女队长,四姑娘"只觉眼前一团黑影袭来,摇摇晃晃站立不住……她又想到了死"。改编者将这一情节同小说中另一处四姑娘给小长秀送棉衣的情节合并在一起，加以创造性的发挥，写出了一场感人肺腑的好戏。

在戏曲剧目中我们往往可以见到《三打祝家庄》《三顾茅庐》《三难新郎》等剧名，顾名思义，作者往往是抓住一个事件或者一个细节，反复描写，把戏写深写透。"三叩门"正是具有这种戏剧传统特色的情节，这场戏描写四姑娘在遭受种种迫害之后，冒着风险来找金东水，而金东水却关门不见。单就事件而论非常简单，一触即破，似乎很难构成"戏"。但是戏在内心，由于剧作者充分地写出了人物内心的激烈冲突，淋漓尽致地抒发了人物的真挚感情，因而具有不同凡响的感染力。

第一次叩门，描写四姑娘忐忑不安地来到茅屋前叩门轻呼。金东水听到叩门声，犹如"一股暖流涌冷屋"，他正欲开门，却又止步——严酷的现实使他冷静下来倚门三思：为了不给工作组造成困难，影响整顿大局，为了不让四姑娘再次蒙受不白之冤，金东水强迫自己没有去开门。

四姑娘听见门内的脚步声而又不见开门人，又急切地用拳头第二次叩门。这叩门声像击鼓一样，敲在了金东水的心头。这位铁骨铮铮的汉子任凭内心的情感像洪水一样翻滚，但仍不能开门，只好"低头不语装熟睡"。

亲人两次不开门，使四姑娘倍感怅惘凄凉。她徘徊门外，欲呼不能，欲罢不愿。二人隔着门互相抒发关怀、爱慕之情，表达患难相扶、生死与共的心愿，盼望"明月团圆照万户，穷葫芦快变宝葫芦"的美好明天。四姑娘鼓足勇气第三次用双拳叩门，两个孩子由屋内跑出，呼喊着要四嬢，金东水更是心如刀绞，但是由于难言的苦衷，只能忍泪吹灯作答复。屋里的灯一灭，四姑娘心底燃烧起来的希望像被一盆冷水浇灭。她神情恍惚地离开，又突然清醒地转身回来，将包着一双小棉鞋的包袱搁在门前，这才偏偏倒倒地下场。

"三叩门"这场戏没有一句对话，七十多句的唱词几乎全是人物的内心独白。通过独唱、"背躬唱"、轮唱、对唱、帮腔以及程式化的虚拟表演，将两人内心的矛盾和痛苦，描写得情真意切，令人回肠荡气。每一次叩门，都在两人心里激起了波澜，这波澜一次比一次更高、更急；每一次叩门，也冲击着观众的心灵，这"冲击波"越来越强烈。它使我们不仅看到而且联想到,"十年动乱"期间"四人帮"制造精神枷锁,正如舞台上那堵看不见的墙一样,使得多少亲人不能见面,使得多少有情人难成眷属! 正是这种深刻的思想启迪和感人的艺术力量,使不少内行认为:这场戏很有可能会成为精彩的折子戏保留下来。

"三叩门"之后,改编者又异峰突起,写出了"投江"一场好戏,将悲剧推向顶点。四姑娘面对柳溪河水,倾吐心中的不平,那悲天动地的呼喊,那字字血泪的控诉,像开了闸的洪水冲击着观众的心弦。这很容易令人想到《打神》中的敷桂英,想到《刁窗》中的钱玉莲。古往今来,这些善良妇女的悲惨命运震撼着多少人的心灵。然而毕竟时代不同了,四姑娘终于得救,正义得到了伸张,坏人必将受到惩罚,四姑娘美好的理想也一定能够实现。这当然不是外加的光明尾巴,而是为现实生活所证实了的必然结局。

像许多成功的戏曲作品一样,川剧《四姑娘》的改编经验再次证明:剧作者应当集中笔力写人物,不但要善于通过人物外部的戏剧行动体现其性格特征,而且更要从人物的内心进行深入的开掘,以展示其丰富复杂的精神世界。艺术动人的魅力,其来源也正是于此。

三

小说《许茂和他的女儿们》与川剧《四姑娘》的文学性都很强,而且都具有浓郁的抒情意味。但是在小说中,农民作家周克芹对家乡的深厚感情,对他笔下人物的强烈爱憎,常常直接加以抒发,或者是将叙事和抒情紧紧结合在一起,有的章节简直就是散文诗。

出身于演员而又富于文学修养的改编者魏明伦在运用语言上,既保留了小说中那种诗意的美,又充分注意到戏曲艺术的特点,通过剧中人物来抒发感情,从而将戏剧性和抒情性很好地结合起来,具有剧诗的特点。

在不少戏曲剧目中,人物常常"自报家门",其语言往往流于一般化,甚至形成套子。在《四姑娘》中,魏明伦将这种"自报家门"加以"变格",写成很有特色的唱段。请看三姑娘的自我介绍：

> 三辣子，一盆火，
> 敢笑敢骂又敢说。
> 四妹要是换成我，
> 有理不怕虎狼恶。
> 你骂我，我撒泼，
> 嘴巴撕到后颈窝。
> 你出手，我出脚，
> 踩在踏板上，
> 打成炮耳朵！

这种高度性格化的语言，不但使人物豪爽泼辣的形象跃然纸上，而且其神情举止也惟妙惟肖，历历在目。又如当她好不容易为四姑娘在耳鼓山找了人家，而四姑娘偏偏又不愿改嫁，她气呼呼地跑来质问，经不住四姑娘几句话，火气全消。她唱道：

> ……
> 三姐是个洋油桶，
> 噼里啪啦吵得凶。
> 四妹是个温情种，
> 螺蛳有肉在肚中。
> 你不声不响搬不动，
> 我干吵干闹一场空。
> 哎呀，拜下风！
> 九回是我迁就你，
> 好啊，凑成十回满冬冬。

这段比喻贴切的唱词，既勾画出三姑娘心直口快而又通情达理的形象，又刻画出四姑娘柔中见刚、坚毅执着的性格，真是一箭双雕。

魏明伦善于学习古典诗词和戏曲中"借景抒情""情景交融"的手法，写出充满诗情画意的戏剧场面。如四姑娘在第二次叩门以后，茅屋内仍是声响俱无，她无意中回头一望，只见"未圆的月亮天边孤"，这使她触景生情：

> 弯弯月亮照枯树，
> 高高山上风刺骨。
> 竹叶沙沙似诉苦，
> 露水汪汪湿衣服。
> 隔门如隔万里路，
> 门内亲人装睡熟。
> 不怕仇人拳头舞，
> 最怕亲人心冷漠。

这里用孤月寒风、高山枯树等萧瑟景物，衬托出了四姑娘凄凉寂寞的心情。在她听来，沙沙的竹叶像在诉苦；在她看来，汪汪的露水像是泪珠。人物眼中之景与心中之情融汇在一起，升华为深邃的意境，耐人回味。再看颜少春的一段唱词：

> 重返岗位抓整顿，
> 任重道远路难行。
> 夕阳西下田野静，
> 一树桂花出墙根。
> 有女倚门独自坐，
> 身披霞光手飞针。
> ……

字里行间，不但洋溢着这位老干部重返工作岗位的喜悦，肩挑重担、克服困难的决心，对农村、对农民的真挚感情，而且在夕阳西下、桂花飘香的静谧环境之中，映射出四姑娘身披霞光的美好形象。无妨说，这既是一幅农村的风景画，又是一首对四姑娘的赞美诗，更是一支披露颜少春高洁情怀的抒情曲。像这种将剧、诗、画结合起来的唱词，在剧中还不少。它们"看似寻常最奇崛，成如容易却艰辛"，不知经过作者多少次推敲方能写成。

《四姑娘》的语言，不仅做到了戏曲化，而且做到了川剧化，其重要标志之一在于出色地运用了帮腔这种有别于其他剧种的表现方式。

川剧的帮腔是剧本的有机组成部分，它在交代背景、贯串剧情、刻画人物、烘托气氛上，都具有不可忽视的作用。它有时为剧中人物代言，将他们的心声曲曲传出；有时又跳出剧情之外，代表作者和观众对剧中人物和事件加以褒贬和评论。它实际上是剧中一个只闻其声、不见其形的神通广大的"角色"。魏明伦很会安排这个"角色"，使之大有用武之地。如当四姑娘在连云场街头目睹大姐夫金东水插草标、卖毛衣的悲惨情景时，她心如针锥，这时幕后传来"啊，惨凄"的帮腔，低回婉转，如泣如诉，烘托出一种令人撕心裂肺的悲剧气氛，既表现了四姑娘的心情，也反映了观众的感受。又如"咫尺天涯"一场开始，通过"茅棚披夜雾，铁汉蓄宏图。幼女盼慈母，冷月照鳏夫！"这几句帮腔，交代出时间、地点、环境，为四姑娘的出场和即将开展的戏剧纠葛，进行了铺垫。"三叩门"结尾，一门之隔的亲人不得见面，这时帮腔："啊，动乱年头造悲剧，害多少有情人难成眷属！"画龙点睛地点出了这场悲剧的社会原因。类似的例子甚多，不再多举。总之《四姑娘》的帮腔，文采焕发，声情并茂，很有表现力，从中也可以看出魏明伦熟悉川剧艺术形式，并能融会贯通，运用自如。因此《四姑娘》一剧尽管有不少革新之处，但仍然是地地道道的川剧。

从风格上看，《四姑娘》的语言具有将古典诗词和四川民间歌谣、谚语熔于一炉的特色，因而既清丽典雅，又质朴自然，具有浓厚的生活气息和地方色彩。它不仅适于场上搬演，同时也可以供案头阅读，是舞台性、文学性两者并佳的优秀戏曲作品。

当然,这并不是说《四姑娘》已经完美无缺。它尚存在一些不足之处。例如从结构上看,第三场的人物上下场过于频繁,而且把郑百如、四姑娘离婚的地点放在金东水家里,也不太合适;结尾显得仓促。从人物塑造上看,由于剧本将小说中的龙庆、许琴、吴昌全等正面人物删去,而金东水在剧中又被困在屋,无有更多的作为,因而剧中正面力量稍显单薄。从语言上看,个别地方不够准确等。但是瑕不掩瑜,何况剧本一直在边演边改之中,相信它经过不断的打磨,会日臻完美。

将优秀的长篇小说改编为戏曲,这不但是丰富上演剧目的有效途径,而且在我国也有着优良的传统。如果说《三国演义》《水浒传》《西游记》《红楼梦》等伟大母体,曾经孕育出数不清的"兄弟姐妹"的话,那么《三里湾》《林海雪原》《红岩》等现代作品也曾派生出众多的"儿女"。因此,重视改编工作,总结其中的经验教训,对于繁荣戏曲创作,特别是现代戏的创作,有着重要的现实意义。本文试图从这个角度,进行一点探索,但限于水平,十分肤浅,如果因此而引起更多的同志来总结这方面的经验,那就喜出望外了。

祝愿艺坛花似锦,一年更比一年红!

(原载《戏曲艺术》1982年第2期)

发挥特长　以情动人
—— 看现代川剧《四姑娘》

看了川剧《四姑娘》走出剧场，一个勤劳、善良、坚强的四川农村妇女形象，始终在我脑子里萦绕。她那不幸的遭遇，使我同许多观众一样，禁不住流下了同情的眼泪；她那种对邪恶势力不屈的反抗精神和高洁的情操，又激起了我们对这位劳动妇女的崇敬和爱戴。一个古老的剧种，所反映的又是普普通通农民的现实生活，为什么会产生如此强大的艺术魅力呢？

经验之一，是作者在选择题材和进行改编时，充分重视了戏曲艺术以情动人的特点，并善于吸收和发挥传统戏曲的编剧手法和技巧，以剧中人物丰富的感情来叩动观众的心灵。

比如在"乡情绵绵"一场中，描写四姑娘同郑百如离婚决裂之后，娘家又匆匆逼她改嫁他乡。这时四姑娘真是百感交集，心乱如麻。她目睹故乡的山山水水，触发了大海一般的深情。她眷恋着生她养她的葫芦坝，舍不得霜打雪压的穷庄稼；她忘不了大姐临终嘱托的话，丢不下受苦受压的金东水和两个苦娃娃。她盼望着冬去春回冰雪化，废墟上面建新家……这里，作者写了大段的抒情唱词，像剥茧抽丝那样，将四姑娘在特定情境之下那丰富的内心世界，展示得纤毫毕露。这使我想到了在川剧传统折子戏《思凡》《刁窗》中，正是通过触景生情、层层深入的描写手法，将小尼姑下山和钱玉莲投江的心理过程刻画得细致入微，惟妙惟肖。

"咫尺天涯"一场戏中，作者用了"三叩门"的情节，表现四姑娘在高压之下冒着风险来找金东水，想同他商量揭发郑百如的问题，并且向他倾吐深藏在心底的深情，渴望与金东水建立一个幸福的家庭。而金东水为了不给刚进村的工作组带来难题，为了不影响葫芦坝的整顿工作，为了不让四姑娘再一次蒙受不白之冤，为了不再授"闲话公司"的话柄，坚强而痛苦地克制住自己炽热的感情，做出了冷漠的样子。四姑娘三次叩门，每一次叩门都在两人心里激起了波澜，这波澜一次比一次更高、更急。金东水几次犹豫，而终于拒不开门。这"三叩门"的情节，把仅有一门之隔的一对情侣的内心矛盾和痛苦，描写得楚楚动人，令人回肠荡气；同时也使人看到，正是"四人帮"造成的这堵墙，使亲人不得见面，使有情人难成眷属，从而深刻地揭露了"四人帮"给人民带来的深重灾难和巨大创伤。

原小说中，四姑娘在遭到了谣言的诬陷、亲朋的歧视、父亲的不容时，她痛苦、她愤怒，她要申冤，她要斗争！她挨家挨户去叩门，向人们控诉郑百如的罪恶。这一强烈行动是四姑娘柔中见刚、倔强性格的集中表现。戏曲不能不受到舞台表演的限制，作者却另辟蹊径，有意或无意地借鉴了"英台哭坟""归舟投江"等川剧折子戏的手法，在结尾前奇峰陡起。让四姑娘在投江之前来到了大姐的坟地，对着死去的亲人倾吐心中的不平，那悲天恸地的呼喊、字字血泪的控诉，像开了闸的洪水冲击着观众的心灵，人们对在"四人帮"横行时，一个善良正直的农村妇女，被逼得无路可走的悲惨遭遇产生无限同情；对"四人帮"的罪恶行径又激起无比的憎恶和愤怒。

《四姑娘》的成功演出同许多优秀的现代戏曲一样，再次说明了只要善于从生活出发而认真地学习、掌握和发挥戏曲特长，戏曲不但能够反映现实生活，而且能够反映得很好。

（原载《北京戏剧报》1981年10月）

关汉卿及其创作

关汉卿是元杂剧作家的杰出代表，是伟大的戏剧家。名不详，号已斋，一作一斋。大都（今北京市）人。关于他的籍贯，还有祁州（今河北省安国市）、解州（今山西省运城县）等几种不同的说法。

关汉卿的生卒年月无确切记载，只能根据元明人的一些笔记，推断他生活和从事戏剧活动的时间大约在公元1210—1300年的90年间。元钟嗣成《录鬼簿》说他曾任太医院尹。元熊自得《析津志·名宦传》说："关一斋，字汉卿，燕人。生而倜傥，博学能文，滑稽多智，蕴藉风流，为一时之冠。"（《永乐大典》卷4653天字韵引）。关汉卿长期活动于瓦肆勾栏之中，对民间语言和民间艺术非常熟悉。他会围棋、蹴鞠、打围、插科、歌舞、弹丝、品竹、吟诗、双陆（见【南吕·一枝花】《不伏老》），他不仅具有广博而深厚的文学艺术素养，还有着"躬践排场，面敷粉墨"（《元曲选·序》）的舞台经验。他是当时的梨园领袖，杂剧艺术的奠基人，又是书会和编剧队伍的领导者。元代前期杂剧作家杨显之、梁进之、费君祥、王和卿等都是关汉卿的好友，与杨显之更是"莫逆之交"。此外，关汉卿和杂剧艺人们的关系也十分密切，与杂剧名艺人珠帘秀有交往，写有散曲《赠珠帘秀》。

关汉卿是一位多产作家，写过散曲，保存在《阳春白雪》《太平乐府》等书中。他共创作了67部杂剧，可惜许多剧本已经散失，现在保存下来的有18部：《关大王单刀会》《关张双赴西蜀梦》《闺怨佳人拜月亭》《诈妮子调风月》《感天动地窦娥冤》《杜蕊娘智赏金线池》《望江亭中秋切鲙旦》《赵盼儿风月救风尘》《钱大尹智宠谢天香》《包待制三勘蝴蝶梦》《包待制智斩鲁斋郎》《状元堂陈母教子》《刘夫人庆赏五侯宴》《邓夫人苦痛哭存孝》《山神庙裴度还带》《温太真玉镜台》《尉迟恭单鞭夺槊》《钱大尹智勘绯衣梦》。其中个别作品，是否确为关汉卿所作,尚无定论。

关汉卿生活的岁月,是苦难深重的元代,他勇敢地拿起了杂剧艺术这一武器,充当人民的喉舌,喊出了群众的呼声。关汉卿生活在社会下层,对人民的遭遇有深厚同情,在作品中,充分地表达了人民的思想、感情、愿望和理想。他的作品,真实地揭露了元代社会的深重黑暗,把批判的矛头直接指向贪官污吏、权势豪强、流氓无赖。他的笔下,有草菅人命的昏官桃机太守;有乘人之危,强行霸占孀妇的张驴儿父子;有嫌官小不做,嫌马瘦不骑,抢夺人妻女的鲁斋郎;有打死人只当房檐上揭片瓦的葛彪;有不学无术,只知眠花宿柳的杨衙内;有玩弄女性的风月老手周舍等。关汉卿愤怒地谴责了这些作威作福的家伙,对其丑恶的灵魂和卑劣的手段给予了无情的揭露和有力的鞭笞。

关汉卿不仅反映了人民的苦难,还描写了他们的斗争,表达了被压迫人民的强烈愤怒和不甘屈辱的反抗精神。关汉卿十分关注受压迫最深的妇女,他笔下众多的妇女形象血肉丰满、个性鲜明、有胆有识、光彩照人。其中,有在官吏的酷刑下不甘屈服、敢向王法和天地提出质问和挑战的窦娥;有同忘恩负义的行为进行坚决抗争的奴婢燕燕;有鼓舞儿子向权势无赖复仇的王三母亲;有聪明机智地戏弄嫖客、搭救风尘姊妹的赵盼儿;有为争取幸福婚姻,身闯虎穴,盗取圣旨的谭记儿等。关汉卿以惊人的手笔和卓越的才华,塑造了这些性格各异的妇女形象,在她们身上,体现出真善美的理想,矗立了一代丰碑。

王国维论关汉卿,说他"一空倚傍,自铸伟词"。关汉卿从人民群众中吸收提炼了生动的语言,他剧中的唱词和宾白质朴、自然,绝无藻饰、堆砌的痕迹,处处注意到人物语言的个性化,被人誉为白描圣手,元杂剧作家中本色派的代表。他的剧中无论是戏剧情境的设置,矛盾冲突的组织、发展,戏剧情节的变化等都很富有戏剧性,深为广大群众喜闻乐见。

关汉卿现存的杂剧题材广泛、风格多样,有悲剧、喜剧、历史剧,思想上、艺术上都达到同时期创作的高峰。他和其他元代杂剧作家一起,在我国文学史上写下了光辉的篇章,使元杂剧可以同唐诗、宋词媲美,成为一代文学的标志。其主要著作有悲剧《窦娥冤》、喜剧《救风尘》、历史剧《单刀会》等,简介如下:

《窦娥冤》题材源于《汉书·于定国传》和干宝《搜神记》中的"东海孝妇"故事。关汉卿结合元代社会现实，予以很大的创造，写成一部反映元代人民遭受深重苦难的社会大悲剧。《窦》剧描写窦娥从小被其父窦天章卖给蔡家为童养媳，不幸丈夫夭折，婆媳相依为命。流氓张驴儿乘人之危，企图强占窦娥，窦娥断然拒绝，张驴儿欲毒死蔡婆威逼窦娥就范，不想误害死了自己父亲，他诬告为窦娥所杀，草菅人命的昏官将窦娥判处死刑。临刑之前，窦娥对天发下三桩誓愿：倘若死得冤屈，血飞白练，六月下雪，大旱三年。后来三桩誓愿一一应验。三年后，窦天章做了提刑肃政廉访使至楚州，窦娥鬼魂向父亲诉说冤情，终于得以昭雪。

《窦娥冤》通过一个青年妇女的悲惨遭遇，深刻地揭露、批判了封建社会的腐朽、黑暗；歌颂了被压迫、被迫害妇女的坚强性格和不屈不挠的抗争精神。它像元代社会的一面镜子，使我们看到了高利贷的盘剥，下层知识分子的穷困潦倒，流氓无赖的横行，法律的野蛮、残忍，官吏的昏聩腐朽等，从而具有很高的审美价值和认识价值。

《窦娥冤》成功地塑造了窦娥的形象，生动地刻画了她的正直、善良、舍己为人的性格。为了使婆婆免受皮肉之苦，她饮恨屈招；在押赴刑场时怕被婆婆撞见引起老人伤心，她哀求剑子手不要带她走前街；三年以后，冤情大白，已做了三年鬼魂的窦娥还惦念着亲人，嘱咐父亲收养婆婆。除了描写窦娥这些性格侧面，关汉卿还真实地描写了她的成长和觉醒。窦娥原是个与世无争、尽孝、守节、俯首听命的弱女子，她相信官府会主持公道、明辨是非。然而不幸接踵而来，社会到处是陷阱，残酷的现实轰毁了她的幻想，使她认清了"官吏每无心正法，使百姓有口难言"，她悲愤地对着浑浊不辨的现实，对着至高无上的天和地，大胆地质问和叱骂"有日月朝暮悬，有鬼神掌着生死权，天地也，只合把清浊分辨，可怎生糊突了盗跖颜渊；为善的受贫穷更命短，造恶的享富贵又寿延！天地也，做得个怕硬欺软，却原来也这般顺水推船，地也，你不分好歹何为地？ 天也，你错勘贤愚枉做天，哎，只落得泪涟涟"。惊天动地的控诉、撕裂人心的呐喊、气势如汹涌澎湃的浪潮，激励着被压迫人民的斗争勇气。

为了塑造好窦娥的形象,关汉卿还采用了浪漫主义的手法。窦娥被冤斩以后,她的血都飞到丈二白练上,无半点落地;六月天下大雪,遮掩了窦娥尸首;楚州干旱三年。三桩誓愿构思奇异,出人意料,这一"反常"的现象,却表现了被压迫人民的愤怒和抗议,昭示了窦娥的冤屈,寄托了人民的愿望和理想。《窦娥冤》是关汉卿的悲剧佳作,是我国古典戏曲悲剧的典范。七百年来,它不仅成为我国戏曲舞台上的保留剧目,而且最早被译成法文、日文等流传国外。明代叶宪祖把它改编为传奇《金锁记》,对《窦娥冤》的人物和情节都作了某些改动,如《金锁记》中《法场》一出,前半全用关汉卿的原词,后半改为窦娥临刑时天降大雪,提刑官惊骇,急令刀下留人,从而得救。京剧、秦腔等剧种的《六月雪》或《金锁记》源出于此。蒲剧《窦娥冤》则系从关汉卿原著直接改编。

《救风尘》描写纨绔子弟周舍用甜言蜜语、虚情假意骗娶了妓女宋引章后,对其百般虐待。宋引章捎信向结义姐妹赵盼儿哭诉,求她拯救以脱离苦海。赵盼儿设计救出了宋引章,并使她与秀才安秀实结为夫妻。

封建时代的一些官僚、文人出入于青楼歌肆之中,往往是以欣赏的笔调描写妓女打情骂俏、灯红酒绿的生活。关汉卿却以犀利的笔触,揭露了封建娼妓制度的罪恶。他以深切的同情真实地描写了妓女血泪斑斑的生活;他以满腔的愤慨,表达了她们要求摆脱被侮辱、被蹂躏地位的强烈愿望,歌颂了她们的智慧、勇敢和斗争精神。

《救风尘》是一出歌颂性喜剧,关汉卿以乐观主义精神和浪漫主义的手法,成功地塑造了赵盼儿这一光彩夺目的正面喜剧人物形象。赵盼儿历尽沧桑,熟谙人情世故。当天真幼稚的宋引章要嫁给周舍时,赵盼儿曾劝阻过,却未能奏效。事后宋引章求救于赵盼儿时,赵盼儿见义勇为,挺身而出。她利用周舍贪财好色的致命弱点,"以其人之道,还治其人之身",把自己打扮得花枝招展,自备陪嫁,自带酒和羊,主动找到周舍,说要嫁与他,但要先休了宋引章。狡猾、诡谲的风月老手周舍虽有提防,却经不住聪明、机智的赵盼儿周密部署,巧妙周旋,竟在不知不觉之中落入了圈套,写下了休书。当周舍发觉中计,反扑过来,把宋引章的休书诓到手里咬碎,还得意忘形地说赵盼儿受过他的聘礼,也是他老婆，料事如神的赵盼儿驳斥周舍，说羊、酒、红定是她自己带来的，何曾受过聘礼，并拿出了真正的休书。周舍狼狈不堪，落得个"尖担两头脱"的下场。

中国传统喜剧的特点之一，就是多以正面人物为主人公。他们大多数身份低微，处于劣势；而反面人物貌似强大，气焰嚣张，但由于正面人物超人的智慧，惊人的勇敢，利用了反面人物的弱点，深谋远虑，胆大心细，玩弄敌人于股掌之中，终于取得胜利。《救风尘》就是这类喜剧的佼佼者。此外，《救风尘》布局精巧，针线细密；预示、伏笔、对比等艺术技巧的运用，也为人们所称道。

《救风尘》曾被川剧、越剧、锡剧等剧种改编演出。

《单刀会》描写三国初年，刘备力量孤弱，经鲁肃的保证，借得东吴要地荆州。赤壁之战后，鲁肃奉孙权之命，向蜀汉讨回荆州，他设下三计，约关羽过江赴会。关羽单刀前往，酒席宴前，镇定自若，击败对手，安全返回荆州。此剧情节比较单纯，关汉卿却饱含激情地塑造了一个大智大勇的关羽形象，谱写了一曲强者的颂歌。

《单刀会》的戏剧结构不落窠臼，颇为独特。全剧共四折，主角关羽第三折才出场，而在第一、第二折中，却为关羽的出场反复铺垫，刻意烘托。第一折写鲁肃问计于乔玄；第二折写鲁肃邀请司马徽作陪客。关汉卿借乔玄、司马徽之口把关羽的英雄事迹和神采威风绘声绘色地描写出来，为关羽的出场造足了声势。人未出场，已是先声夺人。正是通过这种侧面的描写，使关羽威武勇猛的形象格外突出。该剧的结构处理，可谓匠心独运，不同凡响。

《单刀会》是一首情调昂扬、气势豪迈的剧诗。关汉卿以他诗人的才华，谱写了一曲曲千古绝唱。如第四折，关羽乘船赴宴的途中，对着滚滚的江水抒发感慨。

【新水令】大江东去浪千叠，引着这数十人，驾着这小舟一叶。又不比九重龙凤阙，可正是千丈虎狼穴。大丈夫心别，我觑这单刀会似赛村社。

【驻马听】水涌山叠，年少周郎何处也？不觉的灰飞烟灭，可怜黄盖转伤嗟，破曹的樯橹一时绝，鏖兵的江水犹然热，好教我情惨切！（云）这也不是江水,(唱)二十年流不尽的英雄血!

　　一幅壮丽的画卷展现在我们面前,环抱的群山、汹涌的江涛,关羽伫立船头,抚今追昔,引吭高歌。大自然的雄伟景象与关羽坦荡的胸怀以及知难而进、百折不挠的精神完美交融在一起,意境深远,令人神往!

　　元代统治者实行残酷的阶级压迫和民族压迫,关汉卿歌颂历史英雄人物,目的是激发和鼓励被压迫者的斗志。全剧结尾时,关羽唱道:"百忙里趁不了老兄心,急切里倒不了俺汉家节!"这集中体现了关汉卿汉家正统思想。

　　《单刀会》至今还流传在一些剧种的舞台上,《训子》《刀会》,基本上就是关汉卿《单刀会》的第三折和第四折。

王实甫和《西厢记》

王实甫，大都（今北京）人，名德信。生卒年与生平事迹不详。根据其作品和有关材料推断，他的创作活动大致在元成宗的元贞、大德年间。

明贾仲明在增补《录鬼簿》时，为王实甫补写了《凌波仙》挽词，描写了他的戏剧活动和高度才华，说他在"风月营""莺花寨""翠红乡"这些官妓演出的场所，是名列前茅，很有影响，尤其是他的《西厢记》，是"天下夺魁"的作品。

王实甫是中国文学史上最优秀的戏曲作家之一。著有杂剧13种：《西厢记》《双蕖怨》《丽春堂》《进梅谏》《明达卖子》《贩茶船》《于公高门》《丽春园》《七步成章》《多月亭》《陆绩怀橘》《芙蓉亭》《破窑记》。现存《西厢记》《丽春堂》《破窑记》，另外还存《芙蓉亭》《贩茶记》的片段。其中《破窑记》是否是王实甫所著，还有异议。

《西厢记》的故事最早见于唐代元稹所作传奇小说《莺莺传》（又名《会真记》），后被改编为多种文艺形式，在民间广为流传，最有影响的是产生于金代的董解元《西厢记诸宫调》。王实甫即在此基础上创作成杂剧《西厢记》。故事描写书生张生在蒲东普救寺遇见崔相国之女莺莺，两人一见倾心，经历种种波折，终于在侍女红娘的帮助下，冲破封建礼教的束缚而结合。作者热情地歌颂了为争取婚姻自由而斗争的男女青年，正面提出了"愿普天下有情的都成了眷属"的主张。从而得到当时广大市民阶层的欢迎和后世无数青年读者的爱好，引起他们对于封建礼教和封建婚姻的不满和反抗。

《西厢记》成功地塑造了崔莺莺、张生、红娘三个正面人物的形象。崔莺莺是相国的千金，她天生丽质，内向深沉。她虽然爱慕张生，然而这个贵族小姐深受严格的封建教养，要走上叛逆的道路，驱散封建礼教在她心灵深处所投下的阴影，是曲折和困难的。如张生病卧，莺莺让红娘去看望，这是莺莺对张生爱情的大胆流露；但当她看到张生通过红娘传来的书简时，又感到有损于自家的尊贵，而且有碍于红娘在旁，便声色俱厉地责骂红娘。事后，她让红娘给张生传去月下幽会的书简，当张生践约跳过花墙出现在她面前的时候，她又翻脸变卦。王实甫正是通过这些令人啼笑皆非的喜剧场面，深入而细致地剖析了莺莺的心理，把她在冲破封建礼教的束缚、争取婚姻自主的过程中，自身的痛苦、矛盾和斗争，真实、生动地展现出来，塑造了一个性格复杂的典型形象。

红娘是《西厢记》塑造的又一熠熠闪光的人物，她聪明、机智、爽朗、泼辣，富有正义感和同情心。她为崔莺莺和张生传书递简，牵针引线；帮他们出谋划策，玉成其事。当崔莺莺和张生的爱情遭到严重威胁的时候，她挺身而出，打抱不平。《拷红》一场，充分表现了红娘的勇敢和机智，她抓住老夫人理亏的要害，伶牙俐齿，反守为攻，陈以大义，晓以利害，以子之矛攻子之盾，俊语联翩，竟把老夫人推到被审判的地位。貌似强大的老夫人终于败在了小奴婢红娘的手下，使崔、张爱情出现了新的转机。红娘的名字在我国几乎是妇孺皆知，已经成为热心助人、成人之好的人的代称了。

张生的形象也塑造得有血有肉，具有真情实感。他湖海飘零而很有才气，追求爱情如醉如痴，那天真、憨直中带着迂腐的书生气，给全剧带来了喜剧色彩。

此外，老夫人的虚伪、冷酷，纨绔子弟郑恒的无赖，也都刻画得很逼真。剧中，崔莺莺、张生、红娘为一方与老夫人的矛盾斗争构成了全剧的主要戏剧冲突；而崔莺莺、张生、红娘他们之间不同性格的碰撞又构成了全剧的次要冲突。全剧主要冲突和次要冲突交叉进行，生动而丰富；戏剧情节的递进反反复复，波澜迭起，显示了作者驾驭题材、谋篇布局的高度技巧。

《西厢记》词曲优美，宛如一首抒情剧诗。作者尤其善用借景抒情的手法，让人物形象在诗情画意中展现。如张生一出场便借赞美黄河来象征他的品格风貌：

九曲风涛何处显，只除是此地偏。这河带齐梁，分秦晋，隘幽燕。雪浪拍成空，天际秋云卷；竹索缆浮桥，水上苍龙偃。东西溃九州，南北串百川。归舟紧不紧如何见？恰便似弩箭乍离弦。

这些描绘，仿佛使人看到张生站立高处，望着黄河之水从天上来，波涛汹涌，一泻千里，此情此景，烘托出张生开朗的性格和不凡的气度。又如长期传诵的名篇《长亭送别》，崔莺莺在赴长亭的路上，借着沿途的景物抒发了离愁别绪：

碧云天，黄花地，西风紧，北雁南飞，晓来谁染霜林醉，总是离人泪。

这是崔莺莺的一曲悲凉之歌，她眼中流泪，心里滴血，秋风、野菊、大雁、霜林衰败的秋景和崔莺莺凄楚、哀婉的离情融合在一起。真是情与景合，景因情现，充分展现出当事人那种肠断魂销的难舍之情。剧中类似这样的曲文还有很多，从而使全剧呈现出诗的氛围和意境，无论是案头阅读或舞台演出，都有其特殊的艺术魅力。

《西厢记》在中国文学史、中国戏曲史上都是流芳千古的古典名著，影响广泛而深远。其刻本甚多，仅明、清就不下100种。不但大量刻印，还有许多人改写《西厢》，其中影响较大的是李日华的《南西厢》。《西厢记》数百年来盛演不衰，到了近代，几乎为所有戏曲剧种改编上演。田汉改编的京剧《西厢记》以崔莺莺和张生双双出走作结，进一步突出了主人公的斗争性格，是别开生面的改编本。

马致远和《汉宫秋》

马致远，号东篱，大都（今北京）人，是元曲四大家之一。生年不可考，约为公元1250年。卒年据他的(【中吕·粉蝶儿】)《至治华夷》套曲及周德清作《中原音韵·序》推断，当在公元1321—1324年之间。马致远早年追求功名，但未得志，约在大德年间，出任江浙行省务官，晚年过着隐居生活。马致远一生都在从事杂剧创作，共写作杂剧15种，现存7种：《破幽梦孤雁汉宫秋》《吕洞宾三醉岳阳楼》《西华山陈抟高卧》《江州司马青衫泪》《半夜雷轰荐福碑》《马丹阳三度任风子》《开坛阐教黄粱梦》。

马致远是元代颇负盛名的杂剧作家，又是"元贞书会"的重要人物。在推崇文词第一的当时文坛上，马致远受到了人们的赞许，周德清的《中原音韵》称"关、马、郑、白"为元曲四大家；贾仲明为马致远所作挽词，赞誉道："战文场曲状元，姓名香贯满梨园。"入明，马致远获更高评价。朱权列马致远于元曲家187人之首，说"马东篱之词"，"有震鬣长鸣，万马皆喑之意。又若神凤飞鸣于九霄，岂可与凡鸟共语哉"。

马致远又是著名的散曲作家，现存辑本《东篱乐府》1卷，计收小令104首，套数17套。他可能写过一些南戏剧本，但都没有流传下来。

杂剧《汉宫秋》是他的代表作，写的是王昭君和亲的故事。《汉书》的《元帝纪》和《匈奴传》,《后汉书·南匈奴传》均有记载。西汉竟宁元年（公元前33年），元帝以宫人王嫱（昭君）嫁匈奴呼韩邪单于为阏氏。昭君入匈奴，生二子，呼韩邪死，从成帝赦令，复为后单于阏氏。元帝时，汉强匈奴弱，昭君和亲是民族和睦的一个历史记录。

汉代以来，笔记小说、文人诗篇、民间讲唱文学都有咏唱、叙说王昭君的作品。马致远的《汉宫秋》不拘泥于史实，在前人创作的基础上予以再创作。故事内容有很大变化,主要有三:第一,把故事发生的时代背景,改为汉弱匈奴强;第二,将毛延寿的身份由画工改为中大夫,索贿未成,将王昭君的画图献给单于,并变节投降;第三,王昭君出塞行至黑河,投水而死。这便赋予了老题材以新主题。其原因是元蒙统治者推行民族歧视政策,汉人社会地位很低,马致远借敷衍王昭君的故事,张扬汉家气节,在当时特定的历史条件之下,具有一定的现实意义。

《汉宫秋》以汉元帝为主角,以其钟情为基调,但却成功地塑造了王昭君的形象。王昭君之所以出塞和番,为的是"怕江山有失";临行时,她留下了汉家衣服;行至汉匈交界处投江而死。这些情节虽着墨不多,却表现了王昭君崇高的气节,使这一悲剧形象光彩照人。《汉宫秋》还借汉元帝之口,斥责了汉王朝昏庸无能的文臣武将,鞭挞了变节行为。表达了作家对软弱、妥协的宋、金臣僚的严厉批判。

《汉宫秋》曲词优美,富于浓郁的抒情意味,历来为人击节赞赏。如第三折,描写汉元帝在灞桥送别昭君以后唱的两支曲子:

【梅花酒】呀!俺向着这迥野悲凉。草已添黄,兔早迎霜,犬褪得毛苍。人搠起缨枪,马负着行装,车运着糇粮,打猎起围场。他他他伤心辞汉主,我我我携手上河梁;他部从入穷荒,我銮舆返咸阳。返咸阳,过宫墙;过宫墙,绕回廊;绕回廊,近椒房;近椒房,月昏黄;月昏黄,夜生凉;夜生凉,泣寒螀;泣寒螀,绿纱窗;绿纱窗,不思量!

【收江南】呀!不思量,除是铁心肠!铁心肠,也愁泪滴千行。美人图今夜挂昭阳,我那里供养,便是我高烧银烛照红妆。

深秋的原野,萧瑟悲凉;月夜的宫廷,冷清寂寞。汉元帝眼中的景物,都蒙上了悲雾愁风,令人心碎。加上节奏局促,一唱三叹,把汉元帝悲怆的失落感情,宣泄得淋漓尽致。

马致远的《汉宫秋》对明清时代戏曲作品中王昭君形象的塑造有很大的影响。

白朴和《墙头马上》

白朴，字仁甫，一字太素，号兰谷。隩州（山西河曲）人，后居真定（河北正定）。生于金哀宗正大三年（1226），卒年不详。父亲白华，为金枢密院判官。白朴幼年遭遇金亡之难，母亲被蒙古军所掠。白朴即跟随父执元好问，并得到这位诗人的教育培养，具有较高的文学修养。元统一中原后，他寓居金陵，不愿出仕元朝，曾谢绝过中书右丞相史天泽的荐举。白朴作剧16种，现存《唐明皇秋夜梧桐雨》《裴少俊墙头马上》《董秀英花月东墙记》三种。白朴又是元代著名散曲作家之一，著有《天籁词》。

《墙头马上》源出于唐代白居易新乐府《井底引银瓶》。宋金杂剧、院本中有《裴少俊伊州》和《墙头马》，诸宫调有《井底引银瓶》，都是搬演此故事。该剧写尚书裴行俭的儿子裴少俊，与总管李世杰的女儿李千金相爱，私自结合，在裴家后花园居住七年，生下一儿一女，后被裴尚书发现，将李千金驱赶回洛阳老家，裴少俊状元及第以后，阖家团圆。

《墙头马上》与关汉卿的《拜月亭》、王实甫的《西厢记》、郑光祖的《倩女离魂》被称为元杂剧四大爱情剧。剧中塑造的李千金这样一个封建叛逆者的形象，比起王瑞兰、崔莺莺、张倩女等同类形象，更为主动、大胆、泼辣、刚强。为了追求美满幸福的婚姻，李千金敢于冲破封建礼教的束缚，私奔与裴少俊结合。当公公裴尚书驱赶她时，为了维护她和裴少俊的爱情，她敢于针锋相对地与裴尚书展开论争，据理反驳，勇敢地回击了裴尚书的诬蔑和指责。裴少俊状元及第以后，前来李家认亲，李千金严词拒绝，裴行俭夫妻带着孙子、孙女前来恳求李千金，也被李狠狠地奚落了一番，最后由于儿女的痛哭哀求，李千金终于动了情，才与裴少俊夫妻相认。这里，一般闺阁女子常见的软弱性全然没有，观众看到的是一个锋芒不减的坚强妇女形象。

《墙头马上》是一出富于戏剧性的喜剧，艺术结构颇耐寻味。裴行俭自诩是"八烈周公"，夫人是"三移孟母"，又相信自己的儿子"不亲酒色"。可是裴少俊一到洛阳就为李千金的美貌而神魂颠倒，并与之幽会。李千金与裴少俊私奔，并且匿居于堂堂尚书府的后花园，生儿育女，竟达七年之久。这里，裴行俭的主观与客观的不协调，意图愿望与所得的结果之间的矛盾，都是对这个封建卫道者的有力讽刺。再如裴行俭当初驱赶李千金时，态度十分蛮横，诬骂李千金是"一女嫁三夫"。可后来知道是洛阳李总管的小姐时，又亲率全家向李千金赔罪。裴行俭前倨后恭，两副面孔的表演，是对他的自我嘲讽，而李千金的揶揄讽刺，又是对其虚伪面目的无情揭露，从而产生了令人拍手称快的喜剧效果。

　　但此剧也有不足之处，如说裴、李两家原已议婚，这就把一场异常尖锐的封建与反封建的冲突，化为了是一场不该发生的误会，从而削弱了作品反封建的思想意义。20世纪50年代上海京昆剧团改编上演的《墙头马上》，发扬了原著精华，弥补了其中的一些不足，使之成了一出优秀的保留剧目。

汤显祖和《牡丹亭》

汤显祖（1550—1616）明代戏曲作家。字义仍，号若士。江西临川人。出身于书香门第，自幼受到良好的教育，21岁中举，以出众的文学才能名扬天下。当时的权相张居正为了他的儿子能及第，搜罗天下名士为其子张扬，看中了汤显祖和沈懋学，希望他们能与其子交游。汤显祖拒绝了这种拉拢，所以他几次春试都没有考取。直到张居正死后的第二年（1583）汤显祖第五次上京会试，才考中进士。因为受到权贵排斥，未被重用，只在南京做太常寺博士之类的闲官。1591年，42岁的汤显祖因上《论辅臣科臣疏》，受到迫害。他在疏中，除把矛头对准权臣权相外，还委婉地指责了当时的最高统治者。万历皇帝大怒，把他贬到广东徐闻县任典史，两年左右，转为浙江遂昌县知县。49岁时，最终因对官场失望，便弃官回到临川老家开始了他的隐居生涯，直到逝世。在故乡隐居的近20年间，他接连写了《牡丹亭》《邯郸记》《南柯记》三部大型传奇，连同他根据早期的《紫箫记》修改成的《紫钗记》传奇，合称"临川四梦"（因剧中都有梦境描写），又因他的书斋取名玉茗堂，所以也叫"玉茗堂四梦"。除了戏剧创作之外，汤显祖还有大量的诗文，辑成《红泉逸草》《问棘邮草》《玉茗堂全集》。

汤显祖的成长和活动时期是明朝日趋腐败的时期，也是资本主义因素开始萌芽的时期。当时思想领域内，以哲学家、思想家王艮为首的泰州学派，举起了反对正统宋学的旗帜，要求摆脱礼教的束缚。汤显祖13岁便从王艮的三传弟子罗汝芳学习，受到了罗汝芳的启蒙教育，汤显祖特别崇拜泰州学派的杰出思想家李贽，又与反对程朱理学的著名佛学大师达观是莫逆之交。这些都深刻地影响了汤显祖的思想和创作。

《牡丹亭》是汤显祖的代表作。描写南宋时南安太守杜宝延师陈最良教女丽娘读经书，丽娘在封建礼教的拘束下，十分郁闷。一天，在侍女春香的怂恿下，她到后花园游春，梦中与书生柳梦梅幽会。从此忧思成疾，旋即去世。三年后，柳梦梅路过荒芜的花园，拾到了丽娘生前的自画像，深为爱慕，终日把玩，感动了丽娘死而复生，与柳梦梅结为夫妇，几经波折，最后柳梦梅中状元，杜丽娘也得到封赠。

《牡丹亭》的题材虽然是传统的爱情题材，但汤显祖却予以了新的开掘，使之具有鲜明的时代特征。明代的统治阶级大力推崇程朱理学，扼杀社会的生机，妇女所受的封建礼教的禁锢尤为严重。《牡丹亭》满腔热情地歌颂了热爱自然、热爱人生、追求个性自由和爱情理想的真实感情，对虚伪残酷的理学发动了猛烈的抨击，作者以"情"来否定"理"，符合人民的利益和要求，表现了进步的时代潮流，剧中表现的民主性和人民性大大超过了同时代的爱情剧。

杜丽娘是"情"的化身，她生活在阴暗、冷酷的世界里，沉重的精神压迫无形而又有形，渗透于人的内心世界里，令人窒息。然而，丽娘却是无情世界里面的一个有情人物，古老的恋歌"关雎"，催发了她潜伏在内心深处的爱情欲望。春光明媚的花园，充满生机的大自然，唤醒了她青春的活力。她遏制不住真情的奔放，对着封建专制主义提出了抗议。"这般花花草草由人恋，生生死死遂人愿，便酸酸楚楚无人怨。"这种要求个性解放、憧憬自由生活的心声，是坚决而强烈的。杜丽娘毕竟是个贵族小姐，在反叛道路上的每一行动，都晃动着沉重的精神枷锁。为了实现这一美好的愿望，她甚至奇迹般地超越了生死界线。作者赋予杜丽娘的形象以深刻的思想内涵和激动人心的艺术力量，使她成为古典戏曲画廊中最为光彩夺目的妇女形象之一。

《牡丹亭》具有浓郁的浪漫主义色彩。作者在《题词》中写道："如丽娘者，乃可谓之有情人耳。情不知所起，一往而深。生者可以死，死可以生。生而不可与死，死而不可复生者，皆非情之至也。梦中之情，何必非真。天下岂少梦中之人耶。"为了歌颂至情，汤显祖不满足于按照生活的本来样子反映生活，特地设置了梦而死，死而生的离奇情节，创造了三种境界：有情的梦境，无情的人间，介乎两者之间——不如梦境美好却比人间亲切的幽冥世界。以此来深入挖掘人物的内心世界，把人们的视线从现实生活引向哲理的思考。

汤显祖的戏剧主张和剧作内容，体现了强烈的反封建的民主倾向。他以自由爱情、个性解放之"情"，反对封建礼教，封建道学之"理"，在"情"与"理"的斗争中，体现出"情"终于战胜"理"的理想。他的剧作，对封建礼教和当时政治的黑暗、官场的腐败，均有所揭露和抨击。在内容和形式的关系上，汤显祖强调"凡文以意趣神色为主，四者到时，或有丽词俊音可用。尔时能一一顾九宫四声否？如必按字模声，即有窒滞迸拽之苦，恐不能成句矣"。甚至愤激地认为：只要知曲意，"不妨拗折天下人嗓子"。他明确地将内容放在第一，反对形式束缚内容，反对以律害意。在语言上汤显祖讲究文采斑斓、才情并茂、诗意浓郁。他的剧作雅致瑰丽，词曲典雅优美，向来被视为文采派的圭臬。该剧在社会生活和文学创作中都产生了广泛而深远的影响。在明清两代不少与杜丽娘有着同样不幸的妇女，与剧中人产生了强烈的共鸣，乃至抑郁而死。在小说《红楼梦》中，有一回《牡丹亭艳曲警芳心》，通过林黛玉之口表现了艺术大师曹雪芹对《牡丹亭》的高度评价。三百多年来，《牡丹亭》久演不衰，其中《游园》《惊梦》《拾画》《叫画》，都是昆曲常演的艺术珍宝。

洪昇与《长生殿》

洪昇(1645—1704),清代戏曲作家,字昉思,号稗畦,钱塘(今杭州)人。他出身于没落的名门望族之家,从小受着良好的文学教养,写得一手好诗。约在24岁时,他到北京入太学为国子监生。他才华横溢,诗名极高,但性格耿直高傲,与人"交游宴集,每白眼踞坐,指古摘今"。师友又多是明亡以后不出仕的名士,所以,在留居北京的十多年间,他始终没有得过一官半职。康熙二十八年(1689),因伶工们在佟皇后丧期内演出《长生殿》,洪昇被国子监除名。不久,他结束了在北京的客居生活,回到家乡杭州。晚年潦倒抑郁,纵情山水。1704年,舟经乌镇,酒后失足坠水而死。

洪昇一生写过不少剧本,据他的朋友徐材说:"稗畦填词四十余种",但现存的只有传奇《长生殿》和杂剧《四婵娟》。洪昇又是一位诗人,传世的诗集有《稗畦集》《稗畦续集》《啸月楼集》等。

《长生殿》长达50出,描写唐明皇李隆基宠幸贵妃杨玉环,不理朝纲,酿成了"安史之乱"。安禄山攻陷长安,唐明皇被迫西逃入蜀。半途至马嵬驿,将士哗变,杀死杨国忠,并逼使杨贵妃自缢。杨贵妃死后,唐明皇日夜思念不已,两人由于思念而悔恨,由悔恨而自责,后在道士的帮助下,于中秋之夜在月宫内团圆。

唐明皇与杨贵妃的故事,在民间广泛流传,早在唐代,就有诗人白居易写的《长恨歌》和陈鸿写的《长恨歌传》两篇有深远影响的作品。随后又出现了多种唐人的笔记小说,如《开元天宝遗事》之类和宋代乐史编写的《杨太真外传》等。在元明两代,有不少戏曲作家以此题材写戏,流传下来并较为著名的有元白仁甫写的杂剧《唐明皇秋夜梧桐雨》、明吴世美写的传奇《惊鸿记》等。洪昇在继承前人成果的基础上,经过"十余年三易其稿"的辛勤劳动,在艺术构思上予以再创造，对原来的故事情节和人物刻画做了重大的改变和发展，成为同一题材戏曲作品中的佼佼者。

《长生殿》既是爱情的悲剧，又是政治的悲剧，全剧以唐明皇与杨贵妃的爱情故事为主线，描写了李杨的生死情缘，寄托了作者生死不渝的爱情理想，同时又将李杨的爱情与"安史之乱"联系起来，写了李杨帝妃"逞侈心而穷人欲"所带来的严重恶果，寄寓了作者的劝惩思想。

唐明皇原是个颇有作为的皇帝，但久安思逸，沉溺酒色，不理朝政，重用奸佞，以致杨国忠以裙带关系窃取相位，专权误国；暗藏野心的安禄山乘机作乱，导致了渔阳兵变，给人民带来巨大灾难，也造成了李杨爱情的悲剧。《长生殿》以恢宏的布局、广阔的画面，真实地描写了这一特定的历史时代，深刻地展现了当时的阶级矛盾和民族矛盾。"进果"一出便描写杨贵妃喜欢吃新鲜荔枝，在她的生日前夕，唐明皇命令南北驿站为她千里飞马传送，两个使臣风驰电掣，一路上踩毁田禾，踏死农夫，这真是血泪的控诉。"疑谶"中，通过郭子仪之口，进一步点出："可知他朱甍碧瓦，总是血膏涂。"作者在揭露、批判的同时，歌颂了忠诚义士的行为，郭子仪是作者心目中一个能定国安邦的理想人物，他击败了安禄山的叛乱，重立了唐朝社稷，建立了不世之功。乐工雷海清面对安禄山的毒焰毫无惧色，昂然怒骂并以琵琶掷击安禄山，是一个大义凛然、充满了民族自豪感的血性人物。郭、雷两个形象的成功塑造，是作者民族感情的一种寄托。

《长生殿》的创作素材来源较多，洪昇将这些复杂的素材筛选、概括、提炼、集中，进行艺术虚构，既没有脱离基本的史实，又不为每个细节的史实所囿，正确地处理了历史真实和艺术真实的关系，既有对现实生活的真实描绘，又有浓厚的浪漫主义色彩。敷演的是唐朝的故事，寄托的却是作者对现实生活的寓意，为历史剧的创作提供了值得借鉴的经验。该剧的人物性格鲜明，作者生动、细腻地描写了人物心理活动。"埋玉"一出，杨玉环由惊恐、哀求至绝望，由怕死祈求免死，最后为保君王安宁，宁肯自己捐生，心理描写一步一顿，把杨贵妃临死之前复杂的心情极有层次地展现出来，很有感染力。该剧的曲词优美，具有浓厚的抒情色彩。洪昇在曲律方面有精湛的造诣，又借助于曲学家徐麟的合作，几乎做到"句精字研，罔不谐叶"的地步。他的不少唱段在群众中广为传唱，当时即有"家家'收拾起'，户户'不提防'的美誉"，前一句指的是李玉《千钟禄》中《惨赌》一折，后一句即指《长生殿·弹词》。

《长生殿》三百年来一直活跃在舞台上，至今《定情》《惊变》《骂贼》《弹词》《闻铃》等出，南北昆曲剧团还不时演出。

孔尚任与《桃花扇》

孔尚任（1648—1718）清代戏曲作家，字聘之，又字季重，号东塘，别号岸堂，自署云亭山人。山东曲阜人，他是孔子第64代孙。早年曾隐居在曲阜县东北石门山中，闭门读书。康熙二十三年（1684）由于他在清圣祖玄烨到曲阜祭孔时讲经受到赏识，被破格录用，任命为国子监博士。后来孔尚任被派往淮、扬一带参加了三年多的治水工作。这段宦海生涯，使他大开了眼界，多少体验到一些官场的黑暗与人民的苦难。在这期间，他游览了南京、扬州一带名胜古迹，结识了一些明代的遗老，搜集了不少有关南明的史料，不仅促使他思想感情产生了变化，也为他创作《桃花扇》积累了素材。康熙三十八年（1699），他完成了《桃花扇》的创作，上演后影响很大，使一些"故臣遗老"们"掩袂独坐"，"唏嘘而散"。第二年，他的官职也因之被免。康熙四十一年（1702）回曲阜故乡。除《桃花扇》外，孔尚任还和顾彩合写了《小忽雷》传奇。他不但是一个戏剧家，在诗文方面也很有成就，著有《湖海集》《岸堂文集》《长留集》等。

《桃花扇》传奇是写明末复社名士侯方域与秦淮名妓李香君互相爱慕，侯以题诗宫扇赠香君。阉党阮大铖欲结交侯方域，托杨龙友送去妆奁，被李香君坚决退还。后来侯方域为阮大铖逡害，被迫离开南京，投奔扬州督师史可法。李自成陷北京，马士英、阮大铖等拥立福王得势，迫害复社诸人，并逼迫李香君嫁漕抚田仰。李香君坚决不从，以头撞地，血溅宫扇，被杨龙友点染成一枝桃花。清兵南下，陷南京，李香君、侯方域在道观里相遇，被道士点化后，两人分别出家。

《桃花扇》通过李香君、侯方域悲欢离合的爱情故事，反映了南明昏王当朝、权奸掌柄、文争于内、武哄于外的腐败政治，揭示了南明王朝江河日下的趋势和必然灭亡的结局。作者在痛斥权奸误国的同时，热情地歌颂了为国奔波的下层人民。女主人公李香君虽然是个歌妓，然而见识和品格都在许多文人雅士之上。"却奁"一出中，她不为金钱所诱，责备侯方域的妥协企图。她不惧怕强权的压迫，"守楼"一出，阮大铖派遣凶徒冲入媚香楼，强迫李香君嫁给田仰，香君誓死不从，以死相拼。"骂筵"一出，李香君面对权奸，痛骂阮大铖、马士英，揭露了他们的丑恶面貌。这些光彩照人的情节，展现了李香君人品、操守和崇高的气节。另外，像出身卑贱的民间艺人苏昆生、柳敬亭，他们的一身正气和过人胆识也令人钦佩。这些都表现了作者朴素的民主思想倾向与鲜明的爱憎感情。剧中对抗清不遂、以身殉国的史可法的描写，沉郁悲壮、慷慨激昂，明显流露出作者的故国之思和亡国之痛，难怪会引起当时观众的强烈共鸣。

《桃花扇》是一出著名的历史悲剧，其主要人物和事迹，均有史料根据。作者成功地将历史真实和艺术真实进行巧妙结合，成为我国古典历史剧创作的高峰。要将广阔的历史画面和众多的人物形象结合起来，是相当困难的。作者以深厚的功力和独到的构思，通过侯方域与李香君定情的一柄扇子，牵动了整个时代风云。从侯方域赠扇定情开始，经过"溅扇""寄扇"，直到最后张道士撕扇掷地作结，其中穿插牵连着众多的人和事件。侯方域这条线，连接史可法、江北四镇以及驻守武昌的左良玉等人。李香君一线则以南京为中心，牵动弘光皇帝、马士英、阮大铖以及秦淮艺人等朝野人士。一把纤巧的"桃花扇"，把李香君和侯方域离合之情与国家兴亡之感纠结在一起，构成一个严谨的艺术整体，正所谓，"南朝兴亡，遂系之桃花扇底"，足见作者概括生活的高超艺术能力和卓越的匠心。

《桃花扇》写成后影响巨大，风行一时。孔尚任罢官后，《桃花扇》仍在南北各地盛演不衰。在当时的剧坛上，孔尚任和《长生殿》传奇的作者洪昇齐名，称为"南洪北孔"，成为互相辉映的两颗巨星。多年以来，《桃花扇》曾被改编为多种戏曲剧本以及话剧、电影。对于结局，有的改编本做了不同的处理。

李玉与《清忠谱》

　　李玉（1591？—1671）明末清初戏曲作家。字玄玉，一作元玉，号苏门啸侣。吴县（今江苏省苏州）人。其书舍名为"一笠庵"，人称"一笠庵主人"。他出身低微，曾为明神宗万历时内阁首辅申时行"家人"，长期受到申的子孙的压抑，在科举方面不得意，直到明崇祯末年才中副榜举人。明亡后，他致力于戏剧创作。李玉学识渊博，才华横溢，吴伟业称他"其才足以上下千载，其学足以囊括艺林"。李玉创作丰富，所著传奇约40种，现留存18种。在明末崇祯年间就写过《一捧雪》《人兽关》《永团圆》《占花魁》，即所谓"一、人、永、占"四种。入清以后又写了《麒麟阁》《千钟禄》《太平钱》《牛头山》《眉山秀》《两须眉》《清忠谱》《万里圆》等。李玉还精于曲律之学，他曾在徐于室《北九宫谱》原稿基础上，补充元人杂剧、散套及明初南戏中的北曲，编定《北词广正谱》18卷，是至今较为完备的一部北曲曲谱。

　　李玉的剧作，多以反映历史和现实的政治事件为主，题材广泛，不囿于才子佳人悲欢离合的范围。他的一些作品，揭露和批判了当时的黑暗现实，及时反映了人民群众的斗争。可以说他是当时的"现代戏"，对于拓展昆曲的题材领域和观众范围起了积极的作用。当然，由于时代和阶级的局限，在他的剧作中，也有宣传封建伦理道德和仇视农民起义的思想倾向。

　　苏州是昆曲艺术的中心，孕育和聚集了许多优秀的戏曲人才，当时的苏州地区有许多戏曲作家，他们大都是比较接近下层人民群众的知识分子，彼此之间交往甚密，经常互相合作，写出大量的作品。他们的思想倾向和创作风格有很多共同之处，形成戏曲作家群，被现代学者称为"苏州派"。李玉便是这派作家的突出代表。

　　《清忠谱》是李玉根据真实的历史事实而写成的优秀剧作。《曲海总目提要》

说它"事皆据实"。它反映了明代天启年间，作者故乡所发生的震动朝野的重大政治事件。大宦官魏忠贤把持朝政，擅权用事，祸国殃民。退休在苏州的吏部员外郎、东林党人周顺昌痛恨魏忠贤阉党集团，愤慨指责时政，结果被捕下狱。苏州市民颜佩韦等五人，激于义愤，率领群众大闹府衙，要求释放周顺昌。事后，颜佩韦等五人被杀，周顺昌也被暗害于狱中。阉党失败以后，群众愤怒地砸了魏忠贤的塑像，烧了魏的生祠，周顺昌等人也得以昭雪。

周顺昌是作者所着力塑造的人物。他疾恶如仇，刚直不阿，为官清廉，安贫若素。虽被削职归家，但心在朝堂，对魏阉猖獗，对忠良尽诛，满怀忧虑。当友人魏大中被捕，一般人唯恐受株连，避而远之时，他却独自到江边送行，主动与之联姻。魏忠贤的党羽为魏建造生祠，在生祠落成之时，一些厚颜无耻的官吏顶礼膜拜，周顺昌却满腔怒火地冲了过去，对着魏忠贤的塑像痛骂其罪恶。他被捕以后，从容镇定，视死如归，在"叱勘"一折中，他面对魏党的嚣张凶焰，不跪不拜，历数其桩桩罪行，愤怒地踢翻桌子，用枷扭打魏党爪牙；直到囊首临死的时候，还高呼："死做厉鬼，击杀奸贼便了！"正是通过这些尖锐激烈的戏剧冲突，塑造了一个正义凛然、铁骨铮铮的悲剧形象。

当然，就周顺昌斗争的目的而言，是为了忠于君王、维护正统的封建宗法制度。他反对阉党乱政，却没有把斗争的锋芒指向培植和庇护阉党的封建王朝，这就必然影响了作品的思想深度。

《清忠谱》更为出色的成就是反映了新兴的市民运动，塑造了颜佩韦、杨念如、马杰、沈杨、周文元等下层市民的形象，他们出身低微，不见经传，却爱憎分明，见义勇为。当颜佩韦听说书人说到童贯陷害忠良时，竟然怒发冲冠，踢翻桌子，要打说书人。周顺昌被捕的消息传来，颜佩韦等五人义愤填膺，奋不顾身领头聚集苏州市民，为之鸣冤，并杀死校尉。最后五人在被绑赴刑场时仍誓死不屈，慷慨陈词，十分壮烈。剧中，还正面表现了气势磅礴的群众斗争。在"义愤""闹诏"中，台前的表演，幕后的效果，组成了声势浩大的群众场面。而各种人物对待周顺昌被捕事件所显露的不同态度，给人们留下了深刻印象。"毁祠"中，写苏州人民听到魏阉势败后，似山洪暴发，以排山倒海之势朝魏阉的生祠涌去，捣毁生祠，笔酣墨饱地渲染了万众欢腾的情景，这种轰轰烈烈的群众场面，在李玉以前的戏曲作品里是少见的。

　　李玉熟悉戏曲艺术的特点，他的剧作很适合舞台演出，不仅在当时深受群众欢迎，有的剧作一直成为昆曲、京剧和一些地方剧种的保留剧目。

李渔的戏剧理论

李渔（1610—1680），清代戏曲家，字笠鸿，后字笠翁，别署有笠道人、随庵主人、新亭樵客、湖上笠翁等。浙江兰溪人。

李渔是我国戏曲史上卓有建树的戏曲理论家和有影响的剧作家。他自幼聪慧，颇有才学，但一生未取得功名。中年时期，曾移居金陵（今南京市），与当时名士王士祯、吴伟业、尤侗等有唱和之作。他除开设"芥子园"书铺以为生计外，还靠自蓄家班，四处献艺，足迹几达半个中国，以求达官贵人的赏赐。晚年穷愁潦倒，常为饥寒所迫，发出"饥来驱人""伤哉，贫也"的感叹。

李渔一生著述颇丰，计有诗文杂著合集《笠翁一家言全集》16卷（包括《闲情偶寄》），评话小说《十二楼》《无声戏》，编辑《芥子园画谱初集》《资治新书》等。

李渔创作的传奇有十多种，其中《奈何天》《比目鱼》《蜃中楼》《怜香伴》《风筝误》《慎鸾交》《凰求凤》《巧团圆》《玉搔头》《意中缘》10种，合称《笠翁十种曲》。这些剧本除少数外，思想内容大都比较平庸、浅薄、格调不高，甚至堕入恶趣；在艺术上确有可取之处，如情节新奇，结构紧凑，曲词通俗易懂，善用误会、巧合，富于戏剧性，很适合舞台演出，因此在当时十分流行，有"十曲初出，纸贵一时"之说，其中《风筝误》被列为我国十大古典喜剧之一，直到今天在不少剧种中还广泛上演。

李渔更为出色的成就，在于他对我国戏曲理论建设的卓越贡献。他的剧论，在总结前人论述的基础上，结合当时戏曲创作实际和自身的创作体会，系统地提出了自己的观点，构成一个比较完整的体系，可以说是我国古典戏曲理论的集大成者，不仅在戏曲史上占有重要地位，而且在今天也有现实意义。

李渔的剧论，主要见于《一家言·闲情偶寄》，其中《词曲部》论述戏曲创作,《演习部》和《声容部》论述舞台艺术。涉及的内容很广泛,对戏曲结构、语言、题材、人物,对戏曲的排演、表演、音乐、服装,对戏曲演员的训练、教育等诸多问题,都提出了独到见解,可以说对戏剧创作和表演基本规律,进行了全面的探索和总结,是名符其实的"一家言"。

李渔论剧,首推结构,提出"结构第一",将结构至于音律、词采之上,这是对历代剧论的一个突破。李渔之前,一般人往往将戏曲看成"词余",因而更多地注重音律和词采,而忽略了戏剧本身的特点。李渔则明确指出:"填词之设,专为登场",因而有不同于一般文学创作的特殊规律。由于戏剧受时空的限制,作者在写作中,首先要精心构思结构,犹如工师之建宅,必须成局了然,方可"挥斤运斧"。戏曲作者在提笔写作之前,必然把全剧结构通盘考虑:如何选材,以什么为中心,何处开头,何处高潮,何处结束等,"袖手于前,始能疾书于后"。他很惋惜当时一些传奇作品之所以未获成功,不在于"审音协律之难",而是因为"结构全部规模之未善"。

如何才能使结构至善呢? 李渔提出了"立主脑""减头绪""密针线"等原则。所谓"主脑","即作者立言之本意",它体现于作品的主要人物和主要事件中。李渔指出:"一本戏中,有无数人名,究竟俱属陪宾;原其初心,止为一人而设。即此一人之身,自始至终,离、合、悲、欢,中具无限情由,无穷关目,究竟俱属衍文;原其初心,又止为一事而设。此一人一事,即作传奇之主脑也。"强调"立主脑",就必须"减头绪",这是一个问题的两个侧面。李渔指出"头绪繁多,传奇之大病也","作传奇者,能以头绪忌繁四字,刻刻关心,则思路不分,文情专一,其为词也,如孤桐劲竹,直上无枝"。李渔这些论述,目的是为了强调戏剧的集中性,使结构更为紧凑、单纯、洗练,"使三尺童子,观演此剧,皆能了了于心,便便于口"。李渔还用"密针线"来规范戏剧结构,使之浑然一体,天衣无缝。

李渔对戏曲语言的性格化、通俗化、音乐性问题,作了精辟的论述。他提出戏曲语言应当性格化,"说一人肖一人,勿使雷同,弗使浮泛","说张三要像张三,难通融于李四"。为此,作者必须设身处地,"代人立心"。他说:"言者,心之声也，欲代此一人立言，先宜代此一人立心。"只有化身为剧中人物进入脚色，才能使人物的"心曲隐微，随口唾出"，"说一人，肖一人"，而不流于雷同化。"贵显浅"是李渔对戏曲语言的又一要求。他从诗文与词曲（即戏曲）的对比中，强调了两者语言的不同，"诗文之词采贵典雅而贱粗俗，宜蕴藉而忌分明。词曲不然，话则本之街谈巷议，事则取其直说明言"。"文章做与读书人看，故不怪其深；戏文做与读书人与不读书人同看，又与不读书人之妇人小儿同看，故贵浅不贵深。"但是浅显并非粗俗，只有"能于浅处见才，方是文章高手"，"以其深而出之以浅，非借浅以文其不深也"。李渔从戏剧艺术的群众性、通俗性和舞台性着眼，提出戏曲语言深入浅出的要求，是深得戏剧创作三昧的。对于戏曲语言的音乐性，李渔也并未忽略，紧接"结构第一""词采第二"之后，他标出"音律第三""宾白第四"，对曲文和宾白的音乐性，作了详细的论述，其中心是如何调声协律，使戏曲语言好唱、好说、好听，给人以美感。他指出："一句聱牙，俾听者耳中生棘，数言清亮，使观者倦处生神。世人但以音韵二字用之曲中，不知宾白之文，更宜调声协律。"李渔还特别重视宾白的作用，认为"宾白一道，当与曲文等视"。他将剧本中曲文与宾白的关系，比作"经文"与"传注""栋梁与榱桷""肢体与血脉"的关系，两者之间是密不可分的整体。这对历来奉行"曲为主，白为宾"，只在曲文上下功夫，忽视宾白写作的偏向是一种有力的匡正。此外，李渔还提出戏曲语言要有机趣，切忌板腐，"少用方言"等，都是很有见地的。

对于戏曲题材和情节，李渔要求新奇，不落陈套，他说："古人呼剧本为'传奇'者，因其事甚奇特，未经人见而传之，是以得名。可见非奇不传。新，即奇之别名也。若此等情节，业已见之戏场，则千人共见，万人共见，绝无奇矣，焉用传之？"因此必须"脱窠臼"，"窠臼不脱，难语填词"。李渔说的新奇，并非荒唐怪诞，而是存在于"家常日用之事"中。他说："凡作传奇，只当求于耳目之前，不当索诸闻见之外。无论词曲，古今文字皆然；凡说人情物理者，千古相传；凡涉荒唐怪异者，当日即朽。"虽然选材只限于耳目之前，未免有点绝对，但要求戏剧创作要以生活为依据，反映人情、物理，却是至理名言。

对于戏曲人物的刻画,李渔除了从语言角度,论述:"代人立心","说何人,肖何人"之外,还涉及人物典型化的问题。他说:"欲劝人为孝,则举一孝子出名,但有一行可纪,则不必尽有其事,凡属孝亲所应有者,悉取而加之。亦犹纣之不善,不如是之甚也,一居下流,天下之恶皆归焉。"这实际上是将某一类人物的特征集中在一个人身上,使之更强烈、更理想、更有典型性。

李渔对于戏曲的二度创作,即所谓"登场之道"的论述,更是发前人所未发。《闲情偶寄》的《演习部》和《声容部》中有关导演的论述,可以看作我国戏剧史上最早的一部导演学。李渔认为导演的第一件事,是选择剧本,他说:"吾论演习之工而首重选剧者",因为如果"剧本不佳,则主人之心血,歌者之精神,皆施于无用之地"。在李渔看来,首先要选符合人情、能够动人的剧本,而不是在于是否"热闹"。他说:"予谓传奇无冷热,只怕不合人情。如其离合悲欢,皆为人情所必至,能使人哭,能使人笑,能使人怒发冲冠,能使人惊魂欲绝,即使鼓板不动,场上寂然,而观者叫绝之声反能震天动地。"剧本选定后,为了适应舞台演出,导演必定会有所更动,这就是李渔说的"缩长为短","变旧为新","拾遗补缺",其目的是"仍其体质,变其丰姿",既不背离原作精神,又更能适应观众的审美需要。李渔还把自己改定的两个导演脚本《琵琶记寻夫改本》和《明珠记煎茶改本》抄录于后,作为样本。导演除了选择、改动剧本外,更重要的职责是挑选和培训演员,组织演出。在"授曲""教白""脱套"以及"配脚色""正音""习态"等章节中,李渔以丰富的实践经验,对演员的选择、培训、表演以及其他舞台艺术处理,提出了许多真知灼见,充分说明李渔本人既是出色的导演,又是高明的戏剧教育家。

综上所述,可以看出,李渔的戏曲理论具有以下特点:一是实践性,即结合、联系舞台实际,对剧本创作和舞台艺术的规律进行探讨,从而突破了前人的框架,将对戏剧这门综合艺术的研究,提到了一个新的高度;二是系统性,全面地论述了戏曲艺术的规律;三是民族性,无论是内容还是叙述方式,都不同于西方的戏剧理论,表现了鲜明的民族风格。正因为如此,李渔在中国戏剧史上有重要地位,他的《李笠翁曲话》可以说是为中国古典戏曲理论做了一次总结,为我们留下了一份宝贵的财富。

当然，作为一个封建时代的帮闲文人，李渔的论著中也有不少糟粕，比如强调戏曲必须宣扬忠、孝、节、义，时刻不忘用三寸枯管为圣天子粉饰太平，以及将戏曲当作供达官贵人消愁解闷的工具等。但这种局限，与他的成就和贡献相比，毕竟是次要的，并不影响他在戏剧史上应有的地位。

京剧剧目撷英

一、杰出的大悲剧《赵氏孤儿》

春秋时晋国上卿赵盾遭到大将军屠岸贾诬陷，全家三百余口被杀。赵盾的儿媳庄姬公主不久生下一子，由赵家门客程婴偷带出宫。屠岸贾得知孤儿被人带走，下令十日内若无人献出孤儿，便杀死全国与孤儿同岁的婴儿。程婴以自己的儿子冒充孤儿替死，保全了赵氏孤儿。15年后，孤儿长大成人，程婴将赵家的冤情绘成画卷，使孤儿得知真情，用计杀了屠岸贾，为赵家报了仇。

《赵氏孤儿》系元代作家纪君祥的代表作，清末民初学者王国维在《宋元戏曲考》中评论《窦娥冤》与《赵氏孤儿》时说："剧中虽有恶人交构其间，而其蹈汤赴火者，仍出于其主人翁之意志，即列之于世界大悲剧中，亦无愧色也。"此剧自问世以来，传唱不衰，不少剧种都曾搬演，并且很早就传入欧洲，1754年，法国启蒙思想家伏尔泰把它改编为歌剧《中国孤儿》。

此剧的悲剧冲突强烈尖锐，随着人物的行动，冲突不断发生变化，层层递进。为救孤儿，程婴冒着灭门九族的风险，庄姬公主托孤以后，为了消除程婴担心日后泄密的忧虑，自缢身亡；把守宫门的韩厥将军毅然放走孤儿，又自刎而死；屠岸贾残忍凶暴，心狠手毒，传令杀尽全国婴儿。为救孤儿，程婴与公孙杵臼定计，程婴舍子，公孙杵臼撞阶自尽。正是通过尖锐复杂的戏剧冲突，表现了弱者对于残暴势力的反抗，歌颂了程婴、韩厥、公孙杵臼等人杀身成仁、忍辱负重的精神，激励人们树立正义必然战胜邪恶的坚定信念。全剧回荡着震撼人心的磅礴气势，洋溢着崇高的悲剧美。

剧中丰富有力的戏剧冲突为演员的表演提供了用武之地。马连良塑造的程婴形象非常成功,他不仅通过声情并茂的歌唱、细腻传神的表演来塑造人物,还善于运用程式化的动作来揭示人物复杂的内心世界。如"盘门"一场,程婴乔装草泽医生将孤儿装入药箱盗出,不料走出宫门,孤儿啼哭,被守门的大将军发现,程婴以赵家世代忠良被害慷慨陈词,激起韩厥的正义感,将军放走婴儿,然后拔剑自刎而亡。程婴猛回头见状,用急促的"跪步"扑到韩厥遗体前,这如箭离弦般的"跪步",将程婴震惊、感激、崇敬、悲愤的心情直观外化,叩击观众的心弦。当程婴背着卖友告密的罪名,强装笑脸侍候屠岸贾,屠命程婴拷打公孙杵臼时,三人之间的外部冲突、内心冲突是极其复杂和尖锐的。程婴哪里是在拷打公孙杵臼,分明是在拷打自己,若是动手,于心何忍?不打又难逃过屠岸贾的一双贼眼,打与不打,左右为难。马连良演到这里,两袖交互翻动,摆动髯口,向里蹉步,又向外蹉步,然后才拾起屠岸贾扔下的皮鞭,加上那"都只为救孤儿,舍亲生,连累了年迈苍苍受苦刑,眼见得两离分——"的动人唱段,将人物剧烈的思想斗争,以及万箭穿心、忧心如焚的情绪淋漓尽致地抒发出来,此剧堪称内心体验和外部体现完美结合的典范之作。

1960年王雁在京剧《搜孤救孤》的基础上,参考秦腔此题材剧本,改编成《赵氏孤儿》,由马连良饰程婴,谭富英饰赵盾,张君秋饰庄姬公主,裘盛戎饰魏绛。

二、团结御侮《将相和》

秦昭襄王派使臣到赵国,假意欲以15座城池换取赵国的国宝"和氏璧",赵惠文王知其诈,但不敢回绝。舍人蔺相如护璧入秦,面对秦昭襄王油鼎的威胁,当庭力争,大义凛然,终于完璧归赵。秦昭襄王一计不成,又生二计,约赵王渑池赴会,席间借鼓瑟羞辱赵王,结果反被蔺相如奚落。蔺连立大功,被封为相,位在老将军廉颇之上。廉自恃功高不服,屡次辱蔺。蔺以国家为重,一忍再忍。后廉颇知其苦心,愧悔不已,亲自负荆请罪,将相和好,同心辅国。

《将相和》是王颉竹、翁偶虹根据传统戏《完璧归赵》《渑池会》《负荆请罪》，并参照有关史料改编而成。1950年公演，这是新中国成立初期产生的优秀剧目之一，曾荣获第一届全国戏曲观摩演出大会剧本奖。

《将相和》不仅保留了几个濒临失传的折子戏，而且以完整的面貌突出了题材本身所包含的忍让为国、团结御侮的爱国精神，使之成为全剧的主题思想。这一富有时代特征的深刻思想，不是硬贴上去的，而是通过剧中人物鲜明的行动体现出来。蔺相如为一介书生，平时不显山不露水，但在严峻的考验面前，脱颖而出，不仅以他过人的才智和惊人的胆略，以他不怕牺牲、不畏鼎镬的英雄气概，维护了国家的利益和荣誉；而且以他"国计为重，私见为轻"的远见卓识和退避再三的克己行动，维护了高层领导的团结，使外敌无隙可乘，不敢妄动。这种公忠体国的宽广胸怀，这种大局为重的高贵品格，实是难能可贵。另一主人公廉颇，是战功赫赫、忠心耿耿的老将，由于居功自傲，曾一度产生狭隘、嫉妒心理，认为自己"有攻城野战之大功，而相如徒以口舌为劳，而位居我上？"很不服气，因此几次挡道，想羞辱蔺相如，这是很符合人物思想和性格的行动。但廉颇毕竟是久经沙场的爱国者，他一旦得知蔺相如的退让不是懦弱，更不是害怕自己，而是以大局为重的高尚行为，老将军如梦初醒，羞愧交加，不顾自己年高位尊，主动肉袒负荆，登门请罪。这种捐弃前嫌、真诚改过的精神，同样令人感动。当全剧结尾，两人互让互敬、肝胆相照，一文一武，同心保国时，台上台下，均为之欢庆。观众从两千年前的一段历史佳话中，不但为古人高贵的品格所感染，而且受到了深深的启迪。剧中那种爱国一家、团结御侮的民族美德，不正是每个炎黄子孙应当继承并发扬光大的吗？这正是该剧能沟通当代观众审美心理的重要原因。

该剧在艺术上较好地发挥了"袍带戏"的特点，以生、净为主，唱、做并重。当年，著名演员李少春和袁世海、谭富英和裘盛戎，都曾以此剧享誉剧坛。编剧根据两组演员各自的特点和优势，在唱、做安排上有所区别，大同而小异，使之各擅其长，相互媲美。这种密切结合演员特长、适应而不迁就的做法，是创作取得成功的又一原因。

三、梅派精品《宇宙锋》

秦二世胡亥荒淫残暴，宠信奸佞赵高。赵高怀恨女婿匡扶及其父匡洪，定计陷害匡洪全家。赵高女儿艳容无奈返归赵家。一日夜晚，胡亥突然至赵家，见赵艳容貌美，欲纳为嫔妃，赵高欣然允诺。赵艳容矢志不从，并在哑奴的暗示下，假装疯癫。胡亥不信，命赵高带女儿上殿查看真假。艳容在金殿上越发佯装疯癫，胡亥终于信以为真，纳妃之事只好作罢。

赵艳容虽是生长在贵族之家，然而她和封建时代的其他妇女一样，遭到无情的迫害，她的父亲赵高将她作为讨好皇帝的礼物和升官晋爵的阶梯。然而赵艳容不甘受人摆布，敢于反抗，哪怕在金殿上，她也毫不惧怯。她巧妙地以装疯作掩护，当着满朝文武大臣，痛骂胡亥皇帝："这昏王失仁义民心大变，听谗言贬忠良败坏了江山。"赵艳容以她的胆识和智慧，勇敢击破了胡亥的美梦。

《宇宙锋》是《一口剑》中的一折，系梅兰芳代表作。梅先生为此剧倾注了大量心血，他说道："《宇宙锋》是我功夫下的最深的一出。"

他并不因为最初叫座不够理想，就对它心灰意冷，放弃不唱，而是每演一场，便听取观众意见，不断修改，使其日臻完美，成为精品。

梅先生在表现赵艳容以装疯作为斗争手段的同时，还细致揭示了人物内心的矛盾与痛苦。既要装疯瞒过老奸巨猾的父亲赵高和好色暴虐的胡亥，就要佯装得真实，甚至把父亲当作丈夫，这对一个年轻貌美的贵妇人来说，是多么痛苦和困难。在她装疯的狂笑声里，浸透着辛酸的泪水。赵艳容在无可奈何、迫不得已的情况下才选择装疯来保护自己，逃避灾难，一个将正常人逼"疯"的世界，那就是一个不正常的世界。赵艳容的悲剧性遭遇，让人品味到深刻的意蕴。

戏曲表演程式里，为美化女性的纤纤玉手，艺术家们观察自然，模拟花朵高雅柔美的姿态，将自然美转化为艺术美，创造了"兰花指""菊花指"。梅先生在谈表演时说："运用手的姿势，表达喜、怒、哀、乐的复杂表情和各种动作，而使之成为优美的舞式。"① 此剧中，赵艳容在"三笑"以后，双手把赵高的胡子捧着，用"兰花式"指法，拈出几根胡须，然后往下拔，构成了美妙的画面。在赵艳容说疯话"我要上天，我要上天，我要上天"，以及唱到"那边厢又来了牛头马面"时，也都配合了优美的手势，令人赏心悦目。难怪有的外国戏剧家看了梅先生的演出后，深为其手姿的"表情"所折服。苏联戏剧家梅耶荷德深有感触地说："看完梅兰芳博士的一次表演，再到我们那些剧院里转一圈，你们就会同意我们的说法，那就是该把我们所有演员的手都砍掉，因为那些手对他们来说毫无用场！"此话虽然说得有些夸张，但梅兰芳的杰出表演让国内外观众为之倾倒则是无疑的。

四、《霸王别姬》——英雄末路的悲歌

楚汉相争，汉将韩信命李左车前往楚营诈降，李左车对项羽谎言汉军粮缺，诱项羽进兵。楚营众将及爱妃虞姬苦苦劝阻，项羽刚愎自用，一意孤行，结果出兵不利，中计被困于垓下。项羽突围不成，营中听见四面楚歌，人心动摇。曾不可一世的西楚霸王，发出了"力拔山兮气盖世，时不利兮骓不逝"的悲叹。面对着穷途末路的英雄，虞姬压抑内心的悲痛，强作欢颜，为项羽歌舞，以排遣其忧愁苦闷。虞姬舞剑毕，悲壮自刎。项羽杀出重围，迷路至乌江，因无颜见江东父老，自刎而亡。

此剧悲剧氛围极凝重，如虞姬在巡营时所唱【南梆子】"看大王在帐中和衣睡稳，我这里出帐外且散愁情。轻移步走向前荒郊站定，猛抬头见碧落月色清明"。情景交融的语言，苍凉的歌唱，使人感到悲凉、凄清的夜晚，虞美人漫步荒野战场时的忧虑和怅惘。紧接着传来下层士兵的叫苦声，四面楚歌声，与剧中人物眼看大势已去，无可奈何的心情交融在一起。景生情，情生景，形神兼备，虚实相生，从而创造出深邃的意境，让人们透过历史的风云变幻，品味到美人殒命、英雄末路的苦涩和悲凉。

---

① 梅兰芳：《梅兰芳文集》，中国戏剧出版社1962年版，第31页。

剧中虞姬有一段风格别致的剑舞，是梅兰芳先生以京剧舞蹈为基础，吸收了武术动作创作而成。梅先生通过节奏鲜明、婀娜多姿的剑舞，揭示了虞姬的心理发展层次，她开始是为项羽解忧，以后就变成与他诀别。梅先生在舞剑时，不是卖弄技巧功夫，而是与剧中人物的情感紧密结合在一起，将虞姬矛盾复杂的心情展现出来，她面对逆境与败局，暗暗为项羽的功亏一篑而痛惜，表面上却要强装笑脸安慰丈夫，背着项羽时，又抑制不住内心的悲痛、凄凉，偷偷拭泪。她为丈夫舞剑，意在激励丈夫在九死一生之际还要去奋争。舞中有戏，戏中有情，从而使这位对霸王饱含深情的虞美人形象令人难忘。

该剧又名《九里山》，亦名《楚汉争》《亡乌江》《十面埋伏》。清逸居士编剧，初由杨小楼、尚小云合演，继为杨小楼、梅兰芳的代表作，再后由金少山和梅兰芳搭档演出，又别具一格。

五、《长坂坡》单骑救主

刘备率领新野百姓渡江南撤，行至长坂坡，被曹操大军追上，来势汹汹的曹军大队人马，将刘备的军队冲得七零八落，刘备的家眷也被冲散。赵云置生死度外，单骑独闯重围，寻找刘备眷属，在残垣断壁中，他找到了糜夫人与阿斗。糜夫人已中箭伤，她将阿斗托付赵云后，为了让赵云无兼顾之忧，毅然投井自尽。赵云怀抱阿斗，跨上战马，横冲直闯，枪刺剑砍，所向无敌，终于杀出重围，救出阿斗。

该剧是武生传统戏，有许多精彩的武打和高难的技巧。如"抓帔"就是其中一绝。糜夫人怕牵累赵云，欲投井自尽，赵云慌忙阻止，但只抓住衣服，糜夫人已挣脱跳入井内。"抓帔"的动作难度较大，因为糜夫人外面穿帔（对襟长衫），里面衬褶子，里外两层手袖；头上的装饰垂下来很长的线尾子拖在背后。这就要求两位演员在抓帔的刹那间，要配合得丝丝入扣，倘若配合不严，动作就会拖泥带水，甚至连帔带人拉下井台。许多优秀演员在千锤百炼中，彼此配合默契，使得"抓帔"的动作完成得干净、利索，既刻画了赵云、糜夫人的形象，又给观众以独特的审美享受。

《长坂坡》一剧还巧妙运用了戏曲舞台处理时空的方法,糜夫人投井自尽后,赵云十分悲痛,他解开铠甲揣藏阿斗。这时,张辽、乐进、夏侯惇、李典同时由两边上,"抄过场"分下。这种"抄过场"的处理,使舞台同时出现了双重空间,一重是断壁残垣处,赵云揣好阿斗,然后推倒墙遮掩井口;一重是曹军乘胜追击,四处搜查刘备的部下和眷属。两重空间的同时出现,构成了特殊的戏剧情境,增强了形势的紧迫感,刻画了赵云的英勇、从容和缜密。这种处理大大扩展了舞台时空,使有限的舞台表现了两军对阵的辽阔战场,而在敌军重重包围之中,赵子龙这位单骑救主的孤胆英雄形象也更为突出。

该剧亦名《单骑救主》,又名《当阳桥》,为杨小楼的代表作之一,传演甚广。

六、风云变幻《群英会》

曹操大军南下,孙权、刘备结成联盟,刘备派诸葛亮到吴营共商军机。曹营谋士蒋干与吴营大都督周瑜原是同乡和同窗,曹操令蒋干过江劝说周瑜投降。周瑜巧施"借刀杀人"之计,让蒋干深夜盗取假书信,天明回营邀功。曹操果然中计,盛怒之中立即下令将水军将领蔡瑁、张允斩首。

周瑜出于对诸葛亮嫉妒,以营中缺箭为名,限令诸葛亮在半月之内监造十万支狼牙箭。诸葛亮漫不经心,随口答应,甚至主动要求将交箭的期限缩短为三日。周瑜要他立下军令状,想以贻误军机的罪名将诸葛亮除去。诸葛亮胸有成竹,算定了江面大雾迷漫的日期,用草船向曹营"借箭",如期向周瑜交出十万支箭。

在诸葛亮草船借箭的庆功宴上,吴将黄盖故意顶撞周瑜,周瑜佯装大怒,责打黄盖,黄盖诈降曹操。庞统又为曹操献连环计,为孙吴的火攻暗作准备。曹营埋下了隐患,终于导致赤壁惨败。

该剧表现赤壁之战,人物众多,场面宏大,孙、刘、曹三方之间矛盾错综复杂。作者精心剪裁,巧妙布局,场次之间衔接自然流畅,情节发展层层推进,长江南北两大阵营虚实照应，各种矛盾紧密交织。作者没有让人物仅仅成为事件的载体，而是通过赤壁之战，刻画了指挥战争和参与战争的各种人物。作者不是仅仅表现刀枪厮杀或人物之间尖锐激烈的外部冲突，而是重在表现人物心灵与心灵的交锋，因而被赞为一出"斗心工"[①]（即"斗智"）的戏。剧中反复表现了周瑜与诸葛亮之间的较量，但诸葛亮的智慧和度量都比周瑜高出一筹，一次次识破并击败了周瑜，不仅避开了陷害，还最终促成了两家联合抗曹的大胜利。例如在"草船借箭"的庆功宴上，诸葛亮识破了周瑜的"苦肉计"，任凭黄盖与周瑜唇枪舌剑，任凭周瑜怒不可遏下令杀黄盖，任凭鲁肃、阚泽苦苦为黄盖求情，诸葛亮不理不睬，只顾饮酒。周瑜偷看诸葛亮，见他如此泰然自若，越发嫉妒诸葛亮料事如神，气愤地扔酒杯、出座、拔剑，当时就想杀诸葛亮——由于深入描写了人物心理，因而戏剧冲突丰富、有力，塑造了雄姿英发而又胸怀狭隘的周瑜，深谋远虑、潇洒飘逸的诸葛亮，憨厚老实的鲁肃，忍辱负重的黄盖，还有雄心勃勃而又奸诈残忍的曹操，以及自作聪明、弄巧成拙的蒋干等众多惟妙惟肖、神情宛然的人物群像，将观众引向了"江山如画，一时多少豪杰"的壮美意境。

此剧最早由卢胜奎编剧，三庆班排演，系生、净、丑角合作戏。后来以马连良、谭富英、袁世海、萧长华、叶盛兰等人的合作演出最为精彩。

七、《龙凤呈祥》大吉大喜

孙权因刘备占据荆州，屡讨不还，便与周瑜设下美人计，假称以其妹孙尚香许婚刘备，图谋骗刘备过江做人质换取荆州。

刘备在赵云的护卫下来到东吴，他们按照诸葛亮定好的锦囊妙计行事，争取周瑜岳父乔玄的帮助。乔玄说服吴国太在甘露寺招亲，这场婚事终于弄假成真。

刘备在东吴招亲以后，央求孙尚香同回荆州，孙尚香辞别母亲，与刘备潜

[①]《萧长华戏曲谈丛》，中国戏剧出版社 1980 年版，第 48 页。

逃。周瑜派兵将追截，被孙尚香斥退。周瑜带兵赶来，刘备夫妇已被诸葛亮事先安排好的船只接走，周瑜气得吐血而归。

此剧情节跌宕有致，层次分明，刘备、赵云一再逢凶化吉，转险为夷，一步步击破了孙权和周瑜精心设计的"美人计"。孙权、周瑜自以为得意，但处处失算，弄巧成拙，荆州非但没有讨回来，反而白白送了刘备一个妙龄夫人，真是"赔了夫人又折兵"，落得一场羞辱。情节的发展常常使人感到意外，但又在情理之中，并不违背特定情境中人物性格逻辑。

中华民族以龙、凤象征吉祥如意，从前戏班每逢大年初一常演此戏。就是现在的名家汇演、戏校的毕业生公演、逢年过节等喜庆日子也常常演出此剧。全剧生、旦、净、丑行当齐全，容易把各行的"角儿"拴在一起，台上花团锦簇，热闹好看。

乔玄是促成孙刘联姻的重要人物，他与吴国太是儿女亲家，又是周瑜的岳父，具有特殊身份，举足轻重，既具有政治家的洞察力和应变力，又是一个机智、风趣、豁达的老人。马连良扮演的乔玄很为人们称赞，他准确把握了人物性格特点，演来飘逸潇洒、妙趣横生。"甘露寺"本是短兵相接，冲突一触即发的险局，但乔玄老谋深算，为了促成孙刘联姻，共御曹操，他从中斡旋，终于化干戈为玉帛。那一段脍炙人口的"劝千岁杀字休出口，老臣与主说从头"的主要唱段，长达20多句，表现了乔玄口若悬河滔滔不绝，而且多少有点倚老卖老的意思。他热情赞美，甚至渲染夸张刘备及其手下大将，意在劝说孙权改弦更张，最后促使吴国太招刘备为婿。马连良将这段【西皮原板】转【流水】的唱段，唱得情真意切、顿挫有致、俏美异常，使音乐旋律与词意汇在一起，令人百听不厌，在群众中久唱不衰。后辈演员扮演这个角色，几乎无不仿效马派，足见其长久的艺术魅力。

八、武侯风度《失·空·斩》

街亭是汉中咽喉要地，诸葛亮探知司马懿亲领大军前来夺取街亭，拟派将驻守。马谡请令前往，并立军令状，诸葛亮另又派王平相助。马谡刚愎自用，违诸葛亮令，又不听王平劝告，被魏将张郃打败，街亭失守。

司马懿乘胜来取诸葛亮所驻西城，此时蜀军精兵良将俱派出在外，西城空虚，危急之中，诸葛亮设下空城计，将城门大开，自己坐在城楼上，抚琴饮酒。司马懿来到城下见状生疑，以为城内必有精兵埋伏，即令人马后退。当他探明西城是座空城，再回兵攻城时，诸葛亮已调来赵云，司马懿惊慌退走。

马谡失街亭后，与王平回营请罪。诸葛亮挥泪斩了马谡，又后悔自己用人不当，上表自贬。

《失·空·斩》包括《失街亭》《空城计》《斩马谡》三个重场戏，既可合演，也可分演。该剧主要赞扬了诸葛亮的政治美德以及他的足智多谋。《失·空·斩》虽然表现两军交战，但作者没有只写事件的表面进程，而是精心刻画人物，将这场战争表现得变化多端、波澜起伏、动静相宜。比如《空城计》中，作者生动地表现了诸葛亮和司马懿的性格冲突和内心冲突。司马懿统领大军滚滚而来，因诸葛亮平生谨慎，故而司马懿对大开的城门，对悠闲的琴声心存戒备。诸葛亮洞察了司马懿的犹豫，便故意问司马懿为何进退两难，并直接告诉他城内没有伏兵。本来就犹豫不定的司马懿听见诸葛亮这番真真假假的话，越发疑虑了，因为他偏信自己对诸葛亮的了解，尽管司马昭、司马师急切要求杀进空城，但司马懿坚信从不弄险的诸葛亮定在城内设下了伏兵，于是下令退四十里。诸葛亮事后抹去头上的冷汗，一声"好险哪"道出了他的后怕，轻轻这一笔，写出了他是人而不是神。

人说戏曲中的时空犹如橡皮筋，可以拉长，也可以缩短。《空城计》中的"三报"：一报马谡、王平失守街亭；二报司马懿统领大军夺取西城；三报司马懿大军离城不远。生活中，这三件事的发生需要一个过程，但艺术家们发挥了戏曲时空自由的特点，将三件事发生的时间高度浓缩，这就大大加强了事态的严重性和紧迫感，使诸葛亮不得不走空城弄险这着棋。这种省略事件过程而集中刻画人物的表现方法，是十分高明的。

《斩马谡》一场，作者将诸葛亮置于严明法纪和朋友情谊的尖锐对立之中，置于自责自悔用人不当的心灵煎熬之中，经过痛苦的抉择，诸葛亮终于挥泪斩了马谡；同时自己也承担了责任，上表请求幼主贬去武乡侯之位。这种多侧面描写，使诸葛亮这位一代贤相的大政治家风度更富于立体感。

《失·空·斩》是演出最多的老生传统戏，"四大须生"马连良、谭富英、杨宝森、奚啸伯等均擅演此戏。

九、犹是《春闺梦》里人

东汉末年，军阀混战，四处征兵，张氏新婚不到半月的丈夫王恢被迫和同村的几个青年从军，到军中不久即战死。张氏在家中眼巴巴盼望丈夫归来，积思成梦，梦见丈夫回家，夫妻重叙旧情；忽又见战场上刀光剑影、尸横遍野，张氏惊醒后倍觉凄凉。

此剧系金仲荪根据杜甫《新婚别》及陈陶诗"可怜无定河边骨，犹是春闺梦里人"的诗意编写而成，表现了封建统治集团争权夺位的战争给人民带来的痛苦和灾难。王恢已经战死，然而他年轻、善良的新婚妻子却不知晓，还热切盼望丈夫解甲归家；明明不幸和灾难已降临张氏，可她还在梦中与丈夫团聚，过美满幸福的生活。现实与梦境、事实与幻想交织在一起，欢乐与悲苦形成鲜明的对比，产生了强烈的悲剧力量。张氏在梦醒后所唱的【西皮摇板】："今日等来明日等，那堪消息更沉沉，明知梦境无凭准，无聊还向梦中寻"，更是余韵绵绵，耐人寻味。

该剧是程砚秋的代表作之一。程先生在表演上有许多精心创造。在梦境中，张氏与王恢由聚而散，程砚秋将张氏忽沉睡、忽迷蒙、忽沉思、忽欣喜、忽娇嗔、忽怨怒、忽疑惑、忽惊惧——种种心态神情，描摹入微、历历如绘。在唱腔中糅进了哭声、叹声、恨声、怨声，真是字字血、声声泪，使剧情的悲剧高潮与程腔的悲剧特色紧密结合，令人回肠荡气。在表现张氏梦见战火兵燹的种种状况时，程砚秋运用了多姿多彩的舞蹈动作，尤其是千变万化，让人眼花缭乱的水袖绝活，揭示了张氏极不平静的内心世界，展示出狼烟四起、血肉模糊、尸骨纵横的惨烈情景，暴露了这种不义之战"寡人妻、孤人子、独人父母"的罪恶，体现了全剧的主题思想。

20世纪30年代，政治腐败、军阀混战，苛捐杂税猛于虎，苦难的中国人民挣扎在死亡线。程砚秋怀着强烈的社会责任感，与编剧金仲荪一同创作了《荒山泪》《春闺梦》，抨击社会弊病，控诉黑暗的统治，抒发人民渴望和平、向往幸福生活的心声和善良愿望。较高的思想性和完美的艺术性有机结合在一起，使这两部剧成为程派的两座丰碑。当年演出受到了广大观众的欢迎，产生强烈的社会影响。著名的社会活动家马叙伦先生观戏后，吟诗赞叹道：

何必当年无定河，且听一曲眼前歌；
座中掩面知多少，检我青袍泪独多。

十、梁、祝悲歌千古传

上虞县祝员外之女祝英台女扮男装赴杭城求学，途中与梁山伯结为兄弟，两人三载同窗，建立了深厚的情谊。祝父催女归，山伯送行，一路上英台借景喻情，暗许终身，梁始终未解其情。英台无奈，只得托言家中有个九妹，望梁邀媒下聘。后梁应约到祝家，始知九妹即英台，欣喜至极，谁知祝父已将英台许配给马家，山伯悲愤而亡。英台得梁死讯，着素装登上马家花轿，经梁之坟，前往祭奠，时风雨大作，雷电交加，坟墓突裂，英台跃入墓中，双双化为彩蝶，翩跹起舞。

梁山伯与祝英台的故事产生在一千多年前。唐代张读《宣室志》已有记载，以后在民间歌谣、说唱和戏曲中广泛流传，反复描写，说明这个题材本身有很强的人民性。在取材于梁、祝故事的众多戏曲剧本中，以越剧《梁山伯与祝英台》和川剧《柳荫记》影响最大。1953年马彦祥将《柳荫记》移植改编为京剧，由王瑶卿创腔，叶盛兰、杜近芳主演，曾广获赞誉。

此剧歌颂了梁、祝坚贞不渝的爱情，对封建家长制和婚姻制进行了有力的控诉，并用幻想形式和浪漫主义的手法，让主人公化为一双蝴蝶比翼而飞，反映了人民的美好愿望，很符合中国人民的思想感情和审美心理。剧中"送行""访友"等场次堪称精品。"送行"中，艺术家们发挥了中国戏曲时空自由的优势，运用"流动空间"的处理方法，在空无一物的舞台上，让池塘、小桥、水井、庙堂等一系列景物环境交替出现，祝英台通过沿途景物大胆而含蓄地暗示自己是个女子，向山伯表示爱情，是那样热烈而又聪敏；而梁山伯对一连串的双关语毫无领会，是那样忠厚、诚朴。这场长达几十分钟的戏，既委婉细腻地刻画了人物的心理，又妙趣横生地展示了人物的性格，让人过目难忘，回味无穷。"访友"一场，梁山伯满怀希望访九妹，残酷的现实却给他沉重的打击，两人深陷悲愤和痛苦之中，他们互相倾诉爱慕与相思，哀婉动人，催人泪下，形成这出悲剧的情感高潮。

1954年，程砚秋取材于梁、祝故事另编《英台抗婚》，将重点放在"拒婚""观礼""祭坟"三场，以便在重点场次，充分发挥程派唱腔特色。尤其是结尾祭坟，那血泪交迸、悲恸欲绝的感情，通过大起大落、跌宕多姿的旋律和低回婉转、柔中含刚的程腔，如洪水般倾泻而下，感人肺腑，撼人心魄，成为程派绝响。

十一、绚丽神奇的《闹天宫》

猴王孙悟空神通广大，玉皇大帝封之为"齐天大圣"，意在加以羁縻。孙悟空在看守天上桃园时，趁机大吃仙桃。当他得知王母设蟠桃盛会没有邀请自己，非常生气，便闯到瑶池，使守席仙童沉入梦乡，将席上的酒果吃饱喝足，最后又将剩下的酒肴桃果装入布袋，欲逃回花果山，让众兄弟们尝尝天上的美食。不料误入老君丹房，又吃尽金丹，再闯出南天门，回到花果山。玉皇大帝得知此事，勃然大怒，命李天王率领天兵天将前去擒拿孙悟空，反被孙悟空打得落花流水，大败而逃。

孙悟空同时具有超自然的神性、猴子本身的特征和社会化的人性。他勇敢机智，渴望自由，蔑视皇权，敢于造反。全剧事件虽然出于虚构，但作者瑰丽奇特的想象是以现实生活为依据的，故能给人们以多方面的启示。此剧在表演上也独具特色，孙悟空在舞台上纵跳腾挪，敏捷矫健，妩媚可爱。精彩而富于技巧性的武打更令人眼花缭乱，目不暇接。

《闹天宫》的前身是《安天会》，为杨小楼的代表作。杨小楼活灵活现地塑造了孙悟空的形象，人称"小杨猴子"。他常说："演猴戏应当是'猴学人'不能'人学猴'。"这虽是一字之差，内中却大有学问。孙悟空反抗传统，蔑视等级制度，具有反抗封建的叛逆性，俨然是斩邪除奸、为民除害的一条好汉，而不是一只猴子。"人学猴"容易造成表层的模仿，而"猴学人"却是从生活出发，从规定情境出发，从人物心理动机出发，利于塑造出栩栩如生的艺术形象。后来，李少春、翁偶虹等将此剧改编为《闹天宫》，李少春在国外演出此剧时还曾获奖。直到现在，此剧仍然是最受外国朋友欢迎的剧目之一。

十二、《贵妃醉酒》既醉且美

杨贵妃在百花亭摆宴等候唐明皇，唐明皇却忽然驾转西宫。杨贵妃苦闷，独自饮酒，排遣愁烦。

早年素有"南欧北梅"之称的欧阳予倩和梅兰芳都擅演此剧。当时有人评论说："梅的贵妃是美而见醉，欧的贵妃是醉而见美。"这两位大师虚心听取意见，不断提高演出水平，将千娇百媚的杨贵妃塑造得既醉且美。后来欧阳予倩转向教学和研究，梅兰芳则坚守舞台，用毕生的心血精雕细刻，终于将此剧琢磨成自己的拿手杰作之一。后学者，几乎都以此为范本。

此剧的突出特征是载歌载舞，演员通过优美的舞蹈动作，细致入微地将杨贵妃期盼、失望、孤独、怨恨的复杂心情一层层揭示出来。如杨贵妃前后三次的饮酒动作，便各有不同：第一次是用扇子遮着酒杯缓缓地啜；第二次是不用扇子遮而快饮；第三次是一仰而尽。之所以如此，因为开始时，她怕宫人窃笑，便故作矜持，掩饰着内心的苦闷；但酒入愁肠愁更愁，最后到酒已过量时，心中的懊恼、嫉恨、空虚——便一股脑儿地倾泄出来,其他什么都顾不得了。再如三次"衔杯"的动作,也将杨贵妃从初醉到醺醺醉意细致入微地表现出来。这些歌舞化动作,也体现出杨贵妃骄纵任性和放浪的性格内核。

有人将此剧叫作"醉美人"。生活中喝醉酒的人歪歪倒倒,又呕吐,又是哭笑骂人,称作"发酒疯",形象丑陋。但此剧中的杨贵妃酒醉之后,却越发显得美。比如"醉步",演员并没有像生活中的醉鬼一样脑袋乱晃,身体乱摇,而是将这一生活形态予以艺术化,赋予了舞蹈美的形式。醉鬼打人本来很丑,但酒醉的杨贵妃是甩出袖子打高力士,形象也很美。再如用活了的"卧鱼"程式,表现带着醉意的杨贵妃俯下身去嗅花,这就使天生丽质的杨贵妃更加美艳娇柔。艺术不同于生活,梅兰芳先生说:"古典歌舞剧的演员负着两重任务,除了很切合剧情地扮演那个剧中人之外,还有把优美的舞蹈加以体现的责任。"梅先生正是遵循这样的美学原理在这出戏中塑造了"这一个"杨贵妃的形象。从这一形象身上,人们不难联想到:集三千宠爱于一身的贵妃娘娘尚且如此凄凉怅惘,那吞噬无数美貌女性青春和生命的罪恶制度,该是如何的可憎可恨了。

十三、《钟馗嫁妹》丑中见美

终南山进士钟馗进京赴试,留下妹妹照料门户。途中,钟馗误入鬼窟,面貌顿时变丑陋。唐王取士以貌不以才,落第的钟馗因羞愤触死在后宰门。死后,钟馗为感谢学友杜平掩埋其尸骨,又因生前曾将妹妹许与杜平,于是夜间率众鬼卒,准备好笙箫鼓乐,琴剑书箱,回到家中,亲自送妹妹到杜府成亲。

该剧虽然演的是鬼怪故事,但并不使人感到阴森恐怖,反而让人从中得到了美的享受。钟馗骑着蹇驴来到残雪未消的小桥,情不自禁地抒发道:"小桥边残雪报春晴,又见梅花数点助雪精神,梅花逊雪白,雪却逊梅馨,两下里品格奇清,骚人才子添诗兴。"这种文学性高、抒情性浓的语言,配合"口出字,手就到"的优美舞蹈,将钟馗嫁妹时喜悦的心情以及文人雅士的风度,惟妙惟肖地表现出来。过了小桥,经过曲曲弯弯的荒芜小径来到家门,见门庭冷清,钟馗倍感伤心。兄妹见面以后，他愤怒地向妹妹讲述了自己的不幸遭遇，对封建统治者进行了有力的控诉和谴责。送亲途中，旌旗掩映，笙箫鼓乐，车轮声声，飞蹄似流星，驾着祥光，乘着彩云，钟馗领着送亲队伍载歌载舞。小鬼们为了表示祝贺，翻滚扑腾，旋转跳跃，满台欢乐，满台喜庆。艺术家们细腻地表现了钟馗喜、怒、哀、乐的情感，同时他的心地又是那么善良、美好，以至死后还惦记着孤单的妹妹，还要为妹妹安置一个美满的家庭。钟馗不仅文才高超，性格刚直，而且又是一个多么可亲可敬的哥哥！

这出戏中，钟馗的脸谱、身上的打扮和表演造型都很奇特。而且除钟馗之妹外，满台都是奔逐跳窜的红发花面小鬼，但全剧并未让人感到狰狞恐怖，而是在表面的"丑"中显出一种很奇异的"美"来。

十四、《王宝钏》贫贱不移、威武不屈

唐丞相王允的三女儿宝钏高搭彩楼，抛球择婿选中了乞丐薛平贵；王允自食其言，命女儿退婚，宝钏不从，王允恼羞成怒，与女儿"三击掌"，从此断绝父女之情。宝钏离开相府，随平贵来到寒窑。

婚后薛平贵因降服红鬃烈马，受封为后军督府。王允参奏，改薛平贵为先行，被派去远征西凉。平贵归家与宝钏惜别，一对恩爱夫妻被拆散，宝钏苦守寒窑。

薛平贵在征战中奋勇苦战，却被王允和副元帅魏虎合谋陷害。薛平贵被俘以后，西凉王反将代战公主嫁与他，不久又继承了王位。王宝钏苦守寒窑18年，饱受艰苦，写血书托鸿雁寄往西凉。薛平贵得信，私逃回国，急忙归家。武家坡前遇宝钏，夫妻一别18年，宝钏已不认识平贵；平贵假装问路试探宝钏是否忠贞，宝钏斥责军爷无礼，逃回寒窑，平贵追到寒窑，夫妻久别相会，悲喜交加。

王允寿辰，平贵与宝钏回府，向王允、魏虎讨算18年军粮。后来王允篡位，欲杀薛平贵。代战公主自三关引兵入朝，攻破长安，擒获王允。薛平贵自立为帝，封赏王宝钏、代战公主等人。

该剧通过薛平贵、王宝钏荣辱变易、悲欢离合的故事,揭露了封建社会中等级制度、门第观念的丑陋。全剧情节曲折离奇,人物命运坎坷不平,非常富有戏剧性。王宝钏为了追求婚姻自主,彩楼选婿时,她不以贫富论人,看不上那些官宦子弟,偏偏选中了乞丐薛平贵。而且还能不顾严父的威逼,敢于冲破"在家从父"的封建教条,宁肯与相府决裂,将锦衣、凤冠扔在相府,舍弃优裕的生活环境与平贵结合。她困守寒窑,贫病相加,王允屡逼她改嫁,母亲探望也劝她归家,但她不贪恋富贵,淡泊自甘,坚贞不移,做到了"富贵不能淫,贫贱不能移,威武不能屈",体现了中华民族的传统美德。

《王宝钏》又名《红鬃烈马》。全剧10余折,经常上演的折戏有"彩楼配""三击掌""别窑""探寒窑""鸿雁传书""赶三关""武家坡""算粮""银空山""大登殿"等。

此剧是旦角演员常演的剧目,不少名家各有创造,如程砚秋演出的"武家坡",其中"跑坡进窑"的绝活,内外行一致称赞。当王宝钏发现"军爷"(薛平贵)言语行动不规矩,非常气愤,薛平贵追到身边时,王宝钏讹指:"那旁有人来了",出其不意,抛水袖掷沙子迷住了薛的眼睛,然后急急朝寒窑跑去。水袖"啪!"地抛出,似箭射出,干净利索;急行的台步如风吹浮萍,妙不可言。王宝钏进窑的身段更为讲究,程砚秋左手拿着篮子和挖野菜刀,右手涮水袖,先矮身后蹲下,左脚先进窑,并以它为轴心,一个快速旋转,白色的腰裙随之飘动像盛开的莲花,然后右手顺势与左手合并将窑门关上,动作十分优美,每演到此,观众总是报以热烈的掌声。

十五、《三岔口》:灯光下"摸黑"开打

宋代,杨家将的部将焦赞因气愤奸臣王钦若及女婿谢金吾迫害杨家将,怒将谢金吾杀死,被朝廷判罪,发配沙门岛。六郎杨延昭命任堂惠暗随保护。焦赞至"三岔口",投宿黑店中,店主刘利华贪图钱财,欲害忠良。任堂惠赶到,与刘在黑夜中搏斗,最后杀死店主夫妇。1951年中国京剧院演出此剧时,将刘

利华夫妇改为正面人物,与任堂惠由误会而格斗。此剧常在国内外演出,成为优秀剧目。

《三岔口》之所以受到广大观众尤其是青年观众的欢迎,并走向世界,来自其独特的魅力。漆黑夜中,伸手不见五指的情况下格斗对打,如果按照生活的原样,舞台上一片漆黑,试问演员怎么演,观众如何看。此剧遵循戏曲艺术的美学原理,运用了写意、虚拟的表演手法,完全在明亮的灯光下表演黑夜中的搏斗。扮演刘利华、任堂惠的演员认真体会黑夜中的感觉,仔细揣摩人物在暗室中的一举一动,然后加以提炼、夸张,艺术地再现于舞台。所以演员表演的摸路、拨门、潜入、对打、摸拳等,也给人以很强的真实感。该剧的武打精妙奇绝,有许多高难技巧,如"蹦桌子""吊毛出""倒毛回""夺双刀""对单刀""摸黑对拳"等。特别是精彩的"跳门槛",表现刘利华被桌子砸伤以后疼痛难忍的情景;演员用右手搬起左脚,抓住脚尖,纵身起跳,右脚从左脚上越过后,再反向跳回,往返多次,轻盈快捷,落地无声。如此跳进跳出的技巧,常常赢来观众雷鸣般的掌声。

十六、褒贬不一的《四郎探母》

辽宋战争中,宋将杨延辉(四郎)被俘,隐瞒身世,改名木易,被辽主萧太后招为驸马。15年后,六郎杨延昭与母亲佘太君率大军至雁门关下,与辽军对垒。杨四郎思母心切,苦于无法过关,其妻铁镜公主设计巧取令箭,助夫过关至宋营探母。其后,四郎又连夜赶回辽邦。萧太后得知真情后大怒,欲将杨四郎斩首,经铁镜公主苦苦求情,才将四郎赦免。

《四郎探母》取材于杨家将故事,但情节却与《杨家将演义》有所不同,小说中的杨四郎战败被擒后降辽招亲,是为了伺机报仇,后来果然策应宋军破辽。该剧的作者在原小说的基础上进行了加工改造,有意淡化战争气氛,重点渲染人物之间的人伦亲情,因而长期以来对此剧褒贬不一。贬之者认为:这出戏同情和美化了"叛国投敌"的杨四郎,宣扬了"叛徒哲学",有辱杨家将"一门忠烈"的形象，应当否定，甚至禁演；而褒之者认为：杨四郎的"叛徒"罪名，事出有因，查无实据，属于"冤假错案"，应予平反。

尽管对该剧的思想倾向有不同的评价，但褒贬双方对《四郎探母》的艺术成就都一致公认。该剧结构严谨，情节流畅，环环相扣，一气呵成。对人物思想情感描写细腻，在"人情"二字上做足了文章。在两军对垒、剑拔弩张的背景下，身陷异邦的杨四郎贪夜冒着杀身之祸偷跑出关探望母亲。漫长的15年骨肉离别，短暂的一夜团聚，杨四郎在声声更鼓的催促下，依次与家中亲人相见，说不尽的离情别恨、思念之情，却又才相聚，又分离。作者笔酣墨饱抒发了母子、夫妻、兄弟之间的种种人伦之情，苍凉凄楚、哀婉动人。

该剧人物不少，行当配置整齐，唱念安排得当，唱腔丰富优美。尤其是《坐宫》一场，几乎囊括了"西皮"唱腔的全部板式，通过板式的变化，多层次揭示了人物情绪变化，是一出极著名的生、旦唱工戏。这一场的开始，四郎思母心切，但老母既近在咫尺，又好似远在天涯。铁镜公主想为丈夫排遣忧闷，便与他闲聊，并猜测心事。在这一段戏里，唱腔用的是舒缓柔和的慢板。接下来，四郎对公主讲明了自己的真实来历和想见老母一面的心情，公主大为吃惊，这时唱腔随之加快，转唱摇板、原板和快板。公主愿意帮助四郎，但"怕你一夜不回还"；四郎则急切保证信守诺言，以至跪下盟誓。这时唱腔进一步催快，特别是两人的大段对唱层层递进，一气呵成，淋漓尽致抒发了两人的激动心情。纵观全剧，对四郎、公主和其他重要人物的情感刻画都很鲜明、生动。正因为此，民族之间的残酷战争对人的正常亲情所造成的巨大伤害，就更让人思索不已。

作为一出情感表现浓烈、唱腔成就很高的作品，很多京剧演员都喜欢演唱《四郎探母》。它还常常成为名家联袂演出的大合作戏。

十七、《杨门女将》气壮山河

杨宗保五十大寿，天波府阖家同庆，不料边关传来噩耗，杨宗保在抗击西夏进犯时中箭身亡。宋仁宗意欲苟安求和，佘太君强压悲痛，趁仁宗天波府吊喧之际，带领一门孤寡痛斥主和派的谬论，请缨出征。"八房一脉"的杨文广通过比试，取得了出征资格。

百岁老人佘太君亲自挂帅，12位寡妇扬鞭策马，率领大军来到边关。宋军首战告捷后，西夏王文又施诡计，意欲引诱杨文广进入伏兵的包围之中，佘太君将计就计，穆桂英和杨文广到葫芦谷探险，经杨宗保的马夫及所乘老马的引导，在采药老人的帮助下寻到栈道，内外夹攻，一举歼灭敌军，凯旋而归。

《杨门女将》中，杨家一门男儿战死沙场，但艺术家并未用低沉的调子去表现遗孀的悲惨凄凉，而是歌颂寡妇稚子前仆后继的壮烈情怀。百岁老人跃马临阵，12位女将挥戈杀敌，真是浩浩荡荡、威风凛凛。它充分体现了中华民族乐观豪迈的精神和巾帼英雄气壮山河的无畏气概。

此剧"以喜衬悲"的第一场戏，艺术感染力很强。天波府张灯结彩，喜气盈盈，全家老小正忙着为杨宗保祝寿。突然，焦廷贵、孟怀源二将从前线回来，带来了杨宗保英勇殉国的噩耗，欢乐的气氛骤然冻结成冰霜。百岁老人痛失爱孙却屹然不倒，含泪举杯，率杨门女将仰天遥祭。情势的这一突转，刻画出这一群巾帼英雄在丧失亲人的痛苦中早已炼就的坚强意志。

"请缨"一场戏，请缨的地点不是安排在金殿，而是安排在杨宗保的灵堂，当意欲求和的宋王别有用意地来到天波府祭奠时，一门孤寡，满堂肃穆的悲壮气氛和环境，与宋王怯懦苟安的心理形成尖锐的对照，宋王被投进这样的戏剧情境中，其内心是何等尴尬；白发老人在爱孙灵帏前挺身请缨，又是多么悲壮、激昂。众杨门女将也参与了请缨，对主和派王辉进行冷嘲热讽和有力驳斥。杨门女将的堂堂正气充溢着舞台，异常尴尬的宋王不得不颁旨出征。

全剧文武场次相间，冷热相济。其中"比武"一场，是解决"出征"和"留后"的矛盾，杨文广为"八房一脉"的骨血，柴郡主因文广年幼，恐阵前有失，不愿文广出征。杨文广似初生牛犊，急于报仇杀敌。佘太君希望比武激励全军的斗志，杨七娘为自己的徒弟擂鼓助威。处于矛盾中心的穆桂英，在比武经过几个回合后，文广眼看要败阵，低声恳求母亲抬抬手。穆桂英经过一番思索后，决定"让儿三分"，待杨文广一枪刺来，穆桂英有意落马，让杨文广获胜。这里，既有人物与人物之间激烈的外部冲突、不同人物的性格冲突，以及人物的内心冲突，这些冲突有机结合在一起，刻画了不同人物的性格，特别是既是巾帼英雄，又是慈母的穆桂英，更给人留下了鲜明的印象。

《杨门女将》是范钧宏、吕瑞明吸取扬剧《百岁挂帅》某些情节编写而成。1960年北京电影制片厂拍摄成彩色影片，曾获"大众电影百花奖"。

十八、《野猪林》英雄逼上梁山

北宋东京80万禁军教头林冲，和妻子张氏到东岳庙进香。太尉高俅之子高世德见张氏貌美，与爪牙陆谦等设计欲侮辱张氏，使女锦儿奔告林冲，林冲急急赶去，高世德慌忙逃走。陆谦又献一计，使人卖宝刀与林冲，又骗林冲持宝刀入白虎堂。白虎堂是军机禁地，外人不得擅入，高俅遂以刺杀太尉之罪，将林冲发配沧州。陆谦买通两个解差，嘱在途中将林冲杀害。鲁智深暗地跟踪保护，行至野猪林，解差正欲谋害林冲时，鲁智深从天而降，救下林冲性命。林冲到了沧州以后，陆谦又烧草料场再次谋害林冲，林冲侥幸逃脱，怒杀陆谦，与鲁智深一道奔向梁山。

该剧刻画主人公性格，表现其思想转变时，紧扣一个"逼"字。林冲作为80万禁军教头，待遇优厚，又有一个美满的家庭，妻子美丽、贤淑，社会地位决定了他必然要依附于统治阶级，以保住那禁军教头的身份和家庭。对于高俅一伙的一再迫害，林冲虽然怒不可遏，但总是委曲求全、屈辱苟安。直到草料场一场大火，使他失掉了最后的安身立命之所，幻梦彻底破灭。在万般无奈、走投无路的情况下，林冲才不得不铤而走险，投奔梁山。从封建统治者营垒里的一名赫赫军官到参加农民起义大军，其间变化何其大也，但因作者揭示了促使林冲思想转变的社会原因，细致地表现了林冲思想变化的曲折历程，有根有据、入情入理，因而使人感到真实可信，并具有深刻的社会意义。

《野猪林》的结构颇具匠心，它使政治风云和家庭的悲欢离合交融在一起，既有浓厚的政治气氛，又富有人情色彩，利于发挥戏曲艺术长于抒情的特点。

李少春扮演的林冲形象，光彩照人。如"野猪林"一场，林冲在被发配到沧州途中，受尽了两个解差的折磨刁难，他们用棍棒毒打林冲，像驱赶牲口一样迫使脚被烫伤的林冲赶路，林冲身心饱受着摧残，一段苍凉、悲壮的【高拨子】（一路上无情棍实难再忍——）配合"甩水发""摔吊毛"等动作，将林冲痛苦、愤懑的心情酣畅淋漓地表现出来，显示了艺术家的才华和功力。

该剧又名《英雄血泪图》《山神庙》，原为清逸居士、杨小楼编演，后李少春、袁世海等又加以改编演出，成为优秀剧目之一。1962年北京电影制片厂、香港大鹏影业公司曾联合拍摄成彩色影片。

十九、《打渔杀家》中的精彩细节

梁山好汉肖恩起义失败后，归隐江湖，与女儿桂英相依为命，打渔为生。本想平静地安度晚年，但因天旱水浅，鱼不上网，欠下了丁府的渔税银子。丁府派恶奴打手几次三番来催讨，仗势欺人，强行索取税银。肖恩在忍无可忍的情况下，怒将恶奴打跑，并到衙门告状。不料官府与土豪相互勾结，反诬肖恩抗税不交，杖责四十大板后，还要令其连夜过江向丁自燮赔礼请罪。肖恩杖伤累累，对官府和王法的希望彻底破灭，毅然重新走上反抗的道路。剧中依据人物性格发展的逻辑，合情合理地展现了肖恩从退隐江湖，忍气吞声度日，到义无反顾地再次走上反抗道路的过程，塑造了善良、质朴、豪迈、坚毅的老英雄肖恩形象，并深刻揭露了封建社会中被压迫人民与封建统治者之间尖锐的矛盾和官逼民反的严峻现实。

该剧人物性格鲜明生动，艺术家们善于通过生动的细节来刻画人物。比如肖恩最后决定携带女儿过江杀仇人，桂英留恋地频频回顾家门，提醒父亲："这门还未曾关呢！"肖恩说："这门么——就不用关了！"桂英又说："这里面还有家具呢！"肖恩叹气道："唉！门都不关，还要什么家具呀。"父女简短的对话，表现了肖恩破釜沉舟的决心和悲愤的心情，也表现了桂英的天真心细、不谙世事的性格。船行至江心，桂英感到有些害怕，在肖恩"恨不得插双翅越江而过"

时，她竟然松索落篷，一声"不去"，惹得父亲生气。而当肖恩拨转船头要送她回去时，桂英又用力反拨船头，说道："孩儿舍不得爹爹。"然后挽索、升篷再行船前进。通过落篷、反拨、升篷等几个动作，将父女骨肉情深以及桂英激烈的思想斗争都表现出来了。自从离开家门，肖恩就再三嘱咐女儿带好婆家的聘礼"庆顶珠"，快到丁府，肖恩又问女儿"庆顶珠"可带在身上，并叮咛女儿："此番前去，若有不测，儿携带庆顶珠，从水道逃往花家去吧！"桂英问："爹爹你呢？"肖恩意味深长地回答："我么，儿就不用管了！"相依为命的父女有可能就要生离死别，肖恩不忍说出悲惨结局，自己则抱定了视死如归的信念。类似这些精彩的细节，塑造了血肉丰满的人物形象。主人公肖恩不仅是一个坚毅的老英雄，又是一位疼爱女儿的慈父。

《打渔杀家》表现江河上打渔的生活，发挥了戏曲艺术虚拟、程式化的表演，演员手握船桨，模拟生活中划船的动作，配合上那"父女们打渔在河上——"的歌唱，创造了江上行舟的意境。这种自由开阔的时空处理，为演员的表演提供了用武之地。经过几代艺人们的精雕细刻，这出《打渔杀家》已成为京剧老生和青衣的必修剧目之一。著名的京剧生行和旦行演员，如周信芳、马连良、谭富英、言菊朋、李少春以及梅兰芳、张君秋、李玉茹、童芷苓——几乎没有不演此剧的。

此剧一名《庆顶珠》，又名《讨渔税》。

二十、善恶昭彰《清风亭》

薛荣进京考试，妻子严氏虐待侍妾周桂英。元宵夜，周桂英在磨房产下一子，严氏嫉妒，命老仆将婴儿抛弃荒郊。周氏将血书、金钗暗藏在婴儿身上，以备日后相认。张元秀夫妇老年无子，以磨豆腐、编草鞋为生，观灯返家途中，拾得弃婴，十分高兴，抱回家中抚养，取名张继保。

张元秀夫妻辛勤劳动，用微薄的收入将张继保抚养到13岁。一日，张继保在学校被同学讥讽，回家向张元秀追询亲生父母，张元秀十分生气，虚张声势要责打张继保。张继保跑到清风亭躲避,恰逢周桂英上京寻夫在此休息,周桂英在劝解过程中,见到血书,得知张继保是自己所弃之子,便不顾老人伤心,携子匆匆而去。

张继保去后,张元秀的妻子思子心切日久怏怏成病,张元秀心情也很抑郁,夫妻俩身体渐渐不济,贫病交加,沦为了乞丐。后来张继保中了状元,路过清风亭小憩。张元秀夫妻前去相认,改名为薛继保的状元拒不相认,竟以"怜贫"之名赏了他们200钱。二老万分悲痛,当着张继保的面双双碰死在清风亭。接着忘恩负义的张继保也被雷击毙。

此剧写了张元秀夫妻的善良、朴实,谴责了张继保等人的薄情忘恩。雷殛张继保表现下层民众惩治恶人的强烈愿望。全剧念白多,唱段少,富有节奏感和韵律感的念白,通过演员的念诵,生动地传达出了人物的真情实感。如"望子"中,体弱多病、相依为命的张元秀夫妻迎着北风来到三岔路口,望着通往清风亭的路,想着张继保正是沿着这条路离去的,万分悲痛,夫妻俩向着蜿蜒曲折通往远方的路呼唤:

张元秀　张继保,

贺　　氏　小娇儿,

张元秀　你由此道而去,

贺　　氏　为何不从此道而回。

张元秀　为父在此盼你,

贺　　氏　为娘在此想你。

张元秀　儿怎的不归,

贺　　氏　儿怎的不回。

声声呼叫,悲哀凄凉,催人泪下,具有很强的悲剧感染力。

《清风亭》又名《天雷报》,周信芳、马连良擅演此戏,但两人风格不同。除京剧外,一些地方剧种也演出此剧,在群众中影响很大。

二十一、《凤还巢》里"错中错"

兵部侍郎程浦告老还乡，元配夫人所生之女雪雁，貌丑陋；妾生女雪娥，美丽聪慧。程浦喜爱少年英俊的穆居易，欲将雪娥嫁与他，夫人却要先嫁亲生女雪雁。程寿诞之日，穆居易前来拜寿，被留宿书馆。深夜雪雁冒雪娥名去书馆，穆居易见其貌丑，行为不端，误以为受骗，连夜愤然出走。

程浦被朝廷起用，离家赴任。皇族朱焕然早就垂涎雪娥，乘机冒穆居易名来程家迎娶，夫人暗用掉包计以雪雁嫁之。洞房真相大白，两人好比哑巴吃黄连——有苦难言。

程浦平定贼寇，接雪娥到军中，穆居易从军也在此，程浦又重提婚事。穆记前事，坚决拒婚，但元帅与监军强制主婚。洞房中，穆见雪娥貌美，惊喜异常，连连赔罪，误会消除，花好月圆。

该剧是一出喜剧，由于误会和"错中错"生发出一系列妙趣横生的情节。在情节结构上"留扣子""抖包袱"等技巧的运用非常成功。"书房"一场，雪雁冒雪娥之名深夜去纠缠穆居易，穆便认定雪娥是个丑女子，这就"留扣子"埋下了伏笔。"洞房"一场，新娘子明明是美若天仙的雪娥，穆居易却执拗地认为新娘是丑女子，厌恶和烦躁不安，不肯入洞房；主婚的洪公公等人则不知原因，疑神疑鬼。这种主观和客观的不协调便产生了喜剧性，引起观众的笑声，笑声中揶揄穆居易正在"搬砖砸脚"。等到"包袱"一抖搂，帐帘揭开，误会消除，意外的发现使情节突转，欣喜若狂的穆居易又急忙向受了委屈的雪娥赔礼，又引来观众哄笑。正是"扣子"留得好，"包袱"抖得妙，喜剧悬念才能紧紧抓住观众。

《凤还巢》原名《阴阳树》，又名《丑配》，最早由梅兰芳编演。

二十二、《四进士》与宋士杰

明代嘉靖年间，新科进士毛朋、顾读、田伦、刘题出京为官，相约赴任后不得违法渎职。河南上蔡县姚廷春与妻田氏图谋家产，毒死其弟姚廷美，并将廷美妻杨素贞卖与布商杨春为妻。杨春同情素贞遭遇，与她结为仁义兄妹，并愿代为鸣冤。毛朋私访，得悉杨素贞冤情，代写状子，嘱素贞赴信阳州告状。途中，素贞与杨春失散，素贞遇恶棍拦劫，被宋士杰所救，并收作义女，同往州衙告状。宋士杰与相互贿赂、沆瀣一气的顾读、田伦等官吏展开了反复较量。最后毛朋秉公审理，田伦、顾读、刘题以违法失职问罪，判田氏、姚廷春为死罪，为杨素贞雪了冤。

《四进士》一剧因戏中有毛朋、田伦、顾读、刘题四个进士而得名。最初毛朋为主角，后经艺术家们在演出中不断磨炼加工，宋士杰这个人物越来越突出，成了主角。

宋士杰是传统戏曲里不多见的具有复杂性格的人物。他当过衙门中的刑房书吏，又开着小店，见识广，阅历深，老辣干练，风趣狡黠，又具有正义感，乐于助人。为了保护弱女子杨素贞免受凌辱并昭雪冤情，熟谙官场内幕的宋士杰，对田伦等赃官以子之矛攻子之盾，三次公堂，三个回合，矛盾冲突步步激化和深化，他与赃官进行了巧妙而曲折的斗争，最后打赢了官司。

此剧情节的发展正如焦菊隐先生所说："——是一环套一环，一扣套一扣，像个九连环——从杨春买妻，引出杨素贞与他的矛盾，遇上毛朋私访，发现了冤情，替素贞写状。杨春撕毁了婚书，与素贞结为兄妹，愿意帮助她去申冤告状。路上兄妹分散。素贞遇上流氓。流氓又遇上爱打抱不平的宋士杰——这样发展下去，事件越来越复杂，人物越牵涉越多，矛盾越来越大——"[1]

《四进士》是皮黄名剧，也流传于许多地方剧种。周信芳、马连良都擅演此剧。周饰演的宋士杰是"老而辣"，马饰演的宋士杰是"老而滑"，显示出不同的表演特色和风格，都受到观众的喜爱和推崇。1956年上海电影制片厂拍摄成彩色影片，由周信芳主演。

---

[1] 余秋雨：《戏剧审美心理学》，四川人民出版社1985年版，第208页。

二十三、《周仁献嫂》中的心灵煎熬

明嘉靖时，严嵩当权，逸害朝臣杜宪。杜宪之子杜文学的朋友凤承东，见杜家势败，落井投石，到严府进谗言。严嵩派校尉逮捕杜文学。危急之中，杜文学将妻子托与义弟周仁，杜受刑后，被发配到云南。严府总管严年见杜妻貌美，用计将周仁唤进府，强行赐官，并以杜文学生死为要挟，迫使周仁献出杜妻。周仁夫妻不以荣华富贵而背信弃义，周妻冒名替杜妻上轿，洞房中谋刺严年未遂，自刎而死。但周仁却被误认为是献嫂求荣。杜文学发配边境时，因助海瑞立了大功，袭父职，重审此案，斩了严年、凤承东；又逮来周仁，用棍棒痛打，后来事实终于澄清，周仁夫妻不趋炎附势的品质为人称颂。

剧中《周仁回府》一场，是有名的独角戏，虽然是一个人在舞台上表演，却非常有戏。其原因是艺术家们将周仁的心灵置于两难情境中"煎熬"。周仁从严府回家的途中，内心掀起了狂涛巨浪，他痛恨严年逼他献嫂，又为自己不得不接受严年赐给的官衣和乌纱帽感到羞愧和愤怒。献嫂与不献嫂在他内心进行着痛苦的选择，若不献嫂，自己和杜文学两家皆难保全；若献嫂，又对不起杜文学。最后他想用自己的妻子代替嫂子献到严府，但又难以割舍夫妻之情——通过演员的歌唱、大段的念白和"耍纱帽翅"等技巧，将周仁在一次次自我否定的过程中，内心激烈的冲突展现得纤毫毕露，引起观众强烈的感情共鸣。

《周仁献嫂》出于昆曲《忠义烈》。早年，翁偶虹根据山西梆子改编为《鸳鸯泪》。50年代，中国京剧院叶盛兰等，据翁本《鸳鸯泪》改编成《周仁献嫂》。

二十四、《一匹布》人财两空

以买卖旧货为生的张古董，不务正业，嗜好赌钱，娶妻沈赛花年轻貌美。因家境贫困，夫妻常为缺吃少穿发生口角。一日，张古董将做生意的本钱输得精光，恰逢沈赛花从娘家带回来一匹布，张古董将布哄骗到手，上街欲换钱以解燃眉之急，路遇盟弟李天龙。天龙告诉他最近死了妻子，妻子留下的钗环首饰被岳父王老户收去，如续娶妻则归还于他，并赠白银二百两。张古董贪财心切，竟异想天开地将妻子沈赛花借与李天龙，打算骗得钗环首饰和白银后各分一半。不过张再三强调只借妻一天，"切不可过夜"。

沈赛花与李天龙这对假夫妻到王老户家中，王老户一家热情款待，并执意挽留天龙与沈赛花住宿一夜。那边张古董眼看落日西沉，不见沈赛花归来，急忙去找李天龙，不料行至城门口正遇关闭城门，他被困在"月城"之中。好不容易挨到天亮开了城门，张古董气急败坏找到王家，痛骂天龙与沈赛花，并到衙门告状。知县看上去是个糊涂官，他"糊里糊涂"将沈赛花判给了李天龙。张古董欲贪非分之财，结果弄假成真，落得人财两空。

该剧在表现手法上，同样发挥了戏曲舞台时空自由的优势，"月城"一场处理得非常别致，舞台左角是屈身"月城"之中的张古董；舞台中央是被强留在岳父家中过夜，尴尬相对的假夫妻李天龙和沈赛花。随着一声声更鼓，张古董焦躁、担心，有的剧种还安排了一个酒鬼与张古董同困在月城里。张古董胡思乱想，他猜疑一对青年男女深夜同居一室会产生情爱，咒骂妻子和李天龙，偏偏遇到酒鬼又和他胡搅蛮缠，张古董越发心急火燎。而沈赛花先是对丈夫怨恨，后来又渐渐对李天龙产生了感情。这种并列时空的巧妙处理，将处于不同地点人物的戏剧动作同时纳入一个舞台画框，并使张古董、沈赛花、李天龙的心理活动互相交流、呼应，从而产生了强烈的喜剧效果，讽刺和嘲笑了张古董。

此剧又名《张古董借妻》。

二十五、《徐九经升官记》的"苦思"

徐九经平步青云升了官，带着书童徐茗走马上任。路过玉田县郊外时，他望着歪脖子树感慨万千。原来九年前，他本应高中皇榜第一名，只因安国侯以貌取人，嫌他长得丑陋，被外放到玉田县当知县。失意的徐九经到玉田县时，曾为这歪脖子树写了一首打油诗："分明栋梁材，零落路旁栽，为何遭小看，皆因脖子歪。"如今时来运转，他将诗作了修改："生就栋梁材，不怕路旁栽，刮目再相看，脖子并不歪。"他踌躇满志，走马上任。

徐九经来到京城，万万没料到等待他的是一场棘手的官司。并肩王的内弟尤金和安国侯的义子刘钰为争夺美女倩娘而打官司，因为双方都权势大，旗鼓相当，哪一方都得罪不起，京城的官员都纷纷回避此案。并肩王特请圣旨召来徐九经审理此案，徐九经被推到矛盾冲突的旋涡之中。"苦思"一场就是表现徐九经彻夜难眠，苦苦思索这桩案子如何了结。安国侯对他有怨，可在官司中占理，他的义子刘钰从军前就和倩娘定情，互相爱慕。并肩王虽然对他有恩，在官司中却不占理，其内弟尤金将倩娘抢进府中，威逼成婚。是秉公直断，以德报怨，还是假公济私，暗报私仇。徐九经处于恩与怨、权与法、公与私、情与理两难的煎熬之中。在他伏案入睡时，朦胧之中出现了两个和徐九经一模一样的人，有个叫良心官，一个叫私心官，他们各述其理由和厉害，都把徐九经往自己一边拉。这两个人显然是徐九经心理的幻影，是其内心活动的直观化、视像化。为的是深刻揭示人物内心隐秘，将这位困于夹缝中的审判官的两难处境和潜在意识，给予了别致而又鲜明的揭示。

徐九经经过内心斗争后，决定做良心官，秉公直断。公堂上他施用巧计，迫使尤金承认婚书是假，徐九经于是将倩娘判与刘钰，使有情人成眷属。徐九经深感官场险恶，好人难当，从此辞官而去，来到歪脖子树下卖酒为生。徐九经胸有大才而命运多舛，空怀报国之志和济世热忱却一再失落，只有当他"遁世"之后才感到悠然自得，回归自我。这种人生状态的悖逆，意味深长，耐人寻味。因此这出观赏性很强的喜剧又挟裹着很强的忧患意识，让人不禁联想起卓别林那种"含泪的喜剧"。

此剧由郭大宇、彭志淦编剧，湖北省京剧团演出，1982年由北京电影制片厂、湖北电影制片厂合作拍摄成彩色戏曲故事片《升官记》，由朱世慧主演。

第三辑

随笔、杂谈

学习传统喜剧笔记三则

我国的戏剧艺术源远流长，历史悠久。如果从它的祖先秦代的优旃讽谏秦始皇的故事算起，已有两千多年的历史了。在历代作家和艺人创造的长长的喜剧艺术画廊里，有用哈哈镜照出的漫画，有用放大镜映出的讽刺画，有机智风趣的幽默画，有优美抒情的田园画，有令人神往的浪漫画，也有穷形尽相的世俗画……真是琳琅满目，美不胜收，作为一个传统喜剧的爱好者，我在观摩学习之余，曾断断续续地记下一些心得和笔记，现整理出三则，提供给爱好喜剧的同志们参考，以求进一步挖掘我国戏剧艺术的宝库。

一、时空自由　调度灵活

喜剧是寓教于笑的艺术，笑是喜剧的特征。有各式各样的笑：无情的嘲笑、幽默的微笑、纵情的欢笑等。总之要让观众由衷地发笑，若其不然，就不称其为喜剧了。

在某些传统喜剧里，如果单从剧本文学的角度来看，既没有引人发笑的喜剧情节，也没有风趣逗笑的喜剧语言，可是只要我们看看立在舞台上的"活"剧本，就会发现天才的艺术家们利用了戏曲舞台时空不固定的美学原理，运用其独特的表演技巧，通过巧妙而灵活的舞台调度，生发出许多笑料来，构成精彩的喜剧场面。

川剧《逼侄赴科》就是以时、空处理自由，舞台调度灵活取胜的喜剧。这是全本《玉簪记》中的一场，即是《秋江》之前的戏。剧情描写女贞观的老观主发现侄儿潘必正与尼姑陈妙常暗地里相爱，立即逼迫潘到临安赴考，生生拆散一对情人。按说这是悲剧的内容，却演成了出色的喜剧。我们看到：颠顶而专横的老观主监视着潘必正拜别众家姑姐，而独不准他向陈妙常辞行。陈妙常正四处寻找潘必正，追到神堂见人多不便搭话，便登上钟楼暗窥神堂的动静。钟楼和神堂之间有一定距离。艺术家们却根据戏曲舞台时、空处理的超脱性，将钟楼与神堂两个空间连在一起，犹如电影中的"远景""中景"拉到"近景""特写"镜头中一样，为演员的表演和交流提供了用武之地。由于这一巧妙的舞台调度，就将潘必正置于既向钟楼上的情人告别，又要在神堂受老观主和众道姑监视的情境中，从而引出了一系列的喜剧镜头和片段。

在众道姑默不作声地念着经、潘必正满腹心事地拜菩萨时，忽然被一纸团打中。他抬头一看是钟楼上的陈妙常掷下的，真是又惊又喜，竟忘了自己的处境，用手势同陈妙嫦答起话来。忽然听到老观主叫潘必正给菩萨磕头时，惊慌失措的潘必正竟"扑通"一声跪错方向，背着菩萨，面向观众连连磕头。这时观众席上总是对这位拜错菩萨的潘相公报以善意的笑声。

该拜别姑母了，潘必正在安放椅子时几次挪动，表面上是将椅子安放在平稳的地方，便于老人就座，实际上是使老观主坐的地方，和陈妙常处于同一方向。这样，潘必正看来是在拜别姑母，其实是向老观主身后站在耳帐上的陈妙嫦语意双关地诉说离别的苦衷和表示誓不相忘的心意："……我就要走了，心里头多少话对你……（暗以眉目示意陈妙常）老人家说，你老人家要好好保重身体，不要以我为念，我绝不是忘恩负义的；倘若高中，一定来接你……"为了不引起老观主疑心，潘必正总是在"你"（陈妙常）之后，拉长声调，旋即加上"老人家"三字。这位昏庸而自得的老观主还真的听了进去，欣慰地连连点头。她每点一次头，观众中总是发出一阵嘲笑声。

陈妙常听着潘必正这番肺腑之言，竟掩面痛哭起来，潘必正也禁不住流下了伤心泪，为了怕老观主发现其中的"机关"，潘必正干脆将老观主的头部朝下按着，把她的视线挡住，而自己则和陈妙嫦两两相望痛哭起来。老观主还真以为亲生侄儿舍不得离开和她抱头痛哭哩！竟也抽抽噎噎地哭了起来。她越是伤心地哭泣，观众越是为她受到捉弄而发出开心的笑声。笑声中包含着对佛门清规的揶揄和嘲讽，包含着对这对年轻恋人的机智和反抗性格的同情和赞赏。

戏发展到了高潮，潘必正在拜别众道姑时，望着陈妙常，恨不得插上翅膀，飞到钟楼去。当他大步奔去，没料到撞着了老观主，他又急急后退，左躲右闪，差点儿踩着跪在地上的众道姑，这种人物与环境极不和谐的表演和调度，惹得观众捧腹大笑起来。但这绝不是为了换取廉价的笑声，而故意在台上出洋相，而是真实地表现了特定环境剧中人物心理和人物关系，在人物和环境的矛盾之中，迸发出喜剧的火花。

如上所述，《逼侄赴科》这场戏，如果没有处理舞台空间的自由性和舞台调度的灵活性，一切按照实景的要求，陈与潘，一个在钟楼，一个在神堂，很难设想能进行这一切生动有趣的感情交流。因此可以毫不夸张地说，如果失去了这种舞台空间的自由性，也就取消了这场情趣盎然的绝妙喜剧。

的确，一些新颖别致的舞台处理是令人拍案叫绝、过目难忘的。十多年前我曾看过著名川剧丑角演员刘成基主演的《药茶记》，其中有这样的情节：主人公张浪子跟随父亲外出做生意，行至中途，张父对家中的事牵肠挂肚，怕自己的续弦——张浪子的亲妈虐待前妻留下的一双儿女，叫浪子即返家中，叮嘱他照管好弟妹。

紧接下一场便是张浪子家，浪子妈果然对前妻留下的儿女找碴生事，举起鞭子，满堂追打，打得一双儿女哭爹叫妈。就在此时，张浪子忽然从台上跑过场，浪子妈高高举起的鞭子，恰好重重地打在了张浪子身上。张浪子猝不及防挨了这天外飞来的一鞭子，打得他"哎哟"一声蹦跳起来，又怕再从地上冒出一棍棒，只得摸着疼痛处急跑下场。这千里飞来的一鞭子也使观众感到吃惊。猛然醒悟过来见埋头赶路的张浪子挨了误伤，又觉得好笑，当然这是同情的笑、善意的笑。

按理，张浪子在路上行走，浪子妈打人在家中，两者并不相关，剧中却将千里之遥的两处镜头"剪辑"在一起，像电影中的蒙太奇手法，不仅产生了喜剧效果，而且生动地揭示了人物的内心活动和人物之间的关系。俗话说："打在张三的身上，痛在李四的心上。"这是比喻两人休戚与共、命运相连。张浪子随母亲来到周家后，他可怜两个年幼丧母的弟妹，在与他们朝夕相处中建立了深厚的手足之情。当他接受了父亲的嘱托往回走时,深知自私、狭隘的母亲趁父亲不在家中,是不会轻易饶过弟弟和妹妹的。他一路上担心弟、妹挨打,而一旦想到弟、妹挨打,那高高举起的鞭子打在弟、妹的身上,却深深地痛在他的心上。千里飞来的一鞭子这一突破真实时间和空间的艺术处理,将张浪子的内心活动形象化,将他同弟、妹之间患难与共的关系视像化,为塑造善良、朴实、憨厚的张浪子形象抹上了浓浓的一笔。因此尽管全本《药茶记》还有许多需要修改之处,但这千里飞来的一鞭子的细节却深刻隽永,至今还令人回味。

二、跳进跳出 自我剥露

讽刺、幽默、戏弄、误会、夸张、巧合等都是喜剧常用的表现手法。除此之外,在我国传统喜剧之中,还有通过自我剥露的方式来进行讽刺的。这种剥露式的方法,显然是继承了秦汉优伶和唐宋参军戏、滑稽戏的传统,并加以发展而来的,同时又与我国戏曲的表演体系有着血缘关系。我国的戏剧舞台没有第四堵墙将演员和观众隔开,不像西欧话剧那样强调创造生活的幻觉,相反的,却很强调演员和观众的交流。戏曲中的一些行当特别是丑行,即使是进入角色时也常跳进跳出:有时是抒发剧中人物的思想感情,有时又像是站在角色之外,进行揭露和讽刺。传统戏曲中常利用这种跳进跳出的方式,让人物自我剥露,当面出丑,往往能产生很好的喜剧效果。如元杂剧《窦娥冤》第二折里,张驴儿拖着窦娥和蔡婆婆到衙门告状,太守桃杌竟与告状人跪下。别人问他为什么下跪?他说:"你不知道,但来告状的,就是我衣食父母。"这就是戏曲中早期出现的自我剥露的例证之一。

在传统戏曲剧目中,一些丑角上场,常用两句念白或定场诗为自己画像。如京剧《打渔杀家》中,大教师出场念:"好吃好喝又好搅,听说打架我先跑。"仅仅两句,一个胡搅蛮缠、虚张声势、外强内干的恶棍形象便活灵活现。川剧《做文章》中,徐子元出场时念"字字双":

头戴一顶花花巾，崭新；

身穿绫罗色色新，光生；

三年读本百家姓，聪明；

方知"家父"叫"严尊"，官称，官称。

这种半是自我揭露、半是自我嘲讽的道白，使得这个眠花宿柳、不学无术的纨绔子弟在观众面前亮了相；而讽刺艺术的锋芒，也随着这种自我剥露的语言，鞭辟入里地刺向了人物的内心。

自我剥露的手法，在川剧《请医》中更成了刻画人物性格、推动情节发展的基本方式。《请医》是《拜月亭》中的一场。作者通过庸医温德栋之口，以辛辣的笔触，把一个江湖骗子的丑态一笔笔地勾画出来，给予无情的嘲讽和鞭挞。这个人物一上场，就有这样的唱词："我行医，无实学，样样都是听人说……就是神仙找到我，不死都要脱层壳！不信你们来找我，万病只吃一服药！"演员一开始就与观众有了直接的交流，剧场马上活跃起来。接着温德栋又介绍了自己诈骗行医，如何赚钱发迹，又逐渐被人识破的经过，这就不但写了眼前门庭冷落的原因，同时也让人看见了他不光彩的过去。好不容易遇到招商店的小伙计牛儿来请，他待要起步，却又举足难行。牛儿忙问其故，他向小伙计讲了东门上如何医坏人家的眼睛，南门上如何医死了小孩，北门上错医死了一个驼子，西门上又怎样用荒唐的做法来医治一个受箭伤的病人。总之，他怕被人抓住算账，只得从垮掉了的城墙边出了城。

更有趣的是这个庸医边走边打瞌睡，小伙计催他快上路时，他说是在攀云梯，梦见寿星老汉请他去看病，因为嫌命长，要吃他的药。这种冷峻辛辣而又幽默风趣的自我剥露，不仅产生了强烈的喜剧效果，就连观众出了剧场后回味起来，也令人忍俊不禁。温德栋在给蒋世隆看病的过程中，又闹了不少笑话，发药时又误将老鼠药交给病人，差点又断送了一条人命。整场戏通过这种层层自我剥露和嘲讽，将情节一步步推向前进。随着剧情的发展，剧场总是爆发出一阵阵的笑声。在人们的嘲笑声中，将"无价值的东西撕破给人看"；同时也提醒人们：千万别上江湖骗子的当！

三、相反相成　喜中含悲

现实生活和社会矛盾是错综复杂的。生活中崇高伟大与卑鄙渺小，庄严肃穆与诙谐幽默，悲剧因素与喜剧因素，这些对立的范畴和事往往纠葛在一起，相反相成，相互制约。人的思想感情与内心世界，也是丰富多彩、变化万千的，喜怒哀乐、悲欢离合总是互相联系又互相区别，互相依存又互相转化。所谓"长歌当哭""乐极生悲"等成语，其中就包含有这种深刻的辩证法。这种物质世界和精神世界中对立统一的有机联系，反映在戏剧艺术中，就形成了悲剧性和喜剧性互相渗透的复杂性。比如有的悲剧题材，却用了喜剧处理；而有的喜剧题材，却含有悲剧因素。

关于悲剧题材用喜剧处理的成功剧目，可以举出川剧《拉郎配》和湘剧《祭头巾》为例。前者反映封建皇帝选美给民间带来的巨大灾难，后者反映了封建科举制度对人的毒害和摧残。他们都从不同的角度和侧面揭露了最高封建统治者或封建制度的罪恶，具有震慑人心的艺术力量。他们都用讽刺喜剧的表现形式，将"悲"的情节"隐"了起来。却在笑声的后面，藏着一幕幕社会大悲剧，这种构思奇巧、含义深刻的剧目，正如喜剧大师卓别林的作品一样，可以称为含泪的喜剧。

在戏曲传统剧目中，往往有悲中有喜或者喜中有悲的剧目，由于将两种相反的因素渗透和交错在一起，令人感到对比鲜明，色彩丰富。例如越剧《梁山伯与祝英台》是个大悲剧，可是其中《十八相送》一场就是风趣横生的喜剧；京剧《白蛇传》是著名的悲剧，可其中《游湖》一场却具有喜剧的色泽和芳香。相反的，在一些喜剧中却含有悲剧因素，如江西高安采茶戏《孙成打酒》是一出风俗画式的抒情喜剧，但其中徒弟孙成告别师傅邹三吉即将被招赘到酒店的情节和场面，却具有催人泪下的力量，因为这对相依为命、亲如父子的师徒二人一旦分开，单身老人必将孤苦伶仃，无依无靠，造成悲剧。当然此剧最后在皆大欢喜中美满结束，保持了全剧的基本风格。

在一个大型喜剧中包含悲剧因素，甚至整场悲剧的戏，还可以举出川剧《御河桥》来研究。《御河桥》是带有闹剧色彩的喜剧，然而其中的《杀桥》却是整场悲剧，它表现柯宝珠的父亲柯太傅闻听女儿与其表兄宣登鳌在酒席宴上互有爱慕之意，怒不可遏；继而又发现女儿过宣府拜寿带回来的所谓情诗，于是暴跳如雷，必欲斩除这败坏门庭的祸根，才能解除心中之恨。在寒鸦归巢的黄昏，柯太傅将柯宝珠骗到御河桥边，硬逼她投河自尽。丫鬟院子齐跪下替小姐求情，柯太傅毫不动心。柯宝珠以虎毒不食其子的比喻，哀求父亲开恩饶命，可这位封建礼教的卫道者已丧失了人性，哪听得进女儿的苦苦哀求？就连女儿要求回府与母亲诀别，要求临死时父亲看她一眼都不容许，硬将亲生女儿打下了御河桥。台上的丫鬟院子们看着被浪花卷走的小姐无不掩面痛泣。台下的观众也为这清白无辜的少女受害而流下同情的眼泪。

如果单从风格来要求，这出带有闹剧色彩的喜剧，其中却钻出一场悲剧来，似乎让人感到不太统一。但我觉得不能只从理论和概念出发，而是应从生活和人物出发来加以评论。在全部喜剧中加上《杀桥》一场悲剧，比较深刻地揭示了封建卫道者柯太傅比虎毒、比狼狠的可憎面目，加强和深化了全剧的主题。而且这样一来，情节跌宕曲折，有喜有悲，在观众心灵中产生了强烈的共鸣。长期的演出实践证明，这是一出深受群众欢迎的好戏，并且被不少剧种移植。这种喜中有悲的手法，不失为一种好的手法。如果我们硬是要求风格统一，将《杀桥》一场删去，或者改为暗场处理，也许这出戏的思想内容和艺术特色将会受到损害。

我国人民酷爱喜剧艺术，我国传统喜剧的悠久历史和丰富剧目就是证明。至于新颖奇巧的艺术构思，千变万化的喜剧手法，精彩绝伦的妙语警句，鲜明独特的民族风格，更说明我们的喜剧宝库多么值得引以自豪！可是十年浩劫期间，生活失去了欢乐，人民没有笑容，喜剧艺术被连根拔除。扫除"四害"，春回大地。在戏剧界第一个报春的剧目就是讽刺喜剧《枫叶红了的时候》，接踵而来的是《春草闯堂》《姐妹易嫁》《唐知县审诰命》等传统喜剧，以及《一包蜜》《修不修》等现代题材的喜剧涌上舞台。人民的喜剧又焕发了光彩，更加富有青春的活力。今天在这新旧交替、新旧交错的时代，我们需要讽刺喜剧来烧毁阻碍"四化"的旧思想、旧事物；我们需要幽默喜剧来批评和匡正人民内部的缺点和弱点；我们也需要抒情喜剧来赞美新的时代、新的人物。喜剧艺术天地广阔，大有可为。扎根在肥沃土壤中的喜剧艺术之花，必将开得更加绚丽！我国各剧种的喜剧手法太多了，太值得研究了。

（原载《戏曲艺术》1981年第1期）

小议艺术的真和美
—— 从电影《白蛇传》谈起

最近看了上海电影制片厂摄制的、由著名京剧演员李炳淑主演的彩色戏曲艺术片《白蛇传》，感到它在运用电影艺术手段和特技来丰富戏曲艺术方面，做了有益的尝试和探索，使得电影的写实性和戏曲的写意性得到了较好的结合，使观众得到了艺术欣赏的满足。

但是，我感到美中不足的是，影片用真实的"蛇"的镜头，破坏了白娘子和小青这两个艺术形象的美。这犹如白璧上的瑕疵一样令人感到惋惜，本来白蛇、青蛇的神话传说，是民间的创造，但在长期的流传过程中，这两个蛇妖早已"人"化，人民群众赋予她两人以美好的形象。在京剧中，她们的身份和来历，仅从开场的唱词中一笔带过。在"端阳惊变"一场，舞台上也没有出现过蛇的影子。可是在这部影片中，两次出现了"蛇"的镜头，真是大煞风景！影片也许是为了使这个故事更有神话色彩和真实感，但从效果上看，却损伤了美的形象，破坏了美的意境。

由此联想到生活中的"真"不等于艺术上的"美"；自然主义的"真实"不同于现实主义的典型。有时见到某些文艺作品由于片面追求和过分渲染某些生活细节和场面（诸如打架、凶杀、偷盗等），而又缺乏应有的批判，结果在客观上成为丑恶事物的展览，不仅不能给以美感，甚至会产生消极的作用，这也许是作者始料不及的。

艺术，不但应能帮助人们认识生活、改造生活，也应是陶冶人们情操、净化人们心灵的甘露。愿我们的艺术家们把又多又好的、既真且美的精神食粮贡献给人民。

（原载《北京日报》1981年5月14日）

看川剧《四川好人》

成都市川剧院是全国有影响的剧院之一，无论编剧、导演、表演、音乐、舞美都是人才济济，艺术力量雄厚，它不仅传统家底深厚，而且在继承传统的基础上还大胆地进行革新，很富有探索精神。从50年代就在川剧的音乐、表演、剧本创作等方面进行了一系列革新。现在又把布莱希特的《四川好人》搬上了舞台，这就不仅在形式上，而且在内容上也进行了改革和创新。在这改革开放的年代，中西文化相互交流、冲击的时期，人民群众的审美心理和审美情趣正在发生变化，他们对艺术（包括戏曲）的要求越来越高了，因此特别需要提倡大胆革新创造、勇于探索的精神，以求戏曲艺术向多样化发展，更好地满足群众的需要。

川剧改编的《四川好人》，我认为是成功的。它是中西文化交融的产物，是吸收布莱希特的艺术营养培植起来的一枝风格独特的川剧奇葩。它既是布莱希特的，又是川剧的，更是成都市川剧院的。要将话剧形式的外国剧改编成川剧，特别是改编像《四川好人》这样的名剧，创作难度是很大的。但看完全剧以后，我们都会感受到以哲理见长，引起人思考的布莱希特戏剧毕竟不同于仅仅讲一个悲欢离合故事的某些传统戏曲，剧中丰富的内涵，启发人们思考诸如人与环境、人性与社会制度等重大问题，这是深得布莱希特的精髓的。说它是川剧的，是因为这个戏发挥了川剧帮、打、唱的特点，在全剧音乐节奏的统御下，调动起川剧各种艺术手段完成了艺术创造。剧中没有加任何器乐伴奏，好些唱腔基本上是挂起曲牌在唱。晓艇、竞艳、陈巧茹等演员唱得韵味十足，优美动听，一段段具有正宗川味的唱腔听起来非常过瘾。说它是成都市川剧院的，因全台演员做戏认真，配合默契，艺术处理严谨、完整，保持了成都市川剧院一贯的演出作风。

该剧中的青年演员大都师承老一辈艺术家，如陈书舫、周企何、竞华、曾荣华、刘金龙等人,他们的身上体现着老一辈艺术家们的独特的创作个性和表演风格。

成都市川剧院每次晋京都有这个规律,总要推出一批新戏和新人。《四川好人》的改编者刘少匆、吴晓飞第一次以他们的作品与北京观众见面,导演李六乙,舞美、服装设计严龙,灯光设计张安戈都是年轻人,他们的"亮相"可谓出手不凡、令人注目。演出中,中年演员表演精彩,后起之秀脱颖而出,格外令人兴奋。女主角陈巧茹同时扮演沈黛、隋达两个人物,要演旦角,还要反串小生,体现了多方面的表演才能。

看完戏后,也感到有美中不足,下面谈两点意见。

一是戏曲艺术讲究形式美,服装、化妆、布景都强调装饰性。这个戏的化妆、服装、布景都没有给人以美的享受,不大符合中国观众的审美习惯。

二是戏曲表演与生活形态有着一定的距离,公开承认自己在演戏,并不存在第四堵墙,它可以通过自报家门、独白、独唱、打背躬等手段和观众交流,使台上、台下融为一体。特别是川剧高腔中的帮腔,常常是一个不出场的"角色",总是在剧情发展的关键地方"点醒"观众,本身就有"间离效果",《四川好人》在开演前和演出过程中,多次通过演员练功制造间离效果,破除第四堵墙,显得既无必要,也不自然,反而干扰观众看戏。

(原载《戏剧评论》1987年第5—6期)

难能可贵
——看《向老三招婿》

《向老三招婿》是一出性格喜剧。写性格喜剧比起写情节喜剧，相对来说难度要大一点；而在性格喜剧中，塑造被赞扬、被肯定的喜剧形象，比起塑造被鞭挞、被揭露的喜剧形象，难度也大一点。而《向老三招婿》却成功地塑造了向老三、九嫂这两个被赞扬、被肯定的喜剧形象，这是难能可贵的。尽管向老三也有缺点，作者对他也不无批评，但对其善良的本质和心灵深处的美，却是肯定和赞扬的。他们之所以是喜剧人物，就在于他们的性格、行动中，主观与客观、本质与现象、内心与外表、目的与方法之间的不和谐、不协调，使他们的性格爆发出喜剧的火花。再加上扮演向老三的赵东汉、扮演九嫂的潘爱芳，相当准确地把握了人物基调，表演精彩，给人留下深刻的印象。

另外，我觉得该剧的作者很会写戏。他们就向老三招婿一件事，写出了那么多好戏，特别是第三场"说媒"，第五场"赶婿"，作者凭借深厚的生活积累，提炼出了生动的细节，紧紧围绕简单的事件反复描写，把戏写足写够，从而使人物活了起来。作者熟悉传统，同时又在传统的基础上予以出新。比如第一场"集中相亲"的场面，它是来自生活的，反映了当地的民俗民情；可它又使人联想起传统戏中彩楼招婿等表现手法。第六场"追婿"中，路上追赶的场面是戏曲这种动作性强，载歌载舞的艺术常常采用的表现手法，可在这场戏的结尾处，作者笔锋一转，写出了端午节划龙船的一段好戏：暗场是乡亲们集体的、欢乐的竞赛场面，明场是向老三孤独的、寂寞的痛苦反思。通过这样的"声画组合""并列镜头"，大大扩大了舞台生活的容量，反映了改革开放的年代，农村形势的急剧变化，改革者的激流勇进，以及落伍者的彷徨、困惑。这颇富于象征、寓意，诱发了观众丰富的联想和想象。这段戏的音乐也异常成功，本来明暗场的生活节奏和人物情绪的基调是极不协调的,快慢高低相差十分悬殊,但经过作曲者高明的艺术处理,使明暗场的音乐衔接变换十分和谐,不仅准确地表现了人物的思想感情,而且给人以难得的音乐美的享受。

最后提点不成熟的看法,仅供参考。前面说过,作者把向老三写活了,赵东汉把他演绝了,他那股犟劲给人的印象实在是太深刻了,真是"九头牛也难以拉回来",观众的审美顺势随着剧中人物性格和剧情的发展随和追索。最后要让向老三思想转化,需要费一番笔墨,观众才能认可。如果篇幅有限,向老三的思想也可以不转化,因为生活里存在这种人,他们就是跟不上时代的发展,这样的人物会给观众以思考、回味,也不会影响全剧的喜剧风格,因为荷花、长青敢于背着父亲自由恋爱一年多,荷花又敢于离家出走,还有九嫂等群众的帮助,他们是婚姻自主的胜利者,全剧仍是喜剧的结局。

(原载《戏剧评论》1988年第6期)

内心活动的视像化

京剧、河北梆子演出的《徐九经升官记》里,有这样一个新颖而别致的场面:断案官徐九经碰到一场棘手的官司,王爷的内弟和侯爷的义子为争娶民女李倩娘引起争执。几年以前,因侯爷以貌取人,徐九经丢了状元,久久怀才不遇,后经王爷保荐,才得升迁进京。如今,他是秉公而断,以德报怨,将倩娘断与侯爷的义子,成全一对恩爱夫妻呢?还是昧着良心,暗报私仇,拆散一对美满姻缘,答谢王爷的知遇之恩?徐九经思想斗争十分激烈,彻夜难眠。就在他焦头烂额、昏昏欲睡之时,灯光渐暗,场上出现了两个衣着和打扮与徐九经相同的幻影,一个代表"良心官",一个代表"私心官",各述其理由与利害关系,都把徐九经往自己一边拉。徐九经终于从迷惘中醒悟,决心做个"良心官",秉公巧断了这桩案件。

这种用幻影使人物的内心活动视像化的手法,在有的传统戏里也曾采用过。川剧《放裴》中,李慧娘保护裴禹从后花园潜逃,这时候场上出现了一个身着黑衣、与裴禹的打扮和动作完全相同的人,跟在裴禹身后——这正是月光照映下裴禹的身影。而仓皇逃命的裴禹一见影子吓得跌倒在地,误把影子当作了追杀他的刽子手。这一绝妙的手法,把裴禹在逃命途中草木皆兵的惊恐心理,揭示得鲜明而又具体。川剧《射雕》中,天真活泼的耶律含嫣与少年英俊的花荣一见钟情。她恋恋不舍地准备上车回家时,在如醉如痴、神情恍惚之中,猛然发现那位推车的人正是自己的心上人花荣(剧中花荣和车夫由同一演员扮演,当耶律含嫣观看时,车夫向后转头,小胡子突然不见了,推车老汉竟成了少年郎)。姑娘欣喜若狂,拉过嫂嫂观看,可当嫂嫂一看,车夫把头向后一偏,嘴唇上又长上了小胡子。嫂嫂羞嗔耶律含嫣,姑娘不相信,再次观看,仍是花荣。如此反复了三次，姑娘才发现是错将车夫当成了花荣。这种类似电影中幻觉镜头的表现手法，是前辈艺术家们的天才创造。

（原载《北京戏剧报》1981年4月12日）

影视编剧琐谈

一、点线组合结构

电视连续剧是连续成篇的多集电视剧，人物较多，故事情节一般较为复杂曲折。但主要人物贯穿始终，故事连为一体，结构具有整体性。它可以大容量、全方位、多角度地反映丰富复杂的社会生活，也可以从容不迫地展现人物的性格与风貌。它一集连着一集，分集播出。每集剧既承接上一集情节，又为下一集剧情发展埋下伏笔，设置悬念，秩序井然，一丝不乱。为了吸引观众的注意力，也为了情节有条件充分展开，能把戏写深写透，深入细致刻画人物性格，一般是每集着重表现一个事件。比如电视连续剧《幸福来敲门》，女主角江璐打扮时尚，既有现代女性强烈的自尊和自立，又具有中国传统女性的贤惠、善良，她执着地追求幸福，终于赢得幸福来敲门。全剧分36集，每集都有一个中心事件。

第三集　影展风波

影展上，江璐为宋宇生的作品与才情所倾倒。宋宇生暗暗窃喜，进而谋划着下一次亲密接触。岂料，江璐的姐姐把自己那张票给了痴情的David陈，而不甘失败的老太太（钱淑华）也带着赵女士现身影展。老太太（钱淑华）指桑骂槐，激怒了江璐，她挽起了David陈，在湖面上荡起了双桨——

第五集　订婚风波

遭受了老太太（钱淑华）一连串的打击后，江璐渐渐变得心灰意冷，她终于听从了姐姐的劝告，决定与David陈缔结百年之好。

江璐姐姐唯恐中途生变，她悄悄找到宋宇生，要求他不要再打扰江璐，她马上就要出国结婚，宋宇生黯然应允——

因始终联络不到宋宇生,身心疲惫的江璐由爱生怨。她接受了姐姐的安排,静下心来学习英语,为不久后的出国生活做着准备——宋宇生拒绝了前岳母(钱淑华)安排的再次相亲,他表示自己情愿打一辈子光棍!

第七集　退婚风波

江璐终于听到了久违的摩托车声,她怒不可遏地跑下楼来,责问宋宇生这些日子为什么要当缩头乌龟?宋宇生激怒了,他做出了一个让江璐天旋地转的出格举动。深夜的公园里,江璐和宋宇生倾吐着思念和爱慕之情。此时,阻挡在他们之间的David陈和专横的老太太已无足轻重——

江璐约David陈在咖啡厅见面,退还了那枚沉重的钻戒——看着痛苦不堪的David陈,江璐心软了,她收了他送的那辆红色自行车,并许诺给秃头谢顶的David陈精心编织一个头套——

此外,**第八集快餐风波、第九集电影风波、第十集欠债风波**——直至结尾,一集又一集事件串起了全剧的整体事件,而整体事件又统率制约每集的事件,事件编织起来的故事环环相扣,情节摇曳多姿,生动表现了江璐在追求幸福道路上历经挫折,饱尝痛苦以及坚韧不拔的精神。

电视连续剧的结构像中国章回小说和长篇评书,更像同是动作艺术的戏曲结构。戏曲的结构是全剧一个大的中心事件,每场戏一个小中心事件,如田汉创造性改编的京剧《白蛇传》,该剧的大中心事件是白娘子为追求自由、幸福,和法海进行了争夺许仙的斗争,在她真挚、纯洁的爱情感召下,许仙坚定了对白娘子的爱情。全剧共分十六场,即《游湖》《结亲》《查白》《说许》《酒变》《守山》《盗草》《释疑》《上山》《渡江》《索夫》《水斗》《逃山》《断桥》《合钵》《倒塔》,这些场次名字醒目地显示出了一个个小的中心事件。

同戏曲相比,话剧的结构采取了团块组合的形式,"近代话剧虽有一条主线贯串全剧,但是它的一幕或一场,情节的主线与副线总是纵横交织,如同绕成的线团一样,形成一个立体的团块,因此,全剧的结构也是线隐没在点之间,只见点不见线的团块组合形式"[①]。如《雷雨》的第一幕,通过场上人物的对话交

---

① 沈尧:《戏曲结构的美学特征》,载隗芾等选编《戏曲美学论文集》,中国戏剧出版社1984年版,第85页。

代、暗示了：四凤和周家大少爷周萍关系不正常，周萍和繁漪是情人，"半夜里在客厅闹过鬼"，周萍要到矿上去，周冲向四凤求婚被拒，繁漪叫鲁妈从外地回来带走四凤，今天就要到周公馆来；矿上罢工，工人代表鲁大海被周朴园开除——这幕戏里，人物关系错综复杂，主线与副线交织在一起，形成团块组合。全剧四幕都是团块组合，以一条隐伏的中心线，即周朴园与侍萍30年的爱恨情仇，串起了四个团块。曹禺以极高的戏剧天赋，驾驭着纷繁复杂的结构，塑造了鲜明生动的人物形象，创作出了震撼人心的悲剧。

无论戏曲"点线组合"的结构或话剧"团块组合"的结构，都是艺术家们遵循各门艺术的规律，在长期的艺术实践中形成的，各有所长，不能厚此薄彼。但作为电视连续剧，每集播放时间约40分钟，集与集之间的连接主要依靠悬念，它更适宜像戏曲那样的"点线组合"结构形式。如果每集表现的事件多，作者忙着说明、交代来去匆匆的事件，淹没了人物形象的刻画，使情节难以展开；而悬念的天地又藏于情节的峰回路转中，假如悬念因难以加固而流失，观众的兴趣减弱，手中的遥控器就会换台。

二、人物关系的发展变化

在戏剧、影视等文艺作品中，人物关系不仅指社会关系、家庭关系，还有对立、抵触的性格关系。剧作者总是精心组织人物关系，使戏剧冲突更强烈、更复杂，为展现人物性格创造有利条件。在优秀作品中，随着戏剧冲突的激化，人物行动、性格的展现，常常引起人物关系的变化；而人物关系的变化又影响了人物性格的发展，使情节别开生面，另有洞天。人物关系变化的幅度越大，越有戏剧性。古希腊悲剧《俄狄浦斯王》中，俄狄浦斯发现自己的妻子就是自己的生母，产生了惊心动魄的震撼；京剧《穆天王》中，穆桂英与杨宗保本是战场上厮杀的仇敌，武艺高超的穆桂英俘获了杨宗保，不料她竟爱上了英俊的阶下囚，穆、杨结为了夫妻，"冤家变亲家"，令人惊喜。

契诃夫的独幕剧《蠢货》，戏的开场，一个叫波波娃的小寡妇正在哭，财主来要账，两人先吵，继而打起来，最后，小寡妇投入了财主的怀抱，两人长吻。

《乔家大院》中，孙茂才原是个落魄文人，是乔家收留了他，他和乔致庸志同道合，亲如兄弟，他尽心尽力辅助乔致庸，历经艰辛，振兴了乔家。但随着产业的发展，随着地位提高，在名利、金钱的引诱下，孙茂才种种恶习暴露无遗，他克扣工人工资，包养妓女，在乔家风雨飘摇时，孙茂才背叛了乔致庸，乔、孙两人分道扬镳。多年后孙茂才当了朝廷五品官，他以最阴毒的手段报复乔家，欲搞垮乔家，置乔致庸于死地。从亲如兄弟到不共戴天的敌人，人物关系可谓180度的大转弯，形势陡起波澜，情节波谲云诡，人物命运危在旦夕，紧张的悬念扣人心弦，使观众屏息静观；同时，也将孙茂才忘恩负义、得志猖狂、唯利是图的小人嘴脸揭露无遗。

江雪瑛与乔致庸青梅竹马，相亲相爱，两人山盟海誓，白头到老。后来乔致庸为了家族利益，和富家女陆玉菡结婚。江雪瑛另嫁了个烟鬼，过门不久丈夫便去世，红颜薄命，江雪瑛年纪轻轻便守寡。与此相反，乔致庸娶了陆玉菡，在老岳父的资助下，家业蒸蒸日上，与陆玉菡恩爱和谐，添子增福。江雪瑛由爱生恨，她报复乔致庸，向官府密告乔致庸为太平军的刘黑子收尸，乔致庸因"通匪"被投入天牢，被吊打得血肉模糊。江雪瑛原本想让乔致庸倾家荡产，为当初娶陆小姐后悔，真见乔致庸有生命危险，她又暗地出资救出了乔致庸。正是江雪瑛爱有多深、恨有多重的行动，将乔家又推入一场生死考验。乔致庸面临人头落地，乔家将要人亡家破，情节发展如船过险滩，惊涛骇浪。剧情丰富复杂的变化，引人入胜。

我们写人物关系的变化虽然出戏，但不能随便写作，要有潜在的内因，有性格基础。《蠢货》中，波波娃的小寡妇与讨账的财主人物关系发生变化，那是小寡妇哭丈夫不是真心，丈夫生前吃喝嫖赌，实际上遗弃了小寡妇，而小寡妇却在财主身上发现了她所爱的东西，故而投入了财主的怀抱。《乔家大院》中孙茂才与乔致庸兄弟反目，江雪瑛报复乔致庸，也都有其内在的性格基础，促使人物关系大幅度转化，由此生发出好戏来！

三、总悬念与小悬念

在电视连续剧中，离不开悬念这一魔力，一般都有总悬念和小悬念。在小悬念中，剧作者又对事件、场面、重要对话等，精心构思处理，形成了更小的悬念。观众在看剧时，心里藏着总悬念，一个个小悬念抓住了他们的注意力。一个悬念解开，又一个悬念出现，一波未平，一波又起，正是这些环环相扣的小悬念加深加固了总悬念，否则，戏便会松散，趣味性和可看性都会减弱。

电视连续剧《乔家大院》的总悬念是乔致庸和他的团队能否在商场激烈的竞争中，使乔家走出困境，兴旺发达。而乔致庸在振兴家族、发展事业的道路上充满了艰辛，真是"过五关斩六将"，每过一道"关"，每斩一个"将"，都充满了矛盾斗争，悬而未决的结果引起观众的好奇、期待、担心，这是剧中的小悬念。正是总悬念和小悬念的结合，令观众欲罢不能，急欲探其究竟，一集又一集看完全剧后，还意犹未尽。如第31集，乔致庸到京城开了票号，广盛源的成大掌柜，自认为是票号业的老大，挤兑乔家票号。广盛源有100多个金元宝，几个混混每日抱来金元宝换银子。数日后，乔家票号银子被换空，乔致庸只得向老岳父求助，望急送银子，这是个小悬念。而这小悬念里，还有更精细的悬念。入夜，乔致庸和伙计们急切盼望送银子的车辆，因为明早一开门，几个小混混又会抱来金元宝兑换银子，如无银子交易，乔家票号便要摘牌关门，众人焦灼、不安。盼来盼去，好不容易盼来一辆马车，乔致庸等人喜出望外，可车上载的却是满满的玉米秸。尽管扫兴，大家仍然抱着希望等待，时间分分秒秒逝去，直等到四方的城门关闭，乔致庸绝望了，他无可奈何地吩咐掌柜回房休息。然而，就在这山穷水尽时，忽然柳暗花明，掌柜经过院子，发现赶车人将满载玉米秸的马车留下了，忙招呼众人细察，玉米秸下竟藏着一箱箱银子，乔致庸和众人惊喜若狂，票号终于有救了！

马车载玉米秸送银子虽然是一个小悬念，但编导没有像邮差送信那样直来直往，而是将悬念的设置与解开拉开了距离，情节一波三折，乔家票号的成败、乔致庸的命运紧紧抓住了观众。同时，在等待救援的煎熬中，也刻画了乔致庸临危不乱的意志和毅力。

类似这样精心处理的小小悬念很多，再以电视连续剧《太阳不落山》为例，该剧表现教师秋菱在丈夫去世后，继承丈夫遗志，坚持在"船头小学"教书育人，还收养了几个无家可归的儿童，像亲生母亲一样关心爱护他们。收养的女孩朵朵不幸伤口感染，医院要锯掉朵朵的一条腿以保全其性命。秋菱得知，伤心至极，偷偷落泪，她四处奔走，终于凑齐了手术费。在动手术这一小小悬念上，编导精雕细刻，先是朵朵的好朋友男孩子"将军"，不忍小伙伴锯掉腿，偷偷转移了朵朵，临上手术台病人走失，害得秋菱等人慌忙寻找。朵朵手术前要求病人家属签字，秋菱矛盾、痛苦，迟迟不肯提笔。乃至朵朵被推进了手术室，秋菱伤心欲绝地在外等候。忽然，走廊上有个断了腿的女孩子走路摔倒在地，秋菱猛地醒悟。她不顾一切冲进手术室，抱起朵朵就跑，连夜赶到上海医院，终于保住了朵朵的腿。在这一小小悬念中，朵朵的腿紧绷着观众的心弦，而秋菱的那颗善良心、慈母泪也刻画得淋漓尽致。如果一听说要锯腿，秋菱就抱着朵朵坐火车到上海医院，还有这么多戏吗？

四、若要甜，加点盐

现实生活中充满复杂的矛盾斗争，事物的发展曲折起伏，人物的性格也在变化和成长中，文艺作品要真实反映生活，情节就不能一帆风顺、直来直往。戏剧、影视中，情节若一览无余，看了头便知尾，索然无味的戏很难吸引观众的注意力。迂回曲折、反复进退的情节犹如将观众引进了风景美丽的山间小路，时而飞流直下，时而桃花夹道，转弯见悬崖耸立，拐角见密林苍翠，他们移步换景，情趣有增无减。

转折往往引起情节的变化，"做人要老实，搞艺术要俏皮"，转折中就常常使用抑扬的手法,或欲扬先抑,或欲抑先扬;或欲擒故纵,或欲纵故擒,情节有顿有挫,变化丰富。如京剧《杨门女将》"寿堂惊变"一场,天波府张灯结彩,喜气洋洋,为杨宗保祝贺五十大寿。突然,焦、孟二将前来报丧,杨宗保中箭身亡,喜事变成丧事,剧情发生陡转。沉重的打击使杨门女将悲痛欲绝,但她们却屹立不倒,遥祭英灵,决心前仆后继。正是这一喜一悲、一抑一扬,生动地表现了杨门女将英勇豪壮的爱国主义精神。

电视连续剧《闯关东》表现山东人朱开山一家闯关东的传奇经历,体现了中华民族自强不息、顽强拼搏、不屈不挠的精神。其中有段戏,是朱开山一家历经磨难,在东北开了一家"山东菜馆",生意兴旺,总算在异乡站住了脚跟,朱开山十分满足。只是离家愈久,思乡之愁愈浓,终于有机会与老伴、大儿子踏上了回山东之途,去看望乡亲,看望故土。就在他离开的这段时间,三儿子在大儿媳的支持下,将"山东菜馆"作抵押,加盟了山河煤矿。因为深知朱开山珍惜这来之不易的"山东菜馆",三儿子和媳妇们都隐瞒了抵押一事。后来二媳妇秀儿在婆母的追问下说出了真情,朱开山勃然大怒,将"败家子"三儿子和媳妇赶出了家门,致使三儿子在外不敌风霜生了重病。但当朱开山得知山河煤矿是和日本人争夺开采权时,态度立刻来了个180度大转弯,他毅然坚持加盟山河煤矿的开采,不为别的,只为中国人的矿山不能让日本人开采! 正是这样欲扬先抑的艺术手法,突显了朱开山的爱国主义精神。如果直接就写朱开山得知山河煤矿是和日本人争夺开采权,便积极加盟,其艺术感染力便大大削弱,情节也不会这样曲折多变。同时因为其中的"隐瞒""逐子"等是极富戏剧性的情境,能从中挖出好戏来,越发增强了戏剧性。

再如电视连续剧《国宝》,表现抗日烽火年代,故宫博物院的同仁们护送国家文物辗转大半个中国,困难重重,险象丛生,历经挫折,终于将文物完好无损地护送到了大后方。剧中郑州火车站历险的戏更是危机四伏,悬念迭起。当载着文物的火车在郑州转运时,竟遭到车匪算计,领头的武头本想改邪归正,在儿子满百日时,决定洗手不干,开个面馆过日子,做一个堂堂正正的父亲。可邢调度赌博将车匪们的工钱输个精光,邢便引诱武头看国宝中的珍品,几次三番唆使他抢国宝。武头犹豫再三，经算命求得心理平衡后，下决心再当一次车匪。他们诡计多端，手段阴狠，为了选择下手时机，先是拖延修车，后又在守卫国宝战士喝的粥里下泻药等，万事俱备，车匪们正要下手，日本飞机突袭轰炸火车站，危急关头，武头见护卫官兵英勇射击空中投炸弹的日机，顿时醒悟，同伙的车匪催促他快抢！他骂道："都什么时候了，还抢！"在敌机的狂轰滥炸下，武头冒着生命危险，稳操方向盘，左躲右闪，巧妙与敌机周旋，终于将装载国宝的火车驾驶到安全地方，使国宝躲过一劫。

　　这段戏不仅表现了护卫人员视国宝如生命的高度敬业精神，也表现了普通中国老百姓珍惜老祖宗传下的家业，就连最底层的车匪，在国宝最危急的关键时刻，舍小利，顾全大局，表现了中华民族优良传统和强大的凝聚力。如果作者平铺直叙写流水账，写护卫国宝的人员沿途遇到一个又一个困难，他们逐一克服，在郑州火车站遇车匪抢劫，他们英勇搏斗。这样的戏剧情节简单，也缺少悬念。正是作者在转折中欲扬先抑，运用了"若要甜，放点盐"的艺术手法，使剧情产生了戏剧性强的转折，令观众吃惊、兴奋、新鲜，不但有戏，也大大提高了作品的思想意义。此外，剧情中的转折也避免了一道汤的节奏，是驱睡魔的"良剂"。

五、小道具

　　生活中有些小物件，如祖辈相传的物品，恋人所赠的戒指，亲朋往来的家书，参加有意义活动的纪念品等。物件虽小，却蕴藏着故事，承载着亲情、爱情、友情，能唤起我们的回忆，激发我们的情思。戏剧、影视作品中，艺术家们大胆、巧妙地运用这些小物件为道具，写出了好戏。

　　小道具具有直观性，非常适合动作艺术表现，纵观戏剧、影视作品，有些小道具简直就是会说话的剧中人，在剧中起着特殊的作用。如京剧《红灯记》中的红灯，《红楼二尤》中的鸳鸯剑，话剧《胆剑篇》中的苦胆和宝剑，象征寓意了主题；昆曲《桃花扇》中的一柄扇子，《十五贯》中的一串钱，《钗头凤》中的钗头凤，穿针引线，连接了剧情；京剧《赵氏孤儿》中的画像，越剧《碧玉簪》中的碧玉簪，川剧《酒楼晒衣》中的珍珠衫，产生了"发现"和"突转"的戏剧效果。戏剧中这样的例子，举不胜举。许多影视作品中，也成功地运用了小道具，产生了特殊的艺术魅力。

电视连续剧《红色康乃馨》，是讲述在追查国有资产流失的大案中，巨贪谋杀了知情人，却伪造成工伤事故。律师周若冰在追查案件的过程中，困难重重，扑朔迷离，甚至反遭诬陷。剧中康乃馨屡屡出现，暗示、传递信息，使周若冰循着蛛丝马迹，查明了真相，挖出了巨贪。

康乃馨第一次出现，是在太平间众人向死者告别时，献在遗体上致哀的白菊花被人换成了热烈红火的康乃馨，敏感的周若冰怀疑受害者可能死于谋杀，她和同伴们期待在葬礼上康乃馨再次出现，结果令人失望。周若冰另被安排去受理民事案件，但当她刚一接手民事案，就收到来历不明的康乃馨，暗示她不该放弃对谋杀案件的追查，受此提醒，周若冰和同伴们顶着压力，继续追查，在苦于对经济罪犯找不到证据时，神秘的康乃馨及时给周若冰传来了罪犯在银行的秘密账号。原来这支康乃馨，是和死者合作的伙伴安琪，她们一同秘密搜集了经济犯罪团伙的证据。同伴被害后，在极其复杂险恶的环境中，安琪前仆后继，机智地隐身化作康乃馨，协助周若冰等办案人员，揭穿了犯罪集团惊人的内幕，完成了死者的遗愿。剧中多次出现的康乃馨，在揭示矛盾，推进情节发展，激化冲突中起了不可估量的作用，既刻画了人物性格，也反映了反腐败的艰巨复杂。同时，康乃馨一次次鬼使神差地出现，扑朔迷离，全剧蒙上了一层神秘的面纱，构成的悬念使观众产生了好奇心，充满了期待，在期待中欲知下文如何，增强了剧情的趣味性和可看性。

"戒指"也常常被艺术家们作为小道具在剧中运用，如根据张恨水《啼笑因缘》小说改编的同名电视连续剧中，凤喜与家树一同打造的订婚戒指和刘将军给凤喜的钻戒既传递了心曲，又掀起了风波，揭露了雅琴等人的丑恶嘴脸。韩剧《爱情是什么》中，婆婆余顺子在结婚30年，得到丈夫报答后，戴着老伴送的钻戒在老同学聚会上炫耀，骄傲而又幸福，惹得老友羡慕与嫉妒；知恩小两口却把戒指视为爱情的象征，常为戒指发生矛盾。一日知恩发现丈夫上班没戴结婚戒指，立刻打电话质问，下班后为避开父母，她赶到车站拦截，拉着丈夫在操场上展开激烈辩论。两个戒指，前者是"执子之手，与子偕老"的赞歌，后者是小夫妻"爱情保卫战"的插曲，都突出了主题，刻画了人物。

小小戒指在根据张爱玲小说改编的电视连续剧《半生缘》中，也是可圈可点的。《半生缘》的故事发生在20世纪30年代，温婉而坚强的顾曼桢与同在纺织厂工作的沈世钧相爱了，沈家竭力反对，他们要世钧与青梅竹马的表妹翠芝结亲。曼桢的姐姐曼璐是个繁华已褪的舞女，在"老大嫁作商人妇"后，丈夫祝鸿才借口曼璐无生育，在外拈花惹草。为了拴住丈夫，保住自己优裕的生活，曼璐不惜与丈夫设计陷害了自己的亲妹妹。曼桢痛苦生下祝鸿才的儿子，世钧也因曼璐的挑拨误会了曼桢，与翠芝结婚。多年以后，两人意外相逢，一对痴男怨女，唯有泪千行——

姐姐和姐夫一同陷害亲妹妹，可谓是个传奇，曼璐假装生病骗来曼桢探望并留宿，半夜祝鸿才强暴了曼桢，曼璐劝妹妹跟随祝鸿才，曼桢誓死不从；曼璐将曼桢关在屋里，连窗户也钉上铁条，曼桢精神几乎崩溃，疯狂要冲出门去，曼璐反将曼桢说成疯子。绝望中的曼桢为了求助，将世钧送给她的红宝石戒指贿赂丫鬟阿宝，以换取纸笔给世钧写信，殊不知这戒指落到了曼璐手中。当世钧心急如焚四处寻找曼桢，找到曼璐家时，曼璐将红宝石戒指退还给世钧，说曼桢已另嫁他人。世钧带着红宝石戒指，带着锥心的疼痛离开了曼璐家。

小小的红宝石戒指，在剧情发展中起着重要的作用，它使情节横生枝蔓，且枝蔓又蔓延，世钧因对曼桢产生误会，与翠芝结了婚，他和曼桢的缘分就此了结。

小道具除了具有以上的作用，还能产生"发现"和"突转"的艺术效果。电视连续剧《美丽谎言》，讲述了事业蒸蒸日上的青年程刚，因误杀大哥而入狱18年。出狱后既要面对大嫂的怨恨和社会的歧视，又要开创自己的生活。后来大哥的女儿调查出当年误杀的真相，真正的凶手原来是程刚的前妻孙燕。程刚以善良、宽容之心面对，最终获得了幸福。

程刚出狱后，因不愿给别人添麻烦，带着他唯一的财产，视若宝贝的小纸箱偷偷离开了三弟家。因为住不起旅馆，只好住在立交桥下，不料纸箱被人偷走，程刚舍命追赶，差点被车撞死。后来在侄女程丹的帮助下报了警。警察找到纸箱后，程丹发现被程刚当作宝贝的纸箱，原来装的是写给一双儿女的信。程刚入狱时，妻子怀孕，双胞胎儿女还未出生，铁窗生活十八年，程刚始终坚持给儿女写信，虽然这些信一封也没有寄出，但字里行间饱含了程刚对儿女的爱，对他们的思念，以及对亲情强烈的责任感。作为一名政法记者，程丹发现了二叔那颗善良、真诚的心，觉得二叔不是杀人犯，她便沿着疑点重新调查。经过周密的思考和细心的观察，程丹在母亲等人的帮助下，挖出了真正的凶手——程刚的前妻孙燕。纸箱这一道具，使程丹对"杀人犯"二叔有了新的认识，对他的憎恨、鄙弃转化为同情、亲切，正是由于程丹对父亲被杀案的重新调查，水落石出，冤案澄清，程刚得以昭雪，人物命运发生变化，剧情也富有戏剧性的突转。

剧中这个宝贝纸箱还让程刚的前妻孙燕对他也有了发现，因为儿子生命垂危，急需要肾源换肾，奈何四处寻找，也难找到配型合格的肾源，唯有程丹的肾合格。程丹同意捐肾，但要孙燕到公安局去自首，救儿心切的孙燕答应了程丹的条件。可当换肾成功，儿子获救以后，孙燕却赖账，尽管程丹母亲一再相逼，孙燕还是躲躲闪闪，矛盾斗争。就在这时，她发现了宝贝纸箱，读着一封封程刚写给儿女的信，孙燕惭愧、内疚、悔恨，她流泪、她心碎、她感悟，毅然到公安局去自首了。

从以上的例子我们不难看出，运用好的小道具，对于塑造人物形象，表现主题思想，增强戏剧性，都是大有帮助的。

六、伏笔与铺垫

伏笔是指作品在后来情节发生变化，或矛盾冲突解决时起关键作用的某一物件、某个人物或人物的内心世界等，在剧情推进中，几次提及、暗示，由淡入深，由轻到重，由隐到显，与后来情节的重要变化自然连贯、前后呼应。铺垫是主要人物出场，重要情节出现之前的准备。

话剧《雷雨》中，导致四凤与周冲触电身亡的那根从藤萝架上掉下来的旧电线，二幕里繁漪吩咐鲁贵找电灯匠来修理，四幕开始，周朴园又向仆人讲修理电线一事，仆人回答电灯匠说下着大雨不好修理，明天再来，并提到大少爷的狗走过那里，碰着电线就给电死了。四凤从家里跑出来对周萍说："我糊里糊涂又碰到这儿，走到花园里那电线杆底下，我忽然想到了死——"这些伏笔，向观众暗示了四凤会死在这根电线上，等到大悲剧发生时，就自然、合理，观众不会质疑，完全沉浸在情感之中了。

以电视连续剧《国宝》为例，故宫博物院的工作人员，曾留学英国的博士范思成，深受西方文化影响，他学成归来时，母亲带他到宗族祠堂告慰先灵，让他跪拜祖宗灵位，范思成拒不下跪。后来他护送国宝到了南京，母亲来看他，从随身带来的皮箱里取出丈夫的灵牌，要儿子跪拜父亲，范思成仍然不肯行跪拜礼，这倒不是"男儿膝下有黄金"，而是洋学生范思成非常看重做人的尊严。日本战火逼近南京，急需将国宝转移到四川大后方，范思成找到英国人的货轮，高傲的船长想借此显示自己的威风，要范思成下跪磕头才答应要求，范思成恼羞成怒，愤然离去。经过一番周折，这艘英国船终于同意载运国宝。可到了运货上船时，又起风波，该船的大副挑拨离间，英国船员和中国搬运工人争斗起来，船长不明真相，将已搬上船的国宝卸下，将船开走。范思成心急火燎赶到江边，看着越来越远驶去的货轮，望着天上轰炸的日机，身边堆积着的一箱箱国宝，他对着江心的船只"噗"地跪下，连连磕头，声声哀求，这一强烈的动作，震撼了观众的心灵，也感动了英国人，货轮返回江岸，国宝重新搬上货轮，驶向远方，躲过了日机轰炸。正是有了前几次范思成倔强不肯下跪的伏笔、铺垫准备，后来在江边长跪英国货轮的行动才具有强烈感染力，人们发现书呆子范思成竟是这样可敬可爱，他的跪没有伤了尊严，而是升华了他的人格，因为负责转运国宝的工作人员，为了保护国宝，生命都可以舍去，尊严又算什么。

七、观《马向阳下乡记》

商业局科长马向阳被派到偏僻的槐树村担任党支部书记，从生活环境的适应到处理复杂的人际关系，以及引导村民改变物质匮乏和精神生活贫困，马向阳克服重重困难，经历种种挫折，终于让槐树村走向了致富道路。他不但为乡村发展做了贡献，这个"不靠谱"的公务员还把现代生活方式带到农村，吹起一股清新时尚之风。

作者熟悉农村生活，塑造了许多鲜活、生动的人物形象，剧中精心选择的事件，无论是全剧的大事件或是修路架灯、建超市、盖大棚、发展乡村旅游等段落的小事件，不仅是剧情发展的情节骨架，而且是引起冲突爆发、推动人物行动的导火线和动力，人物在处理这件事的过程中，显示了性格特征，引起了人物关系的改变。

剧中"卖老槐树"一事，给人留下了深刻的印象。村头的百年老槐树，是槐树村的象征，是该村历史的见证，是村民的精神家园，承载着浓浓的乡情、亲情。可村中被称作刘氏子孙骄傲的"全市首富"刘玉彬却要将老槐树挖走，种到自家别墅门前，作为送给父亲80大寿的礼物。常言"人挪活，树挪死"，要出重金移栽老槐树，这个夸张而近乎荒唐的事件，揭露了暴发户刘玉彬炫富的心态、乖张的占有欲；同时像一块试金石，检验着村民的价值取向，又似一道考题，测试着村民的选择。令人遗憾的是，在金钱的引诱下，村民们并不是"贫贱不移，富贵不淫"。

刘玉彬送给村里的宗族大佬刘世荣10万元,并答应刘世荣提出的两个条件:一是给刘世荣的儿子在自己公司安排一个白领工作,二是罢免刘世荣的死对头齐旺财的村主任。村主任媳妇李云芳开始坚决反对卖树,但一回到家里,见刘玉彬给的一张存有钱的银行卡,态度立刻转到刘世荣一边,推波助澜要卖树。刘世荣得人钱财与人消灾,他在村民大会上,巧言诡辩,迷惑村民,还以卖树后每户可得2000元作诱饵。贫穷落后的村民,私欲膨胀,道义崩溃,一致同意卖树。

马向阳和部分村民虽反对卖树,无奈村民大会已经讨论通过。刘世荣的未婚儿媳齐槐和儿子为了帮助马向阳,齐槐以假怀孕来要挟刘世荣,要求保住老槐树,保住自己名字中的"槐"字,否则就打掉孩子。急于抱孙子续刘家香火的刘世荣果然中招,忽然"变脸"反对卖树。专与他唱对台戏的齐旺财却立刻转身同意卖树。乱哄哄,你方唱罢我登场,围绕卖老槐树一事,错综复杂的人际关系,不同人物因利益相悖引发的冲突,使风波变幻莫测、情节摇曳多姿,形形色色的人物在这特定的情境之中,显露出了性格,生动而深刻地搬演了一场喜剧。有力地鞭挞了浑身散发着铜臭味的暴发户,嘲讽了那些见钱眼开、私利为先的拜金主义者。

刘玉彬财大气粗,挖树日期一到,他带着人员和机器气势汹汹来挖树;还在大树一旁的桌子上放着装满人民币的提箱,按户发给2000元。

马向阳一腔正气地怒斥刘玉彬:"我就是看不惯你们这种暴发户,有了几个臭钱就觉得能买天买地!""你想挖这棵树,那你就让这铲车从我马向阳身上铲过去!"他挺胸站在大槐树前,尽管机器声音如雷轰鸣,振聋发聩,挖土机操作摇臂在他头上晃来晃去,马向阳却岿然不动。在他的激励下,村民们抛弃了眼前利益,退了钱,就连李云芳也甩回了银行卡,纷纷朝马向阳走去,站在保卫大槐树的行列,刘世荣最后也加入了保树队伍。众人挺身站立在老槐树周围,犹如铁壁铜墙,刘玉彬只得狼狈逃离。村民们保住了老槐树,保住了老祖宗的遗产,也保住了做人的尊严。通过马向阳带领村民保护老槐树这件事,赞扬了他不顾个人安危维护农民利益的优秀品质;同时也表现了他思想情感发生的变化，他从城市到贫困的乡村，从公务员到村官，从格格不入到想村民所想、急村民所急，与村民心心相连、息息相关，成为村民爱戴和拥护的公仆。

  由此可见，事件在影视剧本创作中是十分重要的，选择得当的事件是刻画人物性格和增强作品艺术魅力的重要保证。

后　记

　　我原来从事编剧工作，后调到中国戏曲学院戏文系任教，讲授"戏曲编剧概论""戏曲剧本写作"等课程。结合教学，写出了一些探讨戏曲编剧理论与技巧的文章，现将其中部分文章结集出版。为了阅读方便，我将其分为三辑，第一辑为教材节选，如戏曲剧本的意境创造，戏曲剧本的结构与节奏，戏剧冲突，戏曲情节结构，小戏曲写作等。第二辑为作家与作品，对一些现代作家，如田汉、翁偶虹、范钧宏、魏明伦、李明璋等，进行了较为细致的研究和评论，对于古代戏曲作家，如关汉卿、王实甫、马致远、白朴、汤显祖、洪昇、孔尚任、李渔等进行了评介，对一些经常演出的京剧剧目作了简介。第三辑为随笔、杂谈，系我在阅读和观摩戏曲和影视作品中写下的心得和评论。以上三部分只是大体划分，其贯穿线索则是对编剧理论与技巧的探索。

　　戏文系初建时，我所担任的"戏曲编剧概论""戏曲剧本写作"课都没有现成的教材，只能自行摸索。所幸的是20世纪80年代初，刚粉碎"四人帮"不久，戏曲园地一派生机，学院请来了诸多名家讲课，我既当助教，又当学生，从中受益匪浅。我还到中央戏剧学院戏文系学习，以开拓视野、丰富知识、提高修养。通过学习和借鉴，编写出《戏曲编剧概论》《戏曲剧本写作》的有关章节。本书中的部分内容，正是当年的教材和讲义。在此，我深深感谢范钧宏、谭霈生、祝肇年、沈达人等老师。书中大部分文章均曾发表，借此机会，向原来的编辑者、出版者表示谢忱。我还要感谢戏曲学院各级领导的关怀，感谢赵怡轩先生的热情相助，感谢此书的责任编辑张月峰的辛勤劳动。

胡世均

2016年12月